《만 상 자 재》

루시아 로제

《부 동 불 변》

안셈 스마트

KB049492

"착하다, 착해⋯⋯, 나쁘다, 착해⋯⋯, 옳지, 옳지⋯⋯."

압박감이 사라졌다. 가슴을 누르며 몸을 일으킨 휴의 눈에 들어온 것은 죽은 듯한 눈으로 리즈의 머리를 계속 쓰다듬고 있는 크라이의 모습이었다.

그때, 휴는 번개를 맞은 듯한 충격을 확실하게 느꼈다.

8

비탄의 망령은

Nageki no bourei ha intai shitai

은퇴하고 싶다

~최약 헌터에 의한 최강 파티 육성술~

CONTENTS

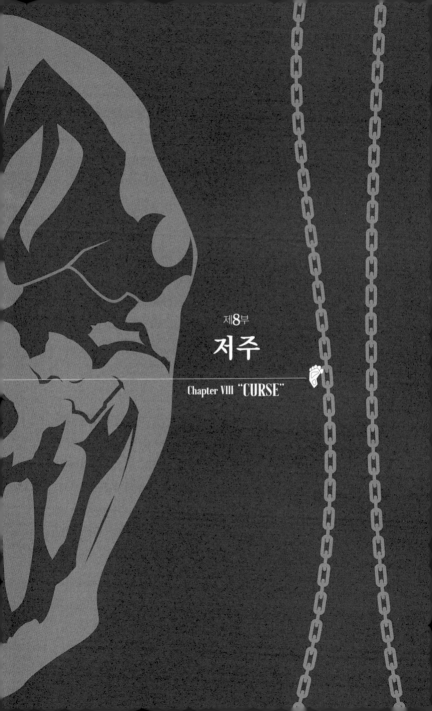

제**8**부

저주

Chapter VIII "CURSE"

Prologue   저주받은 남자

"우오오오오오오오오오오오, 겨우 돌아왔다아아아아아아아아아아아!"

제도 제블디아. 클랜 하우스의 내 방. 겨우 안식의 땅으로 귀환한 나는 제자리에서 힘차게 회전하고는 오랜만에 정겨운 침대에 드러누웠다.

탄력이 딱 좋게끔 특별히 주문 제작한 침대가 부드럽게 나를 받아냈다.

무제제. 그냥 관광으로 생각했던 여행은 정말 피곤한 결과로 끝났다.

프란츠 씨가 계속 노려보았고, 황녀님을 훈련시켜 주고, 원래 보물전 밖으로 나오면 큰 문제가 되는 여동생 여우를 겨우 속이고, 여우 가면 동호회와 소라가 엮인 해프닝에 휘말리고, 크라히 일행과 알고 지내게 되고, 마지막에는 99퍼센트 내 책임이긴 하지만, 발동된 '대지의 열쇠'를 억눌렀다. 황녀님은 다른 동료들에게 맡겼고, 여우 쪽은 시트리에게 부탁한 것뿐이고, 크라히 일행에 대해서는 아무것도 한 게 없고, 대지의 열쇠 쪽은 다른 사람들의 힘도 많이 빌렸지만———. 잘 생각해보니 나는 정말 아무것도 안 했네.

아, 아무튼……, 지금 내게는 쉴 권리가 있을 거야.

결심했어. 나는 절대로 밖에 나가지 않을 거다. 한동안은 무슨 일이 생긴다 해도 절대로 방에서 나가지 않을 거야!

다행히 이곳에는 모든 것이 갖춰져 있다. 식사도 가져다 달라고 하면 되고, 욕실도 있다.

닦아줘야 하는 보구도 잔뜩 있다. 할 일은 많다.

제국은 앞으로 주변 나라들과 교섭을 거쳐서 협력하여 여우 박멸에 나설 모양이었다. 황제가 칙명을 내렸는지 모여있던 트레저 헌터들도 의뢰를 받은 듯하다. 내게도 협력 요청이 들어왔지만, 딱 잘라 거절했다. 거크 씨를 포함한 여러 사람들이 째려보았지만 알 바냐. 나는 그것 말고도 할 일이 있다고!

방 입구 근처에서 어이없어하는 표정을 짓고 있던 에바에게 굳은 결심이 담긴 선언을 했다.

"에바야! 나는 한동안 면회 사절이야! 나라든, 상인이든, 거크 씨든, 무슨 요청을 하더라도 내쫓아줘! 나는 따로 할 일이, 있어!"

"네……, 할 일이라는 게 뭐죠?"

"……아무것도 하지 않는 걸 하는 거지."

"그건…………, 철학적인 의미인가요?"

철학적인 의미는 아니야. 그냥 머리를 쉬게 할 필요가 있을 뿐이지.

뭐, 피곤해질 정도로 머리를 썼냐 하면 애매하긴 하지만…….

침대 위에서 무거운 몸을 꿈틀거리며 있는 힘껏 등을 뻗고 몸을 풀었다. 클랜 마스터로서, 그리고 레벨 8로서 다른 사람들 앞에서 한심한 모습을 드러내는 건 피해야 하지만, 상대가 에바라면 괜찮지.

아, 안 되겠다. 무제제의 반동이 몸을 좀먹고 있어. 지금 당장에라도 침대와 한 몸이 되어버리고 싶어.

내가 곧바로 온몸을 통해 한심한 모습을 보이자 에바가 한숨을 크게 쉬었다.

"……알겠습니다. 한동안 거절하도록 하죠. …………루크 씨 일행이 오면 어떻게 할까요?"

"루크으? 걔네는 들여보내도 돼."

아니, 루크 일행은 어차피 멋대로 들어오니까…….

걔들이 쳐들어올 때 거절할 방법 같은 게 있을 리가 없잖아. 나는 루크 일행 때문에 어쩔 수 없이 위험한 헌터 일을 지금까지 하고 있을 정도라고! 휘말리는 것에는————, 익숙해졌다.

곧바로 뒹굴거리면서 휴식을 취하고 있다가 문득 침대 바로 옆————, 사이드 테이블 위에 종이쪽지가 놓여 있다는 걸 눈치챘다.

팔을 뻗어 그것을 잡았다. 두 번 접혀 있고 꽤 낡은 종이쪽지였다. 무제제에 가기 전에는 이런 게 없었을 텐데————.

안에 적힌 내용을 확인하고 눈살을 찌푸렸다.

"어디 보자……, '크, 안 보여'라……."

"?! 편지인가요?! 자리를 비운 동안 여기에 들어온 자가……?"

깜짝 놀라 다그치는 에바. 나는 짤막한 문장이 적힌 편지를 내려놓고 뒹굴거렸다.

"아니, 이건 딱히 상관없어. 그렇구나……, 으음……."

"……대체 뭐죠? 그게?"

그야 물론……, 엘리자가 두고 간 편지지. 크라는 건 내 별명 같은 거고.

엘리자 벡은 《비탄의 망령(스트레인지 그리프)》의 유일한 외부 가입 멤버이자 파티에서 제일 마이 페이스인 사막 정령인(데저트 노블)이다. 역할은 도적(시프). 별명은 《방랑(로스트)》. 성격은 정령인(노블)답지 않게 너그럽고(조잡하다고도 할 수 있다) 실력도 확실하지만, 별명처럼 마음이 내키는 대로 이곳저곳 떠돌아다닌다는 곤란한 성격이었다.

파티 리더이자 그녀를 추천한 나도 엘리자와 만난 적은 별로 없다.

골치 아픈 것은 그녀 스스로 방랑한다는 자각이 별로 없다는 점이다. 이렇게 두고 간 편지의 내용도 그 사실을 알려주고 있지만 나는 결코 무언가를 할 때 엘리자를 따돌리려 한 적이 없다. 다른 사람이 보면 어쩌려고 이런 내용을 적은 거야…………

내가 안 보이는 게 아니라 네가 사라진 거지…… 뭐, 이곳저곳에서 마음대로 활개 치고 다니는 《비탄의 망령》에서 지내려면 그 정도 대범함은 있어야 하는 걸지도 모른다.

그런데 엘리자……, 어디서 뭐 하고 있는 거지? 루크 일행하고는 나름대로 만나고 있는 것 같은 모양인데, 내게 있어 그녀는 꽤 보기 드문 캐릭터다. 숨어 다니는 것도 아닌 것 같고 미움을 산 것도 아닌 모양인데, 왠지 모르겠지만 타이밍이 맞지 않는다. 리즈 왈, 엘리자는 무엇보다 위기 감지 능력이 뛰어난 모양이고, 그

때문에 나와 좀처럼 만날 수 없는 게 아니냐고 하던데……, 그게 무슨 의미야?

편지에는 한마디만 적혀 있었지만, 내가 자리를 비운 사이 엘리자가 온 이유에 대해서는 짐작이 되었다. 몸을 일으켜서 방안을 둘러보니 사이드 테이블 아래쪽에 나무 상자가 있는 것을 발견했다.

묵직한 상자를 힘겹게 움직여서 뚜껑을 열었다. 안에는 잡동사니가 잔뜩 들어 있었다.

많이 닳고 낡은 부츠와 녹슨 코인. 칼날이 없는 나이프와 심플한 금속 고리. 척 보기에는 가치가 없는 것 같은 그것들은 전부 보물전에서 얻은 보구였다. 아마 엘리자가 방랑하다가 발견한 물건일 것이다. 그중에는 가게에서 파는 물건도 포함되어 있을지도 모르겠지만, 딱히 상관은 없다.

애초에 사막의 정령인에게는 세계를 여행하는 습성이 있었다고 한다. 숲의 정령인은 숲에서 나오지 않는 것으로 알려져 있지만, 사막에 사는 정령인은 엘리자 정도까지는 아니더라도 모두가 여행자라고 한다.

사막 정령인은 선천적인 헌터이고, 뛰어난 마술적 자질과 정령과의 친화성, 유연한 몸과 예리한 감으로 수많은 마경을 넘나들어 왔다. 지금도 세계에는 사람의 손이 닿지 않은 자연이 많이 존재하지만, 그녀들이 발을 내디딘 영역에는 보물전도 다수 포함되어 있다.

내가 엘리자와 만났던 곳도 어떤 사막의 보물전이었다.

엘리자는 실력이 좋고 대범하며, 감이 좋고 뛰어난 헌터이면서
도———, 욕심이 별로 없다.

이곳저곳의 비경이나 보물전에 가곤 해도 목적은 보물이 아닌
모양이라 안에 있는 보구나 쓰러뜨린 팬텀(환영)이 드롭한 물건에
도 별로 흥미를 보이지 않는다. 물론 방랑하는 데도 돈이 필요하
기 때문에 가치가 있어 보이는 물건은 줍는 것 같지만, 거의 대부
분은 내버려 두었다고 한다.

그런 행동을 말린 사람이 나였다. 모처럼 위험한 보물전에 들
어가서 보구를 찾았는데 가지고 오지 않는다는 건 너무나도 아깝
다. 보물전에서 발견되는 보구 중 대부분은 푼돈도 안 되는 쓰레
기 보구이긴 하지만, 많이 모이면 꽤 큰 돈이 된다.

그리하여 나와 엘리자 사이에 협정이 맺어졌다. 엘리자가 보구
를 가지고 오고, 내가 그것들을 팔아서 얻은 이익을 엘리자에게
넘긴다. 수수료 같은 것은 받지 않지만 성과물 중에 가지고 싶은
보구가 있을 경우에는 그것을 받겠다고 약속했다. 아무도 손해를
보지 않는 계약이다.

파티로 활동할 때의 성과물은 시트리가 관리하고 있기에 그녀
가 가지고 오는 건 솔로로 활동해서 얻은 것들뿐이지만, 횟수가
잦으니 양도 꽤 많다.

무제제에서 생긴 일은 내게도 좋은 경험이 되었다.

땅바닥에 꽂기만 했는데도 넓은 범위에 지진을 일으키다니, 정
말 무시무시한 보구도 있단 말이지. 보구 컬렉터로서 한층 더 보
구에 대한 지식을 쌓아야만 할 것 같다. 대지의 열쇠는 부서져 버

렸지만, 비슷한 보구가 없을 거라는 보장도 없다.

다음에 대지의 열쇠가 발동되었을 때는 바로 막을 수 있게끔 연습해야지———.

그런 생각을 하면서 안을 뒤지고 있다가 잡동사니 더미 안에서 까만 천으로 감싸인 길쭉한 물건을 발견했다.

곧바로 꺼내서 기묘한 무늬가 그려져 있는 천을 풀었다.

아, 이건…… 검 형태의 보구! 웬일이지.

"이거, 이거. 이걸 찾고 있었다고!"

신이 나서 칼집에서 검을 뽑아 든 뒤 관찰했다. 칼날은 칠흑, 자루에는 까만색 보석이 장식되어 있어서 척 봐도 사연이 있어 보이는 검이다. 하지만 대지의 열쇠처럼 의식용 같은 분위기는 느껴지지 않았다.

칼집에 넣은 채 착실히 천으로 싸둔 것을 보니 엘리자도 꼼꼼하게 관리했던 것 같다.

나중에 루시아에게 충전해달라고 해야지.

"……………적당히 해주세요……."

겨우 돌아온 일상에 미소를 짓는 내게 에바가 어이없다는 듯이 한숨을 쉬었다.

"뭐어?! 오빠가 암흑사회에서 지명수배당했다고?!"

"완전히 찍힌 모양이야. '여우'도 제블디아의 선전포고를 받고 내부에서 큰 혼란이 일어난 모양이라 섣불리 움직일 수는 없을 것 같긴 한데……."

루시아가 깜짝 놀라서 말하자 시트리는 곤란한 듯한 표정으로 대답했다.

"뭐, 그런 짓을 했으니까……, 《비탄의 망령》의 리더라는 이유도 있을 테고."

원래 실력이 좋은 트레저 헌터는 범죄자들의 표적이 되는 경우가 많다. 보물전의 탐색을 주요 활동으로 삼고 있는 헌터라면 그나마 원한을 살 기회도 적지만, 《비탄의 망령》처럼 여러 조직을 박살 낸 파티라면 더더욱 그렇다.

무제제에서 일어난 사건은 어느 정도 차분해졌다. 무너진 투기장도 정리되어서 척 보기에는 일상이 돌아온 것 같다. 하지만 그것은 일시적인 것에 불과하다.

무시무시한 비밀 조직의 존재는 크기의 차이는 있어도 여러 방면에 충격을 주었다.

애초에 《비탄의 망령》에게는 지금까지 박살 내온 조직들의 관계자가 상금을 걸고 있었다. 지금까지 습격자가 별로 없었던 것은 너무나도 수지가 맞지 않았기 때문이다.

상금이 걸린다는 것은 헌터에게 있어서 유명해졌다는 증거이기도 하다. 그렇기 때문에 그건 어쩔 수가 없다.

시트리가 가져온 암흑사회의 수배서 리스트를 바라보며 루크가 눈살을 찌푸렸다.

"힘을 잔뜩 줬네. 일, 십, 백, 천⋯⋯⋯⋯, 무슨 짓을 하면 이렇게 상금이 많이 걸리는 거야? 사람을 백 명 베어도 이렇게 많이 걸리지는 않는데. 뭔가 요령이라도 있나?"

"으음⋯⋯."

"조금만 더 붙으면 빚을 갚아버릴 수도 있겠네요⋯⋯."

수배서에 적힌 금액은 어지간한 수준이 아니었다.

암흑사회에서 내걸리는 지명수배의 상금 액수는 일반적인 현상수배범과는 달리 상금이 걸린 자가 산 원한이나 그 사람이 사라지길 원하는 사람들의 숫자에 비례한다. 고액의 상금이 걸린 사람은 대국의 요인이나 여러 세대에 걸쳐서 활약해온 헌터 일족 등, 죽기만 해도 각계에 파문을 일으킬 정도로 영향력이 큰 사람들이 대부분이다.

딱히 특별한 출신도 아닌 일개 헌터가, 게다가 한 명도 죽이지 않았는데 이렇게 많은 상금이 걸린 건 전대미문 아닐까?

리스트를 바라보며 리즈가 깜짝 놀랐다.

"아크를 추월했잖아."

"역시 거대 조직이네요⋯⋯, 체면 문제도 있겠지만⋯⋯, 뭐, '여우'도 꽤 여유가 없는지 제블디아에서는 멤버를 철수시킨 모양이에요."

시트리가 조사한 바에 따르면 여우 내부는 지금 매우 불안정한 것 같았다.

자세한 내용은 알지 못하지만, 내란이 벌어진 모양이었다. 아마 대지의 열쇠가 발동된 것은 여우도 예상하지 못한 일이었을 것이다. 그리고 조직에서는 대지의 열쇠를 발동시킨 것이 그 여우 가면이 아니라는 사실을 눈치채지 못하고 있다.

지금 중요한 것은 사실이 아니라 주위에서 어떻게 보는지다.

많은 사람들 앞에서 계획이 실패했다. 내버려 두면 얕보이게 된다. 현상금을 걸지 않을 수도 없다.

이 막대한 상금은 그런 이유 때문이다.

뭐, 애초에 《천변만화》는 일부 사람들에게 있어서는 원수이기도 하다.

그나마 다행인 건 이 리스트 자체가 암흑사회에서 나온 것이라는 점이다. 무대 위에서 활약하고 있는 헌터 같은 사람들이 습격할 걱정은 없다.

"좋겠다⋯⋯, 크라이. 강한 검사(소드맨)가 오려나?"

"이 정도 액수면 어지간히 자신이 있지 않는 이상은 습격하지 않겠죠⋯⋯, 한다 해도 완벽한 준비를 갖춘 뒤일 것 같은데⋯⋯, 그리고 검사는 안 올 거예요."

"에휴⋯⋯, 이상한 짓이나 하니까 그러지⋯⋯."

제도 제블디아의 레벨 8 헌터, 《천변만화》에게는 이것저것 이상한 소문이 따라붙었지만 유일하게 진실인 것이 있다.

《천변만화》는 지금까지 수많은 사선을 넘나들면서 생채기 하나 입은 적이 없다.

그때, 시트리가 일어선 다음 두 손을 모으며 말했다.

"크라이 씨는 한동안 방에서 안 나오신다고 하지만, 만에 하나를 대비해서 당분간은 호위를 붙이죠. 각자 바쁘실 테니 번갈아

가면서요!"

"……시트, 네가 제일 바쁜 거 아니야? 안색이 안 좋아 보이는데?"

언니의 말을 듣고 시트리는 자기 이마에 손바닥을 댔다.

루크가 뭔가를 떠올렸는지 손을 탁 치고는 귀찮다는 듯이 일어섰다.

"아, 나도 호출받았는데……, 정말, 용 퇴치를 좀 빼먹은 걸 가지고 잔소리를 주절주절 늘어놓기는―――, 어쩔 수 없지. 연습 중인 뇌신참을 보여줄까."

"저는 중요한 시험을 결석했으니까요……, 추천해주신 교수님께 뭐라고 변명을 해야 할지……."

"으음, 으음."

"안셈 오빠는 좋겠어. 윗사람이 딱히 간섭하지 않아서……."

"…………으음!"

부러운 듯한 표정을 보이는 리즈에게 안셈이 힘차게 고개를 끄덕였다.

제1장 《천변만화》 방위전

《시작의 발자국(퍼스트 스텝)》 클랜 하우스 라운지는 제블디아에서 유명하다.

트레저 헌터는 돈을 많이 벌 수 있는 직업이다. 특히 일류 헌터의 수입쯤 되면 헌팅 한 번으로 일반 시민의 평생 수입을 벌어들이는 것도 드물지 않은 일이다. 제도에서도 손꼽히는 젊은 헌터들이 모여 풍부한 자금으로 세운 클랜 하우스는 선진적이었고, 제도의 트레저 헌터들에게는 일종의 동경하는 대상이었다.

초보들에게 적합해 보이는 클랜 이름까지 포함해서 《시작의 발자국》이라는 존재는 가끔 막 등록을 마친 헌터 지망생이 트레저 헌터라는 직업에 환상을 품게 되는 이유가 되곤 했다. 제도에서는 원래부터 헌터의 지위가 높긴 했지만, 이 제도에서 가장 비싼 지역에 세워진 흰색 클랜 하우스는 그런 현상을 뒷받침하고 있었다.

아마 이 클랜의 마스터는 그러한 효과까지 고려해서 제도에서 가장 비싼 지역에 이렇게 거대한 클랜 하우스를 세웠을 것이다. 그리고 그런 클랜 마스터가 찾아서 데려온 클랜 부마스터도 그때까지 무대 위에 나타나지 않았던 것이 신기할 정도로 능력이 좋았다.

"클랜 마스터는 한동안 다른 건에 집중하고 싶으니 아무도 만나지 않겠다고 합니다. 무슨 상황인지는 알고 있습니다만, 돌아가 주십시오."

널찍한 라운지. 한가운데 설치된 큼직한 테이블 앞에 앉아 있던 거크에게 《시작의 발자국》 클랜 부마스터, 에바 렌피드는 사무적인 말투로 말했다.

은퇴한 뒤에도 존재감이 넘치는 탐색자 협회 제도 지부장. 울던 아이도 울음을 뚝 그친다는 전《전귀》앞에서도 위축되지 않는 사람은 얼마 없다. 게다가 그 사람이 마나 머티리얼을 흡수하지 않은 일반인이라면 아무리 제도가 넓다 해도 극히 일부에 불과할 것이다.

에바 렌피드는 실력이 뛰어나다. 은근슬쩍 상황을 조종하는 《천변만화》의 오른팔로서 클랜을 운영하며 이렇게 키워온 것만으로도 평범하지 않다는 걸 알 수 있긴 하지만, 거크는 그녀가 때로는 크라이를 꾸짖으면서 공적인 면과 사적인 면으로 지탱해왔다는 사실을 잘 알고 있었다.

그와 동시에 그녀는 한번 결심하면 꿈쩍도 하지 않는 완고한 면도 지니고 있다. 필요할 때는 거크와 함께 크라이를 설득하지만, 받아들이지 않겠다고 결심하면 협박을 하든, 돈을 아무리 많이 제시하든, 절대로 받아들이지 않는다. 게다가 크라이와는 달리 그녀는 이론으로 무장한 타입이다. 제국의 법이나 탐색자 협회의 규칙도 잘 알고 있다. 그리고 헌터도 아닌 일반인이니 탐색자 협회의 권한도 미치지 않는다.

이미 데리고 온 직원들은 다들 포기한 분위기다. 애초에 거크도 폭력으로 협박할 생각은 없었다.

라운지에는 《발자국》 소속 헌터가 잔뜩 있다. 상대가 탐색자 협회의 지부장이라 하더라도 위축되지 않는 헌터들이. 물론, 없었다고 해도 폭력으로 일반인을 협박하는 건 말도 안 되는 소리지만.

"《천변만화》가 좀 더 성실했다면 제블디아도 두 배는 발전했을 거다."

"《천변만화》가 좀 더 성실했다면 제가 과로로 쓰러졌을 겁니다."

거크가 농담처럼 말하자 에바는 웃지도 않고 진지한 표정으로 딱 잘라냈다. 그 모습을 본 거크는 살짝 한숨을 쉬었다.

오늘 거크가 일부러 찾아온 것은 무제제 때 일어난 사건에 대해 확인하기 위해서였다.

무제제 때 발생한 사건은 단순히 늘어놓기만 해도 세계 역사에 남을지도 모르는 것들이었다. 대규모의 투쟁과 이름난 무투대회에 난입해서 선전포고한 거대 범죄조직의 간부. 그리고 해방된 대지의 열쇠는 아슬아슬하게 억누르긴 했지만, 나라가 여럿 멸망했더라도 이상할 게 없을 위력을 자랑했다.

모두가 위기감을 품었던 무제제 사건으로부터 2주일. 비밀 조직 '아홉꼬리 그림자여우(나인테일 섀도우폭스)'의 섬멸 작전은 제블디아와 거크가 상상했던 것보다 더 무난하게 진행되고 있었다.

상대는 철저한 비밀주의를 내걸고 있어 만만한 조직이 아니다. 지금까지 제국과 탐색자 협회가 남몰래 조사를 진행했는데도 정보를 거의 얻어내지 못한 상대다. 각국이 한데 뭉쳐서 해결하러 나서긴 했지만, 조직 구성원의 이름이나 활동 거점 같은 것들을 모르는 상황에서는 딱히 방법이 없었다.

그래서 거크 일행은 장기전을 각오하고 있었는데, 상황은 뜻밖의 진전을 보였다.

구성원 중 일부가 정보를 선물로 들고 제블디아 쪽으로 돌아선 것이다. 그자는 간부가 아니었고 가지고 온 정보도 질과 양 모두 그렇게까지 대단한 것은 아니었지만, 지금까지 꼬리를 잡지 못했던 조직의 구성원이 이탈했다는 것은 큰 변화다. 우려했던 대(對)여우 부대의 편성도 순조롭다. 지금까지 거의 무대 위에 나서지 않았던 뮤리나 황녀 전하가 참가하게 되었을 때는 놀랐지만———.

일이 일이니만큼 얼굴을 보고 이야기하고 싶었지만, 이번에는 전언이라도 문제는 없을 것 같다.

《천변만화》가 만나지 않겠다는 것은 거크의 경험상, 만날 필요가 없다고 판단했다는 의미다. 평범한 헌터라면 억지를 써서라도 이야기를 나누겠지만, 그 신산귀모와 이질적인 느낌까지 드는 통찰력, 미래 예지에 가까운 예측 능력은 많은 실적을 세웠다. 제블디아 제국에서도 무시할 수 없을 정도의 실적을.

"…………생각해보니 무제제 때는 그 녀석답지 않게 결판이 났지."

"…………."

거크가 여러 감정을 담아 그렇게 말하자 에바는 입을 다물었다.

《천변만화》는 지금까지 앞길을 막는 조직이나 도적들, 팬텀들을 모조리 그 인간 같지 않은 듯한 기책으로 쓰러뜨려 왔다. 이번 사건 때도 투기장에서 여우 가면과 맞서는 그의 모습은 침착해 보였고, 그렇기 때문에 거크와 다른 사람들은 그때 곧바로 투기장 안으로 뛰어들지 않고 지켜본 것이다. 그로 인해 곧바로 대처할 수 없었고, 여우 가면을 놓치게 되는 것으로 이어졌다.

하지만 그건 애초에 이상한 이야기다.

놓치고 싶지 않은 거라면 도주로에 사람을 배치하기만 하면 된다.

그곳에는 루크와 리즈 같은 일기당천의 전사들이 모여 있었다. 투기장에는 결계도 쳐져 있어서 도주 경로도 한정적이다. 《천변만화》가 그 정도도 눈치채지 못할 리가 없고, 만약 자신의 책략에 절대적인 자신을 지니고 있었다 하더라도 평소의 크라이였다면 반드시 사람을 배치했을 것이다. '아슬아슬'하게 여우 가면을 붙잡을 수 있는 숫자를.

그렇다면 어째서 크라이는 그때 출입구를 봉쇄하지 않았던 것일까?

전 무제나 회장에 잔뜩 있는 헌터들에게 기대하고 있었던 것일까?

도망친 여우 가면과 크라이답지 않은 허술한 책략. 그러면서도 크게 진전한 조직의 조사. 그리고 거크는 어떤 답에 도달했다.

모든 것이———, 책략이었다면? 그 여우 가면을 놓치는 것부터 배신자가 생기는 것까지 크라이가 예상한 대로였다면 어떨까?

무제제에서 모습을 드러낸 그 침입자는 조직에서도 간부급일 것이다. 원래는 도망치는 걸 용납할 수 있는 입장이 아니다. 하지만 만약에 그것이 결과적으로 이쪽에게 이익이 된다면———, 《천변만화》는 놓치는 것을 선택하지 않을까?

견고하던 조직이 흔들리고 있다. 그 계기가 무제제 때 발생한 사건이라는 점은 분명하다.

세계를 파괴할 수도 있는 보구 병기의 발동은 조직에서도 예상하지 못했으리라. 그 결과, 조직을 저버리는 자가 생겼다.

아무리 상대가 거대한 조직이라 하더라도 여러 국가를 동시에 상대할 수 있을 만한 힘은 없을 것이다. 게다가 분노한 황제, 라드릭 아트룸 제블디아는 협력하려 들지 않는 귀족을 숙청해버릴 기세다.

무제제 사건의 진상에 대해 알고 있는 사람은 거의 없다. 거크도, 제국도, 그리고 아마도 여우 가면을 쓴 남자조차———. 진실을 알고 있는 사람은 단 한 명뿐이다.

그때, 거크는 맡아 온 물건을 품속에서 꺼내 테이블 위에 내려놓았다. 오늘의 목적 중 하나였다.

에바가 눈을 동그랗게 떴다. 기묘한 무늬가 새겨진 그 까만 돌은 가장 유명한 보구 중 하나이기도 했다.

"프란츠 경이 내게 '공음석'을 맡겼다. 그 녀석의 비밀주의는 이제 와서 따져봤자 소용이 없겠지. 크라이에게 전해줬으면 좋겠군. 여우 박멸 작전은 나라에서 주도하여 진행한다. 아직 어떻게 손을 쓸 건지는 계속 토론이 이어지고 있지만———, 무슨 일이 생기면 연락해달라더군."

헌터에게 기대기만 하면 나라의 체면에도 손상이 가지만, 효과적인 방법을 그냥 내버려 둘 수도 없다.

원래 귀족이 일개 헌터에게 직접 연락할 수단을 주는 건 있을 수 없는 일이다. 이것은 그렇게 《천변만화》를 싫어하던 프란츠 경이 제국을 위해 자신의 마음을 억누르고 내놓은 절충안일 것이다.

크라이도 자칫하다가는 모욕죄로 잡혀갔을 텐데, 여전히 아슬아슬하게 선을 넘지 않고 있다.

에바는 한동안 그 보구를 빤히 내려다보고 있다가 잠시 후에 고개를 살짝 끄덕였다.

"…………알겠습니다. 마스터에게 전달하죠."

"이제부터는 제도도…………, 소란스러워질 거야."

어떤 경로를 통해 《천변만화》의 목에 거액의 현상금이 걸렸다는 이야기는 이미 들었다. 《천변만화》는 지금까지 범죄자들을 잔뜩 쓰러뜨려 왔지만, 이번에 걸린 금액은 상대가 아무리 레벨 8 헌터라 하더라도 충분히 습격하고도 남을 액수다.

물론 그 남자가 간단히 당할 거라 생각하지는 않는다. 크라이 안드리히는 예전에 헌터가 되기 위해 제도로 왔을 때와는 다르다.

그는 강해졌다. 척 보기에는 달라진 게 없는 것 같지만, 조직을 세우고, 동료들을 단련시키고, 신뢰를 얻었다. 그리고 '여우'와의 전쟁이 시작된 이상, 지금의 《천변만화》에게 패배는 용납되지 않는다.

크라이 안드리히의 패배는 사기의 저하로 이어진다. 거크가 팔짱을 끼고 계속 말했다.

"에바, 혹시 《천변만화》를 노리는 범죄자가 클랜 직원을 해칠 가능성도 있다. 충분히 주의해야 해."

"그건⋯⋯⋯, 이제 와서 말씀하실 필요도 없겠네요. 여기에는 헌터들도 있고, 애초에 클랜 하우스를 건설할 때 마스터의 지시에 따라 위쪽 계층은 습격을 고려한 구조로 만들었습니다. 1, 2층에서 소속 헌터들이 싸우는 동안에 도망칠 수 있게끔요. 다행히 아직 쓰인 적은 없습니다만━━━."

"⋯⋯⋯그렇군. 처음부터 고려하고 있었다는 건가⋯⋯, 비전투원을 고용하는 이상 당연하겠지만━━━, 생각을 잘했군."

힘을 지닌 자가 힘없는 자의 입장에서 생각한다는 것은 말보다 어려운 일이다. 탐색자 협회에서도 직원들의 안전을 완벽하게 보장한다고는 할 수 없다.

게다가 그런 쪽으로 돈을 들인다면 그 돈을 낸 소속 헌터들도 반발했을 텐데, 평소에는 아무런 생각도 없는 것처럼 보이면서 확실하게 지시해야 할 부분에 대해서는 지시를 내린 것을 보니 클랜 마스터 일도 제대로 하고 있는 것 같다.

"수비는 완벽합니다. 3층 이상에 힘을 쓴 만큼 1, 2층은 그 정도까지는 아닙니다만━━━, 싸움에 휘말리면 어차피 부서질 거라고 해서요."

"그래도⋯⋯⋯⋯, 되는 건가?"

애초에 《시작의 발자국》은 클랜 마스터의 권한이 약한 클랜이었을 텐데. 멋대로 소속 헌터를 요격 전력에 포함시키는 건 문제가 없는 건가?

한순간 그런 의문이 머릿속을 스쳤지만, 거크는 고개를 크게 끄덕이며 자신을 납득시켰다.

탐색자 협회 제도 지부의 우두머리로서는 이런 말을 하면 안 될 지도 모르겠지만, 일반인이 죽거나 다치는 것보다는 헌터가 죽을 힘을 다해 싸우는 것이 나은 게 당연하다.

힘을 지닌 사람은 약자를 지켜야만 한다. 그것은 탐색자 협회가 설립된 목적 중 하나이기도 하다.

"무슨 일이 생기면 항상 그랬듯이 탐색자 협회에 연락해주게. 우리 쪽에서도 할 수 있는 만큼은 하지."

"네. 그렇게 되면 잘 부탁드리겠습니다."

거크도 한가하지는 않다. 이야기를 마치고 일어섰다.

우선 탐협의 직원이나 소속된 헌터들 중에 여우의 손길이 미친 자가 있는지 확인해야만 한다.

생각하기만 해도 골치가 아팠다. 애초에 거크는 조사를 잘하는 편이 아니기도 하고, 무엇보다 이미 헌터 중에서는 케챠챠카와 테름이라는 배신자가 나왔다. 그것도 황제의 호위 의뢰에 잠입한다는 최악의 상황으로. 다행히 크라이의 활약으로 저지되었기에 그렇게까지 큰 문제가 되지는 않았지만, 조사해서 아무것도 나오지 않는다 하더라도 그냥 넘어갈 수는 없었다.

거크가 지부로 돌아간 뒤에 할 일을 생각하며 한숨을 크게 쉬고 있자니 문득 출입구 쪽에서 귀에 익은 목소리가 들렸다.

"아~, 에바, 여기 있었네———, 오늘 올 예정인 손님 말인데················, 으엑, 거크 씨?!"

"?! 크라이 씨?!"

라운지 출입구에서 의기양양하게 고개를 내민 사람은 좀 전에 면회를 거절하던 《시작의 발자국》의 마스터, 크라이 안드리히였다.

눈이 마주치자 라운지에 침묵이 퍼져나갔다. 데리고 온 탐협 직원들도 실실거리며 나타난 크라이를 보고는 눈을 동그랗게 뜨고 있었다.

다른 건에⋯⋯, 집중한다고? 아무도 만나지 않겠다고 했다고? 게다가 이 녀석, '으엑'이라고 했나?

에바도 곤란하다는 듯이 거크를 보고 있었다. 면회를 거절한 본인이 이런 식으로 나타났으니 아무리 실력이 좋은 클랜 부마스터라 해도 그런 표정을 지을 만하다.

크라이가 눈살을 찌푸리고 주위를 두리번거리며 다가왔다.

"뭐야? 에바랑 이야기하고 있었어? 미안한데, 이제 곧 중요한 손님이 올 예정이라―――."

"⋯⋯⋯⋯⋯."

에바와 이야기?! 내가 만나러 온 건―――, 너다.

그렇게 호통을 치려던 순간, 라운지의 유리창이 시끌벅적하게 깨져서 날아갔다.

유리 파편이 반짝이며 쏟아져 내렸다. 트레저 헌터를 은퇴한 지 오랜 시간이 지났다고는 해도 거크의 동체시력은 창문을 통해 날아든 것을 확실하게 포착하고 있었다.

재빨리 자세를 취했다. 그것은―――, 화살이었다.

길고 두꺼운 금빛 화살. 그 화살은 라운지의 창문을 마치 아무것도 없었다는 듯이 관통해서 어슬렁거리며 다가와 있던 크라이의 이마에 마치 빨려 들어가듯 박혔다.

그리고 항상 그랬듯이 두꺼운 벽에 부딪힌 것처럼 튕겨 나갔다.

"?! 뭐, 뭐야?"

아프지도 간지럽지도 않다는 듯한 크라이의 목소리. 멍하니 서 있던 크라이와는 달리 갑작스럽게 평온이 깨지자 라운지에 있던 파티 헌터들이 곧바로 전투태세에 들어갔다.

"윽?! 뭐지?! 리즈인가?! 루크야?!"

"습격이다!"

《천변만화》의 절대방어.

보구 컬렉터인 크라이 안드리히가 세이프 링(결계지)을 가지고 있다는 건 쉽사리 상상할 수 있는 일이지만, 습격 상대도 그 사실은 고려했을 것이다.

크라이가 떨어진 화살을 주워들고 혼란스러운 듯 주위를 둘러보았다. 환수의 머리를 날려버릴 수도 있을 정도로 두꺼운 화살. 그 화살촉은 예리했고———, 뭔가 까만 상자 같은 것이 달려 있었다.

세이프 링은 강력하다. 그렇기 때문에 대책도 세우게 된다.

암살의 기본은 이격필살. 이럴 때 화살에 달아둘 물건은 뻔하다.

거크는 재빨리 함께 온 부하들 앞으로 나서며 경고하기 위해 외쳤다.

"크라이, 폭탄이다!"

"?! 거크 씨, 패스!"

"어엉?!"

가벼운 목소리와 함께 크라이가 돌아서며 거크를 향해 화살을 던졌다.

완전히 허를 찔렸다. 화살이 빙글빙글 회전하면서 바닥에 미끄러지며 다가왔다.

크라이는 마치 미리 알고 있었던 것처럼 자연스럽게 뛰어가서 에바를 감싸듯 몸을 날렸다.

"아아아아아아아아아아아앗?!"

설마, 손님이라는 게 이건가?!

팔을 들어 올려 방어 자세를 취했다. 눈앞이 새하얘지고, 뜨거운 충격이 거크의 온몸을 날려버렸다.

온몸이 벽에 부딪혔다. 거센 통증 때문에 의식이 돌아오긴 했지만, 머리를 부딪힌 건지 자꾸 뒤흔들렸다.

윽……, 빌어먹을! 말도 안 돼!

최근에 리즈에게 얕보이고 나서 의식적으로 마나 머티리얼을 흡수하지 않았다면 이 정도로 끝나지 않았을 것이다.

그리고 가장 큰 문제는———, 이 습격의 목적이 결코 크라이의 살해가 아니라는 점이다. 현역에서 은퇴한 거크를 죽이지 못하는 일격이 젊은 헌터들의 우두머리격인 《천변만화》에게 통할리가 없다.

떨리는 무릎에 힘을 주며 일어섰다. 머리에서 주르륵 흘러내린 피를 무시하며 피해 상황을 확인했다.

제일 큰 대미지를 입은 사람은 폭탄이 발치에서 폭발한 거크인

것 같았다. 데리고 온 직원들도 재빨리 피한 건지 거의 다친 곳이
없었다.

깨진 창문 바깥에서 무언가가 날아들었다.

갈고리다. 밧줄이 달린———, 갈고리, 그것도 여러 개.

폭탄으로 혼란스럽게 만들고 그 틈을 타서 습격하는 작전인가?!

그렇게 외치려던 순간, 문을 통해 대형 생물 여러 마리가 쿵쿵
발소리를 내며 들어왔다.

회색 피부와 긴 머리카락. 잠시 시트리가 데리고 다니는 마법
생물 키르키르 군의 변종인가 싶었지만 아니었다.

그것은 최근에 제도에서 가끔 보이는 기묘한 아인들이었다.

마치 거기 있는 것이 당연하다는 듯이 돌아다녔기에 한때는 문
의가 쇄도했으나, 우호적이고 지성도 있는 데다 뛰어난 건축 기
술을 지니고 있기 때문에 어느새 꽤 익숙해졌다.

잠깐 혼란에 빠진 거크 앞에서 선두에 있던 소형 아인이 외쳤다.

"류~~~~~~~!"

?! 손님이라는 게 설마 이 녀석들인가?!

그러고 보니 이 녀석들은《비탄의 망령》이 데리고 왔다는 소문
도 있었는데———.

출입구에서 몰려든 거구의 아인들이 밧줄을 타고 침입한 자들
에게 돌진했다.

에바를 감싼 크라이가 몸을 일으키고 눈을 동그랗게 뜬 모습이
보였다.

무릎이 한계에 도달해서 제자리에 쓰러졌다. 그리고 지옥과도

같은 싸움이 시작되었다.

이야기를 듣고 급하게 달려온 티노는 그 처참한 현장을 보고 깜짝 놀랐다.

"이럴……, 수가……."

제도 헌터들의 동경의 대상이었던 《시작의 발자국》의 라운지는 지독한 꼴이었다.

큼직한 창문은 산산조각 났고, 단정하게 늘어서 있던 의자와 테이블이 제각각 흩어져 있었다. 항상 반짝반짝하게 닦여 있던 바닥에는 금이 가고 구멍이 뚫린 데다 이곳저곳에 그을린 흔적이 있었다. 어느 정도 정리를 해서 이 정도이니 대낮에 일어났다는 습격이 주위의 피해를 일절 고려하지 않고 잔혹하기 그지없는 수법으로 이루어졌다는 사실을 알 수 있었다. 라운지에서는 헌터와 직원들이 잔해를 정리하고 있었지만, 원래대로 돌아가려면 시간이 좀 더 필요할 것이다.

그리고 티노는 라운지 한가운데, 제일 파괴의 흔적이 심한 곳을 향해 다가가서 몸을 숙였다.

그곳은 아마 폭심지일 것이다. 테이블과 의자가 날아가 버렸고, 바닥에는 구멍이 깊게 파였으며 그을린 흔적이 있다. 누군가가 엎드려서 쓰러진 건지, 바닥에 인간 형태의 그림(초크 아웃라인)

이 그려져 있었다.

하지만 주목해야 할 부분은 그곳이 아니었다.

폭심지 근처에 일부 그을리다 남은 곳이 있었다. 마치 두꺼운 벽에 막힌 것처럼 한 점을 중심으로 부채꼴 모양으로 그을리다 남았다. 폭풍이나 열까지 전부 차단된 건지 검댕조차 남지 않아서 신기한 광경이었다.

마나 머티리얼을 대량으로 흡수한 고레벨 헌터의 내구도는 일반인과는 전혀 다르다. 공격의 질에 따라 다르기도 하지만, 일반인이라면 즉사할 만한 공격을 당하고도 멀쩡한 사람도 적지 않다.

티노도 일반인보다는 훨씬 튼튼하다. 그런 쪽으로 제일 유명한 사람은 마나 머티리얼로 인한 성장을 내구도에 전부 투자한 《부동불변》 안셈 오라버니인데, 그 흔적은 그곳에 있던 레벨 8 헌터가 그에 가까운 내구도를 자랑한다는 증거였다.

그때, 잔해를 정리하고 있던 클랜 헌터, 라일이 티노를 보고 다가왔다.

"정말 지독하지. 대낮에 클랜 하우스를, 그것도 정면으로 공격하다니. 얼마나 원한을 산 거냐고……."

"…………마스터는 무사해?"

"이미 알고 있을 텐데? 멀쩡하다고, 멀쩡해. 오히려 운이 안 좋게도 그때 라운지에 있던 녀석들이 부상을 당했지. 특히 크라이가 폭탄을 떠넘긴 거크 지부장은 엄청 화가 났어. 정말, 그 사람도 바로 앞에서 폭발이 일어났는데 그 정도밖에 안 다쳤으니 충분히 괴물이라니까."

"떠넘겼……다고?"

"그래. '거크 씨, 패스!'라고 하면서. 아무래도 크라이에게는 폭탄도 그리 신경 쓰이는 물건이 못 되나봐."

어깨를 으쓱이며 설명하는 라일을 보니 무심코 한숨이 나왔다.

마스터어……, 탑협 지부장에게도 그렇게 대하시는군요. 그리고 폭발물을 떠넘기는 만행이 용납되다니, 레벨 8이라는 건 정말 무시무시한 존재다.

애초에 지근거리에서 맞고도 무사했으니 패스할 필요는 없지 않았나? 그런 티노의 의문은 마스터의 진짜 의도를 파악하지 못했기 때문에, 그리고 어리석기 때문에 생기는 것이리라.

"범인은 이미 잡았어?"

"폭발이 일어난 뒤에 습격해 온 녀석들은 말이지. 티노에게도 보여주고 싶었다고. 우연히 클랜 하우스에 와 있던 언더맨. 너도 알지?"

"………………."

"그 녀석들, 장난이 아니던데. 강하기도 하고, 숫자가 너무 많아. 우리가 움직이기도 전에 아무런 생각도 없이 돌진했다고……, 싸우고 싶지 않은 상대야."

라일은 싱글거리고 있었다. 하지만 눈은 웃고 있지 않다.

언더맨. 바캉스를 하러 갔을 때 마주쳤던 무시무시한 아인이다. 여성은 날씬하고 남성은 몸집이 크다. 류류라는 울음소리가 인상적이고, 다양한 모습으로 바뀌는 긴 머리카락을 마치 손발처럼 다루며 상대방을 쓰러뜨린다. 그 무리는 자신의 목숨도 아깝지 않다는 듯이 여왕 개체(시트리 언니 왈, 스루스에서 만난 여왕의 이름은 류란이라고 한다)에게 절대적으로 복종하며, 얼마 전에 바캉스로 갔던 온천 마을———, 스루스에서는 지옥을 보았다.

실제로 본 건 아니지만, 그 스루스 지하에는 제국이 존재하고 있다는 모양이다.

그리고 무엇보다 그들은———, 마스터와 사이가 좋다.

최근은 제도에서도 보이기도 한다. 보아하니 시트리 언니가 교섭을 통해 언더맨의 노동력을 이용해서 건축 쪽 일을 하는 것 같다. 써먹을 수 있다면 목숨을 노리려 한 아인도 써먹는다. 시트리 언니는 정말 무시무시한 분이다.

················그리고 아인들까지 거느리시다니, 마스터어는 신!

"그런데 붙잡은 녀석들은 아무것도 몰랐어. 그냥 병사였어. 이번 범행은 틀림없이 프로의 소행이야. 그리고 아마, 이것도 살해를 노린 건 아니겠지. 폭발물이나 화살도 절대방어로 유명한 크라이를 노린 것치고는 너무 미지근하고, 병사들도 너무 약해. 약점을 알아내기 위한 사전 작업 아닐까."

일리가 있는 말이긴 했다. 레벨 8 헌터란 수많은 인외마경을 넘나든 역전의 강자에게만 허락되는 칭호다. 어지간한 폭발물이나 화살 같은 것이 통할 리도 없고, 어설픈 기습도 통할 리가 없다. 애초에 이곳은 제도에서 손꼽히는 정예 클랜, 《시작의 발자국》의 라운지다.

만약에 언더맨이 없었다 하더라도 사람을 먹이로만 보는 먹거리도 있다.

아무런 조사도 하지 않고 이런 마경에 습격을 가하다니, 목숨이 아까운 줄 모르는 것 같다. 나는 미리 조사했다고 해도 사양할 것이다.

마스터에게 약점 같은 건 존재하지 않는다. 티노는 주먹을 꽉 쥐고 라일에게 물었다.

"……범인의 조사는?"

라일의 예상이 맞다면 두 번째 습격도 있을 것이다. 그런 방면의 프로가 레벨 8을 확실하게 해치울 수 있을 거라 확신하는 방법으로. 마스터는 무적이지만, 일부러 기다려줄 이유 같은 건 없다.

아무것도 모른다고는 했지만 레벨 8 헌터를 노릴 정도로 목숨 아까운 줄 모르는 살인청부업자는 그렇게 많지 않겠지. 조사해보면 용의자를 알아낼 수도 있을 텐데———, 그렇게 생각하고 있자니 라일이 머리를 긁으며 말했다.

"크라이는 바빠서 신경 쓸 틈이 없다던데."

"?!"

"습격도 이미 예상하고 있었던 모양이고, 정말, 갑자기 습격당했는데 신경 쓸 틈이 없다니, 대담하다고 해야 하나, 뭐라 해야 하나———, 짐작이 가는 곳도 너무 많다고 했고, 진짜."

"…………그래."

라일이 뭐라 말하기 힘든 표정으로 혀를 찼다. 티노는 그 심정을 뼈아플 정도로 이해할 수 있었다.

귀족이나 범죄조직은 체면을 매우 신경 쓰는데, 트레터 헌터에게도 체면은 중요하다.

적이 많은 헌터 같은 직업은 얕보이면 끝장이라고들 한다. 애초에 트레저 헌터 중에는 거친 사람이 많고, 보물전은 보통 사람의 눈에 잘 띄지 않는 도시 밖에 있다. 힘으로 성과물을 빼앗으려드는 녀석도 있으며 트레저 헌터를 전문적으로 습격하는 도적도 있다.

때로는 승산이 별로 없더라도 싸워야만 하는 경우도 있다. 습격을 당하면 보복을. 그것이 트레저 헌터 일을 해나가는 데 있어서 기본이고, 《비탄의 망령》 또한 그렇게 치고 올라왔을 것이다.

특히 이번처럼 클랜 하우스에 쳐들어왔는데도 반격을 하지 않으면 얕보이게 된다. 《비탄의 망령》에게는 적이 잔뜩 있다. 최근에 습격 횟수가 줄어든 것은 《비탄의 망령》이 너무 기세등등해서 범죄자들이 겁을 먹었기 때문이다.

'무제제' 때 《천변만화》가 처음으로 먹잇감을 놓쳤다는 정보가 퍼져나가고 있다. 마스터에게 상금이 걸렸다는 이야기도 들었다. 그러한 상황에서 약한 모습을 보였다간 지금까지 얌전히 지내던 범죄자들도 《천변만화》의 목숨을 노리려 할지도 모른다. 그럴 녀석들이 얼마나 많을지, 티노는 전혀 짐작되지 않았지만━━.

"언더맨이 구해준 건 우연인 모양인데……, 대체 무슨 생각을 하고 있는 건지."

그때, 라일의 말을 들은 티노의 몸에 번개를 맞은 듯한 충격이 퍼져나갔다.

거의 반사적으로 고개를 저었다.

아니다. 그게 아니다. 그 반대다.

예전의 티노였다면 눈치채지 못했을 것이다. 하지만 지금의 티노는 수많은 경험을 통해 조금이나마 마스터에게 다가간 상태다. 그래서 눈치챌 수 있었다.

갑작스러운 습격에 대한 애매한 반응. 예상하지 못했다는 언더맨의 협력과 보복하지 않겠다는 판단. 그 모든 것이 한 가지 결과를 나타내고 있었다.

마스터는 분명———, 보복하지 않고 일부러 약한 모습을 보임으로써 범죄자들의 습격을 더 유도하다가 타이밍을 봐서 일망타진할 생각인 것이다.

암살은 타이밍이나 방법을 정할 수 있기 때문에 '하는 쪽'이 더 유리하다. 언제 당할지 모를 습격에 대비해서 경계를 계속 유지하는 건 힘들고, 계속 안전한 곳에 틀어박혀 있는 것도 불가능하다.

그래서 보통은 습격을 유도할 생각 같은 건 하지 않는다. 약한 모습을 보이면 상대방이 더욱 기세등등하게 습격한다. 그런 상황에서 박살 내는 것은 한 명 한 명 차례대로 박살 내는 것에 비해 훨씬 더 위험하고, 전력이 필요하게 된다.

하지만 그와 동시에 위험 부담을 고려하지 않는다면———, 적을 일망타진하기 위해서는 상대방의 공격을 유도하고 그것을 박살 내는 것이 제일 간단하다.

특히 잠재적인 적을 쓰러뜨리려면 그것 정도밖에 방법이 없다. 한번 습격을 가한 상대라면 모를까, 아직 손을 대지도 않았고, 있는지 없는지조차 모르는 적을 찾아내는 건 거의 불가능한 데다,

확실하게 뿌리째 뽑지 않으면 계속 적을 떠안게 된다.

표적은 레벨 8 《천변만화》. 혼자서 노리기는 버거운 상대다. 이번 습격이 사전 연습 같은 거라면 진짜 습격 때는 확실하게 해치우기 위해 여러 살인청부업자가 손을 잡고 많은 인원을 동원하여 덤벼들 터.

상대는 고레벨 헌터를 노릴 정도로 대인 전투에 특화된 살인청부업자다. 티노에게는 버거운 자들뿐일 것이다. 《시작의 발자국》의 헌터라 하더라도 고전할 가능성이 크다.

다시 말해———, 이것이 다음 '천 개의 시련'이다. 틀림없다.

전쟁이다. 무리를 지어서 습격해 오는 살인청부업자와 《시작의 발자국》의 싸움은 전쟁이라 불러야 한다.

"?! 티노, 야, 왜 그래? 갑자기 떨기 시작하고———."

"문제없어. 이건…………, 흥분해서 떨리는 거니까."

재빠르게 주위를 관찰했다. 몸을 낮추고 벽을 등졌다. 무기를 가지고 있지는 않지만, 다행히 티노의 가장 강한 무기는 자신의 육체였다. 그리고 방심한 순간이나 아직 괜찮을 거라고 긴장을 푼 순간에 적을 보내는 것이 평소 '마스터어'의 수법인 것이다.

언더맨의 협력이 우연이었다면 그것으로 인해 계획이 틀어진 부분이 있을 것이다. 이번 '신산귀모'에 빈틈이 있다면 그것일까.

"뭐 하는 거야? 티노."

라일이 갑자기 경계 태세를 취한 티노를 보고 눈을 동그랗게 떴다. 그것은 라일이 받아온 시련의 횟수가 티노보다 적다는 증거였다.

언제 어디서 습격당하더라도 괜찮게끔 만반의 태세를 유지해야 한다. 그렇다! 이 완벽한 예측을 마스터에게 선보이는 것도 괜찮을지 모르겠다. 티노가 모든 것을 정확하게 예상한다면 마스터도 약간이나마 힘 조절을 해줄지도 모른다.

"……마스터에게 다녀올게."

"그, 그래. 그렇구나. 크라이에게 안부 전해줘."

티노는 숨을 삼키고는 발소리를 내지 않게끔 세심하게 주의를 기울이며 라운지를 빠져나갔다.

"있지, 왜 안 되는데? 죽이자? 확실하게 박살 내두지 않으면 위험할 텐데? 왜 안 되는데에?!"

습격으로부터 하룻밤이 지나고, 나는 클랜 하우스의 내 방에서 침대에 걸터앉은 채 머리를 감싸쥐고 있었다.

애교 섞인 목소리를 내며 달라붙는 리즈를 그냥 내버려 둔 채 한숨을 쉬었다.

권력을 얻으면 아군과 동시에 적도 늘어난다고 한다. 트레저 헌터도 예외가 아니다.

범죄자를 쓰러뜨리면 원한을 사게 된다. 보구나 마물의 생체 소재를 상회에 넘기면 다른 상회에서 불만을 품을지도 모르고, 라이벌인 다른 헌터 중에도 야심가가 많아서 틈만 나면 우리를 몰락시키려고 노리는 자도 있었다. 그리고 물론 쓸데없는 앙심 같은 게 아니라 내 소꿉친구들이 직접 고객을 화나게 만들어서 원한을 산 경우도 적지는 않다. 그건 헌터가 되고 난 이후로 내 고민 중 하나였다.

그래도 최근에는 조금 얌전했는데. 아무래도 저번 무제제 사건 때문에 무언가가 바뀌어버린 듯하다.

보아하니 나쁜 여우가 앙심을 품고 내 목에 상금을 걸어버린 모양이었다. 뭐, 뭔가 저질러 버린 헌터에게 상금이 걸리는 건 자주 있는 일이고, 내 목에 상금이 걸린 것도 이번이 처음은 아니다.

평소에는 한동안 내버려 두면 취소되곤 했으니 이번에도 금방 취소될 것이다.

클랜 마스터실의 숨겨진 문을 통해 내려온 이곳, 창문이 없는 방은 이럴 때를 위해 만든 안전지대도 겸하고 있다. 클랜을 설립할 당시에는 습격당하는 횟수도 많았기에 직원과 나 자신의 안전을 고려하는 건 당연한 일이었다.

다행히 지금까지는 클랜 하우스에 적이 쳐들어오는 경우가 없었는데……, 대체 뭘 잘못한 거지? 방에 틀어박히겠다고 선언해 놓고 어슬렁거리면서 라운지로 나간 게 잘못인가?

눈을 감자 날아드는 화살과 거기에 달려 있던 폭탄이 떠올랐다. 다행히 항상 그랬듯이 나는 세이프 링의 힘 덕분에 무사했고, 내가 감싸준 에바도 무사했고, 폭탄을 패스한 거크 씨도 살아있긴 하지만, 어떻게 해야 할지 모르겠다. 유일하게 내가 아는 것은 내 방에 틀어박히면 일단은 안전하다는 점뿐이다.

습격자의 정체 같은 건 아무래도 상관없다. 애초에 뭐가 습격하더라도 이상할 게 없으며 짐작되는 것도 없다. 혹시나 완전히 쓰러뜨리지 못한 범죄자가 보복하러 온 건지도 모르고, 프란츠 씨 같은 사람이 인내심에 한계가 와서 살인청부업자를 고용했을 가능성도 있다.

시간이 해결해 주는 일이라면 좋을 텐데———.

그리고 그 지저인들은 왜 있는 거야? 그게 제일 무섭네.

"본보기로 모조리 죽여버리자? 확실하게, 한 명도 남김없이 붙잡을 테니까. 응? 그래도 되지?"

그리고 가장 큰 문제는 소꿉친구들이었다. 침대 위에서 몸을 들썩거리던 리즈가 애교를 부리며 몸을 기댔고, 팔을 앞쪽으로 두르며 귓가에 속삭였다.

"안 돼."

"왜? 있지, 이대로 가다가는 얕보여버릴 텐데? 크라이를 노린 걸 반드시 후회하게 만들어줄 테니까. 피투성이로 만들어서 제도의 대문에 매달아줄 거야."

그 목소리에는 미처 숨기지 못해 끓어오르는 듯한 감정이 담겨 있었다.

헌터의 규칙에 대해서는 나도 알고 있다. 하지만 그녀는 너무 지나친 구석이 좀 있다. 공격해 온 장본인을 물리치는 것 정도는 상관이 없지만 그 정도로 넘어갈 만한 성격도 아니다.

범인을 찾아내면 친족이나 친구까지 본보기로 모조리 죽일 생각이다. 대체 어느 쪽이 범죄자야?

게다가 저쪽엔 이미 충분히 공포를 새겨주었을 것이다. 침입자들에게 일제히 몰려드는 언더맨들은 나도 좀 무서웠으니까. 스루스에서 있었던 일이 머릿속에 떠오르네.

아마 마음을 가라앉히려는 건지 리즈가 몸을 비벼대며 말했다.

"리즈는 말이지, 크라이가 공격당한 것 때문에 화가 난 게 아니야. 크라이가 폭발 정도로 당할 리도 없으니까───, 그래도, 당했으니 갚아줘야지……, 헌터는 원래 그런 거니까. 응?"

"음…………."

완전히 화가 났다. 어젯밤에 온 시트리는 '소중한 사람이 공격당했으니 상대방의 소중한 사람을 공격해주겠어요'라고 했으니까, 내가 말리지 않으면 범죄자가 되어버릴 거다. 들키지만 않으면 된다거나 그런 문제가 아니다.

정말 고향에 계신 리즈와 시트리의 부모님께 뭐라고 변명을 해야 할까…….

스트레스가 꽤 많이 쌓였는지, 스킨십이 평소보다 강했다.

리즈는 팔다리를 아무렇지도 않게 내 몸에 휘감았다. 그 체온이 전달되어서 땀이 조금 났다. 놀랍게도 내 목을 살짝 깨물었기에 나는 소리를 냈다.

동물 같은 짓은 그만둬!

리즈를 밀쳐내고 팔다리를 붙잡은 채 침대에 억눌렀다. 리즈가 눈을 동그랗게 뜨며 힘을 뺐다.

헌터가 된 지도 벌써 시간이 꽤 많이 지났지만, 이럴 때 하는 변명거리는 전혀 늘어나지 않았다.

"괜찮아. 지금은 바쁘니까 괜찮다고. 전부 계획대로니까!"

애초에 그 사건만 아니었어도 엘리자가 두고 간 보구의 출장 감정을 하러 와줄 예정이었던 마치스 씨가 와줬을 텐데. 아무런 생각도 없이 보구를 만지작거리면서 푹 쉴 생각이었는데———. 하지만 나는 아무리 험한 꼴을 당하더라도 습격자와 친지들을 모조리 죽여버리고 싶다는 생각은 하지 않는다.

지금까지 험한 꼴을 잔뜩 당했단 말이지! 험한 꼴 내성이 있으니까.

"어~? 정말로오? 정말로 확실하게 보복할 거야?"

신기하게도 반신반의하는 리즈에게 딱 잘라 말해주었다.

"그런 쓸데없는 걸 생각하고 있을 때가 아니야. 괜찮아, 그렇게 큰 소동을 일으켰으니 한동안은 괜찮을 거라고. 일당 중 일부는 류란이랑 지저인들이 붙잡았고, 경비병들도 움직이고 있어."

"에……."

애초에 시트리와 애들은 그것으로 습격이 끝난 거라 생각하지 않는 모양이지만, 과연 그럴까.

폭발이 일어난 뒤에 돌입해 온 녀석들도 실력은 대단했지만 언더맨들의 근육뇌 돌격에는 패배했다. 왠지 그 애들, 우리하고 엮일 때마다 연계 숙련도가 올라가는 것 같은데, 내 착각인가?

내 말을 듣고도 리즈의 불만스러워하는 표정은 여전했다. 알았어, 알았다고. 스트레스가 쌓인 거지?

토라진 리즈의 목덜미에 손을 뻗어서 쓰다듬어주었다. 그 피부는 어렸을 때와 마찬가지로 매끄럽고 약간 열기를 띠고 있어서 마치 손바닥을 빨아들이는 것 같았다.

리즈는 스킨십을 정말 좋아해서 자주 껴안는 행동을 보이며 거리감이 가까워서 항상 곤란하지만, 아무래도 자기가 만지는 것보다는 만져주는 것을 더 좋아하는 것 같았다. 예전에 내가 루시아의 머리카락을 묶어준 것도 조금 부러웠던 건지 머리카락을 빗겨주는 것도 효과적이다.

비위를 맞춰주는 방법 정도는 얼마든지 알고 있다. 괜히 오랫동안 함께 지낸 게 아니다.

깨달음을 얻은 듯한 기분으로 미소를 짓는 내게 리즈가 눈을 반짝이면서 좀 전보다 약간 부드러운 목소리로 말했다.

"어라? ……크라이, 혹시 스트레스 쌓였어? 그런 기분이야? 벗을까?"

"……호위가 리즈일 때는 루시아나 시트리도 같이 불러야겠네."

"그치, 아무리 책략을 위해서라고는 해도 복수를 참는 건 스트레스니까. 응, 좋아, 나한테 풀어."

리즈가 볼을 붉히며 말했다. 무슨 착각을 하고 있는 거지? 정말 나를 어떤 사람으로 생각하는 걸까. 벗을까라니, 내가 그런 걸 요구한 적이 있었어?

…………뭐, 헌터는 성적으로 자유분방한 사람이 많으니까.

농담인 건지 진심인 건지 모르겠지만, 쑥스럽다기보다는 어이가 없다. 말없이 부드러워 보이는 그녀의 볼을 꼬집자 리즈가 꽃이 피어난 듯한 미소를 지었다.

…………전혀 효과가 없네. 손을 떼고 한숨을 크게 쉬었다.

"리즈가 내 스트레스 걱정을 하다니, 왠지 엄청 납득이 안 되는데."

"에~, 항상 나한테 맞춰주기만 하니까 가끔은 내가 맞춰주려고 했던 건데……."

리즈와 다른 일행들은 항상 바쁘지만, 당분간은 누군가가 시간을 내서 돌아가며 호위를 해줄 모양이었다.

그건 정말 고마운 일이고 기대가 되지만, 과연 내가 파워풀하게 성장한 소꿉친구들을 견뎌낼 수 있을까? 첫날부터 불안한 마음이 한가득이다.

뭐, 그래도 보복 생각은 머릿속에서 사라진 것 같네. 단순해서 정말 다행이다.

"스트레스 같은 건 없지만, 무제제 때는 험한 꼴을 당했으니 충전 기간이 필요하거든. 리즈도 피로가 쌓였을 테니 당분간은 얌전히 지내도록 해. 또 금방 바빠질 테니까."

"나는 결국 시합에도 못 나갔으니까 전혀 피곤하지 않은데……, 아, 맞다! 우리 스승님이 크라이를 만나고 싶어 하던데……."

"……나도 만나고 싶긴 하지만 바쁘니까~. 틀어박혀서 쉬고 있긴 하지만 한가한 건 아니야."

리즈와 다른 일행들의 스승님들은 만날 때마다 제자 자랑을 하거나 클레임을 걸어서 싫다……, 나는 보호자가 아니라고! 대체 그녀들이 평소에 내 이야기를 얼마나 과장해서 하는 건지 겁이 나서 물어볼 수가 없다.

그때 문 너머에서 콰당, 소리가 들렸다. 리즈가 미소를 없애고 왠지 따분한 듯한 표정으로 침대에서 내려간 다음 문으로 다가가 망설임 없이 열었다.

문밖에 있던 사람은 티노였다. 엉덩방아를 찧은 채 창백한 표정으로 언니를 올려다보고 있었다.

"계속 밖에 있구나 싶긴 했는데⋯⋯⋯⋯, 크라이, 이거, 어떻게 할까?"

이미 숨겨진 방이 아니게 되긴 했지만, 이제 와서 따질 일도 아니다. 티노는 눈을 크게 뜬 채 겁을 먹은 듯이 나를 보았다.

"충전 기간. 고, 공격을 유도해서⋯⋯⋯⋯, 모조리⋯⋯, 죽인다고요⋯⋯?"

훔쳐 들을 거면 제대로 들어! 제일 위험한 부분만 들은 건가? 애초에 공격을 유도한다는 말은 한마디도 안 했는데━━━.

리즈가 무언의 압박을 가해서 이러는 걸지도 모른다. 기분이 좋을 때 누가 방해하면 그 반동으로 단숨에 기분이 안 좋아지니까.

리즈가 티노의 멱살을 잡고 가볍게 이쪽으로 던졌다. 티노는 낙법도 하지 못하고 눈앞에 떨어져서 짤막한 비명을 질렀다.

"교육이 부족했나아? 작전을 들어버렸네. 오늘은 훈련을 안 한다고 한 시점에서 눈치챘어야지."

자자, 진정해. 갑자기 온 건 놀랐지만, 티노는 착한 아이야. 분명히 습격을 당한 내가 걱정되어서 와준 거겠지. 아무리 그래도 지금 리즈는 너무 사나운데.

나는 미소를 지으며 겁을 먹은 티노도 이해할 수 있게끔 천천히 말을 꺼냈다.

"작전 같은 건 없어⋯⋯⋯⋯, 모조리 죽이지도 않을 거고, 피투성이로 만들지도 않을 거야. 지금은 나중을 대비해서 한동안 힘을 모으기만 하는 것뿐이고⋯⋯."

"마⋯⋯, 마스터어가⋯⋯⋯⋯, 힘을⋯⋯, 모은다고요?!"

티노가 힘없는 목소리로 내가 한 말을 곱씹었다. 표정이 더욱 굳었다.

⋯⋯⋯⋯티노 시점에서 보는 나는 대체 어떤 모습인 걸까?

갑자기 뒤에서 똑똑, 소리가 났기에 의자에 앉은 채 고개만 움직여서 돌아보았다.

창문 밖에서는 사슬로 만들어진 낯익은 비둘기가 창문에 부리를 부딪히고 있었다.

《시작의 발자국》의 클랜 하우스 주위에는 다른 높은 건물이 없다. 안전성을 고려해서 클랜 하우스를 지을 때 그런 곳을 선택했다.

꼭대기 층인 클랜 마스터실은 라운지와는 달리 바깥에서 저격하는 것도 힘들고, 창문도 리즈가 한 번 부순 이후에는 유리 중에서도 특별히 높은 강도와 가격을 자랑하는 생체 유리(마나 머티리얼을 이용해서 강화시킨 특수 소재)로 바꿨다. 물론 고레벨헌터급의 힘은 견뎌낼 수 없어도, 범죄자가 이런 큰길에서 그렇게까지 눈에 띄는 짓은 하지 않을 것이다. 폭발물을 던지기는 했지만⋯⋯.

핸들을 돌려서 창문을 살짝 열자 창문 밖에서 필사적으로 날개를 퍼덕이고 있던 『피전 체인(비둘기 사슬)』이 들어왔다.

'피전 체인'은 마치스 씨의 컬렉션 중 하나다. 수없이 많이 존재하는 사슬형 보구 중에서도 비행능력을 지닌 것은 희귀하고, 나도 가지고 있지 않다. 똑똑하고 외적으로부터 자기 몸을 지키는 지혜를 지니고 있으며 전서구 대신 써먹을 수 있는 데다 크기가 작기 때문에 연비가 꽤 좋은 이 사슬은 사슬형 보구 중에서도 손에 꼽힐 정도로 편리함을 자랑한다.

재빨리 발목에 묶여 있던 통을 풀어서 마치스 씨가 보낸 편지를 꺼냈다.

내용을 대충 확인했다. 보아하니 한동안 출장 감정은 불가능할 것 같다.

보구를 한없이 사랑하는 보구 감정사도 세월에는 이기지 못한다는 뜻인가? 뭐, 나도 그를 휘말리게 만드는 건 피하고 싶다. 그는 내 보구 관련 스승님이긴 하지만, 그와 동시에 나와 비슷할 정도로 비전투원이다.

아랑곳하지 않고 출장 감정을 하기 위해 준비를 하다가 아들 부부에게 혼났다는 불평과 손녀딸 자랑, 외부의 소문 같은 것까지 합쳐진 혼란스러운 내용을 퉁명스러운 표정으로 읽고 있자니 소파에서 새 목검을 닦던 오늘의 호위 루크가 말했다.

"그런데, 크라이. 언제 피투성이로 만들어주러 갈 거야?"

"…………?"

"습격 이야기를 들은 스승님이 무슨 뜻인지는 잘 모르겠지만 베지 마라, 절대로 베지 마라, 라고 했거든. 다시 말해서……, 베라는 뜻이지?"

"으응~?"

"내가 베는 게 아니야. 그 녀석들이 멋대로 베이게 하라는 거지. 일류 검사란 상대방이 먼저 베이러 오는 법이니까."

무슨 말인지도 모르겠고 무슨 말을 하고 싶은 건지도 전혀 모르겠지만……, 의욕이 넘치네.

루크는 리즈만큼 화를 자주 내지는 않지만, 리즈와 비슷하거나 그 이상으로 호전적이다. 화가 나지도 않았는데 호전적인 만큼, 리즈보다 악질일 가능성도 있다.

"뇌신참의 부차적인 효과를 발견했어. 베인 상처가 그을리거든. 다시 말해 출혈로 죽을 가능성이 줄어들지. 그러니까 한 명을 잔뜩 벨 수 있는 거야. 나는 언제든 갈 수 있어. 그래! 애들 몫까지 베어주자!"

번개를 갖다대는 시점에서 자기도 큰 대미지를 입을 것 같은데요, 그건 어떻게 생각하시는지? 그리고 아무래도……, 내가 리즈를 말렸을 때 한 이야기는 전혀 전달되지 않은 모양이네.

'피전 체인'이 곧바로 답장을 보내라는 듯이 눈앞에서 어슬렁거리고 있다. 나는 루크와 비둘기를 번갈아 보다가 적당히 말했다.

"안 돼, 아직 때가 아니야. 나도 바쁘니까 한동안 얌전히 있어. 그러다 보면 분명히 좋은 일도 생길 테니까."

지금까지는 두 번째 습격이 발생하지 않았다. 이제 아예 발생하지 않을 가능성도 있다.

류란 일행이 붙잡은 자들이 진짜배기였을 가능성도 있고, 그렇지 않더라도……, 냉정하게 생각했을 때 습격자는 이번에 큰 실수를 한 가지 저질렀다. 거크 씨———, 탐색자 협회 지부장을 휘말리게 만든 것이다.

그래 봬도 그는 권력자다. 요즘 같은 트레저 헌터 전성기에 탐색자 협회를 적으로 만들면 살아갈 수가 없다. 지금쯤 거크 씨는 화가 잔뜩 나서 습격자를 찾고 있을 것이다. 기다리기만 하면 된다.

"젠장, 아직 안 되는 건가……, 정말, 뜸을 들이는 게 크라이의 안 좋은 버릇이라니까. 아아, 내 마검이 피를 마시고 싶어 하는데……."

아직이고 뭐고, 앞으로는 아예 안 된다고. 분명 번개 때문에 새까맣게 타버려서 새로 만들어 달라고 했을 그 마검도 피를 마시고 싶어 하지는 않을 테고. 그때, 루크가 조용히 중얼거렸다.

"사람, 사람을 베러 가고 싶어……."

…………자네, 상당히 한가한 모양이지? 어쩔 수 없군, 조금 신경 써줄까.

루크의 성격도 리즈와 비슷할 정도로 잘 알고 있다. 주의를 다른 곳으로 돌리는 것 정도는 간단하다. 오랫동안 돌릴 수는 없지만.

내가 일어서자 갑자기 문을 노크하는 사람이 있었다.

루크가 검을 손질하던 손을 멈추고 그쪽을 보았다.

"에바야."

"? 아, 나도 알아."

알고 있으면서도 베러 들 것 같으니까.

노크에 대답하자 항상 그랬듯이 머리부터 발끝까지 제대로 차려입은 에바가 들어왔다.

그녀의 모습은 습격당하기 전과 전혀 달라진 게 없었다. 보통 지근거리에서 폭발이 일어나면 충격 때문에 한동안 정신을 차리지 못할 텐데, 에바는 그다음 날부터 원래대로 돌아왔다. 그녀의 담력도 꽤 대단하다.

하지만 그렇기 때문에 더욱 에바와 클랜의 일반 직원들까지 피해를 입는 것만은 피해야만 한다.

"몸 상태는 어때?"

"덕분에 딱히 문제는 없습니다. 애초에 크라이 씨 덕분에 멀쩡했고요. 라운지 수리엔 시간이 좀 더 걸릴 것 같습니다만———, 류란 일행이 있으니까요."

어느새 익숙해져 버린 것 같네……, 말도 안 통하는데 대체 어떻게———.

머릿속에 스친 의문을 집어삼킨 다음, 느긋하게 제안했다.

"한동안 일은 쉬어도 돼. 위험하기도 하고, 사무 업무는 루크가 해줄 거야."

"그래! 에바, 내게 맡겨줘! 주먹이 운다!"

사무 업무 같은 건 해본 적도 없을 텐데, 루크는 정말 언제나 자신만만하구나.

에바가 한순간 싫다는 듯이 눈살을 찌푸리다가 어흠, 헛기침을 했다.

"걱정하지 마시길. 저도 이럴 때를 대비해서 어느 정도는 마나 머티리얼을 흡수했고……, 그리고 한동안은 클랜 하우스에서 머물 겁니다. 이곳이 제일 안전하니까요."

⋯⋯엄청나게 바쁠 것 같은데 언제 흡수한 거지? 그리고 설마 에바는⋯⋯⋯⋯, 나보다 강한가? 재능도 있을 것 같고⋯⋯, 인생이라는 건 보통 불평등한 법이다.

클랜 하우스에 머문다는 건 묘안이다. 농성할 준비도 되어 있고, 호위도 잔뜩 있다.

"파자마 파티나 할까?"

"⋯⋯안 할 겁니다. 크라이 씨께서 습격당했다는 이야기를 듣고 편지와 위문품이 많이 와 있습니다만, 어떻게 할까요? 면회는 전부 거절했습니다만———."

"인기 많네."

"크라이 씨는 평소에 모습을 잘 드러내지 않으니 절호의 기회라고 생각한 거겠죠. 요즘 떠들썩한 화제의 주인공이니까요."

"⋯⋯⋯⋯."

나를 빤히 바라보고 있는 에바. 화제가 되고 싶어서 된 건 아니야———.

그런데 정말로 평소 그대로네⋯⋯, 오히려 불안해진다. 아무리 마나 머티리얼을 흡수하더라도 그녀가 비전투원이라는 사실에는 변함이 없다. 역시 대비할 필요가 있을 것 같다.

오른손 새끼손가락에 끼고 있던 세이프 링을 빼서 에바 쪽으로 던졌다. 어차피 나는 세이프 링을 잔뜩 가지고 있으니 하나 정도 줄어봤자 별로 상관도 없다.

반지를 받아든 에바가 의아한 듯이 나를 보았다.

"저기……, 이건———?"

"세이프 링이야, 줄게. 쓰던 거라 미안하지만, 가지고 있도록 해."

"?! 세이프 링?! 그렇게 비싼———, 자, 자, 잠깐만요! 왜 갑자기 지금 저에게?!"

"아니, 기다려봐…………."

그때, 나는 딱히 아무런 전조도 없이 갑작스럽게 하늘의 계시를 받았다.

팔짱을 낀 다음 책상을 부리로 쿡쿡 쪼아대고 있던 피전 체인을 보았다.

출장 감정이 힘들다면 내가 물건을 보내면 되는 거 아닌가? 티노에게 부탁해서 가져다달라고 하면 마치스 씨도 거절하지는 못하겠지. 티노는 클랜 멤버고, 애초에 클랜 하우스에도 자주 드나들고 있다. 부자연스럽지는 않을 거야.

오늘 나는———, 머리가 잘 돌아간다. 아니, 어째서 지금까지 눈치채지 못한 거지?

손가락으로 창문 밖을 가리키자 답장은 보내지 않을 거라 판단한 건지, 사슬 비둘기가 날아올랐다. 에바는 눈을 연달아 깜빡이면서 나와 날아간 비둘기를 번갈아 보았다.

"후후후…………, 에바 덕분에 좋은 생각이 났어."

"네?! 하? 뭐, 뭐죠?! 아니, 방금 그 사슬 비둘기는요??? 또 뭔가 하고 계신 건가요?! 뭘 눈치채신 건데요?!"

그렇게 초조해할 필요는 없는데……, 항상 냉정한 에바가 당황하니 재미있네. 왠지 치유돼.

"아무것도 아니야. 다 괜찮을 거야, 다 괜찮을 거라고."

"티노 양이 '마스터어는 모조리 죽여버릴 생각이에요'라고 이곳저곳에서 떠들고 다니는 것도 괜찮은 건가요?"

그건……, 전혀 괜찮지 않은데. 아무리 고레벨 헌터라 해도 모조리 죽여버리는 건 용납되지 않고, 제도의 대문에 범죄자의 시체를 매달아두는 것도 물론 용납되지 않는다. 뭐, 확실하게 말렸으니까 괜찮을 것 같긴 하지만…………, 요즘 나에 대한 티노의 신뢰도가 떨어진 것 같은 느낌이 든다. 되찾고 싶은 기분이다.

"아무래도 클랜 내부에서는 참극이 벌어지기 전에 치고 나가자는 움직임도 있는 모양이고———."

아무 말도 하지 않았는데 상황이 멋대로 진행되고 있네……. 클랜 하우스가 습격당한 건 사실이니 제멋대로 치고 나가는 것도 상관없긴 하지만, 적어도 무슨 일이 생기든 내 탓을 하지는 말았으면 좋겠다.

"…………말세네."

"설마 그 한마디로 그냥 넘어갈 생각이신가요?"

요즘은 잠깐 움직이기만 했는데도 험한 꼴을 당하곤 했으니까……, 한동안 가만히 있는 게 정답일 것이다.

크게 하품을 하자 목검을 들어 올려서 관찰하고 있던 루크가 문득 생각난 듯이 이쪽을 보았다.

"크라이, 그러고 보니까 한가하면 들르라고 스승님이 그러던데. 뭔가 의논하고 싶은 게 있는 모양이야."

"그《검성》이? 지금은 '여우' 대책 관련으로도 동원되어서 바쁠 텐데———, 크라이 씨, 정말로 인맥이 넓으시네요."

인맥이라고 해야 하나, 분명히 또 클레임일 것이다. 내게 들어오는 것들은 대부분 그렇다. 특히 리즈와 루크의 스승님은 호출 빈도나 불평을 늘어놓는 빈도도 훨씬 높고, 의논이라는 명목으로 트집을 잡곤 하니 정말 징글징글하다. 진짜로 의논을 하고 싶어 해도 곤란하긴 하지만.

"……………짐작 가는 거 있어?"

"음~, 없는데."

없을 리가 없잖아. 생각해내! 자각이……, 너무 없네.

루크는 눈살을 찌푸리며 한동안 끙끙대다가 문득 무언가가 생각난 듯이 말했다.

"…………아~, 혹시 그건가? 스승님이 항상 쓰는 검이 두 자루 있는데, 저번에 어느 쪽이 더 강한 검인지 신경 쓰이길래 물어봤거든."

루크의 스승님인《검성》, 쏜 로우웰은 루크와는 달리 심기체를 갖춘 검사 중의 검사다. 힘과 고결함을 겸비하여 제도의 검사들의 존경을 한몸에 받음과 동시에 도검 컬렉터로서 이름난 검을 여러 자루나 가지고 있다.

검 휴대 금지령을 받고 있긴 하지만 루크는 검 자체를 정말 좋아한다.《검성》과 처음 만났을 때는 눈을 반짝이면서 그가 가지고 있던 검을 보고 있던 게 기억난다.

"그런데 스승님이 모르겠다고 하길래 어느 쪽이 강할지 몰래 시험해 봤는데, 왠지 모르겠지만 양쪽 다 부러졌어."

"…………?!"

"그러니까, 홍천검하고 창령검은 양쪽 다 비슷할 정도로 강한 검이었던 거지. 길이도 비슷하니까 이도류로 쓰기에도 상성이 좋아."

……응, 그래, 그렇구나.

스승님의 검을 두 자루나 부러뜨리다니, 파문을 넘어서 살해를 당한다 해도 이상할 게 없는 짓을 저질러놓고도 루크의 표정에서는 반성하는 기색이 전혀 느껴지지 않았다. 아니, 진짜 무서운 건 고레벨 헌터의 힘이라고 해야 할까. 보구는 튼튼하며 보구가 아닌 검도 보통은 부러질 만한 물건이 아니지만, 아무래도 루크 정도의 천재 검사라면 그런 건 상관이 없는 모양이다…………, 보통은 그 반대 아닌가? 실력이 좋으니 초보가 다루면 간단히 부러지는 검도 부러지지 않게 쓸 수 있다거나 그래야 하는 거 아니야?

그때, 루크가 팔짱을 끼고 눈을 가늘게 떴다.

"……아니, 잠깐만? 뇌신참을 수행하면서 스승님이 소중히 여기던 검을 부러뜨린 것 때문에 그런가? 목검으로 쓰면 아무리 애를 써도 재가 되어버리니까……."

몇 자루를 부러뜨려야 성이 차는데! 뇌신참이면 최근 이야기잖아! 이번 호출은 틀림없이 그것 때문일 거라고!

무구라는 건 저렴한 물건이 아니다. 요즘 같은 시대에는 단조로 찍어내기라도 하지 않는 이상 무기의 가격은 비쌀 수밖에 없다. 보구는 물론이고 대장장이가 벼려낸 검도 물건에 따라서는 억대가 넘는다. 《검성》이 가지고 있을 만한 명검이라면 금전적인 가치로 따졌을 때 대체 얼마나 될지⋯⋯, 애초에 검사에게 있어서 검이란 혼이나 마찬가지다.

루크가 아직 파문당하지 않은 이유를 전혀 알 수가 없다. 에바도 멍해졌다.

별생각 없이 호출에 응했다간 어떻게 될까⋯⋯,《검성》은 인격자이긴 하지만 성격이 온화한 건 아니다.

가능하다면 만나고 싶지 않고, 분노한《검성》앞에 모습을 드러내는 건 말도 안 되는 소리다. 뭔가 루크의 만행을 용서받을 방법이⋯⋯, 그렇지, 부러진 검을 대신할 만한 거라도 있으면 어떻게든 될 가능성도 있으려나?

그때, 나는 발치에 놓여 있던 상자를 보았다. 엘리자가 준 선물이 들어있는 상자다.

심호흡을 한 다음 그 안에서 내가 제일 눈독 들이고 있던 검, 까만 천에 싸여 있던 검을 들어 올렸다.

천을 벗겼다. 그 안에서 나온 것은 칠흑의 칼날을 지닌 직검 한 자루였다.

마치 밤을 형태로 나타낸 것처럼 조용한 빛. 현재 유통되고 있는 어떤 금속과도 다른 그 광택은 이 검이 과거의 문명의 산물이라는 사실을 나타내고 있다.

"오오?! 뭐야, 그 검―――."

가지고 있는 보구 도감에서 찾아보았지만, 결국 정체는 알아내지 못했다. 검 형태의 보구는 연구가 꽤 진행된 상황이다. 그럼에도 불구하고 알아내지 못했으니 아마 상당히 희귀한 보구일 것

이다.

　마치스 씨에게 감정을 의뢰할 생각이었는데, 이러면 어쩔 수 없다. 루크가 부러뜨려버린 검을 대신할 수 있을지는 모르겠으나 이것도 무언가의 인연이겠지. 검 계열 보구라면 『대지의 열쇠』 때문에 험한 꼴을 당한 직후니까……. 다시 한번 심호흡을 하며 각오를 다진 다음, 검을 천으로 다시 싸서 책상 위에 올려놓았다.

　"나는 못 가지만, 이걸 대신 스승님께 가지고 가도록 해. 꽤 희귀한 물건이야."

　검으로서의 성능은 알 수가 없지만, 아름다운 검이다. 이걸 주면 《검성》의 기분도 조금은 풀릴 것이다.

　그리고 만약 어떤 힘을 지니고 있는지 알아내게 되면 꼭 좀 가르쳐줬으면 좋겠다.

　트레저 헌터는 정보에 민감하다. 예전에 《천변만화》가 보구를 사들이려 한 것만으로도 정보가 눈 깜짝할 새에 퍼져나간 것처럼, 그 정보는 단숨에 트레저 헌터들 사이에 퍼져나갔다.

　그 신산귀모로 수많은 사건들을 쉽사리 해결해온 《천변만화》가━━, 힘을 모으고 있다.

　정보는 엇갈리고 있었다. 클랜 하우스의 습격이 그 방아쇠가 되었다고 하는 사람도 있는가 하면, 그 습격조차 《천변만화》의 예상대로라고 하는 사람도 있었다.

유일하게 견해가 일치한 것은 철저한 보복이 이루어질 것이라는 점뿐이다.

물론 그것은 제국법에 저촉되는 일이다. 아무리 레벨이 높은 헌터라 해도———, 아니, 레벨이 높기 때문에 위법 행위는 용납되지 않는다. 하지만 《비탄의 망령》의 악명은 그 소문을 믿게 할 만큼의 실적을 가지고 있었다.

———그들은 한번 칼을 들이댄 자를 땅끝까지 쫓아가며, 절대로 놓치지 않는다.

제도 제블디아. 제도의 어둠을 한데 모아둔 범죄자들의 소굴로 알려진 '퇴폐 지구'의 한구석에 그 가게는 남몰래 존재하고 있었다.

당장에라도 무너질 것 같은 폐허 같은 저택. 낡은 문을 열고 안으로 들어가서 계단을 내려간 곳에 있는 지하.

'붉은 술집(레드 링크)'.

사회에서 적응하지 못한 자들이 정보를 공유하기 위해 생겨난 그곳은 더러운 의뢰를 알선해주는 곳, 이른바 암흑 탐색자 협회라고도 할 수 있는 존재였다.

가게 안은 좁지만, 술집에 입장할 수 있는 것은 규모가 큰 조직이나 그곳에서 소개를 받은 일류 실력자들뿐이다.

테이블이 몇 개 적당히 놓여 있는 가게 안에는 험상궂은 점장을 제외하면 손님 몇 명밖에 없었다.

차림새나 성별, 나이는 제각각 달랐지만, 그 눈동자에 드리운 냉혹한 빛과 몸에 밴 폭력의 기척만큼은 다들 비슷했다.

어둑어둑한 가게 구석. 자그마한 테이블에 남녀 한 쌍이 마주 보고 앉아 있었다. 눈가까지 가린 까만 머리카락, 우울한 분위기를 풍기는 몸집이 작은 남자와 드세 보이는 눈매의 금발 여자였다. 다른 손님들에 비해 위압감은 희미하다. 하지만 이곳에 존재한다는 사실 그 자체가 실력이 좋은 범죄자(레드) 헌터라는 증명이었다.

《무투》와《금색》. 두 사람은 별명으로 불리며 거물만 노리는 살인청부업자였다.

평소에는 다른 나라에서 일을 하는 두 사람이 제블디아까지 온 목적은 최근에 막대한 상금이 걸린 어떤 남자 때문이었다.

트레저 헌터, 《천변만화》. 제블디아 제국 황제를 지켜내고, 수수께끼에 싸인 비밀결사, '아홉꼬리 그림자여우'의 체면에 처음으로 먹칠을 한 남자. 그에게 걸린 상금은 개인에게 걸릴 만한 액수가 아니었다.

조직에게서 상당히 미움을 산 모양이다. 아홉꼬리 그림자여우는 그 사건을 계기로 제블디아에서 손을 떼게 되었으니 당연하다. 이 액수라면 톱클래스 암살자를 여러 명 고용하더라도 거스름돈이 남고, 규모가 큰 용병단도 써먹을 수 있다.

잘만 처리하면 평생 놀고먹을 수 있을 것이다. 수많은 조직을 박살 낸 남자를 죽인다면 명예도 손에 넣을 수 있다. 그야말로 일생일대의 큼직한 건수다. 하지만, 두 사람의 안색은 밝지 않았다.

금발 여자———, 백발백중의 실력을 지니고 있으며 뛰어난 계획 입안 능력을 통해 다수의 암살을 성공시킨 사수(아쳐), 《금색》이 테이블을 주먹으로 내려치며 위압하듯이 남자를 내려다보았다.

"이제 와서 겁을 먹었다는 거야?! 우리는 이미 공격을 한번 해 버렸는데?!"

암살은 《금색》에게 있어서 간단한 일이다. 상대가 숙련된 트레저 헌터라 하더라도 지금까지 한 번의 실수도 없이 일을 처리해왔다.

상대가 확실하게 자신보다 더 강한 실력자라 하더라도 문제는 없었다. 마나 머티리얼로 인한 성장에는 본인의 의지가 크게 영향을 끼치긴 하지만, 헌터들 대부분은 마나 머티리얼을 공격에 투자하는 경향이 있다. 방어력은 방어구로도 충분히 커버할 수 있지만, 공격력을 높이지 않으면 강인한 팬텀을 당해낼 수가 없기 때문이다. 지금까지 흡수한 마나 머티리얼로 은밀성과 공격력을 높인 《금색》에게 급소를 꿰뚫리고 쓰러지지 않았던 사람은 없다.

그리고 그 일을 더욱 확실하게 만드는 사람이 파트너인 《무투》다. 인간을 믿지 못하고 기가 약한 남자지만, 폭발물이나 독을 자유자재로 다루며 싸우지 않고도 표적을 쓰러뜨리는 그 수완에는 단순한 힘으로는 측정할 수가 없는 두려움이 있다. 특기 분야가 다른 《금색》과 《무투》가 손을 잡았을 때 죽일 수 없는 상대 따위는 없다.

하지만 언제나 벌벌 떨기만 하고 자신 없어 하면서도 확실하게 일을 해내던 남자가 지금은 완전히 위축된 상태였다.

"모모, 못해. 이, 이길 수가 없어. 그 남자는……, 괴, 괴물이야."

"괴물이라는 건 이미 알고 있었잖아?! 레벨 8이거든?!"

원래 살인청부업자는 레벨 8 헌터를 노리지 않는다. 너무나도 위험 부담이 크기 때문이다.

헌터의 인정 레벨은 실적을 쌓아야만 올라간다. 시험도 있다.

레벨 8 헌터란, 말하자면 최강급 인간이라는 사실의 증명이다.

넘나든 수라장과 흡수한 마나 머티리얼의 양. 노력의 양과 질, 그리고 무엇보다 재능이 다르다. 하나의 재주에 특화된 타입이나 만능 타입 등, 헌터의 타입은 몇 가지로 나뉘긴 하지만, 레벨 8 헌터는 그런 차이 같은 것들은 그냥 날려버릴 수 있을 정도로 강력한 힘을 지니고 있다. 헌터의 성지인 이곳 제블디아에도 레벨 8 '이상'은 겨우 네 명밖에 없다는 사실을 통해서도 그들의 이상성을 짐작할 수 있을 것이다.

하지만 그 사실을 고려하고도 노리기로 결심한 것 아닌가. 《금색》은 사냥꾼이다. 계획을 세우고 사전 조사를 위한 첫수를 날린 이상, 이제 와서 후퇴하는 것은 있을 수 없는 일이다. 병력도 갖추었다.

하지만 팔짱을 낀 채 눈을 가늘게 뜬 《금색》에게 파트너는 몸을 부들부들 떨면서 말했다.

"그, 그래, 토……, 통하지 않을지도, 모르겠다는 생각을, 하긴 했지. 하, 하지만, 강하기만 한 게 아니야. 그그……, 그 녀석은, 내, 내가 만든, 특수 폭탄을, 거크에게, 던졌다고. 머머, 머리의 나사가, 트트, 틀림없이, 몇 개는 빠졌을 거야———."

"………………………."

"게, 게다가, 우리가 고용한 병사를, 마, 마물을 이용해서, 붙잡았어! 야, 약한 우리가, 우리보다 맛이 간 상대를, 어어, 어떻게, 죽이겠다는 거야아!"

가게 안이 조용해졌다. 카운터에 있던 까만 옷을 입은 점장도, 다른 손님들도, 아무런 말을 하지 않았다.

하지만 그 말은 정확했다.

암살자의 강점은 그 행동이 처음부터 죄가 된다는 것을 자각하고 있다는 점이다.

그렇기 때문에 《금색》은 목적을 달성하기 위해 수단을 가릴 필요가 없고, 상대방이 정상인 이상 《금색》 쪽이 우위를 점한다. 표적이 아무리 강한 힘을 지니고 있다 하더라도 그 사실은 변함이 없다.

하지만 애초에 상대방도 수단을 가릴 생각이 없다면 어떻게 될까?

"또또, 똑같은, 분야야, 《금색》. 녀석들은, 또똑같은, 분야에서 싸우고 있다고! 그그그, 마물 때문에, 겁을 먹은 게! 아니라고! 저, 정상적인, 사람이라면, 마마마물 같은 걸 써먹으려는 생각 같은 걸, 하지 않아. 아, 알겠어? 그그, 그 녀석들은, 저지를 거야. 우우, 우리도 못하는, 짓을. 그 녀석들은, 우, 우리의 친구나 지인, 가족들을 죽이고———, 매달 거야. 보보, 본보기로! 그 녀석들은, 정의가 아니게 되는 것을, 두려워하지 않아."

"……내게는 친구 같은 게 없어. 당신 말고는 말이지. 가족은 이미 예전에 죽어버렸고."

"내내, 내게는, 이, 있어."

눈살을 찌푸리는《금색》을 본《무투》는 슬쩍 일어선 다음, 감정적으로 팔을 휘두르며 소리 질렀다.

테이블이 쾅, 소리를 내자 주위의 분위기가 얼어붙었다.

"보보, 보라고! 우리와 함께, 자신만만하게, 여, 여기 왔던 녀석들은, 거의 다, 도, 도망쳤어! 탐협이,《비탄의 망령》이 너무 지나친 행동을 하는 걸, 두려워한다는 이야기를, 듣고!"

"…………………………난감하네."

분명———, 최악이긴 하다.《금색》은《무투》의 눈동자에 드리운 공포의 의미를 확실하게 이해했다.

《비탄의 망령》이 소속된 탐색자 협회, 그곳에서 그 파티가 너무 지나친 행동을 하는 것을 두려워한다는 정보가 나도니 살인청부업자도 도망치고 싶어질 만하다. 아군조차 두려워하는데, 적인《금색》일행이 겁을 먹지 않을 이유가 없다.

목숨보다 소중한 것은 없다. 100억을 받는다 하더라도 수지가 맞지 않을 진짜배기 괴물이라는 것이다.

《금색》일행도 상황에 따라서는 다른 살인청부업자와 손을 잡는 것도 고려하고 있긴 했지만, 모두 도망쳐버렸다.

이미 습격한 시점에서 적대시하게 되었다. 지금 후퇴하는 건 여러 가지 의미로 위험하기 짝이 없는 일이지만, 그래도 이번 같은 경우에는 도망치는 게 나을지도 모르겠다. 폭탄도, 화살도 통하지 않았다. 독도 통하지 않을 가능성이 있다. 무엇보다, 머리가 좋은 《무투》가 이렇게까지 딱 잘라 말하는 경우는 드물었다.

이렇게 먼 곳까지 왔는데, 완전히 헛고생만 했다. 답답한 마음에 무심코 한숨이 나왔다.

"쳇. 한번 정한 표적을 포기하는 건 꼴사납지만, 당신이 그렇게까지 말하니 어쩔 수 없지. 그렇게 결론이 났으니 얼른 이딴 나라에서 뜨자."

"응. 괴, 괴물 사냥은 우리가 하, 할 일이, 아니야."

그쪽은 아마 우리가 다시 습격할 것을 기다리고 있을 것이다. 첫 번째 습격이 사전 조사 같은 거나 마찬가지라는 사실도 들통났을 것이다. 신산귀모라 해도 그렇게 뻔히 보이는 사전 조사를 해놓고 곧바로 도망칠 거라는 생각은 하지 못할 것이다.

그런 생각을 한 순간, 가게가 거세게 뒤흔들렸다. 금속제 문에 묵직한 것이 부딪히는 소리.

점장이 튀어 오르듯이 일어섰고, 다른 손님들이 전투태세에 들어갔다. 《무투》가 신음 소리를 내며 새파랗게 질린 표정으로 벽에 등을 기댔다.

공기가 떨렸다. 묵직한 소리가 몇 번이나 문을 두들겼다. 문은 튼튼하지만, 실력이 좋은 살인청부업자들의 소굴에 정면으로 뛰어들려는 녀석들까지 예상하고 만든 것은 아니다.

아니, 애초에———, 이 가게를 알고 있는 사람은 극히 일부일 텐데. 어디서 정보가 새어나간 걸까. 점장 쪽을 보았지만, 그도 고개를 젓고 있었다.

문 너머에서 외치는 목소리가 들렸다. 절박한 듯한 젊은 여자의 목소리.

"마스터를 범죄자로 만들지는 않겠어!"

한 명……, 인가? 《시작의 발자국》의 멤버인가? 한 명이라면 해치울 수 있을까? ……해치울 수 있을 것이다.

그렇게 현실도피 같은 생각을 깨부수듯 불량스러운 남자의 목소리가 들렸다.

"야! 여기 있다는 건 다 안다고! 이쪽은 인간만 따져도 50명은 있다. 포기해, 우리는 시체를 매달지도 않을 거고, 끌고 다니지도 않을 거다!"

"류류~, 류류~~~!!"

50명……이라고?! 안 되겠다. 터무니없는 숫자다. 애초에 규모가 상당히 큰 클랜이 아니라면 소속 멤버가 50명도 안 된다.

한순간 허세인가 싶은 생각이 들었지만, 문 너머에는 분명히 기척이 잔뜩 있었다. 아니———.

기척이 너무 많다. 문 너머에 있는 남자는 '인간만 따져도'라고 했다. 다시 말해 인간이 아닌 것도 있다는 뜻이다. 그리고 이 울음소리는———.

오싹, 등골에 싸늘한 것이 솟구쳤다.

애초에 《금색》 일행은 전투용 장비조차 갖추고 있지 않다. 말도 안 되는 상황이다.

"뒷문이 있다."

점장이 짤막하게 말하고는 카운터 너머로 사라졌다. 문이 일그러졌고, 경첩이 덜컹덜컹 소리를 냈다.

곧 부서진다. 이제 한시의 여유도 없다.

"젠장, 도망치자!"

《무투》의 팔을 잡아당기며 카운터 뒤쪽으로 향했다. 거의 동시에 두꺼운 문이 세차게 날아가 버렸다.

주변 나라들의 도시와 비교해도 손에 꼽힐 만한 대도시. 제도 제블디아.

그 중심부에서 약간 벗어난 곳에 그 자그마한 가게가 있었다. 2층에 거주 구역을 갖추고 있고 디자인이 약간 귀여운 그 건물은 큰길에서 벗어난 입지 조건에도 잘 어울렸다.

가게라고 해도 아직 무언가를 파는 것은 아니었다. 간판에도 아무것도 적혀 있지 않았고, 쇼윈도를 통해 보이는 내부도 거의 텅 비어 있었다. 가게 문을 열려면 시간이 좀 걸릴 것이다.

그곳은 여우의 가게였다. 여우 출신이고, 지금은 여우로부터 쫓기는 신세가 된 자의 가게.

그곳 2층에서 말로만 듣던 화려한 대도시를 직접 보고 며칠 동안 계속 흥분해 있던 소라는 배달된 신문을 보고 큰 소리로 외쳤다.

"?! 가프! 가프! 이걸 봐주세요!"

"어엉~? ················뭐, 당연하겠지."

그 목소리를 듣고 1층에서 개점 준비를 하고 있던 전 '아홉꼬리 그림자여우' 상급 구성원 가프 셴펠더는 질색하며 신문을 들여다보고는, 피곤한 듯한 목소리로 대답했다.

어쩌다 보니 제도로 오게 되어 열흘 남짓이라는 기간이 지났다. 조직의 추적자는 오지 않았다.

애초에 《천변만화》의 지원으로 받게 된 건물은 조직과는 전혀 관계가 없기에 무제제의 후유증으로 소라 일행을 추적할 만한 여유도 없는 조직에서 쉽사리 찾아낼 수 있는 곳이 아니었다.

가프도 항상 정보를 모으고 있기에 조직의 현재 상황은 대충 이해하고 있었다. 아무래도 무제제 때 벌어진 사건은 조직에게 큰 흉터를 남긴 모양이었다. 보스들끼리 벌인 충돌도 잠잠해지지 않고 가열되는 양상을 보이는 것 같아서, 그대로 조직에 남아있었다 하더라도 험한 꼴을 당했을 것이다.

소라 역시 조직에 충성심은 있지만, 이렇게 되어버린 이상 어떻게 해볼 수가 없다. 여우신의 가호로 이렇게 겨우 문제를 피할 수 있었다는 행운을 곱씹을 뿐이었다.

대도시, 제도는 지금까지 경건한 신관으로 살아온 소라에게 있어서 매우 신선했으며 정신을 차릴 수가 없게 만드는 곳이었다.

무제제가 개최되던 시기의 크리트도 눈이 휘둥그레질 정도로 활기찼지만, 그때는 사명이 있었다. 지금은———, 딱히 없다. 너무나도 자유로워서 뭘 해야 할지 몰랐기에 결국 유부를 만들고 있을 정도다.

신문에 실린 것은 소라 일행이 이곳으로 오게 된 계기인 가짜 여우님———, 《천변만화》의 습격 사건이었다. 크리트에서도 무시무시한 신산귀모를 보이며 소라의 인생을 망쳤지만, 제도에서도 여전한 모양이었다.

"조직을 들이받았으니 추적자 정도는 보내겠지. 직속 부대를 보낸 건 아닌 듯해도, 남몰래 꽤 많은 현상금을 걸었더군. 내가 소속되어 있었을 무렵의 조직이었다면 겨우 이 정도로 끝나진 않았겠지만———, 역시 멀쩡한가. 그 남자는 진짜 어떻게 돼먹은 거야?"

약간 밉살스러워하는 느낌이 드는 가프의 목소리. 간부 후보에서 갑자기 배신자가 되었으니 어쩔 수 없을 것이다. 소라도 신관에서 배신자가 되었기 때문에 같은 입장이다.

하지만, 과거는 과거다. 제도에 데려다주었고, 지원도 해주었다. 생각하기에 따라서는 뒷배가 바뀌었을 뿐이고, 《천변만화》에게는 진짜 여우신의 권속도 붙어 있다.

소라는 살짝 헛기침을 하고는 눈을 반쯤 감고 예전을 떠올리며 말했다.

"가프…………, 신께서는………………, 이 현상금을 어떻게든 하라고 하십니다."

"…………신이 그런 말을 하겠냐, 멍청아!"

"………………저는, 여우신의 무녀. 제 말은 곧 여우신의 말씀———, 신의 말씀을 의심하실 생각인가요?"

"여우신이 대체 뭔데……, 너 같은 무녀가 어디 있어!! 아, 그때 무녀를 바꿔 달라고 따졌어야 했는데!"

초월적인 존재인 여우신. 그 존재를 모시는 무녀, 소라가 나아가는 길은 전부 신의 뜻이다.

물론 소라도 극히 드물게 잘못된 판단을 내리는 경우가 있긴 하지만, 그것까지 포함해야 신의 생각이다. 소라는 그렇게 정했다. 그렇게라도 생각하지 않으면 답이 없다.

그녀는 살짝 헛기침을 하고는 가프에게 물었다.

"어떻게 좀 안 되나요?"

"…………나는 '흰 여우'거든? 그 증거로 여우 가면도 있지. 걸리적거리니까 이제 안 쓰지만."

여전히 왠지 조용한 자신감으로 가득 찬 표정을 보이는 가프. 소라는 목을 다듬고는 신성함을 연출하는 목소리로 선언했다.

"그렇다면, 해주세요. 저는 이제 뒷배를 잃고 싶지 않습니다."

"…………정말, 성격이 참 좋구나, 너……."

"저는……, 크라이 씨의 비호하에 시트리 씨에게서 돈을 받고, 유부초밥 도시락을 만들어서 여우신님께 바칠 것입니다. 언젠가는 체인점을 내는 것도 고려하고 있습니다."

"…………움직이는 건 우리인데…………."

가프가 어깨를 축 늘어뜨린 채 바깥으로 나갔다.

이러쿵저러쿵해도 그의 실력은 녹슬지 않았다. 현상금도 금방 사라질 것이다.

소라는 살짝 한숨을 쉬고는 창문을 통해 구름 한 점 없는 하늘을 올려다보며 기도를 드렸다.

여우신님, 부디 잘 지켜봐 주세요.

저는 유부를 만들기 위해 열심히 일하고 있습니다.

"이게 대체 어떻게 된 거죠, 리더?! 정말! 어째서, 벌써 11시인데, 아직 자고 있는 건데요!!"

"으음…………??"

평온은 언제나 갑작스럽게 깨지는 법이다. 의식의 각성은 거센 흔들림과 함께 찾아왔다.

몸이 마구 흔들렸기에 어쩔 수 없이 이불 밖으로 고개를 내밀었다.

뿌연 시야에 들어온 것은 루시아의 토라진 듯한 표정이었다.

자고 있는 나를 억지로 흔들어서 깨울 사람은 루시아 정도밖에 없다. 예전부터 이목구비가 단정했지만, 요즘은 미모에 더더욱 박차를 가하고 있어서 토라진 듯한 표정에도 박력이 있다.

루시아가 여동생이 된 지도 시간이 꽤 오래 지났다. 고향에 있었을 무렵에도 아침에 약한 나를 깨워주는 건 그녀의 역할이었다.

…………그 시절에는 좀 더 부드럽게 깨워줬지만.

아, 그렇구나. 오늘은 루시아가 호위를 해줄 차례였구나.

"한 시간만, 더…………."

"정말! 어째서, 오빠는, 그렇게, 게으른 건데요!"

"………아니, 딱히 할 일도 없잖아……."

"네에에에에에에?! 그, 그것보다, 이거, 봐주세요! 이거!"

루시아가 내 이불을 치워버리고 머리맡에 신문을 힘껏 내려놓았다.

어째서 다른 사람들 앞에서는 얌전한 여동생이 오빠에게만은 강하게 나오는 걸까요?

뒤에서 쫄랑쫄랑 따라오던 예전의 루시아는 정말 어디로 간 건지———.

"자, 아침 식사도 가지고 왔어요. 이미 점심 때지만요!!"

어쩔 수 없이 머리를 약간 움직이고, 눈을 살짝 떠서 신문을 확인했다.

눈에 들어온 것은 자고 일어난 직후에 보기에는 약간 자극적인 기사였다.

반사적으로 눈을 감고, 반대쪽으로 돌아누웠다. 몰라. 나는 아무것도 모르고, 아무것도 안 봤어.

"잘 자……."

"이놈, 오빠! 자지 마! 자지 말라고~~!"

루시아가 내 어깨를 붙잡고 마구 흔들어댔다. 흔들기 공격은 세이프 링이 잘 발동되지 않는 몇 안 되는 공격 중 한 가지다. 시야가 마구 흔들리자 나는 어쩔 수 없이 변명을 늘어놓았다.

"아무리 클랜 마스터라고 해도 말이지, 나는 클랜 멤버의 보호자가 아니라고."

"자, 확실하게 읽어요! 오빠의 명령으로 습격했다고 적혀 있거든요?!"

신문의 1면을 장식하고 있는 것은 '대규모 클랜《시작의 발자국》, 퇴폐 지구를 습격'이라는 기사였다.

보아하니 우리 클랜 멤버가 잔뜩 몰려가서 퇴폐 지구의 한 구역을 습격한 모양이었다. 함께 게재된 사진에는 무너져서 마치 폐허처럼 변해버린 거리가 찍혀 있었다.

"나는 명령 같은 거 내린 적 없어."

"소용없어요. 클랜 하우스 습격에 대한 보복이라고 적혀 있으니까!"

"이렇게 민폐를 끼칠 수가 있나………, 나는 복수하지 않아도 된다고 했는데………."

지금까지 그런 충성심 같은 건 없었잖아, 너희들. 아니면 자존심의 문제나 그런 건가?

루시아는 침대 쪽으로 반쯤 몸을 걸친 채 양쪽 겨드랑이 밑으로 손을 뻗어 억지로 나를 일으켰다.

그렇구나, 걔들 때문에 내가 이른 아침부터 이런 꼴을 당하는 건가…….

"애초에 퇴폐 지구에는 왜………."

"그건………, 시트가 티에게 암살자가 있을 만한 곳을 알려준 모양이에요. 일반인들은 거의 알지 못하는 비장의 장소라고 하면서요."

시트리가………, 부지런한 것도 좋은 것만은 아니네.

시트리는 내가 하는 말을 잘 들어주긴 하지만, 그녀에게 있어서 동료에게 암살자가 있는 곳을 가르쳐주는 것은 뭔가 저질렀다는 범주에 들어가지도 않을 것이다. 라운지가 파괴되었다고 화가 꽤 많이 났으니…….

"…………그래도 퇴폐 지구라면 원래 폐허 같은 곳이잖아. 이제 와서 떠들어댈 만한 일은————."

"다섯 채나 파괴되었다고 하니까요……, 류란 일행이 마구 날뛰었다고요! 오빠 때문에!"

진짜로 마구 날뛰었군. 스루스에서는 몇 시간만에 온천을 만들기도 했으니 부수는 것도 간단할 테고.

시끌벅적한 걸 좋아하는 녀석들이라니까……, 그런 짓만 하다가는 우리 클랜이 오해를 사버릴 거라고. 그렇지 않아도 파티의 평판이 안 좋은데, 클랜의 평판까지 안 좋아지면 어떻게 할 거야.

………………누가 그 언더맨들 좀 말려주세요.

"……여우 쪽 문제는 이제 됐어. 나라에서 대처한다고 했으니 이제 내가 할 수 있는 일은 없다고. 현상금도 항상 그랬듯이 금방 취소되겠지."

진짜 좀 봐줬으면 좋겠다. 내가 조용히 지켜보겠다고 했잖아? 아니, 멋대로 마구 날뛰는 건 상관이 없지만, 나한테까지 폐를 끼치지는 않았으면 좋겠다. 완전히 잠이 깨버렸잖아.

루시아는 한순간 미심쩍어하는 표정을 지었지만, 곧바로 옆에 깔끔하게 개어둔 옷을 내려놓았다.

"자, 오빠…………, 리더, 갈아입을 옷이에요. 벌써 클랜 마스터를 취재하려고 사람들이 많이 와 있는 모양이에요. 에바 씨가 대처하고 있긴 하지만———, 오늘은 바빠질걸요?"

"아, 고마워. 으음…………, 취재 같은 걸 받고 있을 시간은 없는데……, 밥도 아직 안 먹었고."

겨우 제도에 돌아왔으니 한동안 틀어박히겠다고 결심했는데 어째서 차례차례 사건이———.

"식사도 가져왔다니까요."

"대접이 정말 극진하네."

"오늘은 제가 호위를 맡을 테니 안심하세요."

"그건…………, 안심이 되네. 으음……."

리즈나 루크를 호위로 데리고 취재를 받는다는 건 생각하고 싶지도 않다. 시트리는 좀 더 이성적이긴 하지만, 가끔 쓸데없는 말을 하는 버릇이 있다. 그런 의미에서 루시아는 안심이 된다.

안심이 되긴 하지만, 취재 같은 걸 받고 싶지 않은 것도 사실이니———, 나는 그때 좋은 생각이 났다.

팔을 뻗어서 사이드 테이블 위에 놓아두었던 까만 돌을 집어들었다.

불과 얼마 전에 거크 씨가 가져다준 보구———, 공음석이다. 약간 마음에 걸리긴 하지만, 사건이 일어나기 직전에 이 공음석을 손에 넣은 것도 분명히 어떠한 인연일 것이다.

나는 크게 심호흡을 해 각오를 다지고는 프란츠 씨에게 통하는 핫라인을 사용했다.

제블디아가 자랑하는 황성의 어떤 방. 온갖 첩보 대책이 이루어져 있어 제국에서 가장 안전한 방에 제국의 핵심을 이루는 중진들이 모여 있었다. 제국의 정규군 총수부터 마술과학원의 우두머리, 첩보기관의 소장과 제국의 검이라고도 불리며 오래전부터 나라에 충성을 다해온 귀족들까지.

　그렇게 산전수전 다 겪은 강자들과 함께 '아홉꼬리 그림자여우' 추적의 진두지휘를 맡게 된 사람이 제블디아 황제의 심복. 근위기사단인 제0기사단의 단장을 맡고 있는 프란츠 아그만이었다.

　상대는 아직 전모가 드러나지 않은 거대 비밀조직이다. 구성원의 숫자나 힘도 다른 조직과는 전혀 다르다. 정보를 다룰 때는 세심하게 주의를 기울일 필요가 있기에 외국은 물론이고 내부에서도 두려움을 사고 있는 보구, 『트루 티어즈(진실의 눈물)』를 사용하면서까지 증명한 강철 같은 충성심과 유서 깊은 핏줄을 지닌 프란츠는 리더로서 적합한 인물이었다.

　미리 어느 정도 준비를 했기 때문이기도 하겠지만, 작전은 순조로웠다.

　예산 마련이나 다른 나라와의 연계도 무난하게 이루어지고 있다. 살기조차 느껴지는 안광을 깃들인 황제, 라드릭 아트룸 제블디아에게 거역할 수 있는 사람이 있을 리가 없다.

　무제제에서 벌어진 사건과 황제 폐하의 '여우'에 대한 성명이 발표되고 나서 제블디아에서는 여러 명이 자취를 감추었다. 아직 조사가 끝나지는 않았지만, 아마도 여우의 구성원이었던 자들일 것이다.

오랫동안 조직을 섬기며 신뢰를 얻은 자가 있었다. 유명 인사도 있었다. 나라의 요직을 맡고 있던 자도 있었다. 여우는 남몰래 믿기지 않을 정도로 깊숙하게 그 마수를 뻗고 있었다는 뜻이다.

주변 국가들에서도 여러 사람이 자취를 감춘 모양이었다.

적대 조직에게 의심을 받지 않게끔 스파이를 보내는 것은 어지간한 수고로는 힘든 일이다. 그들이 모조리 자취를 감추었다는 것은 '아홉꼬리 그림자여우'에 큰 변화가 생겼다는 것을 나타내고 있다. 조직의 명령에 따라 철수한 것인지, 아니면 입막음을 당한 것인지———.

무제제에서 벌어졌던 그 사건은 아마도 눈에 보이는 것 이상의 영향을 조직에 끼쳤을 것이다.

무엇보다 중요한 것은 내부의 정보 제공자가 나타났다는 사실일 것이다. 정보의 취사선택은 신중하게 진행해야만 하지만, 배신자가 생길 정도로 조직의 규율이 느슨해진 지금이야말로———, 반격할 기회다.

테이블을 둘러싸고 있던 멤버들 중 한 명이 눈살을 찌푸리며 한숨을 크게 쉬었다.

"그런데 조직 체계가 정말 골치 아프군. 이렇게 집요할 정도로 정보를 통제하고 있었다니———."

작전은 순조롭다. 각 나라와 협력 관계도 맺었다. 정보 제공자도 나타났다. 하지만, 가장 중요한 정보는 밝혀지지 않았다. 예를 들자면, 여우의 본거지. 보스나 최고 간부의 이름. 조직 체계. 정보 제공자가 밝힌 정보를 토대로 아지트를 수색했지만, 아무것도 남아 있지 않았다.

과거에 여우가 관여했던 사건에 대해서도 밝혀졌으나 정작 중요한 향후의 작전에 대해서는 아무것도 알아낸 것이 없다.

암호를 이용한 집요할 정도로 강한 정보 통제. 자신이 담당하는 작전 이외의 정보는 주어지지 않고, 직속 상사의 이름조차 알지 못한다. 이 조직은 정체가 탄로 나서 붙잡히는 사람이 생기더라도 아무런 문제가 일어나지 않게끔 되어 있었다. 아무것도 알지 못하면 『트루 티어즈』도 무력한 것이다.

조직을 운영해온 게 신기할 정도로 철저한 비밀주의. 그럼에도 불구하고 성립될 수 있었던 것은 그 구성원들의 뛰어난 질 때문일까.

장기전이 될 것이다. 모두가 그런 예감이 들었다. 애초에 이곳에 있는 멤버들도 정말로 같은 편인지 알 수가 없다.

기탄없이 토론을 진행하는 회의 멤버들을 바라보며 프란츠는 표정에 드러내지 않고 한숨을 쉬었다.

정말로 믿을 수 있는 사람은 프란츠와 똑같은 수단으로 결백함을 증명한 그 남자, 그리고 그 밑에서 천 개의 시련을 받고 대담하게 성장한 황녀 전하뿐이다.

지금 와서 하는 말이지만, 그 남자가 무죄를 증명한 방식은 상식에서 벗어나 있었음에도 효과적이었다고 할 수밖에 없다.

황녀 전하는 항상 회의에 출석할 수 있는 것이 아니고, 위험에 처하게 할 수도 없다. 적어도 여기 있는 사람들 중 한 명이라도 보구로 무죄를 증명하려는 대담함을 지닌 자가 있으면 좋겠다.

그 남자———, 《천변만화》처럼.

무심코 든 생각에 깜짝 놀랐다. 믿기지 않을 정도로 유능하다고는 해도, 그렇게 까불거리는 남자에게 기대야만 한다는 건 유서 깊은 아그만 가문의 당주로서 수치일 뿐이다.

자신의 무능함에 입술을 깨물려던 참에, 문득 뒤에서 대기하고 있던 비서가 말을 걸었다.

"프란츠 단장님, 공음석입니다. 그 상대입니다."

"으음…………, 역시 그 남자가 이쪽 동향을 훤히 들여다보고 있는 것 아닌가?"

"그럴 리는……, 없습니다. 이 방은 온갖 첩보 대책이 이루어져 있고, 프란츠 단장님의 스케줄에 대해 알고 있는 사람도 얼마 없습니다."

'여우' 대책 모임은 기밀이다. 장소도, 시간도, 모인다는 사실조차도 관계자 이외에는 알려져 있지 않다.

기밀 누설 방지에는 특히 힘을 쏟았다. 생각나는 대책은 전부 동원했지만, 《천변만화》의 안티인 프란츠도 그 수완만큼은 인정할 수밖에 없었다. 그야말로 신산귀모다.

"첩보 대책을 다시 검토해라. 스케줄을 누설한 자가 있는지 철저하게 조사해! 상대는 겨우 일개 헌터다. 제국 귀족으로서 당하기만 할 수는 없단 말이다!"

비서를 질책하며 받아든 공음석을 수신 모드로 전환했다. 떨리고 있던 보구가 멈췄고, 그 보구에서 악몽까지 꾸게 만들었던 느긋한 목소리가 들리기 시작했다.

『아~, 아~, 아~, 프란츠 씨? 야호~, 나야, 나, 나라고.』

"죽인다. 나는 네놈의 친구가 아니야!"

이 녀석은 제국 귀족을 뭘로 보고 있는 거지?!

옛적부터 이어져 내려온 명문 귀족, 아그만 가문 사람에게 야호~ 라는 말을 지껄인 자가 지금까지 있었을까?

처음 만났을 때는 어느 정도 두려워하는 낌새가 있었던 것 같기도 한데……, 착각이었나. 이 남자는 계속 화려한 무늬의 셔츠를 입고 다녔으니까.

무슨 일이 생기면 연락하라고 공음석을 건네긴 했지만, 이렇게 곧바로 연락할 줄이야———, 바람직한 일임에도 짜증이 난다. 목소리가 거칠어지는 것을 막을 수가 없다.

"여우에 대한 새로운 정보인가? 시간이 없다, 간결하게 해라."

『어? 아, 아니, 여우에 대해서는 이제 신경을 쓸 여유가 없는데———, 신문 있어?』

"…………신문을 가지고 와라."

짜증을 심호흡으로 억누르면서 부하에게 신문을 가지고 오게 했다.

황제 호위를 맡은 이후로 프란츠의 관대함은 끝이 없게 되었다. 아무리 건방진 부하라 해도 《천변만화》보다는 나을 거라 생각하니 대범하게 넘어가게 되어버리는 것이다.

프란츠는 정보의 확인을 게을리하지 않는다. 제도에서 일어나는 일은 거의 다 머릿속에 들어있다.

신문도 확실하게 확인한다. 《천변만화》가 습격당했다는 것도, 폭탄을 거크 지부장에게 떠넘겼다는 것도, 미지의 생물을 보내 습격자 일당을 붙잡은 것도, 《시작의 발자국》이 퇴폐 지구에 습격을 가했다는 것도 알고 있었다.

하지만 여우에 대해서조차 신경 쓸 여유가 없다는 남자가 그런 쓸데없는 이야기를 할 리가 없을 것이다.

"…………그래서?"

프란츠가 계속 말하라는 듯이 기다리자 《천변만화》는 몇 초 동안 침묵하고 있다가 잠시 후에 매우 밝은 목소리로 말했다.

『나는 말렸는데, 진짜로 확실하게 말렸는데…………, 어떻게 좀 해주면 안 될까?』

"………………뭐?"

『저기……, 뭐라고 해야 하나, 사건을 일으켜놓고 이런 말 하기도 좀 그렇지만, 이렇게 주목을 받게 되면 조금 곤란하거든. 오늘 나온 신문은 그렇다 치더라도 골치 아픈 취재진들이 잔뜩 와 있어.』

"…………잠깐만. 결국, 네놈은 이렇게 말하는 거냐? 압력을 가하라고."

이 녀석……, 부탁에도 그에 맞는 절차라는 게 있을 텐데. 애초에 그런 사소한 건은 명문 귀족인 아그만이 관여할 일이 아니다.

너무나도 가볍게 보이고 있어서 오히려 냉정해졌다.

아무것도 듣지 못한 척하고 있는 회의 멤버들을 노려보고 있자니 공음석에서 당황한 듯한 목소리가 들렸다.

『아니, 그게 아니야. 그런 말까지 하진 않았다고! 그래도, 그, 나도 바쁘니까……, 바쁘니까…….』

말꼬리를 흐리며 작아지는 목소리.

바빠? 바쁘다고? 그야 레벨 8쯤 되면 바쁘기도 하겠지. 하지만 이 녀석은———, 내가 한가할 거라고 생각하는 건가?

《천변만화》와의 관계를 주위 사람들에게 보여주는 것에는 장점이 있다. 하지만, 아무리 연기라 하더라도 이런 남자와 사이좋게 지내는 모습을 보여준다는 건 귀족으로서 자존심이 용납하지 않는다.

프란츠는 심호흡을 크게 한 다음, 최근에 냈던 목소리 중에서 가장 큰 목소리로 공음석을 향해 소리 질렀다.

"빌어먹을. 두 번 다시 쓸데없는 일로 연락하지 마라! 그 공음석은 여우의 정보가 들어왔을 때를 대비해서 건넨 거다! 나와 네 놈의 관계는 뭐지? 마음 편한 관계였나?! 말해봐라!"

프란츠가 다그치자 《천변만화》는 위축된 듯이 한동안 잠자코 있었지만, 잠시 후 조심조심 대답했다.

『…………황제 폐하를 같이 지켜낸 관계?』

프란츠는 말없이 공음석을 끄고는 테이블 위에 있는 힘껏 내리쳤다.

테이블 위에 펼쳐두었던 신문을 부하에게 떠넘기고는 소리 질렀다.

"신문사 녀석들에게 연락해서 입을 다물게 해!"

"이, 이유는 뭐라고 할까요?"

"국가 안보를 위해서, 다. 제3기사단에 연락해. 현장은 퇴폐 지구다. 함부로 손을 댈 수는 없지. 신문사의 입을 막기만 하면 돼."

유감이다. 정말로 유감이다. 자랑스러운 제블디아의 귀족이 레벨이 높다고는 해도 헌터 개인의 심부름을 하게 되다니, 용납할 수 있는 일이 아니다.

하지만 황제 폐하께는 최선을 다하라는 명령을 받았다. 아무리 쓸데없는 안건처럼 보이더라도 그 경박한 남자가 무슨 생각을 하고 있고, 무슨 목적을 가지고 있는지 실토하지 않는 이상, 따를 수밖에 없다. 예를 들어 있을 수 없는 일일지도 모르겠지만, 기사가 화제가 됨으로써 그 녀석이 생각하고 있는 여우 토벌 작전에 영향을 끼칠 가능성도 아예 없는 것은 아니다.

무엇보다 프란츠를 짜증 나게 하는 것은 그 남자가 레벨 8에 걸맞은 힘을 지니고 있다는 점이었다.

다소 유능한 정도였다면 그냥 쳐내도 되겠지만, 암살을 한번 막아낸 데다 『대지의 열쇠』의 발동을 막아내었으니 프란츠 혼자서 처우를 결정해도 될 일이 아니었다.

머리를 누르고 어깨를 들썩이면서 감정을 다스렸다. 그 이상한 남자를 진지하게 상대하다가는 프란츠의 위에 구멍이 뚫려버릴 것이다. 적당히 이용하는 정도가 딱 좋다.

아랫사람의 움직임에 너무 얽매이다가 큰일을 그르치는 것은 제국 귀족으로서 가장 피해야만 할 일이다————.

조심성이 많은 프란츠는《천변만화》에게도 몰래 사람을 붙여 두었다. 그 무시무시한 정확도를 지닌 정보원을 알아내기 위해서, 그리고 무슨 일이 생겼을 때 곧바로 행동에 나설 수 있게끔 24시간 내내 감시하고 있다.

　하지만 지금까지 들어온 보고는 클랜 하우스가 습격당했다는 것뿐이었고, 그것 말고는 중요한 보고는커녕,《천변만화》가 클랜 하우스를 나섰다는 보고조차 들어오지 않았다.

　《비탄의 망령》멤버가 번갈아가며 클랜 하우스에 찾아오고 있다고 하니 아마 꼭대기에 있는 클랜 마스터실에서 지시만 내리고 있을 것이다. 피전 체인이 편지를 운반했다는 정보도 있다.

　모든 것이 마음에 들지 않았다. 클랜 하우스 밖으로 전혀 나오지 않고 지시를 내리는《천변만화》도, 그러면서도 바쁘다고 지껄이는 그 성격도, 그리고 잔뜩 놀림을 당하면서도 그 힘을 빌려야만 하는 지금 같은 상황도.

　여우에 대해서는 신경 쓸 여유가 없다고?! 나라에서 온 힘을 다해 추적하고 있는 조직을 신경 쓸 여유가 없다고? 그 이상으로 지금 해결해야 할 문제가 있을 리 없을 텐데! 애초에 여우 대책 회의 중에 할 말이냐! 아아아아아아아아아아아, 대체 뭐야! 그 남자는!

　마음속으로 마구 욕설을 퍼붓고 있던 그때, 회의실로 부하 중 한 명이 뛰어 들어왔다.

　시선이 일제히 그쪽으로 쏠렸다. 제0기사단 단원인 그는 새파랗게 질린 표정으로 말했다.

"프란츠 단장님. 방금 '점성신비술원'에서 재앙의 예지가 발행되었습니다!"

'점성신비술원'─── , 통칭 점성원은 제국에 존재하는 공적 기관 중 한 곳이며, 가장 오래된 기관이다.

제블디아에는 그 밖에도 보물전이나 팬텀 등, 마나 머티리얼 관련 연구를 하는 '유물조사원', 마술이나 그것을 이용한 기술을 통괄하는 '마술과학원' 등, 여러 기관이 존재한다.

하지만 '점성신비술원'은 그런 권위 있는 기관들과도 약간 성격이 다른 이색적인 기관이었다.

'점성신비술원'이 관할하는 것은 다른 기관이 연구 범위에 포함시키지 않는 기타 신비다.

그 관리하에 있는 것은 아직 원리가 해명되지 않은 신비나 체계가 확립되지 않은 술식. 주술이나 초능력을 비롯한 개인의 자질에 크게 좌우되는 능력. 그중에서도 특히 주력하고 있는 것은 기관의 이름에도 들어가 있듯이 점술─── , 미래나 운명을 미리 알기 위한 술법이다.

고금동서, 발생할 재해 등을 미리 예지하기 위한 연구가 각지에서 진행되고 있지만, 아직 그 술법 중 대부분은 개개인의 재능에 의존하는 비중이 크고, 마술처럼 확실한 이론 같은 것도 나오지 않았다.

대부분의 점술은 마술과는 달리 마력(마나)을 소비하지 않는다. 점성술사를 자칭하는 자들 중 대부분은 개인의 능력이나 감성으로 미래를 예지하고 있으며, 미래처럼 확인에 시간이 오래 걸리는 것을 예견하는 것이기에 사기꾼도 많았다. 여전히 점술 같은 것들은 전부 가짜고 미래를 알 수 있는 술법 같은 것은 없다고 대놓고 말하는 자들도 많이 있다.

점성원이 그 오랜 역사와는 달리 규모가 작은 것도 평가하기 매우 힘든 것을 연구, 관리하고 있기 때문일 것이다. 하지만 다른 사람에게 제대로 인정을 받지 못하는 기술을 다루는 그 기관이 작은 규모로나마 지금까지 존속된 것은 관할하는 기술이 무시할 수 없는 것이기 때문이었다.

"재앙 예지인가……, 대여우 작전 때문에 바쁜 이 시기에——."

"점성원의 예지는 빗나가지 않으니까……, 그곳은 『트루 티어즈』도 관리하고 있으니 경고를 간과할 수도 없겠지."

프란츠의 말에 제국의 치안 유지를 담당하는 제3기사단 단장이 어깨를 으쓱였다.

점성원의 예지는 제국 내부에서도 특별한 의미를 지니고 있다.

점성술은 불안정하다. 점성원 또한, 좀처럼 예지를 공개하지 않는다. 최근에는 황제의 암살 미수도, 《심연화멸》과 '아카샤의 탑'의 충돌도, 대지의 열쇠의 발동도 예지하지 못했다.

하지만 반대로 말하자면——, 예지한 사건은 100퍼센트 확률로 발생한다. 제블디아에서는 점성원에서 예지를 발령했을 때, 모든 귀족이 한데 뭉쳐서 대처하게 되어 있었다.

프란츠는 눈살을 찌푸리며 한숨을 쉬었다.

"하지만 예지 내용이 '제도를 뒤덮는 검은 그림자가 있다'뿐이니 아무것도 알 수가 없군……."

"이미지로 추측하기에 자연재해는 아닌 것 같다만……."

점성원의 예지는 반드시 구체적이라는 보장이 없다. 점성술사들은 대부분 영상을 보는 것이 아니라 어떠한 추상적인 비전을 통해 미래를 알게 된다. 하지만, 그렇다 하더라도 이번 예지는 너무 애매하다.

제3기사단 단장의 말에 프란츠도 동의했다.

"자연재해라면 제도만으로 그치지 않겠지. 역병이 만연할 가능성도 낮다."

이번 예지는 거의 알 수 있는 게 없지만, 유일하게 범위가 한정되어 있었다. 제도다.

대지진처럼 제도 바깥에도 영향을 끼치는 사건이라면 이런 예언이 나올 리가 없고, 역병이 만연하는 거라면 어떠한 징조가 있었을 것이다. 그리고, 애초에———,《천변만화》가 움직이고 있다.

습격까지 당했는데도 여우를 내팽개쳐두고 신경 쓰고 있을 정도의 안건인 것이다. 틀림없이 점성원의 예지와 관계가 있을 거라고 생각해야겠지만, 아무리 그 남자라 하더라도 자연재해를 개인이 어떻게 해볼 수는 없어 보이는데.

프란츠가 무슨 생각을 하는지도 모르고 제3기사단 단장이 살짝 끙끙대며 말했다.

"그 조직이 제도 내부에서 파괴 공작을 벌인다는 것을 시사하고 있을 가능성은?"

"…………아니, 있을 수 없는 일이야. 점성원이 범죄조직의 활동을 예지한 적은 없고, 스케일이 달라. 그리고 협력자에게서 알아낸 정보가 진실이라면, 여우는 제도에서 철수했을 거다."

"그렇군……."

그리고, 애초에———,《천변만화》가 여우를 신경 쓰고 있을 때가 아니라고 했다.

그 남자는 껄렁대긴 하지만, 짜증 나게도 그 이상할 정도로 뛰어난 통찰력만큼은 절대적인《천변만화》의 안티인 프란츠도 인정할 수밖에 없었다.

그러나 그 남자에게 의존하기만 하는 것은 제국 귀족으로서 의무를 내팽개치는 것이나 마찬가지다.

프란츠의 책무는 제국의 수호. 혼자서《천변만화》의 신산귀모를 당해내지 못한다면 조직의 힘으로 넘어서야만 한다. 계속 놀라기만 하고 있을 수는 없다.

그런데 그 남자———, 프란츠보다 먼저 예지를 받다니, 점성원에 두터운 연줄이라도 있는 건가? 아니면———, 그 남자의 능력 자체가 점성술사에 가까울 가능성도 있다.

생각해보니 그 남자의 엉뚱함은 쓸데없이 뜸만 들이는 점성술사들과 매우 비슷했다.

"제도 내부의 순찰을 강화하긴 하겠지만, 일손이 부족한 상황이야. 시기나 내용 정도는 알아내야———."

제3기사단 단장은 벌레를 씹은 듯한 표정을 짓고 있었다.

최근 몇 달 동안 제도 내부에서는 '아카샤의 탑'과《마장(히든 커스)》의 충돌부터 시작해서 크림슨 드래곤의 습격까지 사건이 연달아 일어나고 있다. 그렇지 않아도 엄중하게 경계하고 있는 상황에서 내용도 알 수 없는 재앙에 대비하라고 하니 골치가 아플 만도 하다.

물리쳤다고 해결은 아니다. 습격당한 시점에서 이미 기사단의 과실인 것이다. 제3기사단 단장도 그 실력으로 유명한 강자지만, 표정에는 확실히 피로가 드러나 있었다. 왠지 흰머리도 늘어난 것 같았다.

"어쩔 수 없지, 다시 《검성》에게 사람을 빌릴까…………, 정규 단원만으로는 인원이 너무 부족하다. 제도를 지키기 위해 다른 영지의 기사단을 불러들일 수도 없고―――."

제블디아 제국 최강의 검사, 《검성》 쏜 로우웰은 제국과 긴밀한 관계를 맺고 있다.

기사단의 훈련에도 몇 번이나 사람을 파견해 주었고, 기사단에도 문하생이 여러 명 있다. 예전에는 여러모로 악명도 있긴 했지만, 지금은 사람으로서 성숙해졌기에 제국 귀족 중에서 그를 인정하지 않는 사람은 없다.

그때, 노크 소리와 함께 조사하러 나가 있던 부하가 돌아왔다.

"단장님, 점성원과 제국 도서관에서 과거 사례를 모아 왔습니다."

"그래, 고맙다. 점성원의 점성술사가 좀 더 자세히 예지해줬다면 이렇게 귀찮은 짓을 하지 않아도 될 텐데―――, 정말이지."

점성원이 얻는 비전은 보통 애매하기 마련이지만, 과거의 예지와 실제로 일어난 사건은 전부 제국의 도서관에 정리되어있다. 비슷한 사례가 있다면 이번 예언 내용도 유추할 수 있다. 알아내지 못하더라도 나름대로 대처할 방법은 있다. 이것이 바로《천변만화》로서도 불가능한 국가의 역사가 지닌 강점이다.

지시를 내리자 부하가 사무적인 말투로 보고하기 시작했다.

"자세한 내용은 추후에 정리해서 드리겠습니다만———, 제블디아는 아니고, 과거에 다른 나라에서 '검은 그림자'라는 예지를 받은 적이 있다고 합니다. 그때는 넓은 범위에 강력한 병마의 저주가 쏟아져 내려 수만 명의 사상자가 발생했다고 합니다."

저주. 수만 명의 사상자. 예상하지 못했던 말에 프란츠가 눈을 크게 떴다.

머릿속으로 그 단어를 곱씹었다. 잘 살펴보니 보고한 부하의 표정에도 약간의 의문이 보였다.

제3기사단 단장은 눈살을 찌푸리고 있다가 잠시 후에 끙끙대는 듯한 목소리로 말했다.

"비상사태……라기보다는 믿기 힘든 이야기로군. 저주———, 주술로 그렇게 많은 사람을 죽일 수 있다니."

주술이란 강한 감정을 방아쇠로 삼는 마술의 일종이다. 주로 사람이나 생물을 대상으로 작용하는 것으로 알려져 있고, 암살에 쓰이는 경우도 있어서 무시무시한 술법이긴 하지만 많은 사람을 살해하기에 적합하지는 않다.

주술로 사람을 해칠 때 중요한 것은 강한 원한의 감정이다. 수만 명을 죽이려면 그에 필적할 만한 원념이 있어야만 하는데, 어느 정도 실력이 있는 주술사(샤먼) 정도로는 그렇게 강한 주술을 행사하는 건 불가능하다.

무엇보다 많은 사람을 죽이기만 하는 거라면 주술보다 훨씬 손쉬운 방법이 있다.

"그 나라는 무슨 짓을 저지른 거지?"

"‥‥‥‥‥강력한 마법사의 무덤을 파헤쳤다고 합니다."

"태고의 마도사(마기)의 원념인가. 뭐, 그런 거겠지‥‥‥."

함부로 무덤을 어지럽힌 결과 저주를 받아서 죽었다는 것은 예전까지는 자주 듣던 이야기다. 산 자가 품은 마음은 시간의 흐름에 따라 완화되지만, 죽은 자가 남긴 저주는 기본적으로 희미해지지 않기에 큰 피해를 부르기 쉽다.

하지만, 그와 동시에 좀처럼 생각하기 힘든 이야기였다. 무덤을 어지럽히는 행위의 위험성은 이미 널리 알려져 있기에 제국 내부에서 그렇게 강력한 저주가 발생할 여지는 없을 것이다.

가장 그럴싸한 것은 케챠챠카가 쓰던 용을 불러들이는 저주 정도밖에 없지만, 그것을 가능하게 해주는 보구는 이미 회수되어 성의 보물고에 엄중하게 봉인되어 있다.

제3기사단 단장이 일어섰다.

"만에 하나를 대비해서 저주의 징조가 발생하지 않았는지 조사하지. 그 밖에 다른 원인으로 비슷한 예지가 나오지 않았는지 확인해다오. 수고가 들긴 하겠지만, 가능성을 하나씩 없애나갈 수밖에 없어."

"무슨 일이 생기면 이쪽에도 연락을 부탁하네. 우리 쪽에서도 사람을 보내지, 폐하께서도 그걸 원하실 거야."

제3기사단 단장과 힘주어 악수를 했다. 생각해야만 할 것은 잔뜩 있다. 척 보기에는 있을 수 없는 일이지만, 정말로 수만 명을 죽일 정도로 강한 저주가 진행되고 있다면, 여우보다 대처 우선도가 높아진다.

마술과학원에 연락해서 대항책 검토를———, 점성원에 자세한 해석을 재촉하고, 황제 폐하께도 보고를 드리고———, 저주 전문가인 광령교회에도 협력을 의뢰해야 한다. 대중 매체에도 이야기를 해두어야 할 것이다. 쓸데없는 정보를 퍼뜨려서 제도 시민들을 위협하지 않게끔 배려할 필요가 있다.

그리고 물론, 《천변만화》에게도 물어봐야 할 것이다. 또 둘러대 버릴지도 모르겠지만 그때 가서 생각하면 된다. 제국을 위해서 웃으며 참아낼 것이다.

프란츠가 각오를 다진 순간, 부하가 문을 세차게 열고 들어왔다.

그 부하는 예지를 전달하러 왔을 때보다 훨씬 절박한 느낌으로 보고했다.

"프란츠 단장님, 《검성》의 문하생이 마검의 저주에 걸려 마구 날뛰고 있다고 합니다."

"뭐……라고?"

역시 평온한 게 제일이네. 생각해보니 루시아하고 둘이서 느긋하게 지내는 것도 오랜만일지 모르겠다.

나는 보통 한가하지만, 유능한 여동생은 바쁘니까.

아침 식사(점심?)를 하던 손을 멈추고, 눈앞에 있던 루시아를 보며 미소를 지었다.

"왠지 오늘은 좋은 일이 있을 것 같은 예감이 들어."

"오빠……………, 그렇게 말하고 그대로 된 적이 있었나요?"

루시아는 여전히 토라진 듯한 표정으로 싸늘하게 말했다.

제2장   주물(呪物)

의자를 빙글빙글 회전시키면서 신문을 확인했다. 프란츠 씨에게 부탁한 덕분인지 신문에는 어제 1면을 장식하던 퇴폐 지구 습격에 대해서는 부자연스러울 정도로 아무런 기사도 없었다.

공음석을 써서 부탁한 지 아직 하루밖에 지나지 않았는데 이렇게까지 멋지게 정보를 조작할 수 있다니, 아무래도 에바가 몇 년에 걸쳐서 고생하며 만든 연줄보다 귀족의 압력이 효과가 더 큰 모양이다. 그 밖에 신경 쓰이는 기사가 없다는 걸 대충 확인한 다음, 나는 신문을 내려놓고 만족하며 고개를 끄덕였다.

온갖 수단을 동원한 덕분인지 아무래도 오늘만큼은 아무 일도 하지 않고 느긋하게 지낼 수 있을 것 같다. 하품을 크게 하자 소파 쪽에서 나를 빤히 보고 있던 여동생이 견디지 못하겠다는 듯이 일어섰다.

"⋯⋯⋯⋯⋯⋯리더, ⋯⋯오늘은 뭘 할 생각인가요?"

"응~? 오늘은⋯⋯, 그래. 휴식이라도 취할까⋯⋯."

"?! 어제도 휴식이었잖아요!"

"너무 그러지 마⋯⋯, 행운은 느긋하게 기다리는 사람에게 온다는 말도 있고———."

"⋯⋯⋯⋯⋯설마, 그래서 항상 느긋하게 지낸다는 말을 하고 싶은 건가요?"

험악한 눈초리를 항상 쓰던 방법으로 피했다.

루시아는 성실하다. 어렸을 때는 좀 더 미소를 보여주곤 했지만, 성격 자체는 그 시절부터 바뀌지 않았다. 정리정돈을 잘하고, 만나기로 한 시간도 잘 지킨다. 루크나 다른 일행과는 달리 기본적으로 규칙을 어기지도 않고, 날마다 공부도 게을리하지 않는다. 그리고 휴일은 1주일에 하루만 있으면 충분하다고 한다.

아마 바뀐 건 나일 것이다. 항상 무뚝뚝한 표정을 짓고 있는 건 반항기이기 때문이기도 하겠지만, 그녀가 보기에 내가 너무나도 한심하기 때문일지도 모르겠다. 그나마 루시아가 나를 저버리지 않아서 다행이다. 내가 루시아 같은 입장이었다면 아무것도 하지 않는 오빠를 저버리지 않을 자신은 없다.

"분명 내 성실함이나 재능은 전부 루시아에게 뺏긴 거겠지."

"?! 피는 안 이어졌잖아요!"

클랜 마스터실의 지정석에서 하품을 참으며 그렇게 말하자 루시아의 시선이 더 싸늘해졌다.

아니, 그래도, 그 왜……, 착실한 여동생이 있으면 늘어져 버리는 건 어쩔 수 없는 일이니까. 균형이 잡힌 거라고. 그리고 친지 중에 대마도사가 있으니 마도사를 보는 기준이 높아져 버려서 큰일이다. 내가 크류스나《심연화멸》같은 마도사들에게 자주 혼나곤 하는 건 루시아에게도 책임이 어느 정도는 있다.

"그런데 이틀 연속으로 루시아가 호위를 맡다니, 신기하네?"

"……다른 멤버들은 시간을 낼 수가 없었어요. 저희는 바쁘니까요. 내일은 교대할 거예요."

루시아가 발끈한 듯한 표정으로 그렇게 말했다. 뭐, 나는 대환영이지만 말이지. 루시아가 있으면 보구를 마음껏 쓸 수 있고, 요즘은 좀처럼 기회가 없었으니 남매끼리 지내는 시간을 만드는 건 바람직하니까.

고향을 떠나기 전에 부모님은 위험한 일이 생기면 몸을 날려서라도 루시아를 감싸주라고 했다.

흥, 자랑할 건 못되지만 먼저 공격당하는 것에 있어서 나보다 더 뛰어난 사람은 없다고. 안셈은 그 거대한 몸집만 봐선 믿기지 않을 정도로 뛰어난 반사신경과 민첩성을 지니고 있지만, 그걸 단련시켜준 것은 (어떤 의미로는) 바로 나다. 언제 어디서나 나를 지켜주는 그는 틀림없이 파티에서 제일 믿음직한 남자였다.

그런데 모처럼 남매끼리 오붓하게 있는데도, 루시아는 오늘 기분이 안 좋은 모양이네.

그때 좋은 생각이 나서 손을 탁 쳤다.

"그럼 오늘은 루시아도 있으니까 오랜만에 새로운 마도서라도 만들어볼까."

루시아가 마도사가 되었을 무렵, 보채던 루시아에게 자주 써주곤 했다.

정겨운 느낌에 눈을 가늘게 뜬 내게 루시아가 당황한 듯이 말을 돌렸다.

"그, 그리고, 습격자가 무슨 짓을 할지 모르니까, 다양한 방법으로 대처할 수 있는 제가 가장 적합하다고요! 어머니께서도 오빠를 확실하게 지켜보라고 하셨고요."

"음~, 펜하고 노트가 어디 있더라⋯⋯⋯⋯."

"마, 맞다! 선생님께서 오빠를 한번 데리고 와달라고 하셨어요! 조만간 같이 가주시겠어요? 저번 무제제 때 시험을 직전에 취소해버려서 기분이 상당히 안 좋으신 모양이라━━━."

"⋯⋯좋은 생각이 났어! ⋯⋯선생님을 개구리로 만드는 마법?"

"?! 그만해! 이놈!"

루시아가 얼굴이 빨개진 채 펜을 빼앗으려 했다. 나는 팔을 살짝 움직여서 피했다.

마도사인 루시아는 리즈나 루크처럼 육체파는 아니지만, 신체 능력은 나보다 좋다. 재능이나 훈련량, 마나 머티리얼 흡수량도 차이가 심하다.

그래도 한창나이인 루시아는 리즈나 시트리와는 달리 최대한 내 몸에 닿지 않게끔 하기 때문에 나도 피하는 건 어렵지 않았다. 리즈처럼 눈을 깜빡이는 것보다 빠르게 움직이는 것도 아니고.

"개구리로 만들어 주마⋯⋯, 개구리로 만들어 주겠어. 나를 만나고 싶어 하다니, 선생님은 정말 보는 눈이 없군."

"?! 이, 이해가 안 되는 말을, 하지 마아~~~!"

루시아의 선생님은 루크나 리즈의 스승님과는 달리 학자 같은 느낌이라 이성적이지만, 그렇기 때문에 화나게 만들면 무섭다. 얼굴이 무섭게 생겼다거나 폭력적이라서 무서운 것이 아니라 압박감만으로도 짓눌러버릴 것 같아서 내가 아는 사람 중에서는 희귀한 타입이다. 그걸 피하기 위해서는 쾌적해지는 것 정도밖에 생각나는 방법이 없다.

하지만 그건 최후의 수단이다. 루시아도 신세를 지고 있으니 최대한 원만하게 해결하고 싶다.

시험을 결석한 것도 결과적으로는 대지의 열쇠를 억누르는 결과로 이어졌으니 화를 낼 필요는 없잖아⋯⋯⋯⋯⋯⋯, 루시아도 피해를 막아내는 데 큰 공헌을 했으니까———.

"!! 맞다!"

"이놈, 피하지 마! 진짜?! 무, 무슨 생각을 해낸 거야! 이놈! 오빠?! 이놈!"

이 문제도 프란츠 씨에게 중재를 부탁하면 되는 거 아닌가? 아무리 제국에서 손꼽히는 마법사라 해도 대귀족이 참견하면 아무 말도 못할 테니까. 프란츠 씨의 호감도는 더 이상 떨어지지 않을 테고, 오늘 나는———, 머리가 잘 돌아간다. 역시 귀족 지인이 최고야.

루시아가 다른 쪽으로 파고들었기에 재빨리 등을 돌려서 펜을 거두었다. 애초에 펜을 빼앗아봤자 의미도 없고, 진짜로 뺏을 거라면 마법이라도 쓰는 게 나을 것 같지만 깊게 따지진 않겠다.

그래, 예전에도 이런 느낌으로 놀았었는데⋯⋯, 그런 생각을 하고 있자니 문득 창문 밖으로 날아온 '피전 체인'과 눈이 마주쳤다(비둘기 사슬에게는 눈이 없지만).

마치스 씨가 보낸 편지다. 보아하니 루시아와 놀아주는 건 여기까지인 모양이군.

"자, 잠깐 들고 있어."

"?! 아⋯⋯, 네."

루시아가 뻗은 손에 펜을 들려준 다음, 창문을 열었다.

어제 출장 감정은 하지 못하겠다는 편지를 받은 참인데, 대체 무슨 일이지?

깜짝 놀란 표정으로 펜을 보는 루시아. 그녀 앞에서 진지한 표정으로 편지를 확인했다.

확인하고, 확인하고, 세 번을 확인한 다음 만에 하나를 대비해 다시 확인하고, 잠시 생각한 다음에 고개를 크게 끄덕였다.

"…………좋아, 루시아, 외출할 준비해. 《검성》에게 가자. 지금 당장!"

"네? 에? 밖에는 안 나가는 거 아니었나요?! 그 편지는 뭔데요?!"

"…………나도 그럴 생각이었는데, 상황이 바뀌었어. 아마 문제는 없을 것 같지만———, 나는 준비할 거야."

"…………알겠어요, 리더."

마치스 씨가 보낸 편지에는 놀라운 내용이 적혀 있었다.

아무래도 어젯밤에 《검성》의 도장에서 강력한 마검으로 인해 사건이 발생한 모양이었다. 외부에서 들어온 마검에 홀린 검사가 마구 날뛰어서 《검성》의 문하생이 수십 명이나 베였다고 한다.

보구로 인한 사고 자체는 제도에서 드문 일이 아니다. 원래는 호오~, 큰일이네라고 생각하며 그냥 넘겼겠지만, 이번만큼은 짐작 가는 게 너무 많다.

운이 안 좋았던 건 어젯밤에 도장의 주인인 《검성》이 자리를 비운 참이었다는 것이다. 그나마 다행이었던 건 마구 날뛰던 검사라는 녀석은 아침에 돌아온 《검성》에게 제압당한 모양이고, 죽은 사람은 없었다는 것이다.

마치스 씨가 내게 연락한 이유는 사건을 조사하기 위해 《검성》
이 가지고 온 그 보구의 생김새가 내가 감정해달라고 말했던 보
구의 특징과 일치했기 때문인 모양이다.

아니, 설마 그 보구가 마검이었을 줄이야……, 내가 만졌을 때
는 아무런 일도 일어나지 않았는데, 주인을 고르는 계열의 보구
였던 건가? 아니면 밤에만 발동되는 건가?

적어도 루크에게 건네선 안 되는 거였다는 사실만은 분명하다.
루크는 결코 나쁜 사람이 아니지만, 검을 좋아하는 마음은 상식
에서 벗어난 수준이다. 마검에 홀린 전과도 있으니 이번에도 신
이 나서 동료들을 베었을 게 분명하다. …………아니, 그거 평소
랑 마찬가지 아닌가?

아무튼, 밖에 나가고 싶지 않다는 말을 하고 있을 때가 아니다.
《검성》은 검의 달인임과 동시에 예의를 중시하는 사람이다. 악의
가 없었다고는 해도 내 선물 때문에 험한 꼴을 당했으니 최대한
빠르게 사과할 필요가 있다. 좀 전에 본 신문에는 딱히 그럴싸한
기사가 없었기에 큰 사건으로 발전하지는 않은 모양이지만, 이대
로 둘러대려 하다가는 틀림없이 베이게 되어버릴 것이다.

설령 《검성》 본인이 용서하더라도 그의 문하생 중에는 성격이
거친 검사들이 잔뜩 있다. 《심연화멸》은 일기당천이지만, 《검성》
의 문하생은 천 명이 넘는다. 화가 나게 만들면 제도에서 살아갈
수가 없다.

"위험하기도 하고, 급하니까, 하늘을 날아서 가자. 『플라잉 카

펫(하늘을 나는 융단)을 타고 가거나 루시아의 빗자루를 타고 가야 하는데———."

아직 『플라잉 카펫』의 조작은 완벽하지 않다. 하지만 루시아의 빗자루는 보구가 아니라 뒤에 태워달라고 하는 형태인데, 부끄러움을 많이 타는 루시아는 좀처럼 태워주지 않는다.

내가 부탁하자 루시아는 잠깐 망설인 다음 작은 목소리로 말했다.

"아, 알겠어요. 뒤에, 태워드릴게요. 그 융단은 안 돼요. 이번 만이에요."

"고마워. 바로 준비하자. 옷을 갈아입고 올 테니까, 루시아는 빗자루 준비를———."

인격자라고 해도 상대방은 루크의 스승님이니 무슨 일이 일어날지 모른다. 보구를 준비하고———, 그렇지, 프란츠 씨에게 중재를 부탁하자. 어떻게든 피해를 줄여야만 한다. 이미 일어나버린 일은 어떻게 할 수가 없지만……, 그래. 적어도《검성》유파의 악평이 널리 퍼지지 못하게 해야지.

《검성》은 무인을 좋아한다. 당당한 태도로 사과하면 어떻게든 될 거야!

어떻게든 될 거라고 생각하고 싶어!

심호흡을 한 다음, 프란츠 씨에게 연락할 공음석을 들고 나는 내 방으로 이어지는 계단을 뛰어내려갔다.

그것은 제국 최강의 검사로 유명한 《검성》의 문파에서 수많은 이름난 무기를 봐 온 나드리 일행도 본 적이 없는, 혼이 빨려 들어가는 듯한 빛을 띤 검이었다.

　제블디아에서 강력한 검을 가지고 있는 건 순수한 검사가 아니라 헌터 검사다. 트레저 헌터의 성지 제블디아에는 밤낮을 가리지 않고 수많은 보구가 모이지만, 검 형태의 보구는 얼마 되지 않고 그중에서도 강력한 것으로 한정하면 극히 일부밖에 존재하지 않는다. 그리고 검은 헌터들 사이에서도 특히 손에 꼽힐 정도로 인기가 있는 무기이기 때문에 발견된 보구도 거의 대부분 발견한 헌터가 그대로 사용하게 된다.

　극히 드물게 시장에 나온 보구도 가격이 엄청나게 비싼 데다 귀족이나 헌터처럼 욕심내는 라이벌이 잔뜩 있다. 아무리 《검성》의 문하생이라 하더라도 일개 검사가 그러한 보구를 손에 넣는 것은 꿈만 같은 일이다.

　물론, 현대의 대장장이가 만들어낸 검 중에서도 명검은 존재한다. 팬텀이나 마물 상대로 충분하고도 남을 정도로 싸울 수 있는 무기다. 그렇게 현대에서도 손에 넣을 수 있는 검은 가격도 비교적 저렴하기 때문에 나드리 일행도 가지고 있긴 하지만, 그래도 보구 검이라는 것은 제국의 검사들에게 있어서 동경하는 무기였다. 오히려 《검성》 아래에서 수련하며 그러한 무기를 볼 기회가 생기기 때문에 동경하는 마음도 다른 검사들보다 강했다.

그런 검을 가지고 온 동문은《검성》의 문하에서도 제일가는 문제아였고, 파격적인 남자였다.

《천검》, 루크 사이콜.

제도에서 가장 검에게 사랑받고, 검을 사랑한 남자. 갑자기《검성》을 찾아와 제자로 받아달라고 한 뒤, 눈 깜짝할 새에 문파 안에서도 손꼽히는 실력자가 된 그 청년은 너무나도 무차별적으로 사람을 베는 성격 때문에 진검을 빼앗겼다는 말도 안 되는 일화가 있지만, 이곳 제도에서도 톱클래스인 트레저 헌터 파티의 일원이기도 했다.

《검성》의 문하생은 검술 재능을 인정받은 실력자들뿐이다. 하지만 보물전을 공략하는 것은 검술 실력만으로는, 서식하고 있는 팬텀을 물리치는 것만으로는 성공할 수 없다.

공략에는 운과 실력, 신뢰할 수 있는 동료가 반드시 필요하다. 보구 출현율이 높은 고레벨 보물전이라면 더욱 그렇다————, 하지만 대련 중에 동문을 몇 명이나 베어 죽일 뻔한 그 남자는 사람으로서도, 검사로서도 결함을 지니고 있으면서도 헌터로서는 틀림없이 일류였다.

아마 어지간한 헌터는 공략할 수도 없을 보물전을 여러 군데나 공략한 헌터에겐 검 형태의 보구도 그렇게까지 고집할 물건은 아니었을 것이다.

나드리는 평소에 나눈 대화를 통해 루크의 파티 리더, 레벨 8 헌터인《천변만화》가 보구 컬렉터이며 검 형태의 보구를 여러 개

가지고 있다는 사실을 알고 있었다.

놀랄 만한 일은 아니다. 애초에 스승인 《검성》, 쏜 로우웰은 헌터가 아니지만 검술 실력만큼은 어지간한 고레벨 헌터조차 뛰어넘는 실력자다. 일류 헌터 중에도 그에게 가르침을 받은 사람이 적지 않았기에 지금까지도 예전에 입은 은혜를 갚기 위해 검 보구를 가지고 오는 경우가 있었다.

"우리 크라이가 말이지, 마침 잘됐으니까 스승님께 가지고 가라던데."

스승님은 마침 도장을 비운 상황이었다. 원래 스승님에게 들어온 선물을 먼저 보는 건 있을 수 없는 일이다.

하지만 루크는 망설이지 않고 검을 감싸고 있던 까만 천을 푼 다음 칼집에서 뽑아 들었고———, 분명히 시간이 얼어붙었다.

그 검이 눈에 들어온 순간, 루크를 제외한 제자들 모두가 깜짝 놀랐다.

거의 모든 검 형태의 보구는 태고의 마도 무기 문명을 기원으로 삼고 있다. 그리고 그 시대의 무기는 강력하며 미술품처럼 아름답다. 하지만 그것은 지금까지 보았던 어떠한 보구 검과도 달랐다.

피처럼 붉게 빛나는 요사스러운 칼날. 축축해 보일 정도로 윤기가 느껴지는 그 칼날에는 흠집 하나 없어, 보는 사람의 마음을 뒤숭숭하게 했다. 사제들이 눈에 핏줄을 드리운 채 검을 보고 있다는 걸 알 수 있었다. 그야말로……, 마성의 검.

경매에 내놓으면 귀족도, 상인도, 헌터도, 혈안이 되어 이 검을 손에 넣으려 할 것이다. 스승님이 가지고 있는 검도 아름다운 보구였지만, 눈앞에 있는 검처럼 눈을 돌리지 못할 정도로 강렬한 흡인력은 지니고 있지 않았다. 그리고 이런 검을 손에 넣었는데도 쉽사리 선물로 주다니, 고레벨 헌터는 정말 무시무시한 존재다.

"…………어라? 이상하네, 분명히 검은색이었을 텐데———."

루크가 의아한 표정으로 그렇게 중얼거렸지만 그 목소리도 들리지 않았다.

심장이 크게 뛰었다. 손이 떨리고 입이 바짝 말랐다. 어떻게든 온 힘을 다해 검에서 눈을 돌리고 루크를 보았다.

"루크, 너, 그렇게 검을 좋아하면서 용케도 그렇게 대단한 검을 가지고 왔구나…….'

루크는 애초에 그다지 상식에 얽매이지 않는 남자다. 만약 나드리가 루크 같은 입장이었다면 그 검을 다른 사람에게 넘길 생각은 하지도 못했을 것이다.

나드리의 말에 루크는 한동안 눈을 깜박이다가 아무렇지도 않게 말했다.

"아니~, 크라이가 스승님에게 주라고 했으니까~. 그리고 잘 생각해 보라고. 내가 이걸 가지면———, 이 검을 든 사람을 벨 수가 없잖아?"

"그렇군……."

이해할 수가 없다. 무슨 말인지 전혀 이해할 수가 없지만, 정신을 차리고 보니 나드리는 맞장구를 치고 있었다.

상관없다. 루크는 일단 상관없다. 문제는 그 검을 어떻게 할지다.

스승님에게 들어온 선물이다. 스승님은 나드리 같은 문하생들의 자랑거리였다. 존경하고 있다. 검을 가로채는 행위는 용납될 수 없다. 하지만, 검사로서의 혼이 속삭이고 있었다.

소리는 나지 않았다. 하지만 나드리는 분명히 그 목소리를 들었다.

―――저 검을 휘두르지 않고 어찌 검사로서 살아갈 수 있을까, 라고.

"…………알겠다. ……하지만 그건 보구야. 그게 사용자에게 악영향을 끼치는 저주받은 마검이 아니라는 보장은 없지. 위험한 물건을 확인하지도 않고 스승님께 드릴 수는 없다."

눈이 흐려졌다. 목소리에는 스스로도 놀랄 정도로 힘이 담겨 있었다.

있을 수 없는 일이다. 검 형태의 보구 중에 사용자에게 부작용을 끼치는 물건이 있다는 사실은 알고 있지만, 그런 경우는 정말로 극히 드물며 이것은 《천변만화》의 검이다. 위험한 물건일 가능성이 있을 리가 없다.

아직 이야기를 듣지는 않았지만, 검이 지니고 있는 힘에 대해서도 이미 조사를 했을 게 분명하다. 정체도 알 수 없는 보구를 최강의 검사에게 선물하려 하는 괘씸한 자가 있을 리가 없으니까.

하지만 나드리가 생각해도 너무 어설픈 변명 같은 말을 들은 루크는 딱히 화를 내지도 않고 대답했다.

"음⋯⋯⋯⋯⋯⋯⋯? ⋯⋯⋯⋯⋯⋯⋯⋯⋯⋯뭐, 그렇긴 하겠네."

나드리의 온몸에 정체를 알 수 없는 쾌감이 치솟았다.

언질을 잡았다. 아니, 루크가 정을 베풀어준 건가?

뭐든 상관없다. 빼앗을 생각도 없다. 그저 단 한 번만―――,
단 한 번만 저 검을 쥐고 휘두를 뿐이다.

똑같은 생각을 하고 있었는지, 검을 둘러싸고 있던 동문들이
침을 꿀꺽 삼켰다.

나드리는 누군가가 참견하기 전에 사제들을 단련시킬 때처럼
주위를 위압하며 선언했다.

"그렇다면 스승님께 가져다드리기 전에 한 번 시험 삼아 베어
보도록 하지. 이 검이 정말로 저주받은 마검이 아닌지 증명해보
자고."

비행 마법은 안정성이 떨어진다. 하늘을 나는 마법이 몇 가지
존재하긴 하지만, 중력 조작이든, 바람을 조작해서 나는 것이든,
균형을 잡는 게 어려운 모양이었다. 몸을 공중에 띄우기만 하는
거라면 어떻게든 되지만 움직이는 게 힘든 모양이고, 실패하면
추락하기 때문에 일류 마도사라 해도 비행 마법은 잘 쓰지 못한
다는 경우가 적지 않다.

비행용 보구나, 날개를 지니고 탑승이 가능한 마수가 비싸게

거래되는 이유는 그 때문이다.

본인이 날아다니는 것도 힘든데 혼자서 여러 명을 날리는 건 더욱 난이도가 올라가는 모양인지, 몇 군데 나라에서는 비행 마법 전용 마도사를 육성하고 있을 정도였다.

한편, 우리 루시아는 비행에 써먹을 수 있는 마법을 여러 개 익혔다.

공중에서 자세를 제어하고 안정성을 확보하는 것은 사용자의 운동신경과도 밀접한 관련이 있다지만, 내 하늘에 대한 동경을 반영한 마도서를 통해 힘들게 특훈한 《만상자재》 루시아 로제에게 불가능한 것은 별로 없다. 아마도.

지팡이 뒤쪽에 올라타려던 내게 루시아가 딱딱한 목소리로 말했다.

"아시겠어요? 꽉 잡고 계세요, 리더. 공둔으로 요령을 파악하긴 했지만, 정말로 균형 잡는 게 힘드니까요."

"……그래, 그 연을 타고 날던 거 말이지. 루시아도 참 재미있는 생각을 하네."

"윽?! 정말!"

그러고 보니 예전에 읽었던 이야기에 연을 타고 날아다니는 장면이 나왔던 것 같은데. 혹시 거기에서 영감을 자극받고 개발한 건가? ⋯⋯⋯⋯훗, 역시 내 여동생이군.

루시아가 올라탈 때까지 기다렸다가 그 지팡이———, 빗자루 뒤에 탔다.

그런데 이렇게 얇은 막대기를 타고도 용케 멀쩡하네. 빗자루에 태워준 적은 몇 번 없긴 하지만, 그때마다 엉덩이가 아픈데…….

"……연을 타고 가는 게 더 낫지 않을까?"

"윽!! 자, 얼른 잡으라고요!"

혼이 나서 어쩔 수 없이 루시아를 꽉 붙잡자 그녀가 주문을 외웠다.

빗자루가 천천히 떠오르기 시작했고, 몸이 마구 흔들렸다. 닿은 면적이 얼마 되지 않기 때문에 루시아의 몸을 꽉 잡고 있는데도 중심이 안정되지 않았다.

루시아가 숨을 크게 들이마신 것이 그녀의 몸에 두른 팔에서 느껴졌다.

그리고 빗자루가 단숨에 가속했다. 눈 깜짝할 새에 열어두었던 클랜 마스터실 창문 밖으로 날아갔다.

나는 루시아의 몸을 끌어안으며 붙잡을 수밖에 없었다. 황제 호위 때 크류스의 아이언 호스에 탔던 순간도 힘들긴 했지만, 루시아의 빗자루 속도는 비교도 되지 않았다.

역시 하늘을 자유자재로 날아다닐 수 있는 마도사는 일부 나라에서 전용 병과를 만들 정도로 강력하다.

단숨에 가속한 빗자루가 눈앞에 있던 건물에 부딪히기 직전에 방향을 바꾸며 급상승했다. 몸을 덮치는 강한 압력에 나도 모르게 찌부러진 개구리 같은 목소리가 나왔다.

그러고 보니 도시 안에서 빗자루를 태워달라고 한 건 이번이 처음이네…….

"흐엑……, 이거, 제어는――――."

그저 정신없이 달라붙는 내게 빗자루를 조종하고 있던 루시아가 소리쳤다.

"이상한 목소리, 내지 마아! 하고 있으, 니까! 리더 때문에 내 컨트롤 정확도가———."

"속도가 너무 빨라."

시야가 크게 회전해서 약간 토할 것 같았다. 가속으로 인한 압력을 세이프 링이 막아주지 않는 건 발동 조건에 미달되기 때문일 것이다. 아마 아슬아슬한 수준 아닐까. 뭐, 발동된다 해도 별로 의미가 없을 것 같지만———.

빙글빙글 도는 시야. 문득 아래쪽을 보니 사람들이 갑자기 날아올라 빗자루를 타고 하늘을 가르는 마녀 루시아를 손가락으로 가리키며 웅성거리고 있는 모습이 보였다. 큰길. 대낮에는 마차도 자주 오가는 곳인데 지금은 그런 마차들도 거의 대부분 멈춰서 이쪽을 주목하고 있었다.

아무리 인재가 풍부한 제도라 해도 하늘을 날아다니는 사람은 그렇게까지 많지 않으니까…….

빗자루가 더욱 가속하며 단숨에 주목하던 사람들을 따돌렸다. 시끄럽게 울리는 바람 속에서 루시아가 소리를 질렀다.

"속도를 떨어뜨리면! 안정성이 떨어진다구! 이렇게! 불안한! 자세로! 뒤집히지 않게 하는 게! 얼마나! 힘든 건지 알아!"

바람이 너무 세다. 예전보다 속도가 빨라진 것 같다. 아니면 내가 둔해진 건가?

『나이트 하이커(밤하늘의 어둠 날개)』를 사용했을 때도 풍압이 있긴 했지만, 아무래도 그 보구는 그런 부작용을 어느 정도 완화해 주던 모양이었다.

숨쉬기가 힘들다. 뭐가 뭔지 알 수가 없는 와중에 말을 걸었다.

"루시아, 꽤 하는구나…………앗?!"

그때, 루시아가 갑자기 사라졌다. 아니———, 사라진 건 나였다.

몸이 기울었다. 팔의 힘이 빠진 것이다. 그 사실을 눈치챘을 때는 이미 낙하하기 시작하고 있었다.

좀 전까지 나를 마구 밀어붙이던 바람 대신 몸이 지면으로 끌어당겨졌다.

나는———, 무력하다.

하지만 나는 그와 동시에 편안함을 느꼈다. 낙하라면 익숙하고, 세이프 링도 있다.

내가 떨어졌다는 걸 눈치챈 루시아의 비통한 목소리가 제도에 울려 퍼졌다.

"?! 어째서어?! 오빠아아아아아아아아아아아아아아아아!"

항상 냉정한 루시아가 핏기가 가신 표정으로 숨이 넘어가듯이 소리쳤다.

"영문을, 모르겠어!"

"……나이스 캐치!"

"장난 좀 그만 치세요! 오빠?!"

아무런 말도 할 수가 없다. 장난을 친 건 아니지만……, 그럴 수도 있지. 아이언 호스에서도 떨어질 정도니까……, 이런 속도를 내면 손을 놓칠 만도 하잖아. 그래도 역시 루시아는 믿음직스럽다.

크류스도 믿음직스러웠지만, 이 여동생은 그녀 이상이다. 오빠로서 자랑스럽다.

"설마 낙하하던 나를 선회해서 받아낼 줄이야……. 꽤 하는구나."

……곡예인가? 자유낙하하던 나를 따라잡고, 엄청난 목소리를 내면서 빗자루를 잡고 있던 오른손으로 공중에서 나를 낚아챈 루시아의 모습은 전설로 남을지도 모르겠다.

빗자루의 속도에도 익숙해지기 시작했다. 하늘 위에서 본 제도의 모습은 무심코 손을 놓아버릴 것 같을 정도로 예뻤다.

"또 전혀 도움이 되지 않을 것 같은 기술이 늘어버렸네요———."

"저기……, 성장이라는 건 그렇게 쌓아가는 법이야."

"?! 반성하라고!"

뭐, 그렇게 따지면———, 나도 사선을 넘나드는 것에 너무 익숙해진 건지도 모르겠다. 아니, 넘지는 못했지만…….

두 번 다시 떨어지지 않게끔 두른 팔에 더욱 힘을 주었다.

머리카락을 잡아당기지 않게끔 조심해야지…….

"아~, 덕분에 살았어. 아하하하하……."

"…………다음에 또 그러면, 그냥 버릴 거예요."

역시 착실한 마도사 여동생이 최고구나. 보구도 충전해주고, 그녀가 없었다면 나는 이미 글러먹은 사람이 되었을 것이다. 뭐, 루크나 다른 일행들이 없었다 하더라도 글러먹은 사람이긴 했겠지만———. 아니, 어쩌면 지금쯤 은퇴해서 평화롭게 살았을 가능성도 있으려나?

　…………이런 생각은 관두자. 중요한 건 과거가 아니라 미래다.

　마음을 다잡고 강한 바람을 견디며 앞을 본 순간, 내 눈에 믿기지 않는 것이 들어왔다.

　나도 모르게 눈을 비비며 다시 보았다. 나아가고 있는 곳──, 《검성》의 도장이 있었던 곳을.

　"…………이상하네. 저기, 좀 더 큰 건물이 있지 않았나?"

　"………………."

　《검성》 쏜 로우웰은 제도 최강이라 불리는 검사다. 트레저 헌터는 아니지만, 평생을 바쳐 단련한 그 실력은 검술로만 한정하면 고레벨 헌터조차 능가하며, 고금동서를 포함하여 최고봉의 검사 중 한 명으로 평가받고 있었다. 당연히 무예를 중시하는 제블디아에서의 평가도 높고 그 권위는 상급 귀족과도 필적한다고 하며, 분파까지 포함하면 제도 내부에만도 수십 개의 도장이 존재한다.

　내 기억이 맞다면 여기에는 문하생 귀족이 《검성》에게 경의를 담아 기부한 멋진 도장──, 총본산이 있었을 텐데. 처음 봤을 때는 불타오르는 듯한 감동을 느꼈고, 루크와 함께 환호성을 질렀던 기억이 있다. 그런데 지금은 흔적도──, 아니, 흔적은 있나?

　"…………………해체한 건가? 오래된 건물은 아니던데."

　"…………."

　거대한 훈련장이 있던 곳은 지금, 산더미처럼 쌓인 잔해가 되어 있었다.

　구경꾼이나 치안 유지를 맡은 기사단이 잔뜩 주위를 둘러싼 채 웅성대고 있었다. 이곳저곳에 기둥이나 벽 정도는 남아있지만, 수리를 하려면 상당히 오랜 시간이 필요할 것이다. 하지만 무엇보다 주목해야 할 것은 훈련장의 상징이기도 하며 한가운데 높게 솟아있던 첨탑이 사라졌다는 점이다.

　아니, 사라지지는 않았다. 사라지지는 않았지만———, 어림잡아 3분의 1 정도로 낮아졌다.

　착각한 것은 아니다. 지붕이 없어졌으니까……, 이제 그냥 웃음만 나온다.

　"아하, 아하하하, 리모델링한 건가? 루시아, 왠지 짧아진 것 같지 않아? 아하하하하하."

　"………………."

　헛웃음이 바람 소리에 묻혀서 사라졌다.

　거짓말이지?! 뭐야? 무슨 짓을 어떻게 하면 탑이 짧아지는데? 어? 어째서 이렇게 큰 사건이 신문에 나오지 않은 거야? 아무리 봐도 재해 규모의 파괴인데. 신기한 건 다른 건물이 무사하다는 점인가?

　아마 지상에서 보면 눈치채지 못하겠지만, 짧아진 그 단면은 마치———.

　나는 아까부터 말수가 완전히 줄어들어 버린 루시아의 배에 두르고 있던 팔에 힘을 주었다.

　"………………."

"저거 봐, 루시아. 마치 검으로 벤 것 같은 흔적이야. 말도 안 되잖아! 무슨 검이 저렇게 크냐고! 있지, 루시아, 뭐라고 말 좀 해 줘. 루시아?"

"오빠⋯⋯⋯⋯, 바보."

그제야 루시아가 작은 목소리로 대답해 주었다.

이런⋯⋯, 이거, 혹시 나 때문에 그런 건지도 모르겠다.

피해자는 생겼나? 누가 이런 거지? 루크? 돈이나 엎드려 빌기로 해결할 수 있을까? 이렇게 될 줄은 몰랐다고 하면 어떻게든 되려나?

아니, 어째서 검으로 훈련장을 산산조각낼 수 있는 건데. 이상하지 않아?

⋯⋯⋯⋯도, 도망치고 싶다⋯⋯, 하지만, 도망칠 수가 없다. 혼자 온 거라면 모를까 여동생이 보고 있다.

이미 한심한 구석을 잔뜩 보여주긴 했지만, 내게도 자존심 정도는 있다.

"도장에 사람이 모여있네요. 루크 씨도 있는 것 같아요. 내려가죠."

루시아를 꽉 잡은 채 고개만 돌려서 반쯤 무너진 도장 한복판을 보았다.

루시아가 말한 대로 잔해가 굴러다니는 그곳 안에 사람 몇 명이 보였다.

"⋯⋯⋯⋯루시아는 참 용감하네."

귀족에게 기부받은 그 도장은 《검성》 유파에게는 자랑거리일 것이다. 간접적이라고는 해도 그것을 망쳐버렸으니 무슨 말을 할지 알 수가 없다.

게다가 그들에게는 항상 루크가 폐를 끼치고 있다. 루크는 힘이나 검술에는 진지하지만, 예의를 모르고 돈이나 권력에도 흥미가 없다. 귀족도 많이 있다는 《검성》의 문하생 중에는 싫어하는 사람도 있을 것이다. 이번 일은 불에 기름을 끼얹은 거나 마찬가지다.

"?! 대체 누구 때문인데요!"

"⋯⋯⋯⋯글쎄, 아니, 아니? 설마⋯⋯, 그래! 제블디아에서 심기체를 전부 갖춘 최강의 검사라 불리는 남자가 마검에게 패배할 것 같지는 않은데?"

"⋯⋯⋯⋯."

뭐, 애초에 마검이었다는 사실은 몰랐고⋯⋯, 생김새가 꽤 무시무시하긴 했지만 나도 그렇고 루크도 멀쩡했으니까⋯⋯. 엘리자 이 녀석, 항상 멍하니 있는 주제에 골치 아픈 물건을 가져다주었네.

곧바로 새로운 변명거리를 생각해낸 내게 루시아는 아무런 말도 하지 않고 진행 방향을 바꾸며 속도를 높였다.

원통하다.

《검성》의 수제자로서 너무나도 꼴사나운 추태를 보였기에 나드리는 지금 당장에라도 배를 갈라 사죄하고 싶었다.

잘려나간 오른팔도, 온몸에서 느껴지는 살이 삐걱대는 아픔도, 그 충동과 비교하면 신경이 쓰이지 않았다.

자결하려는 그를 겨우 막고 있는 것은———.

"아…………, 최고의 밤이었어. 마검에게 조종당하는 검사가 강하다는 건 알고 있었는데, 설마 그 정도로 강해질 줄이야———, 크라이 녀석, 기특한 짓을 하기는!"

"크윽…………, 뭐가 기특한 짓이냐!"

눈앞에서 온몸이 흙먼지투성이가 된 상태로 크게 웃고 있는 남자 때문이다.

이렇게 된 원인을 가지고 온 주제에 미안해하기는커녕 신이 난 루크 사이콜. 그가 눈앞에 있는데 할복 같은 것을 할 수 있을 리가 없다.

실력 좋은 검사를 셀 수 없을 정도로 많이 배출한 유서 깊은 도장은 반쯤 무너진 상태였다.

투박하고 보기만 해도 긴장이 되는 듯한 문도, 담도, 건물도 무너졌기에 아마 이 현장을 보고 이 광경이 검 한 자루로 인해 생겨났다고 생각할 사람은 없을 것이다.

도장에는 닦아낸 지금도 아직 완전히 지워지지 않은 피비린내가 풍기고 있다. 원래 단 한 자루의 검으로 이렇게까지 파괴하기는 힘들다. 하지만 《천변만화》가 선물한 그 검은 단순한 검이 아니었다.

마검에는 몇 가지 종류가 있다. 어떤 대가와 맞바꾸어 힘을 주는 것. 사용자의 재능에 따라 노골적으로 성능이 달라지는 것. 그중에는 사용자를 고르며 사용자를 일류 검사로 키워내는 검 같은 것도 존재하는 모양이었다. 고도 마도 무기 문명이 만들어낸 무구 중엔 현대의 상식으로 이해할 수 없는 것도 존재한다.

그 검이 마검으로 분류되는 것들 중에서도 최악의 물건이라는 사실을 나드리가 눈치챈 것은 일이 다 끝난 뒤였다.

보기만 해도 마음이 빼앗길 것 같은 그 검을 쥔 순간, 나드리에게 솟구친 것은 세계의 모든 것을 손에 넣은 듯한 무시무시한 전능감과 그것을 휘두르고 싶다는 거역하기 힘든 욕구였다.

검사라면 누구나 한 번은 경험하는 느낌, 최초로 검을 쥐었을 때 느낀 신기한 고양감을 몇만 배로 증폭시킨 듯한 그 충동은 나드리로부터 그것을 제외한 모든 것을 앗아갔다.

일반적으로 검사는 검술 실력뿐만이 아니라 정신 수양 또한 해야 한다. 수련해서 얻은 강한 힘을 올바르게 쓰기 위해서———, 그것은 검술에 대해 집요할 정도로 정열을 쏟아붓는 루크가 아직 최강이라 불리지 못하는 이유 중 하나이기도 하다.

나드리는 눈치챘어야만 했다. 칼날을 본 순간 부풀어 오른 충동에 위화감을 품고 강하게 경계했어야만 했다. 검을 휘두르고 싶다는 충동을 억누르고 자신을 다스려야만 했다. 사제들의 모범이 되어야만 했다.

힘에 대한 욕구. 질투. 증오. 자존심. 마성의 검은 사람의 약한 마음에 파고드는 것이다.

마검은 때때로 두려울 정도로 날카로운 모습을 자랑하곤 하는데, 그 검 또한 아름다운 생김새에 걸맞게 무시무시한 날카로움을 자랑했다. 살짝 휘두르니 세계가 베였다. 깃털처럼 가벼우면서도 공기를, 모든 것들을 찢어발기며 저항은 전혀 느껴지지 않았다.

아마 날카로운 것만으로 따지면 마검 중에서도———, 손에 꼽힐 정도일 것이다.

몸의 일부처럼 손바닥에 딱 달라붙고, 몸의 일부처럼 위화감이 없었다. 아니———, 그 순간, 나드리는 분명히 검의 일부였고, 산 것을 베는 것만이 존재 이유였다.

만약 이곳에 사형이 갑작스럽게 칼을 휘둘렀는데도 눈 하나 깜짝하지 않고 오히려 목숨을 빼앗으려 할 정도로 머리가 이상한 루크가 없었다면, 다른 문하생들은 전멸했을 것이다.

물론, 애초에 루크가 마검을 가지고 오지 않았다면 이런 상황이 벌어지지도 않았겠지만.

루크 사이콜은 문제다. 동문들까지 포함해서 꽤 많은 사람들을 벤 망나니지만, 건물을 부순 적은 거의 없었다. 도장을 반쯤 무너뜨리고, 그 소동이 바깥까지 알려진 것은 전대미문이었다. 이미 기사단 녀석들이 사정 청취를 하러 와 있다. 둘러댈 수도 없고, 그런 것은 용납되지 않는다.

검에게 휘둘리던 당시의 기억은 선명하게 남아 있었다.

아침에 돌아와 반쯤 무너진 도장과 쓰러진 문하생들, 마검에 휘둘리고 있는 동문과 흥분해서 검을 휘두르고 있던 루크를 본 스승님의 멍한 표정이 눈에 새겨져서 사라지지 않는다.

《검성》의 수제자의 추태는 《검성》 본인의 평판을 떨어뜨리게 된다.

이번 사건은 나드리의 책임이다. 스승님께서는 용서해주시겠지만, 그런 건 상관이 없다.

"아~, 강하네, 강해. 역시 크라이, 뭘 좀 안다니까. 이런 걸 원했던 거라고! 스승님이 없어서 맞붙지 못했던 게 아쉽긴 한데———."

"어……, 얼빠진 녀석! 스승님께서 마검에 홀리실 리가 없잖나!!"

제각각 쓰러져 있던 다른 문하생들은 이미 치료하기 위해 실려나갔다. 지금 이곳에 모여있는 사람은 전부 끝난 뒤에 온 자들뿐이다.

잔뜩 고여 있던 피 웅덩이도 청소했고, 굴러다니던 인체의 일부도 치웠다.

어젯밤에 도장에 있었던 사람들은 문하 중에서도 특히 수행에 공을 들이던 실력자들뿐이다.

하지만———, 이렇게까지 피해자가 많이 발생한 것은 나드리가 베었기 때문이 아니다.

루크를 노려보았다.

마검에게 홀려서 덤벼든 나드리와 신이 나서 맞서 싸운 루크.

마검에게 사로잡힌 건 나드리뿐만이 아니었다. 나드리가 움직이지 못하게 되자 마검은 다음 문하생을 홀렸고, 그 문하생이 움직이지 못하게 되자 다음 문하생을 홀려서 유일하게 사로잡지 못했던 루크를 덮쳤다.

아무리 마검이라 해도 전투 능력은 사용자의 힘에 의존한다. 나드리를 쓰러뜨린 루크는 다른 제자들이 마검을 잡기 전에 그들을 멀리 보낼 수도 있었을 것이다.

그런데……, 이 남자는———!

이곳에는 참극을 빚은 마검이 없다. 칼집에 넣어서 루크가 가지고 온 천으로 싼 뒤 스승님께서 가지고 가셨다. 하지만 전문가에 의한 조사가 이루어지면 위험성이 밝혀질 것이다.

그리고 《천변만화》가 무슨 생각으로 마검을 보낸 건지도 알 수 있겠지.

"그런 표정 지을 필요 없다고, 팔 정도는 안셈이 고쳐줄 테니까! 그 녀석은 그런 게 특기야! 이번에는 여러 명이니까 연습도 될 테고."

루크가 팔짱을 낀 채, 주저앉아서 숨을 거칠게 쉬고 있던 나드리를 내려다보며 날카로운 목소리로 말했다.

루크도 적지 않게 상처를 입었지만 그 표정에는 전혀 힘든 기색이 없다.

"그런……, 문제가, 아니다!"

가볍다. 수십 명을 벤 것 같지 않은 가벼움이다. 몇 명을 죽일 뻔한 것 같지 않은 가벼움이다.

그리고 나드리에게 질책을 당하고도 눈 하나 깜짝하지 않았다.

모여든 동문들이 굳은 표정으로 루크와 나드리를 보고 있다.

대놓고 불평하지 않는 것은 스승님께 판단을 맡기려 하기 때문이기도 하지만, 루크가 문파에서 특수한 입장이기 때문이다.

어찌 됐든, 그는 말이 통하지 않는다. 말이 통하지 않는 주제에 재능이 넘치고, 누구보다 검을 사랑하고, 사람을 베는 것도, 베이는 것도 망설이지 않는다. 권력에 굴하지 않고 탐욕스럽게 힘을 추구하는 그 태도 때문에 적도 많고 아군도 많다. 그리고 이것이 가장 큰 문제인데———, 그는 애초에 마검 같은 것과는 상관없이 문하생을 모두 베어버리고 도장을 파괴하더라도 이상할 게 없을 정도로 파격적인 구석이 있었다. 나드리도 만약 장본인이 아니라 나중에 이야기를 들은 입장이었다면 또 터무니없는 짓을 저질렀다고 생각하며 넘어갔을 가능성이 크다.

루크와는 벌써 몇 년 동안이나 알고 지내왔다. 이미 성격도 잘 알고 있다.

말이 통하지 않는 상대에게 어떻게 진심으로 화를 계속 낼 수가 있을까? 요즘은 스승님께서도 루크 본인이 아니라 파티 리더인 《천변만화》에게 이야기를 하게 되었는데———.

검에 홀린 것은 나드리가 미숙하기 때문이다. 가족도, 친구도, 스승님도 볼 면목이 없다. 하지만, 그와 동시에 한마디라도 불평을 늘어놓고 싶었다. 아무리 그게 한심한 짓이라고 하더라도.

"《천변만화》다. 잘 들어라. 이제 너와는 이야기를 하지 않겠다! 《천변만화》다! 너희 리더와 이야기를 할 거다! 대체 무슨 생각으로 그런 검을 선물한 건지 말이야! 알겠나, 루크! 너는 모를 수도 있겠지만, 이 나라에서, 위험한 마검을, 아무런 말도 하지 않고 선물하는 건, 법에 어긋나는 짓이다!! 아무것도 몰랐다고 하진 못할 거다, 아무것도 모른다고 하진 못할 거야! 스승님께서 뭐라고 하시던, 이번에는 이야기를 해야겠어!"

"어~? 진정하라고, 나드리. 크라이는 잘못한 거 없어~. 내가 부탁했거든. 뭔가 벨 상대가 없냐고. 그랬더니 준 거야."

어떤 세계에 벨 상대를 부탁했더니 마음을 침식하는 마검을 보내는 녀석이 있을까. 아무리 레벨 8 헌터라 하더라도 해도 되는 행동과 하면 안 되는 행동이 있다. 루크도 그렇고, 《비탄의 망령》은 법률이나 상식을 뭘로 보는 거지!

아니, 애초에 너는 누구에게나 벨 상대를 달라고 부탁하잖아!

흥분해서 상처가 벌어진 건지, 복부에 묵직한 아픔이 느껴져서 무심코 세게 눌렀다. 의식이 몽롱해졌지만 아직이다.

모든 결말을 지켜보지 못하면 의사에게도 치료를 받으러 갈 수가 없다.

적어도 이번 사건으로 인해 호출당한 스승님께서 돌아오실 때까지는 버텨야———.

그때, 문득 하늘 위를 본 루크가 큰 목소리로 외치며 손을 흔들었다.

"아, 크라이다! 이봐~, 여기야, 여기!"

"?! 뭐, 뭐라고?!"

무거운 몸에 채찍질을 하며 혼신의 힘을 담아 일어서려 한 그 순간, 갑자기 강한 바람이 불었다. 그 풍압으로 인해 겨우 버티고 있던 무릎에 힘이 풀려서 호들갑스럽게 엉덩방아를 찧었다.

다른 문하생들이 급하게 공간을 비웠다.

엉덩방아를 찧고 저리는 듯한 아픔에 알아들을 수 없는 비명을 지른 나드리 앞에 내려온 것은———.

———빗자루를 탄 소녀. 이 세상 사람 같지 않은, 아름다운 흑발 소녀였다.

허리까지 닿을 정도로 긴 생머리에 주름 하나 없이 하얀 피부. 단정하지만 약간 애교가 부족한 듯한 외모는 소녀가 똑똑하다는 것을 확신하게 만들었다.

새까만 마도사복은 화려하지 않았지만 신비로운 분위기가 그녀의 외모와 더할 나위 없이 잘 어울렸다.

빗자루를 타고 날아다니는 사람은 없다. 동화 속이 아닌 이상.

무심코 호흡을 잊고, 아픔을 잊고, 분노를 잊었다. 모여든 문하생들도 같은 심정인지 갑작스럽게 내려온, 동화 속에서 튀어나온 것 같은 정체불명의 마도사 소녀를 보고 말문이 막힌 상태였다.

급하게 찾아온 정적 속에서 유일하게 변함이 없었던 루크가 왠지 기쁜 듯이 말을 걸었다.

"뭐야, 크라이, 왔구나! 진짜 최고였다고. 한 명을 베었더니 다음 녀석이 검을 주워들고 덤벼들어서 말이지, 검도 엄청나게 날카로웠고———."

"?! 루, 루크?! 무슨 소릴 하는 거냐, 《천변만화》는 남자———."

있을 수 없는 일이다. 나드리는 《천변만화》와도 면식이 있다. 루크가 문하로 들어올 때 따라왔고, 그 이후로도 몇 번 만난 적이 있다.

검은 머리카락에 검은 눈, 좋게 말하자면 인상이 부드럽고, 안 좋게 말하자면 허약해 보이는 남자다. 애초에 성별부터 다르다. 《천변만화》는 남자다! 이렇게 아름다운 소녀가 아니다. 눈과 머리카락 색 정도밖에 공통점이 없고, 그것을 공통점이라고 하는 것도 모욕이나 마찬가지다.

심기체를 단련하기 위해 《검성》 아래에서 힘든 수련을 해온 문하생들이 완전히 위축되어 있었다. 그중에는 대놓고 그녀의 얼굴을 빤히 바라보고 있는 사람도 있었다.

능력에는 적성이 있다. 《검성》의 문하에도 여자가 있긴 하지만 극소수이고, 그마저도 체격이 큰 나드리 같은 제자들과 거의 비슷한 호걸인 경우가 대부분이었다. 그리고 슬프게도 연약하고 귀여운 마도사 소녀를 지켜주는 것은 많은 검사들에게 있어서 입이 찢어지더라도 말을 꺼낼 수 없는 '꿈'이었다.

완전히 마음을 빼앗긴 문하생들 앞에서 루크가 눈을 반짝이고는 눈살을 찌푸리며 말했다.

"응? 아, 루시아는 크라이의 여동생이야. 빗자루를 타고 온 건 신기하긴 한데……, 무슨 일이야, 루시아? 수행인가?"

"…………맞아요."

…………여동생, 이라고?! 말도 안 돼.

귀를 의심한 나드리 앞에서 소녀가 방울을 울리는 듯한 목소리로 대답했다.

그리고 빗자루 뒤에서 모든 악의 근원이 내려왔다.

"왠지 크라이가 여기에 온 건……, 꽤 오랜만인 것 같은데!"

피투성이가 된 루크가 감개무량하다는 듯이 중얼거렸다. 이유는 전혀 짐작도 되지 않지만, 아무래도 기분이 매우 좋은 모양이었다.

하늘에서 봤을 때도 지독한 꼴이었지만, 영광을 자랑하던《검성》도장은 가까이에서 보니 훨씬 더 지독했다.

대체 무슨 일이 일어난 건지 전혀, 아무런 짐작도 되지 않지만, 첨탑이 부러지고, 문이 잔해가 되어버리고, 이곳저곳에 크게 금이 가 있는 모습을 보니 배가 아파진다. 정말 아무런 짐작도 되지 않지만, 수많은 시선이 내게 꽂히고 있었다.

땅바닥에 쓰러져 있던 영예로운《검성》의 문하생들이 마치 좀비처럼 몸을 일으켰다.

정말 아무런 짐작도 되지 않지만, 왠지 피투성이가 된 루크는 기운이 넘쳤다.

정말 아무런 짐작도 안 된다고, 정말!!

루시아가 한숨을 크게 쉬며 이마를 부여잡고 있었다. 또 정리를 해야 한다는 생각을 하고 있을 것이다. 정리를 해야 한다……, 루크에게 정리를 하게 시키면 또 엄청난 일이 벌어질 테니까.

뭐, 서로 돕고 살아야지, 서로 말이야!

루시아의 등을 두드려주자, 우리 망나니 검사가 눈을 번득이면서 기운차게 외쳤다.

"요즘은 모의전을 해주는 녀석들도 줄어들어서 말이야아, 마침 내 검이 피를 빨고 싶어 했거든. 크라이, 땡큐~! 포에버~!"

"노 땡큐~, 포에버~, 예이~!"

그가 하이파이브 포즈를 취하길래 흐름에 몸을 맡기고 받아주 었다.

신이 난 것 같아서 다행이네……, 그리고 역시 루크가 뒤집어 쓴 피는 다른 사람의 피인 모양이다. 함부로 사람을 베지 않게끔 목검을 들려줬는데, 그걸로 베면 아무런 의미도 없잖아!

하지만 그런 태클을 걸기에는 이미 늦었지. 큰 피해를 발생시 켜서 《검성》에게 폐를 끼치는 것도 이제 와서 따지긴 늦었다. 일 반인은 베이면 죽지만, 마나 머티리얼을 흡수한 검사의 내구도는 사람을 벗어난 영역에 도달한다. 죽은 사람이 생겼다면 더 심하 게 규탄당했을 테니 이번에도 가까스로 죽은 사람은 없는 모양이 다. 검사는 정말 튼튼하다.

루크의 폭주도 처음에는 매우 당황했지만, 이제 익숙해져 버 렸다.

일단 친구로서 물어보았다.

"다친 곳은 없고?"

"아, 문제없어. 거의 다 피했으니까. 굳이 말하자면 큰 상처는 이거 정도려나."

루크가 옷 끄트머리를 들어 올렸다. 단련된 복근에 일자로 깊 은 상처가 남겨져 있었다.

척 보기에도 중상이다. 나였다면 죽었을 텐데, 루크의 표정에는 전혀 괴로운 기색이 보이지 않았다.

네 몸은 대체 어떻게 된 거야?

뭐라 말하기 힘든 감정에 사로잡혀 있자니 루크가 아무렇지도 않게 옷을 내리고는 루시아를 보았다.

"맞다, 루시아. 안셈을 불러줘. 팔이 떨어져 나간 녀석들이 몇 명 있으니까."

그렇게 되게 만든 사람이 말은 잘하네…………

뭐, 부상자 쪽은 루시아에게 맡긴다고 치고, 생각하지 않으려 했지만 슬슬 쏠리는 시선의 압력이 엄청났다. 애초에 이 검성의 도장에서 나는 루크의 보호자 같은 위치에 해당된다. 입장이 그래서 그런지, 루크가 말을 듣지 않기 때문에 항의는 전부 내게 들어온다.

그래도 이번에는 특히 심하네. 사람을 베는 걸 정말 좋아하는 루크가 이렇게까지 도장을 파괴하다니……, 또 새로운 기술이라도 시험한 건가?

나는 수많은 시선을 눈치채지 못한 척하면서 분위기를 띄우기 위해 말했다.

"그, 그건 그렇고 오랜만에 와보니……, 분위기가 바뀌었네?"

"…………."

"뭐라고 해야 하나, 개방감이 든다고 해야 하나………………, 이, 이것도 나름대로 운치가 있어서 좋은 느낌인 것 같은데?"

"…………."

"⋯⋯⋯⋯미, 미안해. 설마 이런 일이 될 줄은 몰랐다고. 쏜 씨의 문하생들은 일류 검사들뿐이니⋯⋯, 아무리 신산귀모라 해도 예측할 수가 없지. 정 뭐하면 청구서는 《시작의 발자국》으로 보내도━━━."

재빨리 항복하고 사과했다. 약간 변명 같긴 하지만, 뭐, 전부 루크가 잘못한 거야. 루크가.

도장 안을 다시 둘러보며 확인했다. 잔해는 마법으로 철거할 수 있지만, 부서진 것을 고치는 건 지금의 루시아로도 불가능하다. 특히 반쯤 뚝 부러진 첨탑이 큰일이다.

돈과 시간이 많이 들 것 같다. 보아하니 루시아가 아니라 시트리나 에바의 힘이 필요하겠네.

⋯⋯⋯⋯그렇지, 류란에게 부탁하자! 말은 안 통하지만!

"⋯⋯⋯⋯."

그때, 나는 평소였다면 문하생들이 마구 해댔을 잔소리가 전혀 들리지 않는다는 사실을 눈치챘다.

조심조심, 계속 피하던 시선을 문하생들 쪽으로 돌렸다. 문하생들의 시선은 나━━━를 지나쳐서 뒤에서 무뚝뚝한 표정을 짓고 있던 루시아에게 쏠려 있었다.

⋯⋯⋯⋯그리고 보니 루시아가 도장에 온 건 이번이 처음이었나? 루시아가 다니는 마술 학원도 여기랑은 반대 방향이고, 보통 함께 오는 사람은 나나 치료를 해주는 안셈이다.

왠지 모르겠지만 문하생들은 얼음 마법이라도 맞은 것처럼 굳어 있었다. 대체 왜 그러는 거지?

"남의 여동생을 보고 얼어붙다니, 실례잖아."

"!! 며, 면목이 없군. 저기‥‥‥, 너무나도, 아름다운 나머지‥‥‥."

"?? 나드리, 너, 무슨 소릴 하는 거야?"

정면에 서 있던 루크의 사형이 완전히 굳은 표정으로 그렇게 말했다.

‥‥‥허? 루시아도 의아하다는 듯이 눈을 깜빡이고 있었다.

이런 패턴은 처음이다. 어떻게 대처해야 할지는 잘 모르겠지만———, 우선 조심조심 말을 걸어보았다.

"‥‥‥‥‥‥사실을 말한다고 꼭 칭찬이 되는 건 아니거든?"

"?! 오, 오빠?!"

문하생들이 웅성거렸다.

어라? 혹시 마치스 씨가 티노에게 약한 것처럼 이 사람들은 루시아에게 약한 건가?

‥‥‥‥뭐야, 이 사람들, 우락부락하게 생겨놓고 꽤 귀여운 구석도 있잖아.

친근한 태도로 그의 등을 툭툭 두드리며 말했다.

"정신 수양이 부족하구만, 자네."

"윽‥‥, 죄, 죄송합니다‥‥‥."

"‥‥‥‥그러니까 루크에게 베이는 거라고."

"?! 그, 그건 딱히 상관이 없———."

좋아‥‥‥, 다음부터 여기서 클레임을 걸면 루시아를 데리고 와야겠다.

혹시 《검성》도 넘어가려나?

……그건 그렇고, 여자애 한 명 때문에 움직이지 못하게 되다니 내성이 너무 약하잖아. 쏜류 검술은 심기체를 단련하는 게 기본이라고 했던 것 같은데, 완전히 부족하다. 뭐, 치명적으로 부족한 구석이 한 가지 있는데도 엄청나게 강한 루크 같은 사람도 있으니 뭐라 말하긴 힘들지만…….

티노와는 달리 루시아는 미끼로 써먹히는 데도 전혀 신경 쓰는 것 같지 않았다.

마음을 다잡으려는 듯이 헛기침을 크게 하고는 나를 다그쳤다.

"그런 것보다, 리더가 루크 씨에게 행동을 대충 하니까 이런 상황이 된 건데, 어떻게 할 생각이에요! 이렇게까지 이것저것 부서졌으니 마법으로도 수리할 수가 없고, 무엇보다 이 도장은 역사가 있는 곳이라 돌이킬 수가 없───."

"……응, 그래, 그렇지."

"?! 제대로 좀, 들어어~!"

자자, 진정해. 돌이킬 수 있는 일 같은 건 원래 이 세계에 존재하지 않는다고, 루시아. 과거로는 돌아갈 수 없거든. 내가 헌터가 된 이후로 배운 몇 안 되는 것들 중 하나다.

그러니 우리가 할 수 있는 건 도장의 추억과 함께 가슴을 펴고 살아가는 것뿐이다.

깨달음을 얻은 기분으로 재잘재잘 따지고 드는 루시아를 그냥 내버려 두고 있자니 사형이 외쳤다. 갑작스럽게 큰 목소리로 소리쳤기에 귀가 찌잉~, 울렸다.

"문제는 없다! ······입니다. 이건 전부 저희가 미숙한 결과! 루시아 양께서 우려하실 필요는 없다, 입니다."

완전히 손바닥을 뒤집었다. 그의 시선은 내가 아니라 루시아에게 쏠려 있었다.

말투가 크류스처럼 되었는데······.

어이없어하는 내 앞에서 사형이 모두에게 들릴 만큼 큰 목소리로 계속 말했다.

"파괴된 도장에 대해서도 신경 쓸 필요 없다! 입니다! 엄한 훈련으로 인해 벽에 구멍이 뚫리는 것은 자주 있는 일이니 스승님께는 제가 잘 말씀드리겠습니다! 입니다!"

"봐, 루시아. 신경 쓸 필요는 없대. 착한 사람들이네."

"············정말!"

아마 진짜로 괜찮을 거야. 왜냐하면······, 팔이 뜯겨나간 사람들도 다들 루시아를 보고 있으니까. 혹시 검사의 취향에는 뭔가 공통점이라도 있는 건가?

뭐, 해결이 되었다면 여기에 있을 이유는 없지. 자랑스러운 여동생에게 나쁜 벌레가 달라붙기 전에 얼른 돌아가야겠다.

곤란한 것 같기도 하고 어이없어하는 것 같기도 한 표정을 지은 루시아. 그녀의 팔을 잡은 순간, 잔해가 된 훈련장 바깥에서 질타하는 목소리가 날아들었다.

"이 멍청한 제자 녀석들이! 여자에게 정신이 팔리다니, 그러고도 어엿한 검사냐!"

결코 큰 목소리는 아니었다. 하지만 그건 예를 들자면 뽑아 든 칼날처럼 날카로운 목소리였다.

들기만 해도 등을 쪽 펴게 된다. 루크의 사형이, 그리고 다른 문하생들이 뛰어 오르기라도 하듯 일제히 돌아보았다.

잔해를 밟으며 넘어온 사람은 옷을 가볍게 차려입은 고령의 남자였다.

결코 덩치가 크지는 않지만 군더더기를 전부 덜어낸 육체. 그 앙상한 팔다리는 지금도 여전히 헌터 뺨치는 힘을 자랑하며, 그 세련된 기술은 전성기의 수준을 유지하고 있다고 한다.

지금까지 검사로서의 명예를 마음껏 누렸고, 지금도 제국 국민 중에서 최강의 검사가 누구냐는 화제가 나오면 제일 먼저 이름이 언급되는 남자───,《검성》쏜 로우웰.

루크가 제블디아에 와서 얻은 스승님이다. 그리고 그렇지 않아도 재능이 있었던 루크를 보다 위험하게 바꿔놓은 남자이기도 했다.

갑작스럽게 스승님이 나타나자 루크의 사형이 전율하는 목소리로 말했다.

"?! 하하하, 하지만, 스승님! 마검에게 홀린 것은 정말로 제가 미숙했기에───."

"너희가 처음부터 그렇게 생각하고 받아들였다면 인정하마. 그러냐?"

《검성》이 제자를 노려보았다. 쏜은 이미 여든 살이 넘었을 텐데, 그 눈빛에는 나이든 기색이 보이지 않았다.

《심연화멸》도 그렇고, 왜 이 나라의 노인들은 이렇게 기운이 넘치는 거야……, 아니, 바람직한 일이지만 말이지.

제자들은 그 질책이라고도 하기 힘든 질문을 듣고 말문이 막혔지만, 잠시 후 사형이 고개를 숙이고 억누르는 듯한 목소리로 말했다.

"………………큭. 설마 동경하던 흑발 마도사를 실제로 봤다고 정신을 놓아버릴 줄이야———, 마검에게 매료당해 몸을 조종당한 것도 그렇고, 제 약한 마음이 부끄러울 따름입니다."

그건 진짜로 부끄러워할 게 맞네. 참.

흑발 마도사는 얼마든지 있을 텐데…………, 크라히 안드릿히라든지!

그때 나는 그 사형이 그냥 넘어갈 수 없는 말을 했다는 사실을 눈치챘다.

어라…………? 나는 분명히 루크가 마검에게 홀려서 부상자를 잔뜩 만든 줄 알았는데, 혹시 그게 아닌가? 냉정하게 생각해 보니 그렇지 않아도 힘이 센 루크가 마검 같은 걸 썼다면 문하생들 중 대부분은 살아남지 못했을 것이다.

뭐야, 걱정해서 손해 봤네. 집에 가서 자야지.

"뭐, 이야기는 끝난 것 같으니 나머지는 여러분들끼리———."

발걸음을 돌려서 《검성》 옆을 슬쩍 지나쳤다.

그때, 내 어깨에 손이 얹혔다. 가벼운 느낌인데도 확실하게 고정되어서 앞으로 나아갈 수가 없다.

뒤쪽을 보니 눈이 마주쳤다. 쏜은 좀 전까지 보이던 표정과는 전혀 다르게 의미심장한 미소를 드리우고는 나를 붙잡은 채 걸어가기 시작했다.

"정말, 너희 《비탄의 망령》은 내 제자들을 뭘로 보는 게냐!"

《검성》쏜 로우웰은 심기체를 모두 갖춘 검사로서 유명하다. 그 검술 실력도 그렇지만, 검술의 발전에 매우 크게 공헌하였고, 그가 원래 습득했던 검술을 발전시켜 만들어낸 쏜류 검술은 현재 제국 안팎으로 널리 알려져 있다. 문하생들의 실력도 다른 유파에 비해 매우 뛰어나고, 마나 머티리얼을 흡수해서 기초 능력을 상승시킨 헌터 못지않다는 평가였다.

귀족들의 신뢰도 두터우며, 항간에서는 제블디아를 수호하는 전력 중 하나로서 정규 기사단과 동격의 문파로 알려져 있다. 저번에 그가 '백검 모임'의 경비로 루크를 보낸 게 기억에 생생하게 남아 있다.

다시 말해 그는 망나니를 중요한 회합에 보낼 수 있을 정도의 권력을 지니고 있고, 그 망나니가 마구 날뛰더라도 아무렇지도 않을 정도의 영향력을 지니고 있는 것이다. 대단하네!

그러니까…………, 내가 무슨 말을 하고 싶은 거냐면, 쏜류 검술을 익힌 데다 마나 머티리얼도 잔뜩 흡수한 우리 루크가 제일 위험하다는 뜻이다. 이제 나는 책임을 질 수가 없다고…….

나를 질질 끌고 가며 쏜 씨가 계속 말했다.

루시아는 한숨을 쉬며 뒤따라왔지만, 도와주지는 않았다.

"한번 느긋하게 이야기를 해야겠다고 생각하던 참이다. 루크 때문에 내게 얼마나 많은 진정이 들어오는지 알기나 하나? 으응?

여든 살이나 먹고서도 후진들에게 길을 양보해줄 수가 없단 말이다!"

"⋯⋯⋯⋯항상 폐를 끼쳐 죄송합니다."

하지만 루크의 마음을 단련시키지 못하고 기술과 몸만 단련시켜버린 그쪽에도 문제가 있는 거 아닌가요?

"'백검 모임' 때는 경비병이 하는 말을 잘 듣겠다고 하길래 보냈는데 완전히 무시하고, 무제제 참가권과 맞바꿔서 시킨 일은 빼먹고. 사형에게 정체를 알 수 없는 신기술을 시험하고, 사제에게 정체를 알 수 없는 신기술을 시험하고, 새로 들어온 제자에게 정체를 알 수 없는 신기술을 시험하고, 내게 정체를 알 수 없는 신기술을 시험하고———."

정체를 알 수 없는 신기술만 시험하네⋯⋯⋯⋯, 기운차게 지내고 있는 것 같아서 다행이야!

"정신 수양을 위해 명상을 시켜도, 책을 읽게 해도, 폭포수를 맞게 해도, 사제의 지도를 맡겨도, 유파의 기술을 가르쳐도, 들어온 의뢰를 시켜도, 호위를 맡겨봐도, 전혀 달라지는 구석이 없다! 게다가 문하생을 데리고 보물전에 뛰어들질 않나, 도적들의 본거지로 뛰어들질 않나, 멋대로 우리 이름을 대고 도장 깨기를 하고들질 않나, 자기 멋대로야! 검 말고 다른 것도 생각하라고 지도하는 내 심정을 알겠나?"

《검성》이 진절머리가 난다는 듯이 말했다. 아무래도 자주 들르지 않은 탓에 불평할 거리가 쌓여 있던 모양이다.

이제 도망치지 않을 텐데도 쏜 씨는 나를 놓아주지 않았다. 그대

로 저택 안으로 끌려갔다.

나는 출하되는 소 같은 기분으로 말했다.

"그건…………, 본인에게 말씀하시는 게 나을 것 같네요."

"호오. 본인에게 이야기를 하지 않았을 것 같나?"

"…………저한테는 말씀하시지 않는 게 나을 것 같네요."

"………………."

"?! 오빠?!"

나도 모르게 해버린 말을 듣고 쏜 씨가 입을 다물었다.

이 사람, 정말 인격자네……, 방금 그 말을 프란츠 씨가 들었다면 틀림없이 마구 화를 냈을 텐데.

나는 진심에서 우러나오는 미소를 지으며 밝은 목소리로 말했다.

"루크는 당신을 스승으로 두어서 행복하겠어요. 당신이라면 맡길 수 있겠네요———, 아니, 맡기고 싶어요!"

"…………그런 말에 속겠냐! 루크는 가정을 꾸리면 차분해질까 싶은 마음에 내가 소개한 맞선 상대를 베었단 말이다?!"

뭐?! 그런 이야기는 처음 듣는데. 루크에게 신부라니, 이 사람, 생각했던 것보다 더 도전 정신이 강하네.

소꿉친구인 나도 그런 시도를 할 생각은 들지 않는데. 장인의 기술이다.

그리고 뭐든지 이야기를 하곤 하는 루크가 아무 말도 하지 않은 걸 보니 내가 추측하기로는———, 혹시 맞선이라고 생각하지 못한 거 아닐까?

"그 녀석은……, 이 세상에는 베도 될 상대와 베지 않는 게 나은 상대, 두 종류밖에 없다고 생각하거든요. 정말 곤란한 녀석이죠. 혹시 상대가 검사 아니었나요?"

"루크는 상대가 검사라면 누구나 베나? 으응?"

"……뭐, 나름대로 강한 상대라면요. 베어버리니까 평소에는 목검을 들고 다니게 하는데……."

마나 머티리얼 때문인지 쏜 씨 때문인지는 모르겠지만, 그의 실력 향상은 멈출 줄을 모른다. 자신의 길을 하염없이 나아가는 루크 사이콜에게 행운이 있기를!

"루크가 직접 말했다. 강한 여검사라면 만나겠다고!"

"…………이제 그 이야기는 그만하시죠. 허무하기만 하고, 제가 뭐라 해봤자 소용이 없을 거예요. 분명 세월이 모든 것을 해결해 주겠죠."

나는 마음에도 없는 소리를 했다. 쏜 씨도 예전에는 마구 날뛰고 다녔다고 들었으니 가능성이 전혀 없지는 않을 것 같은데……, 전혀 없지 않다고 생각하고 싶다.

"그리고, 이래 봬도 저는———, 최대한 급소는 노리지 말라고 가르치고 있다고요! 죽여버리면 안셈도 살려낼 수가 없으니까."

"…………."

쏜 씨는 아무런 말도 하지 않았다.

미묘한 분위기 속에서 붙잡힌 채 어떻게 하지도 못하고 저택으로 끌려갔다. 풀려난 곳은 멋진 다다미가 깔린 응접실 앞이었다.

쏜 씨의 저택은 제도의 다른 건물과는 다른 구조였다.

굳이 말하자면 스루스의 온천 여관하고 약간 비슷한가?

신발을 벗고 다다미가 깔린 방으로 안내를 받았다. 그리고 나는 무슨 말을 듣기 전에 물 흐르는 듯한 동작으로 정좌한 다음, 두 손을 바닥에 대고 고개를 크게 숙였다. 제도의 저택은 기본적으로 신발을 신고 들어가기 때문에 정좌에 익숙하지 않은 사람도 있지만, 나는 그렇지 않다. 이곳은 아래쪽이 땅바닥이 아니라서 아쉬울 정도다.

쏜 씨는 엎드려서 비는 내 모습을 보고도 딱히 아무런 반응도 보이지 않았다. 이것이 쏜류 검술에서 말하는 명경지수의 경지인가……, 오히려 루시아가 반응을 보일 정도다. 눈을 흘기고 있긴 하지만.

정면에 앉은 쏜 씨가 말했다.

"프란츠 경에게 이야기는 들었다. '제블디아에 재앙이 일어난다'라는 예지가 내려온 모양이더군. 그리고 그 정체는 저주로 추측된다고."

어? 그게 뭐지? 처음 듣는 이야기인데. 아까 프란츠 씨에게 공음석으로 《검성》에게 중재를 부탁했을 때도 딱히 그런 이야기는 하지 않던데…….

쏜 씨는 책상다리를 하고 앉아 팔짱을 끼고는 내 마음속을 들여다보는 듯한 날카로운 눈초리로 이쪽을 보았다.

"그건…………, 마치 재앙의 바겐세일 같네요. 이번 시즌에 들어서 벌써 몇 번이나 오는 거야……."

"이미 익숙하다는 말을 하고 싶은 것 같군, 《천변만화》."

아니, 딱히 그런 말을 하고 싶은 건 아니지만……, 잠깐 생각하기만 해도 몇 가지나 떠오른다.

용케도 이렇게 많은 일들이 일어났는데 제도가 평화롭구나. 보물전의 이변이나 여우 같은 것들은 혹시 내가 생각한 만큼 심각한 일이 아닌가? 아크 일행도 내가 있어줬으면 할 때 매번 없고, 의외로 내가 모르는 곳에서 사건을 막고 그러는 걸지도? 다음에 만나면 물어봐야지.

"하나 내게 마검을 가지고 온 이유를 모르겠군. 루크가 막아냈다고는 해도, 제자가 미숙하지 않았다면 문제가 없었을 거라 해도……, 애초에 가지고 오지 않았다면 아무런 일도 일어나지 않았을 게다. 내 인식에 문제가 있나?"

그 눈동자에는 분노의 감정이 없었다. 하지만 오히려 그래서 엄청나게 무섭다.

뭐라고 변명을 해야 하나……, 아니, 솔직하게 말해야 할까? 그러는 편이 용서해줄 것 같지? 루시아도 도와주지 않을 것 같고…….

나는 쏜 씨의 기분이 상하지 않게끔 단어를 골라가며 말했다.

"그, 그게 주물(呪物)이라고요? 설마요. 결과가 어찌 됐든———, 저는 루크가 항상 신세를 지고 있는 보답으로 루크에게 건넨 겁니다. 설마 이런 일이 벌어질 줄은 상상도 못 했고요."

"으음, 보답…………이라고?"

분명 경솔하긴 했거든? 약간 무시무시한 느낌이 드는 검이기도 했고———, 하지만 그런 문제는 그걸 가지고 온 엘리자에게 따졌으면 좋겠는데. 뭐, 엘리자는 아마 아무런 생각도 하지 않았겠지만.

"저나 루크도 뽑아보았지만, 홀리거나 그러진 않았으니까……, 쏜류 검술의 문하생들이 홀릴 거라고 상상이나 했겠어요? 아니, 할 수가 없죠! 그래요, 제가 아무리 신산귀모라 해도 말이에요!!"

"오, 오빠, 그건 너무 뻔뻔한 태도예요. 이야기 정도는 미리 했어야죠."

너는 누구 편이니, 루시아…….

쏜 씨는 무표정했다. 태우는 할멈과는 다른 방향으로 무시무시한 저 조용한 눈동자.

기세로 밀어붙이면 둘러댈 수 있을까 싶었는데, 안 될 것 같다. 급하게 덧붙여 말했다.

"무, 물론, 당신의 제자가 루시아에게 약하다는 것도 몰랐고요."

"?!"

내 말을 들은 쏜 씨의 눈가가 처음으로 움찔거리며 움직였다.

설마 제도를 짊어지고 있는 검술 유파의 문하생들에게 그런 일면이 있었을 줄이야…………, 조금 재미있긴 했지만, 왠지 그들이 왜 루크를 이기지 못하는 건지 알게 된 것 같다.

크라하나 리즈 같은 사람을 보면 알 수 있듯이, 확실히 뛰어난 실력을 지닌 사람들은 정도에 차이가 있지만 힘의 대가로 인간성을 바쳤기에———, 아니, 미안, 아크가 있었네. 인간성을 바치지 않은 사람도 있었어.

그래도 미안하지만 이곳 문하생들에게 소중한 루시아를 줄 수는 없겠는데. 적어도 나를 쓰러뜨릴 수 있는 녀석이어야지.

물론 내게 도전할 권리를 얻으려면 그 전제로 《발자국》 전원을 쓰러뜨릴 필요가 있다. 예전부터 꼭대기 층에 사는 사람과 싸우려면 중간 계층을 돌파해야만 하는 법칙이 있으니까.

그렇게 쓸데없는 생각을 하고 있자니 수십 초 동안 가만히 침묵하고 있던 쏜 씨가 메마른 입술을 열었다.

표정은 태연한데, 혹시 루시아와 마찬가지로 완전히 화가 나면 무표정해지는 타입인가?

《검성》이 무거운 목소리로 말했다.

"그래, 정말……, 정곡을 찔렸군그래. 선물이라 이 말이지——."

"서, 선물이라고 해야 하나……, 네. 그건 정말 예리함으로 따지면 대단한 검일 거예요, 아마도. 휘두를 수 있는 힘만 있다면 틀림없이 《검성》 님께 도움이 될 것 같네요———, 아마도!"

급하게 변명하기 시작한 나를 보고 쏜 씨가 살짝 한숨을 쉬고는 말했다.

"그렇다면…………, 나도 보답을 해야만 하겠군. 여기서 잠깐 기다리도록."

…………어라? 혹시 그렇게까지 화가 많이 난 건 아닌가?

쏜 씨가 방에서 나갔다. 아무리 나라도 지금 화장실에 가서 도망칠 생각은 들지 않았다.

옆에서 나와 거의 맞먹을 정도의 멋진 자세로 정좌하고 있던 루시아가 말했다.

"오빠, 너무 마음대로 행동하잖아요! 상대는 그 루크 씨의 스승님이거든요?!"

"미, 미안해. 그래도 사실만 말했는데. 이곳 문하생들에게 루시아를 넘길 수는 없다고."

"네, 네에? 그런 이야기는 안 했잖아요!"

"루시아를 원하면 루크부터 쓰러뜨리고 와야지……."

뭐, 루크를 쓰러뜨리더라도 준다는 말은 안 했지만. 본인의 마음이 제일 중요하지.

이래 봬도 고향을 떠날 때 부모님께서 내게 루시아를 잘 부탁한다고…………, 하지 않았네. 오히려 루시아가 그런 말을 들었지. 슬픈 기억이 떠올라버렸다.

잠시 후, 쏜 씨가 돌아왔다. 자세를 편하게 잡지도 않고 기다리고 있던 우리를 힐끔 보고는 끌어안고 있던 천으로 감싸인 막대기 형태의 물건을 테이블 위에 올려놓았다.

"……오래 기다리게 했군. 아무리 내 창고라 해도 그 검에 필적한 만한 물건은 별로 없지. 예전에 손에 넣어서 창고에 넣어두었던 희귀한 물건이다."

쏜 씨가 천을 풀었다. 뭔가 검이라도 주려나 싶었는데, 그 안에서 나온 것은———, 지팡이였다.

두꺼운 넝쿨이 뒤얽힌 듯한 칠흑의 지팡이. 길이는 2미터 정도였고, 끄트머리에는 큼직한 보석이 박혀 있어서 약간 내가 가지고 있는 말을 통역해주는 지팡이———, 『라운드 월드(둥근 세계)』와 비슷하게 생겼다.

척 보기에도 비쌀 것 같은 지팡이인데, 왜 《검성》의 창고에 지팡이가 있는 거냐고.

쏜 씨를 슬쩍 살펴보았다. 쏜 씨는 씨익 웃으며 말했다.

"예전에 어떤 경로를 통해 손에 넣은 보구 지팡이다. 나는 검사라서 자세히 알지는 못하지만, 들은 이야기에 따르면 다른 것과는 비교도 되지 않을 정도로 뛰어난 마력 증폭량을 자랑하는 모양이더군. 《천변만화》라면 잘 다룰 수 있을 거다. 팔면 꽤 거금이 되긴 하겠지만———, 팔지는 말도록."

"호오…………, 이거 참, 대단한 물건을……."

이게 웬 떡이야, 《검성》이 떡 장수도 아닌데. 받을 수 있는 거라면 받아야겠다.

나는 지팡이 같은 걸 쓰지 않지만, 컬렉션은 많으면 많을수록 좋다.

뜻밖이었는지 루시아도 눈을 동그랗게 뜨고 지팡이를 보고 있었다.

지팡이를 잡고 들어 올려 보았다. 『라운드 월드』는 무거웠지만, 이 지팡이는 나도 가볍게 휘두를 수 있을 정도로 가볍다.

그런 다음, 쏜 씨에게 물었다.

"지팡이 이름이 뭐죠?"

"이름은 모른다. 계속 창고에 처박아두었던 물건이니."

으음……, 이름을 알아보려면 힘들 것 같은데. 뭐, 이렇게 특징이 강하니 어떻게든 되겠지.

"아~, 뭐가 뭔지는 모르겠지만, 해결이 되어서 다행이야, 다행. 역시 《검성》쯤 되는 사람이니 꽤 대단한 인격자네."

"정말이지……, 무슨 일이 생길 때마다 도발하고 그러지 마세요!"

옆에서 나란히 걸어가던 루시아가 혼이 빠져나갈 듯이 한숨을 길게 내쉬었다.

도발할 생각은 없었는데……, 칭찬을 해도, 겸손을 떨어도, 솔직하게 말해도 도발 판정이 되는 건 어떻게 좀 안 되려나. 항상 진심을 다해 이야기하는데…….

"그런데 설마 그렇게 큰 소동을 벌였는데 보답까지 받을 줄은 몰랐네."

쏜 씨에게 받은 가벼운 지팡이를 휘두르며 감정을 담아 그렇게 말했다.

지팡이 형태의 보구는 무기형 보구 중에서도 특히 비싸다. 게다가 뛰어난 마력 증폭량을 자랑하거나 현대 기술로는 재현할 수 없는 특수한 능력을 지니고 있다면 그 가치는 더욱 치솟는다. 테름이 쓰던 팔찌 형태의 지팡이도 그렇고, 크라히의 지팡이도 그렇고, 마도사에게 있어서 보구 지팡이는 동경의 대상인 것이다.

게다가 이것은 그 유명한 《검성》의 소장품이다. 기대하는 마음이 커질 수밖에 없다. 뭐, 지팡이 형태의 보구는 검 이상으로 사용자를 가리니까 어떤 지팡이라 해도 내가 써먹을 수는 없겠지만……. 만약 이것이 사용자를 선택하는 계열의 보구라면 능력을 조사하는 데 시간이 매우 오래 걸릴 것이다.

기분 좋게 지팡이를 붕붕 휘두르고 있던 내게 루시아가 눈을 흘기며 조잘조잘 말했다.

"리더가 큰 소동을 벌일 때마다 선생님이나 동료들이 저를 놀리거든요? 또……, 너희 오빠가 일을 저질렀다고!"

"헤에………, 주먹이라도 날리지 그래?"

"……진심으로 말하는 건지 농담을 하는 건지 확실히 좀 해주세요."

나는 언제나 아무 짓도 하지 않는데, 문제가 나를 향해 달려온단 말이지. 이 세상은 정말 너무 위험하다. 이렇게 루시아를 곁에 두지 않으면 안심하고 바깥을 돌아다닐 수도 없다.

루시아는 마음을 다잡으려는 듯이 살짝 헛기침을 한 다음, 내 눈을 빤히 바라보며 말했다.

"그래서, 언제 선생님께 가실 거죠?"

"어? ……왜?"

"……아까 클랜 하우스에서 말했잖아요! 무제제 때 이것저것들을 직전에 취소해버려서 선생님이 화가 많이 나셨고———, 오빠를 데리고 오라 하셨다고."

아, 그 이야기 진짜였구나. ……선생님은 정말 보는 눈이 없어.

루시아는 루크와 달리 성실하다. 오히려 성실하기 때문에 그 선생님은 내가 우수한 인재인 루시아를 때때로 휘말리게 만드는 걸 탐탁지 않아 한다.

루크도 그렇고 루시아도 그렇고, 어찌 됐든 내게 클레임을 들여보내는 최강의 시스템이다. 아크의 친가인 로댕 가문에서까지 클레임을 받는다고, 나는! 클레임을 거는 사람들을 모두 모으면 제도의 거물들이 대충 다 모이게 되어버릴 정도로 제도에서도 손꼽히는 클레임 컬렉터다. 팔 수만 있다면 억만장자가 될 거라고.

나는 눈을 가늘게 뜨고 애써 온화한 미소를 지으며 부드러운 목소리로 루시아에게 가르쳐 주었다.

"루시아……, 나를 데리고 가는 게 오히려 더 실례야."

"…………왠지 저도 그런 생각은 드네요. 하지만 억지로 끌고 라도 데려오라고 했으니까요!"

루시아가 눈을 흘기며 내 옷소매를 재빨리 잡았다. 진짜로 끌고 갈 생각이다.

뭐, 오빠니까, 나는 오빠니까. 요즘 위엄이 꽤 많이 없어지긴 했지만 이래 봬도 나는 루시아의 보호자라고 생각하니까. 아마 누가 보더라도 그렇게 생각하진 않겠지만.

삼자대면이라니, 무슨 일이 생기면 어엿한 레벨 8인 오빠로서 날아갈 테고, 오빠로서 할 수 있는 일이 있다면(보증을 서준다거 나) 뭐든지 하겠지만, 그게 클레임 처리라니 조금 한심하다.

루시아의 선생님은 제도 마도사들의 총본산, 제블디아 마술 학 원의 교수다.

제블디아 마술 학원, 줄여서 제블마는 제도에서 가장 유명한 마술 계열 학원이다. 예전에는 《심연화멸》도 소속되어 있었을 정 도로 유서 깊은 학술기관이며, 실용적인 마술에 특화된 헌터 마 도사와는 다른 부류의 사람들이 모여서 날마다 마도 연구에 힘쓰 는 곳이다. 그야말로 진짜배기 마굴이다.

교수 개인의 지명도는 《검성》보다 떨어지지만, 기관으로서의 규모는 비교도 되지 않는다.

《검성》에게 다가가는 것과는 다른 의미로 기분 나쁜 긴장감이 들었다. 애초에 검사와는 달리 마도사는 무슨 짓을 할지 예상할 수 없어서 싫다. 간다고 해도 조금이나마 비위를 맞춰두고 싶은데———, 그렇지!

방금 받은 지팡이를 다시 살펴보았다.

능력은 아직 확인하지 않았지만, 《검성》의 소장품이니 꽤 강한 힘이 깃들어 있을 것이다. 약간 아깝긴 하지만, 애초에 엘리자에게 공짜로 받은 검을 줘서 생긴 물건이니 비위를 맞추기에는 제일 적합하다.

혹시 《검성》은 루시아의 스승님이 화가 났다는 사실을 예측하고 있었던 건가?

오늘 나는……, 머리가 잘 돌아간다! 운이 좋네~.

"루시아, 이 지팡이를 교수님에게 가져다주는 게 어때? 지팡이를 찾고 있다고 하지 않았던가?"

비싼 지팡이를 주면 화를 낼 생각도 없어질 것이다. 나라면 분명 그럴 거다.

내가 갑작스럽게 제안하자 루시아가 눈을 깜빡이며 수상쩍어하는 표정을 지었다.

"…………네? 네, 차, 찾고 계시긴 했는데…………, 리더에게 말한 적이 있었던가요? 그리고 그 지팡이는 방금 받은 참이라———."

흠. 물론…………, 적당히 말해본 거지. 그리고 검성이 이 보구를 팔지 말라고는 했지만, 다른 사람에게 주지 말라고는 하지 않았어. 아직 애착도 별로 없으니 이걸로 상대방의 비위를 맞출 수 있다면 싸게 먹히는 거지.

아니, 《검성》이 지팡이를 가지고 있는 것보다는 교수님이 지팡이를 가지고 있는 편이 더 자연스럽지. 제자리를 찾은 거나 마찬가지다.

"루시아네 선생님도 분명히 만족하겠지. 자~, 가지고 가서 내가 준 선물이라고 확실하게 말해야 해. 분명히 화도 가라앉을 거야."

"아, 알겠어요. ……………진짜로 괜찮은 거죠? 이 지팡이."

내가 지팡이를 떠넘기자 루시아는 신기하게도 약간 불안한 듯한 표정으로 지팡이를 보았다.

한쪽 끝부터 다른 쪽 끝까지 전체적으로 새까만 지팡이는 역시 드물다. 검은색은 고급스러움을 나타내는 색이긴 하지만, 보구 업계에서는 그와 동시에 저주의 색이기도 하다.

"아하하하하, 괜찮아, 괜찮아. 루시아는 걱정도 많네."

"……리더가 너무 신경을 안 쓰는 거라고요."

《검성》도 아무런 말을 하지 않았고, 인격자가 그렇게 위험한 물건을 건넬 리가 없잖아?

그렇지, 교수님은 마술의 프로야. 지팡이 형태의 보구에 대해 어지간한 보구 감정사 이상의 지식을 지니고 있더라도 이상할 게 없다. 루시아라면 함부로 다루지도 않을 테고———.

"의외로 교수님이 그 지팡이의 정체를 알고 있을지도 모르고……."

"그야 지팡이에 대해서는 잘 아시겠지만……, 아니, 정체를 알고 있다면 미리 제대로 말을———."

루시아가 인상을 쓴 순간, 품속에 넣어두었던 물건, 프란츠 씨에게 받은 공음석이 떨렸다.

대체 무슨 일이지? 받고 싶지는 않지만, 프란츠 씨에게는《검성》에게 중재를 부탁한 빚도 있다. 상대방은 받아줬는데 내가 받지 않는 건 의리가 없는 짓이다. 마주 보고 이야기하는 것도 아니니까.

심호흡을 크게 하고 공음석을 기동시켰다. 상대방을 화나지 않게끔 애써 밝은 목소리로―――.

"여보세요, 프란츠 씨? 야호~, 나야."

『네, 네놈은 항상 그런 분위기냐! 몇 번이나 말하는 거지만, 나는 네놈의 친구가 아니란 말이다!』

"……아니, 긴장을 풀어줄까 싶어서……."

『윽…………, 어째서 내가 네놈에게 긴장을 해야만 하는 거냐!』

여전하네. 이런 성격이면서도 다른 사람을 잘 돌봐주는 걸 보니 정말 뭐라고 해야 하나, 귀족답다.

루시아가 입을 꾹 다물고 토라진 듯이 이쪽을 올려다보고 있었다. 대화를 방해받는 것을 싫어하기 때문이다.

뭐, 지팡이의 정체 같은 걸 내가 알고 있을 리도 없고……, 어차피 모른다고 해봤자 믿어주지도 않겠지.

"그러고 보니 오늘 아침에 부탁했던 거, 덕분에 살았어! 뭐가 뭔지 모르겠지만, 쏜 씨도 기분이 풀렸고……, 프란츠 씨가 이것저것 해준 거지? 보답까지 받았고……, 평소에도 이런 식으로 잘 풀리면 좋을 텐데―――."

내가 부탁했던 것은 이번 사건 때문에 묘한 기사가 나오지 않게끔 해달라는 거였지만, 그것만으로는 이렇게 일이 잘 풀릴 리가 없다. 프란츠 씨 쪽에서 여러모로 편의를 봐주었을 것이다. 이

것이 권력이라는 건가……, 왠지 최근에는 신세만 지는 것 같아서 면목이 없다.

………《비탄의 망령》에 들어와 볼래?

밝은 목소리로 말하던 내게 공음석을 통해 돌아온 것은 한층 더 압박감이 강한 호통이었다.

『그 일 말이다! 네놈, 어떻게 된 거냐! 마검 소동이 가라앉았는데 예언이 사라지지 않았다!』

"…………네?"

갑작스러운 호통에 지나가던 사람들이 잠시 멈춰 선 뒤 재빨리 빠른 걸음으로 멀어졌다.

루시아가 공음석과 나, 그리고 내가 떠넘긴 지팡이에 시선을 보냈다. 그리고 다시 한번 나를, 이번에는 눈을 흘기며 바라보았다.

"젠장, 그 녀석……, 이번에도 아주 신이 나셨군!"

프란츠 아그만은 콧김을 거칠게 내뿜으며 공음석을 테이블에 내리쳤다.

제도 제블디아. 황성 근처에 존재하는 드넓은 아그만 저택은 대대로 제0기사단의 집합 장소로도 이용하고 있다.

제0기사단은 황족을 지키는 근위기사단인 것과 동시에 유사시에는 명령을 받고 넓은 범위에서 활동하는 황족 직속 기사단이기도 하다. 다른 기사단과 비교하면 인원이 적긴 하지만, 상황에 따라서는 다른 기사단에게 명령을 내리는 경우도 있는 엘리트 집단이다.

그리고 '아홉꼬리 그림자여우'의 수사와 재앙의 예언은 양쪽 다 그 기사단이 움직이기에 충분한 이유였다.

황제가 직접 내린 명령이다, 움직이는 데 불만 같은 것이 있을 리는 없지만———.

욱신욱신 아픈 배를 눌렀다. 분노를 감추지 않는 프란츠를 부하들이 완전히 익숙한 듯이 바라보고 있었다.

"대체 무슨 생각을 하고 있는 거지! 점성원의 예언 적중률을 모르는 것도 아닐 터인데———, 전부 숨기고 있던 결과가 '대지의 열쇠'의 발동으로 이어진 지 얼마 되지도 않았는데, 전혀 반성을 하지 않는군! 오히려 더 심해지기만 했잖나! 공음석을 준 건 친하게 지내기 위해서가 아니다!"

떠올리기만 해도 화가 난다. 아그만 가문의 당주로서 제0기사단의 단장도 맡고 있는 프란츠에게 '야호~'라고 말을 거는 남자는 지금까지 한 명도 없었다. 아무리 예의가 없는 헌터라 해도 그렇게 행동하지는 않을 것이다. 놀리는 거든, 원래 모습이 그런 거든, 정말 답이 없는 남자다.

혹시 신통력과도 같은 신산귀모는 그런 성격의 대가로 얻은 건가?

프란츠가 크라이의 부탁을 듣고 마검 사건에 대해 신문사에 압력을 가한 것은 그 마검이라는 저주가 예언의 원인이라 생각했기

때문이다. 그래서 그것을 처분하기 위해《검성》에게 '협력을 요청했다'라는 거면 너무나도 지독한 그 소행도 어느 정도 납득이 되었고, 협력할 생각도 들었다.

그러나 설마 사건이 잠잠해진 뒤에도 예언이 전혀 바뀌지 않을 줄이야, 아무리 프란츠라 해도 예상할 수 없는 일이었다.

"그렇습니다, 단장님. 정말, 일개 헌터 주제에 거만한 것도 정도가 있죠. 아예 이야기를 들어줄 필요가 없는 것 아닙니까? 우리나라에도 뛰어난 첩보 부대가 있잖습니까."

그때, 근처에서 슬쩍 미소를 띠고 있던 젊은 기사가 그렇게 말했다.

최근에 기사단에 입단한 젊은 기사다. 느슨한 웨이브가 들어간 금발에 푸른 눈. 단정한 외모와 날씬한 몸은 체격이 큰 사람이 많은 제0기사단 중에서는 드문 편이다. 기사를 양성하는 학원을 졸업한 직후라 근위기사단에 소속되기에는 아직 젊지만, 그만큼 기대가 크다는 뜻일 것이다.

이름이 아마……, 휴 레그란드라고 했던가. 하급 귀족 출신이지만, 학원을 수석으로 졸업한 모양이다.

의견을 물어보지도 않았는데도 먼저 말을 건 신입을 말리려던 다른 부하를 눈빛으로 제지했다.

요즘은 제도에 머무를 시간이나 신입과 마주칠 기회가 없었다. 이쯤에서 잠깐 이야기를 나누는 것도 괜찮을 것 같다. 프란츠는 신입을 노려보고는 팔짱을 끼며 대답했다.

"폐하께서 내리신 명령이다. 공음석으로 연락을 주고받는 것까지 말이지."

프란츠가 직접 받지 않고 공음석을 다른 사람에게———, 예를 들자면 문관이나 치안 유지를 담당하고 있는 다른 기사단의 단장에게 넘기는 것도 생각해 보았지만, 너무나도 이해하기 힘든 크라이 안드리히의 성격은 다른 제블디아의 귀족이라면 확실하게 버거워할 것이며 그로 인해 정보전달에 문제가 발생할 가능성도 있다. 결국, 내가 가지고 있는 게 가장 확실하다. 아무리 친구에게 말하는 것처럼 속 편한 목소리로 말을 건다 하더라도———.

부……, 부하도, 친구도, '야호~' 같은 말은 하지 않는단 말이다!

설마……, 이 나이가 되어서 가족도 아닌 상대 때문에 골머리를 앓게 될 줄이야. 갈 곳 없는 분노를 주체하지 못하고 있자니 신입이 어깨를 으쓱이고는 가벼운 말투로 말했다.

"그런데 첩보 부대도 참 곤란하군요. 정보수집 능력으로 헌터에게 밀려서는 가치도 없을 텐데요."

"…………이번 신입은 꽤 간이 크군. 말조심해라, 휴."

정말, 요즘 젊은 녀석들은 다들 하나같군. 불과 좀 전에 실력이 뛰어난 첩보 부대라고 해놓고.

첩보 부대는 제블디아를 지탱하는 음지의 공로자다. 직무의 성격상 무대 위에는 거의 모습을 드러내지 않지만, 능력은 확실해서 사건을 미연에 방지한 적도 많다. 그 부대가 없었다면 지금의 제블디아는 없었을 것이다.

"하지만 단장님. 첩보 부대는 《천변만화》를 며칠 동안 24시간 내내 감시했는데도 아무것도 알아내지 못했다고 하잖습니까. 저라면 뭔가 성과를 냈을 겁니다."

"흥……, 자신이 넘치는 건 좋다만, 과연 그럴 수 있을까? 나는 지금까지 수많은 헌터들을 봐왔다만, 그런 남자는 처음이다. 정말……."

《천변만화》가 첩보 부대보다 먼저 정보를 얻은 건 사실이지만, 그렇다고 첩보 부대가 무능하다는 것은 아니다. 과거의 프란츠였다면 맞장구를 쳤을지도 모르겠지만, 그 남자는 어찌 됐든 정보망을 가지고 있다는 것만으로는 설명이 안 될 수준의 지모를 프란츠에게 보여주었다.

그런데 어떻게 손을 쓸까……, 지금까지 예언의 재앙으로 보이는 사건은 《검성》 관련 사건 이외에는 파악되지 않았다. 이런 상황에서 할 수 있는 것은 저번과 마찬가지로 무슨 일이 생기더라도 대처할 수 있게끔 사람들을 모아서 만반의 대비를 해두는 것 정도밖에 없지만, 그렇지 않아도 '아홉꼬리 그림자여우'로 인해 경계태세에 들어가 있는 지금 상태로는 동원할 수 있는 인원에 제한이 있다.

다시 말해 저번과 거의 똑같은 조건이다. 이대로 가다가는 또 《천변만화》에게 놀아나기만 할 것이다. 놀아나게 되어버릴지도 모른다. 프란츠의 고민도 모르고 휴가 담담하게 말을 이었다.

"점성원의 예언도 좀 더 확실하게 나오면 좋겠는데요……, 애초에 제도는 수비를 굳히고 있습니다. 외부에서 주술로 공격하는 것은 거의 통하지 않을 테고, 수도 내부에 주물을 가지고 들어오는 것도 대책이 세워져 있죠. 애초에 《검성》 쏜의 사건도 우리가 예상했던 것보다 규모가 작았고요. 너무 지나친 생각 아닐까요?"

술술 나오는 그 말과 태도에서 강한 자신감이 느껴졌다.

점성원이 예언한 비전을 통해 프란츠가 예상했던 것은 수만 명 규모의 사상자이긴 했다. 마검 소동만으로는 크라이가 움직이지 않았다 하더라도 그렇게까지 큰 피해가 생기지 않았을 것이다.

애초에 주술이라는 분야는 다른 공격 마법처럼 물리적으로 파괴하는 것이 별로 없고, 대책을 세우기도 쉽다고 한다. 대책이 없는 상황에서 당하면 무시무시한 피해가 발생하지만, 대책을 세우기는 쉬운 것. 그것이 주술의 기본인 것이다. 역사가 오래된 제도는 그쪽 방면의 대책이 완벽했기에 외부에서 제도를 저주해서 사람을 죽이는 것은 거의 불가능하다고 할 수 있다.

유일한 예외는 휴가 말한 대로 이번 마검 소동처럼 제도 안에 가지고 온 주물이 발동되는 패턴이지만, 애초에 수만 명의 사상자를 생기게 할 만한 아이템이 이곳저곳에 굴러다닐 리가 없다.

하지만 그런 건 이미 알고 있다. 완벽한 방위체제를 갖췄는데도 아직 예언이 사라지지 않은 것이 문제다.

"다들 너무 신경질적인 겁니다. 단장님께서도 그렇게 무서운 표정만 짓지 마시고 어깨에 힘을 좀 빼시죠. 영광스러운 제0기사단에는 여유도 필요하다, 그렇게 생각하진 않으시는지?"

"…………."

휴가 동의를 구하자 프란츠는 눈을 가늘게 떴다. 다른 부하들도 어이가 없다는 듯이 휴를 보고 있었다.

제0기사단에 요구되는 것은 절대적인 규율이다. 실력이 있다는 건 당연한 전제이고, 근위기사단은 황제 곁에서 활동하는 경우도 적지 않은 데다 어떠한 상황이라 하더라도 의연한 태도로 명령을 수행할 의무가 있다.

그런 의미에서 휴는 너무나도 가벼웠다. 학원을 수석으로 졸업한 이상 재능은 있을 것이다. 날씬하긴 하지만 체격도 좋고, 외모가 단정해서 여성 관계도 약간 복잡하다고 들었다. 아마 주위 사람들도 치켜세워주었을 테고 좌절한 적도 거의 없을 것이다. 단장인 프란츠 앞에서 그렇게 대담한 모습을 보이는 건 어떤 의미로는 훌륭하지만, 공교롭게도 대담한 건 《천변만화》만으로도 이미 충분하다.

프란츠는 한동안 무례한 후배를 빤히 바라보고 있다가 잠시 후에 고개를 천천히 끄덕이고 나서 말했다.

"흥……, 그렇군. 그렇다면, 휴, 네놈에게 임무를 내려주마.《천변만화》에게 가서 귀족의 긍지를 걸고 정보를 짜내와라. 한동안 녀석 근처에 머물면서 협력하여 사건을 해결해라. 못하겠다고는 하지 않겠지?"

뭐, 일반적으로 생각하면 잘 풀릴 리가 없다. 나이만 놓고 보면 휴와《천변만화》는 비슷하지만, 경험이나 능력, 모든 것이 너무나도 다르다. 학원 수석 같은 입장도 이런 상황에서는 도움이 되지 않는다.

담력도 화려한 무늬의 셔츠를 입고 호위를 하러 오는 쪽이 훨씬 더 크고, 복잡한 여자 관계도 소꿉친구에게 빚을 잔뜩 진 것 같은 그 남자가 한 수 위다. 정말 엉망진창이다.

유일하게 높게 평가할 만한 구석이 있다면 겁이 없다는 점일 것이다. 단장인 프란츠에게 그런 말을 할 수 있으니 레벨 8 상대로도 위축되지는 않을 것이다.

어차피 이런 상황에 신입을 한 명 더 둔다 해도 프란츠의 부담이 가벼워지진 않는다. 그렇다면 지금 그 자신감을 꺾어두는 것이 나중에 도움이 될 것이다.

여러 가지 속셈이 뒤섞인 프란츠의 말을 듣고 휴는 한순간 눈을 크게 떴지만, 곧바로 슬쩍 웃었다. 하지만 그 눈은 웃고 있지 않았다.

건강한 육체와 정신. 눈동자 너머에 있던 것은———, 타오르는 듯한 야심이었다.

이게 바로 젊음이라는 걸까. 휴가 공손하게, 어딘가 거창한 동작으로 인사했다.

"기꺼이 명령을 받들겠습니다, 프란츠 단장님, 단장님께서 편히 주무실 수 있게끔 저, 휴 레그란드가 부족하나마 최선을 다하겠습니다."

"…………가라."

휴가 등을 쭉 펴고는 방에서 나갔다. 프란츠는 한동안 그쪽을 씁쓸한 표정으로 보고 있다가 곧바로 다른 부하들을 돌아보았다.

프란츠에게는 제0기사단 단장으로서 황제 폐하의 명령을 완수할 의무가 있다.

《검성》에게 전력을 빌릴 준비는 되었다. 하지만 예언이 아직 사라지지 않았으니 다음 단계로 나아갈 필요가 있다. 하나하나 박살 낸다. 그것이 기사단의 방식이었다.

"순수한 전력 문제가 아니라면 마술적인 요인인가? 어쩔 수 없지……, 각 학원의 전문가에게 연락을 취하고 지시를 요청해라. 은밀하게 말이지."

프란츠 단장님은 걱정이 너무 많아서 곤란하군……, 아니, 일찌감치 기회를 얻어낸 것을 기뻐해야 하는 건가.

휴는 마음속의 흥분을 표정에서 지우고는 곧바로《시작의 발자국》클랜 하우스로 향했다.

제0기사단은 제블디아가 지닌 기사단 중에서 유일하게 황제 직할이다. 기사단 중에서도 핵심이라 할 수 있는 존재이며, 화려하게 활약하면 황제의 눈에도 띄기 쉽다.

휴의 친가는 하급 귀족이다. 애초에 대단한 가문은 아니었지만, 형이 두 명 있는 휴는 작위를 이어받을 만한 방법이 없다. 그런 휴에게 있어서 근위기사라는 입장은 최고였다.

근위기사로서 크게 활약하면 작위를 받을 가능성도 충분히 있고, 아들이 없는 어떤 귀족의 눈에 들어 데릴사위로 가게 될 가능성도 있다.

휴는 젊다. 재산은 없지만 외모는 단정하고, 학원에서는 거의 모든 것들을 배웠다. 마나 머티리얼 흡수율도 나쁘지 않고———,

운도 있다.

제블디아는 진짜로 실력주의다. 그렇기 때문에 학원에 다니던 귀족들의 후계자들 중에서는 아래쪽에서 세는 것이 더 빠른 가문 출신인 휴가 수석이 되었다. 입단하자마자 얻은 이 기회를 잘만 활용하면 곧바로 출세할 수 있을 것이다. 20대에 부단장 자리를 노릴 수 있을지도 모른다.

상대는 좋은 소문이든 안 좋은 소문이든 꾸준히 들리곤 하는 레벨 8 헌터이자 신산귀모로 유명한 《천변만화》다. 프란츠 단장님 도 잔뜩 당한 모양이지만, 그렇기 때문에 공략할 맛이 난다.

휴는 《천변만화》를 얕보지 않는다. 단장 앞에서 《천변만화》를 매도하는 듯한 말을 한 것은 그냥 퍼포먼스에 불과하다. 탐색자 협회의 레벨 판정은 엄격하다. 이 트레저 헌터의 성지에서 최연소로 레벨 8에 도달한 청년을 어떻게 바보 취급할 수 있을까?

그리 대단한 핏줄도 아닌데도 레벨 8까지 치고 올라간 그 실력 엔 어딘가 휴와 비슷한 구석도 있었다.

하지만 휴에겐, 다른 귀족이 쓰지 않을 만한 비책이 있다.

클랜 하우스가 보이기 시작하자 보폭을 줄이고 숨을 고른 다음 진지한 표정을 지었다.

반짝반짝하게 닦인 유리창에는 제0기사단 갑옷을 두른 수려한 외모의 청년이 보였다.

단장님은 정보를 짜내오라고 했다. 그러나 그렇게 간단히 풀릴 일이었다면 단장님이 그렇게까지 고민하지는 않았을 것이다. 다 른 귀족에게는 없고 휴에게는 있는 것……, 아니, 귀족에게는 있고 휴에게는 없는 것.

그것은———, 자존심이다.

상대방은 권력이나 돈, 힘으로 어떻게 해볼 만한 자가 아니다. 프란츠 단장님은 그것을 착각했기에 정보를 지닌 상대를 알고 있으면서도 아무것도 얻어내지 못했다.

하지만 휴는 그렇지 않다. 일시적인 자존심 따위는 버리고 미래의 영광을 손에 넣을 것이다. 이번 건을 통해 강력한 헌터와 연줄을 만들어두면 나중에도 휴의 힘이 되어주겠지.

겉으로는 온화하게, 마음속으로는 전장에 임하는 기분으로 나아가자 갑자기 클랜 하우스의 문이 열렸다. 햇빛에 피부가 그을린 여자가 핑크 블론드 머리칼을 나부끼며 나왔다.

무심코 눈을 크게 떴다. 뒤통수에 높이 묶은 긴 핑크 블론드 머리카락. 건강해 보이는 느낌으로 그을린 피부와 날씬한 팔다리는 가녀린 것 같으면서도 강인한 느낌을 주었다. 노출이 많은 도적의 복장도 그렇고———, 틀림없다.

그녀는《천변만화》파티 멤버 중 한 명.

적대시하는 자에게 자비심 없이 제재를 가하는 것으로 인해 두려움을 사고 있는《절영》, 리즈 스마트다.

보아하니 본격적으로 운이 따르는 모양이었다. 파티 멤버이자 소꿉친구이기도 하다는《절영》의 신뢰를 얻을 수 있다면 임무를 달성하는 데도 큰 도움이 될 것이다.

게다가 휴는 여자를 다루는 법에도 어느 정도 자신이 있었다. 지력, 무력도 뛰어나지만 단정한 외모는 휴가 부모님께 물려받은 몇 안 되는 장점이다. 트레저 헌터 중에는 험상궂은 남자들이 많으니 잘생긴 얼굴은 강한 무기가 될 것이다.

할 수 있다. 공손한 태도로, 신사적으로 말을 걸면 된다. 성격이 아무리 불같다 하더라도《천변만화》의 칭찬을 해대면 문제가 없을 것이다.

심호흡을 크게 하고 나서 최고의 미소를 지으며 다가갔다.

리즈가 딱 멈춰서서 천천히 휴 쪽으로 돌아섰다.

그리고 휴의 의식은 그 순간에 뚝 끊겼다.

온몸에 강한 충격을 받자 의식이 천천히 되살아났다.

사고가 돌아온 것과 동시에 휴가 한 행동은 소리를 지르거나 눈을 뜨는 것이 아니었다.

눈을 감은 채 깨어났다는 사실을 눈치채지 않게끔 상황을 살펴보았다.

제0기사단은 정예로서 다양한 훈련을 받는다. 사고에 대처하는 능력은 헌터 못지않다.

호흡을 가다듬고 상황을 파악하기 위해 노력했다. 팔다리는 움직인다. 딱히 구속당하지는 않은 모양이다. 목 근처에 묵직한 통증이 남아 있는 이유는 그것이 의식을 잃은 주요 원인이기 때문일 것이다.

방심은 하지 않았다. 그럼에도 불구하고 반격할 틈조차 없었다.

누구에게 당했는지는 군이 추리할 필요도 없다. 그런 길 한복판에서 망설임 없이 기사를 공격할 만한 상대는 별로 없다. 성격이 불같고 툭하면 폭력을 휘두른다는 이야기를 듣긴 했지만,《비탄의 망령》───, 설마 이 정도일 줄이야……, 인식이 어설펐다.

다행히 상처는 깊지 않다. 《절영》도 미소를 지으며 다가온 상대를 기습해서 죽이지는 않는 모양이었다.

상황은 나쁘지 않을 것 같다. 평범한 기사라면 마구 화를 냈을 만한 짓도 휴는 참을 수 있다. 애초에 지금까지《천변만화》와 잘 지냈던 귀족은 없었다. 이 정도는 상상했어야만 했다───.

나라면 할 수 있다. 휴가 자신을 그렇게 타이르고 있자니 이야기를 나누는 목소리가 귀에 들어왔다.

"크라이, 이 녀석 말이지……, 나를 더러운 눈초리로 봤어! 분명 우리 적이겠지? 그렇지?"

"?!! 어?? 봤어? 봤다고?"

"사……, 사이비 미남, 2호…………."

거칠어진 리즈 스마트의 목소리. 맥이 빠진 듯한 남자의 목소리와 어이없어하는 듯한 소녀의 목소리.

몸을 세게 걷어차이고, 바닥을 구른 다음, 차가운 보구에 감싸인 발에 힘껏 짓밟혔다.

제0기사단에게만 주어지는 특수합금 갑옷이 삐걱대며 소리를 냈다. 날씬해 보였는데 엄청난 힘이다.

순수한 힘으로 갑옷을 찌부러뜨릴 수 있는 사람은 제0기사단에도 거의 없다.

통증을 견디면서도 계속 정신을 잃은 척하고 있던 휴의 귀에 열기가 담긴 목소리가 들렸다.

"안 그래? 근위기사 차림새를 하고 있으니 일반인은 아니잖아
아? 살의 같은 건 품고 있지 않았지만 눈초리가 이상했으니까,
분명 적이겠지이?"

"언니, 지, 진정, 진정하세요———."

무슨 말을……, 하는 거지?

휴는 그냥 보기만 했을 뿐이다. 그야 속셈이 없었다고 할 수는
없지만, 살의는 물론이고 적의조차 보이지 않았다. 이상한 눈초
리…………라고? 뭔가 이유가 있어서 공격당한 줄 알았더니, 전
혀 이해할 수가 없다. 애초에 그녀를 보는 사람은 얼마든지 있을
텐데, 항상 그런 짓을 하고 다니는 건가? 근위기사 차림새를 하
고 있으니 당연히 근위기사겠지!

순식간에 솟구치는 의문을 억눌렀다.

이래선 안 된다. 어떻게 해서든 성과를 내야만 한다. 프란츠 단
장님은 분명 내게 기대하고 있지 않겠지만, 그렇기 때문에 지금
결과를 낼 의미가 있다. 생각해라. 변명만으로는 안 된다.

이 버서커를 돌파할 만한 방법을 찾아내야———.

"닥치고 있어, 티! 있지! 크라이, 이건 내가 한 건 한 거지? 자,
봐, 크라이! 이 녀석, 벌써 깨어났는데도 기절한 척하고 있고, 분
명 안 좋은 꿍꿍이를 품고 있다니까아!"

"?!"

들켰, 다고?!

짓밟는 힘이 한층 더 강해지자 휴는 급하게 눈을 떴다. 재빨리
자세를 바꾸려 했지만 위에서 짓누르는 압착기 같은 힘이 몸을

꿈쩍도 하지 못하게 만들고 있었다.

숨을 제대로 쉴 수가 없다. 벌어진 입술에서 괴로운 숨소리가 새어 나왔다. 시야에 들어온 것은 번득이며 빛나는 눈을 보이는 리즈와 그녀의 제자라는 흑발 소녀, 그리고———, 소파에 기대어 앉아서 힘이 빠지는 표정을 보이고 있는 흑발 청년이었다.

한순간, 고통을 잊었다. 척 보기에는 강자 같지도 않고 인상도 희미한 흑발 남자. 프란츠 단장님에게 들었던 《천변만화》의 특징과 일치하지만, 사전 지식이 있는데도 그 청년은 레벨 8로 보이지 않았다.

휴는 이해할 수밖에 없었다.

이건———, 커버가 안 된다.

자존심을 버리고 아양을 떨 생각으로 온 휴도, 지금까지 아무리 어리석은 상대도 칭찬하며 비위를 맞춰왔던 휴도———, 장점을 전혀 찾아낼 수가 없었다!

힘은———, 없다. 의욕도———, 없다. 《절영》이 뿜어내고 있는 용솟음치는 듯한 생명력도, 지성조차———.

완벽한 의태다……, 아니, 이게 정말로……, 의태인가?

겉으로 드러난 《천변만화》의 정보는 다른 고레벨 헌터들에 비해 거의 없다. 특히 외모 쪽에 대해서는 거의 언급이 없는데, 그 이유를 잘 알 수 있었다.

딱히 언급할 구석이 없기 때문이다. 애초에 레벨 8 헌터가 시원찮은 흑발 남자라고 해도 믿는 사람은 아무도 없을 테고, 말하는 사람의 눈을 의심하기 마련이다.

《천변만화》의 시선은 휴에게 쏠려 있었지만, 휴를 보고 있지는 않았다.

달관한 것 같기도 한 표정, 안 좋게 말하자면 아무런 생각도 없는 듯한 그 표정을 보고 있으니 불안해졌다.

아무런 아부도 통하지 않을 것 같은 압도적으로 무능한 얼굴을 보고 식은땀이 흘렀다.

어떻게 하지? 어떻게 하면 되지? 어떻게 해야 이 남자의 비위를 맞추고 목적을 달성할 수 있지? 애초에 이 남자는 어째서 파티 멤버가 무고한 기사를 짓밟고 있는데 아무 말도 하지 않는 거야?!

떨리는 손가락 끄트머리를 겨우 살짝 들어 올려서 바닥을 두드렸다. 그제야 《천변만화》가 움직이기 시작했다.

그는 아무런 생각도 없는 것처럼 맥이 빠지는 미소를 드리우며 리즈를 보았다.

"차, 착하다. 착해. 잘했어. 잘했다고, 리즈. 기특해, 기특해."

"어어? 정말~? 나, 잘한 거야?"

"……응, 그래, 그렇지."

그것은 지금까지 많은 파티를 봐왔던 휴도 본 적이 없는 광경이었다.

헌터는 일반적으로 난폭한 사람이 많다는 이미지가 있지만, 레벨이 높아지면 그렇지 않다.

탐색자 협회가 부여하는 인정 레벨은 헌터의 힘을 증명하는 것이며, 탐색자 협회의 기둥이다. 일반적으로 탐색자 협회는 인격 면에 문제가 있는 멤버에게 높은 레벨을 부여하지 않는다. 레벨이 높은 헌터 중에는 솔로로 활동하는 사람도 많지만, 파티를 이끄는 자라면 카리스마를 통해 완벽하게 통솔하는 경우가 대부분이다.

그런데……, 기특해, 기특해? 응, 그래, 그렇지?

이건———, 통솔이라 할 만한 것이 아니다.

"착하다~, 착해, 착해. 리즈는 기특해, 기특해. 착하다, 착해."

"에헤헤. 나는 말이지. 크라이가 분명히 이 녀석을 데리고 와줬으면 할 것 같았거든."

"워워, 착하다, 착해…………, 이제 놔줘도 돼."

"그럼 나한테도 루크나 루시아처럼 주물 줄 거야아?"

"착하다, 착해……, 나쁘다, 착해……, 옳지, 옳지……"

압박감이 사라졌다. 가슴을 누르며 몸을 일으킨 휴의 눈에 들어온 것은 죽은 듯한 눈으로 리즈의 머리를 계속 쓰다듬고 있는 크라이의 모습이었다.

그때, 휴는 번개를 맞은 듯한 충격을 확실하게 느꼈다.

입가에만 미소를 드리운 채 왠지 기계적으로 머리를 쓰다듬고 있는 크라이에 비해 리즈의 눈은 생명력으로 넘쳐나며 빛나고 있었다. 휴의 시선을 느끼고 진짜 의도를 파악(제대로 파악한 건지는 의심스럽지만)할 수 있을 정도의 스킬을 지닌 도적이 크라이의 속마음을 눈치채지 못할 리가 없다.

그럼에도 불구하고 이런 반응! 제0기사단의 정장을 입은 휴를 갑자기 기절시킨 전투광이 이렇게까지 갑자기 태도를 바꾸다니, 엄청난 힘이다!

휴도 지금까지 다양한 가면을 쓰고 살아왔다. 그렇기 때문에 알 수 있다. 연기로 다른 사람을 조종하는 건 힘들지만 연기를 하지 않고 조종하는 건 훨씬 어렵고, 이렇게 적당한 대처로도 마음대로 다룬다는 것은━━.

대체 어떤 수단으로 《절영》을 이렇게까지 조교한 거지!

휴는 그때, 《천변만화》가 신산귀모를 지니고 있으며 이해할 수 없다는 평가를 받는 이유를 알게 된 것 같았다.

지금까지 주위 사람들이 휴를 치켜세워준 것은 휴의 능력을 높게 평가해주었기 때문이지만, 《절영》은 대체 어떤 이유로 그를 그렇게 잘 따르는 걸까! 그녀는 그의 무엇이 그렇게 마음에 든 걸까!

"우리 스승님도 말이지, 크라이를 만나고 싶다고 했어! 와줄 거야아?"

"착하다, 착해, 리즈는 기특하네……, 옳지, 옳지."

"아, 아무것도 옳지 않아요, 마스터어……."

흑발 소녀가 완전히 정색하는데도 전혀 동요하지 않는 그 모습. 부드러운 미소와 메마른 목소리.

틀림없다. 크라이 안드리히는━━, 이야기를 전혀 듣고 있지 않다!

그리고 그는 그 낌새를 온몸으로 표현하고 있다. 산전수전 다 겪은 귀족이나 상인도 이런 태도는 보이지 못할 것이다. 애초에 보일 필요도 없다. 이것이━━, 레벨 8의 특이한 성질인가?!

저렇게 완벽하게 몸에 밴 의욕없는 태도━━, 그리고 그럼에도 불구하고 잘 따르는 저 리즈의 모습은 하루아침에 이루어진 것이 아니다.

알고 싶다. 저 힘은 지금까지 존재했던 어떤 제왕학과도 다르고, 완전히 차원이 다른 수준이다. 그리고 저 스킬이 있다면 휴는 분명히 더욱 높은 곳까지 올라갈 수 있을 것이다.

이제 정보를 알아내는 임무 같은 건 어찌 되든 상관없다. 알고 싶다. 저 힘의 비밀을! 그의 근처에 있다 보면 힘의 정체를 이해할 수 있을까? 내 것으로 삼을 수 있을까?

이렇게 한번 일거수일투족을 놓치지 않고 관찰해보니 완전히 사고를 포기하며 리즈를 쓰다듬고 있는 크라이가 거물처럼 보였다.

그때, 처음으로 크라이의 눈이 휴를 보았다.

그는 한동안 눈을 깜빡이며 휴를 보고 있다가 잠시 후에 고개를 크게 끄덕이고는 리즈에게 말했다.

"옳지, 옳지, 옳지, 리즈…………, 있어야 할 곳으로 돌아가렴."

"에~, 크라이, 주물은?"

"착하다, 착해……."

"스승님은?"

"…………착하다~!"

말이 전혀 통할 기색이 없는데도 리즈는 딱 달라붙어 있던 몸을 떼어내고 물러섰다.

크라이가 메마른 미소를 드리우며 왠지 거드름 부리듯 다리를 꼬았다.

그 순간, 휴의 가슴속에 가득 찬 것은 깊은 존경심이었다.

몸이 자연스럽게 자세를 바로잡았고, 손바닥을 바닥에 댄 채 고개를 숙였다.

"크라이 씨, 저를━━, 제자로 삼아주십시오."

"아~, 제자, 제자 말이지. 응, 그래, 그렇지…………, 어?"

어울리지 않게 자기소개조차 잊고, 체면도 잊고 엎드려서 비는 휴를 보고 《천변만화》는 지금까지 들은 것 중에 제일 힘이 빠지는 목소리를 냈다.

대체 어쩌다 이렇게 된 거지?

고개를 크게 숙인 청년 기사를 내려다보며 나는 그저 현실도피를 하듯 눈을 깜빡였다.

제도에 온 이후로 제자로 받아달라는 이야기를 들은 적은 몇 번 있지만, 이름도 모르는 기사가 엎드려 빈 건 이번이 처음이다. 게다가 이번에 나는 딱히 아무 짓도 하지 않았다. 당황한 마음을 감추지 못하고 있자니 문득 리즈와 함께 온 티노와 눈이 마주쳤다. 나와 비슷할 정도로 당황하고 있던 티노가 급하게 말을 꺼냈다.

"여, 역시 대단하세요, 마스터어……, 아무런 행동도 하지 않으셨는데 영광스러운 제0기사단의 기사를 엎드려 빌게 만드시다니……, 역시……, 레벨 8이세요……."

굳이 말하자면 나를 칭찬하기보다는 이 사람이 제정신인지 의심하는 게 낫지 않을까⋯⋯?

리즈가 붙잡아서 데리고 왔을 때 머리를 너무 세게 부딪혔을 가능성도 있으려나⋯⋯. 정작 리즈는 왠지 모르겠지만 의기양양한 표정이다. 별다른 이유도 없이 기사를 기절시켰는데 말이지. 여전히 성격이 급한 것 같다.

엎드려서 빌고 있는 이름도 모르는 기사를 우선 내버려 두고 리즈에게 대답했다.

"아까도 말했지만, 루크 쪽은 우연이야. 루시아에게 준 지팡이도 그냥 어쩌다 받은 거고⋯⋯, '나도 가지고 싶어'라고 하면 곤란하지. 아무리 공을 세운다 해도 없는 걸 줄 수는 없으니까."

아무래도 리즈는 루크의 사건 이야기를 듣고 루크만 신경 써주는 건 치사하다고 생각해버린 모양이다. 너, 나이가 몇 살이었지? 일단 진정해. 네가 하는 말은 전부 사실이 아니니까.

내가 루크에게 마검을 준 건 우연이다. 상도 뭣도 아니고, 루시아에게 준 지팡이는 저주를 받지도 않았고, 나간 김에 갑자기 기사를 기절시켜서 데리고 온 건 한 건 해낸 것도 뭣도 아니라고!!

태클을 걸 부분이 너무 많아서 이제 나는 피곤하다고. 왜 그렇게 문제가 생기는 걸 원하는데? 리즈가 마구 날뛸 때마다 프란츠 씨가 골치 아프게 되는데, 그 사실은 알고 있어?

내가 설득했는데도 리즈의 표정은 바뀌지 않았다. 예쁘게 생긴 두 눈이 기대로 빛나고 있다. 내가 또 문제를 끌어들일 거라 생각하는 것이다. 기분 나쁜 신뢰다. 분명 루크의 사건이 그녀의 기대감을 키워주고 있는 것이리라. 이렇게 되어버린 리즈에게 다른 사람의 말은 통하지 않는다.

나는 편안한 마음으로 팔을 뻗어서 기억아 사라져라라는 마음을 담아 머리를 마구 쓰다듬었다.

"옳지, 옳지, 리즈, 옳지, 옳지, 옳지."

"우응······."

티노가 볼을 붉히며 언니와 그녀를 조잡하게 달래는 나를 보고 있었다. 그리고 정작 중요한 기사는 비틀비틀 일어서서는 눈을 한껏 크게 뜨고 감동에 몸이 떨린다는 듯이 말했다.

"후······, 훌륭, 훌륭하군··········, 이것이 레벨 8의······, 인심 장악술."

"······왠지 내 주위엔 이상한 사람들밖에 없는 것 같네."

"··········코, 코멘트는 자제하겠어요, 마스터어."

뭘 어떻게 봐야 장악한 걸로 보이는 거지? 리즈를 컨트롤하는 방법 같은 게 있다면 내가 알고 싶을 정도라고.

그때, 청년이 그제야 생각났다는 듯이 일어선 다음 등을 쭉 펴고는 여자라면 보기만 해도 황홀해질 것 같은 표정으로 경례했다.

"말씀드리는 게 늦었군요. 제0기사단 단원, 휴 레그란드. 프란츠 단장님의 명령에 따라 현 시간부로 당신의 지휘하에 들어가겠습니다. 뭐든지 말씀해 주십시오!"

놀랍네··········, 나는 아무런 말도 못 들었는데? 아니, 협력자로서 같이 수사한다거나 그런 것도 아니고 기사단 단원이 내 지휘하로 들어온다는 건 이상하지 않아?

그리고, 이제 와서 멀쩡한 태도를 보인다 한들 좀 전까지 보여 준 추태는 돌이킬 수 없을 텐데. 리즈가 두들겨 팬 결과로 망가져 버렸을 가능성이 있으니까 아무런 말도 하지 않겠지만.

수상쩍어하는 마음으로 가득 찬 내 시선을 보고도 휴는 표정 하나 바뀌지 않았다. 나였다면 압박감을 이기지 못하고 눈을 피해 버렸을 텐데, 역시 엘리트 기사는 다르다.

흥……, 프란츠 씨……, 보아하니 나를 일하게 만들 셈이구나?

정말 얕보는군. 그는 무능한 사람이 부지런한 게 제일 골치 아프다는 이야기도 모르는 건가? 아무도 이해하지 못하겠지만, 나는 제대로, 확실한 의지를 가지고 아무것도 하지 않는 거라고!

나는 팔짱을 낀 다음 손가락 끝으로 팔꿈치를 툭툭 두드리면서 하드보일드한 미소와 함께 말했다.

"…………그렇군, 알겠어. 그럼 우선 리즈에게 줄 주물을 찾아다 줬으면 하는데."

제3장　　연달아 이어지는 재앙

"크라이 씨, 오늘 호위 담당은 저예요! 부디 오늘은 마음 푹 놓으세요!"

"키르키르······?"

시트리가 두 손을 모으고 활짝 웃었다. 강제 다이어트로 인해 아직 날씬한 체격을 유지하고 있는 키르키르 군이 고개를 갸웃거렸다. 나는 클랜 마스터실의 지정석에서 보구를 닦으며 눈앞에 나란히 서서 포즈를 취하고 있던 시트리와 키르키르 군이라는 수수께끼의 콤비를 빤히 바라보고 말했다.

"왠지 시트리 얼굴을 보는 것도 오랜만인 것 같은데."

"저도 오랜만에 크라이 씨를 만나서 기뻐요!"

기뻐하는 건 참 좋긴 한데 말이지······, 나는 딱히 시트리를 만나서 기쁘다고 한 적은 없는데?

아니, 기쁘긴 하지만 말이지!

뒤쪽 창문에서는 따끈따끈한 햇살이 스며들고 있었다.

마검 소동이 일어난 뒤로 제도는 평화로웠다. 그 소동은 결국 권력으로 인해 어둠 속에 묻힌 모양이었다.

시트리가 스스슥, 자연스러운 움직임으로 다가와서는 나를 올려다보며 말했다.

"언니에게 들었어요, 크라이 씨! 또 재미있는 일을 하고 계신

178 비탄의 망령은 은퇴하고 싶다 8

모양이던데요.”

신이 났다는 감정을 몸 전체로 표현하고 있는 것 같다. 꼬리가 있었다면 분명히 흔들고 있었을 것이다.

나는 한숨을 크게 쉬고는 닦고 있던 왕관 형태의 보구를 내려다보며 말했다.

“리즈는 토라진 것 같지만 말이지…….”

그리고 딱히 재미있는 일은 안 했어……, 재미있는 일도 안 했고, 재미없는 일도 안 했다고.

다시 말해, 무(無)였다. 재미있는 걸 굳이 따지자면 그 휴라는 사람일 것이다. 상황에 휩쓸려서 지시를 대충 내려버리긴 했는데, 괜찮으려나? 프란츠 씨가 보낸 사람인 것 같던데…….

이상한 일에 휘말릴 것 같은 예감이 들어서 기운이 빠진 내게 시트리가 신이 나서 말했다.

“쿡쿡쿡……, 언니는 오늘 호위 담당을 맡지 못한 게 불만인 거예요. 자기가 뒤로 밀려난 거니까……, 절대로 미뤄둘 수 없는 일이 있는 모양이라———, 하지만 저도 어제까지는 계속 바빴어요!”

“그렇구나, 그렇구나.”

전혀 이해할 수가 없지만, 그렇구나……, 즐거운 것 같아서 잘 됐네! 나는 이제 지쳤어.

하지만 언제까지나 잠자코 사건에 휘말릴 거라 생각하면 큰 오산이다.

프란츠 씨 왈, 이번 소동은 저주와 관련이 있는 모양이다. 그리고 안타깝게도 저주와 보구는 떼려야 뗄 수 없는 관계다. 보구는 과거에 존재했던 아이템의 재현이다. 그리고 그 출현율은 예전에 보급된 비율과 인지도에 비례한다고 한다. 저주받은 아이템이라는 것은 강렬한 사념을 받아 생겨난 것이다. 그 탄생의 원리로 인해 그런 아이템은 하나만 존재하는 경우가 대부분이고, 보구가되는 조건인 '예전에 보급되었던 아이템'을 만족시키지 못한다.

다시 말해서 무슨 뜻인가 하면———, 보구로 극히 드물게 나타나는 저주받은 아이템은 예전에 단 하나밖에 존재하지 않았는데도 불구하고 보구로 나타나버릴 정도로 폭넓게 인지되었던 물건일 가능성이 매우 크다는 것이다.

물론 내가 가지고 있는 보구 중 대부분은 안전한 물건이다. 저주받은 보구 같은 건 하나도 없지만, 만에 하나라도 내가 가지고 있던 보구가 무슨 사건을 일으킨다면 이번에는 정말 그냥 넘어갈 수가 없을 것이다.

가지고 있는 보구의 능력은 전부 확인했지만, 소꿉친구 중 누군가가 우연히 손에 넣은 보구를 멋대로 내 컬렉션에 넣은 다음 그 사실을 알리는 것을 깜빡했을 가능성은 완전히 부정할 수가 없다. 정비할 겸 하나씩 보구를 닦으며 능력을 다시 확인해 나갔다. 나는 슬쩍 손짓해서 시트리를 부른 다음, 방긋방긋 웃고 있던 시트리의 머리에 방금 닦은 왕관형 보구를 얹었다.

시트리가 눈을 크게 뜨고 약간 초조한 듯이 말했다.

"!! 호호, 혹시, 이게 제 주물인가요?"

리즈도 비슷한 말을 하던데……, 너희는 왜 그렇게 저주를 받고 싶어 하는 거야?

"주물 같은 건 없어⋯⋯, 그 보구도 머리카락이 약간 잘 자란다는 효과(가격이 억대다)밖에 없고⋯⋯⋯⋯, 이것도 아니고, 이것도 아니고⋯⋯."

방금 닦은 새빨간 보석이 달린 펜던트형 보구를 시트리의 목에 걸어주고, 목걸이형 보구를 목에 걸어주고, 목걸이형 보구를 목에 걸어주고, 하는 김에 목걸이형 보구를 목에 걸어줬다. 누가 보면 몇 개를 들고 있는 거야 싶겠지만, 마네킹 역할을 하게 된 시트리는 볼을 붉히며 매우 기뻐하는 것 같았다.

아니, 선물로 주는 건 아닌데? ⋯⋯⋯⋯하지만 정말 가지고 싶다면 조금 정도는 나눠줄 수도 있지. 어차피 시트리에게 빌린 돈으로 산 물건도 있으니까.

"정말, 뭐든지 내게 말해봤자 곤란하다고. 저번에 큰 소동이 일어난 직후인데⋯⋯, 다들 레벨 8에게 너무 의존한다니까. 시트리, 손가락 내밀어봐."

지금까지 많은 소동에 휘말렸고, 제대로 해결조차 하지 않은 데다 인지도만 있는 레벨 8을 어째서 다들 그렇게까지 믿는 건지 이해하기가 힘들다. 잠깐만 생각해보면 내가 아무것도 하지 않았다는 건 불을 보듯 뻔한 일일 텐데⋯⋯.

마음속으로 주절주절 중얼거리면서 시트리가 내민 새하얀 손가락에 방금 닦은 반지를 하나씩 끼워나갔다.

"! 크⋯⋯, 크라이 씨, 이 행동에 무슨 의미가 있는 거죠?!"

"아니⋯⋯⋯⋯, 딱히 의미 같은 건 없는데. 싫어?"

내가 묻자 시트리가 고개를 마구 저었다. 시트리랑 다른 일행들은 평소에 별로 꾸미지 않으니까.

간지러웠던 건지, 시트리가 몸을 움찔거리면서 얼굴이 새빨개진 채 중얼거렸다.

"이건 혹시…………, 프로포즈 아닐까요?"

"키르키르……."

정서가 불안정한 주인을 보고 키르키르 군이 왠지 불안해하는 듯한 목소리를 냈다.

프로포즈라니……, 딱히 의미는 없다고 했잖아!

"그런데 프란츠 씨가 말한 예언은 신빙성이 얼마나 있을까?"

"……점성신비술원의 예언은 잘 맞는다는 평판이고……, 제국법으로는 예언을 토대로 국군을 움직일 수도 있어요."

잘 맞는다고……? 그래도 비슷한 신탁을 받은 소라 같은 사례도 있으니 전혀 믿을 수가 없는데……, 그 애는 정말 지독했지. 같이 제도에 온 이후로 만나지는 못했는데, 지금은 어떻게 지내고 있으려나?

애초에 저주라는 것이 제도를 덮친다 한들 별다른 피해도 내지 못하고 진압당할 것이다. 제도는 이러쿵저러쿵하면서도 내가 아직 눌러앉아 있을 정도로 안전한 곳이다.

"하지만 그런 예언이 내려왔으니 만약 저주라면 상당히 악연이 강한 저주일 거예요. 실력이 좀 괜찮은 주술사 정도로는 걸 수 없을 정도로———, 프란츠 단장이 보구 쪽을 경계하고 있는 것도 어쩔 수 없는 것 같네요. 그 밖에는 주변에서 큰 피해가 발생했다는 정보도 없고, 제블디아에서는 보구에 대한 체크가 어설프니까……,

그러고 보니 오빠도 동원된다는 모양이에요. 교회는 저주 쪽 전문가니까요."

"완벽한 대비네."

주술이란 강한 감정을 원동력으로 삼는 술법이다. 명확한 이론을 통해 현상을 일으키는 마술에 비해 꽤 불안정하고, 사용자의 컨디션에 따라 위력이 크게 좌우된다고 알려져 있다.

일반적으로 강력한 저주라는 것은 걸고 싶다고 해서 걸 수 있는 게 아니다. 저주 중에서 가장 골치 아픈 것은 주술사가 행사하는 저주가 아니라 원한을 품고 죽은 사람의 원념이 저주로 남아버린 경우다. 그러한 저주는 지극히 강력하고 무차별적인 경우도 많아서, 반쯤 재해 같은 취급을 받고 있다. 그리고 불안정한 저주는 원래 효과가 오랫동안 유지되지 않지만, 강한 원념이 물체에 담긴 경우에는 예외로 안정적으로 오랫동안 위협을 떨치게 된다.

《검성》의 도장에서 소동을 일으켰던 그 마검처럼 흉악한 저주가 담긴 아이템———, 주물이 완성되는 것이다.

제도는 트레저 헌터의 성지라 불리는 곳이기에 밤낮으로 모이는 보구의 숫자가 엄청나게 많고, 그렇게 생각하면 프란츠 씨가 내게 연락하는 것도 어쩔 수 없……나? 아니, 아니, 연락해야 할 사람이 따로 있을 텐데!

보구 안경을 씌워주고, 보구 스톨을 어깨에 걸쳐주고, 보구 사슬은 어디에 달아야 할지 알 수가 없었기에 우선 몸에 빙글빙글 감아두었다. 보구투성이 시트리가 완성되었다.

응, 역시 낯선 보구가 섞여 있지는 않은 것 같네. 이번에야말로 나는 잘못한 게 없다.

"크라이 씨의 색으로 물들어 버렸어요오……, 이제 시집을 갈 수가 없겠네요……, 받아주실 건가요?"

시트리가 볼에 손을 대고 말했다. 아마 그건 아닐 거야……, 시트리라면 데리고 가려는 사람이 잔뜩 있을 텐데.

그렇지, 제도에서 사건이 일어날 것을 알고 있으니 제도를 떠나면 되는 거 아닌가……?

…………안 되겠다, 분명히 검문에 걸려서 쓸데없는 오해를 사버릴 거야. 얌전히 기다리는 게 제일 나으려나? 아무것도 하지 않으면 아무 일도 없겠지.

제블디아 마술 학원. 수백 년 전, 당시 황제가 뒤처지고 있던 마술 분야의 발전을 위해 세운 학원은 현재 명실공히 최고 학부로서의 지위를 확고하게 다지고 있었다.

레벨이 높은 보물전의 공략에는 강력한 마도사가 반드시 필요하다. 제도의 북쪽 지구에 드넓은 부지와 성 같은 건물을 지니고 있으며 온갖 분야의 마술 연구가 이루어지는 그 학술기관은 제도의 마도사나 헌터들에게 있어서 동경의 대상이며, 제도에서 이름난 마도사 중 8할은 그 기관에서 배출되었다고도 한다.

그 성 같은 건물 주위에 늘어선 열두 개의 탑. 각 교수가 지휘하는 연구동 중 한 곳에서 안나 노딘에게 후배 마술사———, 루시아 로제가 드센 말투로 다그치고 있었다.

"아시겠어요? 주의해서 다루어주세요! 함부로 마력을 담지도 마시고요!"

"후후……, 알았어, 알았다니까. 그런데 루시아네 오빠도 참 너그럽네.《검성》의 소장품을 선물로 주다니……, 번개에 특화된 그 지팡이도 그렇고, 역시 레벨 8 보구 컬렉터야. 입수하는 물건들도 일류잖아."

안나의 말에 루시아가 발끈하며 인상을 찌푸렸다. 모처럼 미인인데 아깝다.

레벨 6 헌터 마도사《만상자재》루시아 로제는 습득한 마술의 범위가 넓은 것으로 유명하지만, 각 연구실에서는 굳이 말하자면 오빠의 존재로 더 잘 알려져 있었다.

루시아의 오빠《천변만화》는 최연소로 레벨 8에 도달했고 제도에서도 손꼽히는 트레저 헌터다. 보구 컬렉터로서도 유명한 그 청년 헌터는 자질 문제 때문에 여성 비율이 높은 마술 학원의 연구실에서는 방문한다면 사람들이 일부러 구경하러 올 정도로 아이돌 같은 존재가 되었다. 비슷한 젊은 헌터로 따지면 아크 로댕이 있지만, 친족이 학원에 다니는 것도 아닌 아크는 좀처럼 학원에 올 일이 없기에 인기가 쏠려버리는 건 어쩔 수 없는 일이다.

루시아가 가지고 온 칠흑의 지팡이를 내려다보았다. 넝쿨 몇 줄기가 뒤얽힌 듯한 형태의 자루 끄트머리에는 빛나는 보석. 장식은 심플하지만 천 너머로 들고도 깜짝 놀랄 정도로 가벼웠다.

능력은 아직 알려지지 않은 모양이지만, 지팡이 보구는 다른 무기 보구와 비교하더라도 비싼 가격이 매겨지는 경우가 많기에 제대로 팔기만 하면 수천만 이상의 가격이 붙더라도 이상할 게 없을 것이다. 가벼운 것도 체력이 약한 마도사에게는 장점이다.

아무리 여동생의 스승이라고는 해도 보구 지팡이를 쉽사리 선물하다니, 정말 배포가 크다. 강하고, 돈이 많고, 지위도 있다. 소문을 듣자 하니 약간 특이한 것 같긴 하지만, 그것도 결코 단점인 것은 아니다. 루시아도 실력이 꽤 좋은데, 그 오빠에 그 여동생인 걸까.

"그런 게 아니에요. 그냥 보구 바보라고요! 그리고 이 지팡이도 위험할 가능성이―――."

"나도 알아, 나도 알아. 그렇게 쑥스러워하지 않아도 된다니까. 오빠를 뺏지는 않을 테니―――."

"윽⋯⋯⋯⋯⋯⋯, 쑥스러워⋯⋯, 한다고요?!"

노려보는 루시아 앞에서 피부에 닿지 않게끔 주의하며 지팡이를 관찰했다.

루시아는 쑥스럽다고 거짓말을 할 사람이 아니니 그녀가 하는 말을 잘 들어두는 게 여차할 때 오빠 쪽에게도 인상이 좋을 것이다.

"그런데 안나 씨는 이 지팡이의 정체에 대해 짐작 가는 거 없나요?"

"지팡이 같은 건 별로 흥미가 없으니까⋯⋯⋯⋯, 루시아네 오빠에게는 흥미가 있지만⋯⋯."

"…………."

보구 지팡이도 종류가 여러 가지다. 단순히 마력 증폭량만 높은 지팡이부터 얼마 전에 루시아가 가지고 왔던 번개 속성에만 특화된 지팡이, 그리고 배신자였던 《지수》에게서 빼앗았다는 『수신의 가호』. 어지간히 유명한 게 아니라면 보구 지팡이는 써보기 전까지 정체를 알 수가 없다.

"그런데 그 《검성》이 지팡이 보구를 몰래 가지고 있었다니, 역시 실력이 대단하네. 게다가 수십 년 동안 몰래 보관하고 있던 걸 알아서 바치게 하다니———, 실력이 좋아."

"…………예전부터 눈썰미가 있었거든요, 저희 리더."

《검성》이 누구에게도 넘기지 않고 존재조차 밝히지 않았던 지팡이 보구. 그에게 있어서는 검보다 중요한 물건이었을 가능성조차 있다. 《천변만화》의 교섭 능력이 산전수전 다 겪은 상인 못지않다는 소문은 진실인 모양이다. 이렇게 젊은 나이에 레벨 6에 도달한 루시아도 천재지만, 오빠 쪽은 틀림없이 그 이상일 것이다. 루시아가 《만상자재》라는 별명을 얻게 된 원인인 마도서를 만든 사람도 그 오빠라고 하니, 루시아가 브라더 콤플렉스인 것도 납득이 된다.

"지금, 그 '오빠'의 마음을 사로잡으면 전부 손에 넣을 수 있는 데다 귀여운 여동생까지 따라온다는 거지."

"………………안나 씨는 저희 리더를 제어하지 못할 거예요. 죽을 위기에 처해서 후회해봤자 저는 모른다고요."

"농담이야, 농담. 지팡이도 교수님께 확인을 받을 때까지 건드리지 않고 확실하게 보관해둘 테니까. 만약 저주받은 지팡이라 하더라도 그러면 괜찮겠지?"

루시아의 표정을 본 안나는 자기가 한 말을 취소했다.

오빠를 공략하려면 우선 이 여동생 쪽을 아군으로 끌어들여야만 할 것 같다.

안나도 천재라 불린 적이 있긴 하지만, 눈앞에 있는 이 소녀는 틀림없이 더 뛰어난 재능을 지니고 있을 것이다. 그녀와 비교하면 안나는 뒤처질 테고, 덤으로 최연소로 레벨 8에 도달한 헌터이니 《천변만화》도 상당히 인기가 많을 것이다. 여동생의 선배인 것 정도로는 전혀 승산이 없다.

지금은 조금이라도 점수를 벌어야 한다. 언젠가 기회가 분명히 올 것이다―――, 그렇게 멋대로 망상을 펼쳐나가던 안나에게 루시아가 문득 말했다.

"……안나 씨는 이 연구실에 오래 계셨죠? 혹시 선생님께서 뭔가 소중하게 숨겨두신 물건 같은 게 있나요?"

"숨겨두고 있는……, 물건? ……………………그야 마도사고 학원의 교수급이니 소장품 한두 개 정도는 있겠지만―――, 아, 혹시 그건가?"

루시아가 눈을 크게 떴다. 이 똑똑한 후배는 마술 실력은 최고지만, 주위에 눈을 별로 돌리지 않는 구석이 있다. 연구와 헌팅에만 시간을 보내고 있으니 학원의 소문 같은 건 들리지도 않을 것이다.

항상 냉정한 루시아를 약간 초조하게 만들어주겠다는 생각으로 안나가 보란 듯이 주위를 두리번거리다가 목소리를 낮추며 말했다.

"그냥 소문이긴 한데 말이지, 이 학원에는 초대 학장부터 몰래 내려오는 물건이 있는 모양이야. 전설급 물건인 것 같은데……, 교수님들에게 물어봐도 다들 웃어넘기기만 하지만, 눈빛은 진지하대. 그래서 신경 쓰이는 그 '물건' 말인데, 뭐일 것 같아?"

"포션이나 마법생물인가요?"

루시아가 질색하는 표정으로 말했다. 하지만 그녀는 신기하게도 확신하고 있는 것 같았다.

"뭐야, 알고 있었어?"

"아뇨, 처음 듣는 이야기인데요………………, 그냥, 오늘부터 호위 담당은 연금술사(알케미스트)인 시트 차례여서요."

호위? 연금술사? 대체 무슨 말이지?

안나가 눈을 깜빡이고 있자니 루시아가 주먹을 쥐고는 스스로를 타이르듯 말했다.

"이번에 뭘 하려는 건지는 알겠어요. 항상 그랬듯이 마음대로 하게 두진 않을 거예요. 오빠의 폭거는────, 제가 막을 거예요."

물건을 띄워서 전시하는 마도장치.

그곳에 놓인 칠흑의 지팡이 앞에 학원 마도사들이 모여들었다.

마도사는 크게 두 가지 타입으로 나뉜다. 마술 이론의 확립을 목적으로 삼고 틀어박혀서 연구를 진행하는 연구파와 이론 같은 건 어찌 되든 상관없으니 마술을 수행해서 그 힘을 행사하고 싶다는 실전파다. 대부분은 후자 쪽에 해당된다. 기사단이나 트레저 헌터 마도사 같은 사람들이 그 대표격이다.

그리고 학원에 오랫동안 남아 있는 마도사들 중 대부분은 전자였다. 루시아가 가지고 온 정체불명의 지팡이 이야기를 듣고 모여든 마술사들이 지팡이를 관찰하고 서로 속닥거리며 이야기를 나누었다.

"호오……, 이게 《검성》의 소장품……, 지금까지 본 적도 없는 지팡이로군."

"쏜 로우웰은 예전에 무사 수행을 하기 위해 세계 각지를 돌아다니면서 보물전을 여러 군데 공략했다고 하던데. 어디에서 손에 넣었는지 알아낸다면 능력도———."

"식물성 마장인가? 하지만 이 색, 이 형태는———."

"그렇게 완고한 《검성》이 가지고 있던 보물을 뜯어내다니, 역시 《만상자재》의 오빠———."

팔짱을 낀 채 눈을 빛내고 있던 루시아에게 모여든 사람들 중 한 명이 불평했다.

"그건 그렇고 손을 대지 말고 확인하라니———, 장갑 같은 걸 껴도 안 돼?"

"안 돼요. 무슨 일이 일어날지 모르니까 쓸데없는 짓은 하지 말아주세요!"

세끼 밥보다 연구를 더 좋아하는 마도사들이 잔뜩 모여들었는데도 아무도 그 지팡이를 만지지 않은 것은 만지려 한 괘씸한 자들을 전부 루시아가 날려버렸기 때문이다.

연구파 마도사는 실전적인 기술이 뒤처진다. 평소에 마나 머티리얼을 잔뜩 흡수하고 파티 멤버가 일으키는 문제에 완전히 익숙해진 루시아의 빈틈을 찌를 수 있는 사람은 거의 없을 것이다.

더 이상 괘씸한 사람이 나타나지 않는 것을 확실하게 확인한 루시아가 안나를 빤히 보았다.

"안나 씨? 이게 무슨 보관이에요!"

"아하하하하, 어쩔 수 없어, 어쩔 수 없다고. 《검성》의 소장품이라는 말을 들으면 모여들지 않을 리가 없잖아, 이 학원의 마도사들이. 그렇지 않아도 보구 지팡이는 이쪽까지 넘어오진 않으니까."

보구 지팡이는 귀중한 연구 재료임과 동시에 강력한 무기다. 그리고 보물전에서 극히 드물게 발견되는 그것들 중 대부분은 금전적인 문제로 학원까지는 넘어오지 않는다. 새로운 지팡이 보구가 들어왔다는 것은 다른 연구실의 마도사들이 모여들 정도로 중대한 소식이었던 것이다.

"그리고, 숨기면 오히려 쓸데없이 사람들이 모여들 거야. 교수님께서 돌아오실 때까지 이렇게 모두 함께 감시하면서 보관하는 게 안심이 되지 않을까?"

"그야⋯⋯⋯⋯, 그럴지도 모르겠지만요⋯⋯⋯."

마술이 지닌 위대한 힘보다도 이론에 사로잡힌 연구자들을 얕봐서는 안 된다. 그들은 자신의 연구에 정열을 쏟아부으며 동시에 다른 동료의 연구에도 항상 눈독을 들이고 있다. 때로는 연구를 위해서 수단을 가리지 않는 자도 있다. 숨기는 건 오히려 위험하다.

"특히 루시아는——, 헌터라서 다른 사람들의 주목도 받고 있으니까. 보구 컬렉터로 유명하고 자랑스러운 오빠까지 있으니——."

"................으으............"

아무래도 루시아는 오빠 칭찬을 듣는 게 익숙하지 않은 모양이다. 안나가 한 말을 들은 루시아가 눈썹을 움찔거리고 있다가 포기한 듯이 살짝 끙끙댔다.

약간 특이한 사람인 것 같긴 하지만, 오빠가 레벨 8 헌터라면 자랑스러울 텐데 뭐가 불만인 걸까? 혹시 진짜로 뺏길지도 모르겠다고 경계하는 거야? 그건……, 쓸데없는 노력이라고.

얼굴이 널리 알려지진 않았지만, 레벨 8이라는 것만으로도 충분히 유명 인사다. 헌터의 지위가 높은 이 나라에서 레벨 8쯤 되면 상급 귀족들에게서 맞선 제안이 쏟아져 들어온다 해도 이상할 게 없다.

그런데 루시아는 오빠 이야기만 나오면 너무 신경질적인 반응을 보인다. 《검성》의 소장품인 지팡이가 저주를 받았다거나, 오빠가 학원의 보물을 노리고 있다는 이야기는 항상 이지적인 루시아의 입에선 나오지 않을 법한 발언이다.

"굳이 말하자면 루시아가 시험을 빼먹고 교수님을 화나게 만든 것에 대해 사과하는 의미로 《검성》에게서 얻은 보구 지팡이를 선물했을 가능성이 더 클 것 같은데."

루시아가 계속 공부하던 상급 복합영장 소지 자격 시험에 결석했을 때는 놀랐다. 그건 응시자격으로 학원에서의 연구 경력과 교수의 추천이 필요할 정도로 마도사 계열에서는 톱클래스 난이도를 자랑하는 자격이다. 사정이 있다고는 하지만, 시험을 치고 불합격되었다면 모를까 결석을 하다니. 교수의 얼굴에 먹칠을 한 거나 마찬가지다.

"오, 오빠는 그렇게 평범한 행동을 할 사람이 아니에요!"

"그래도 그《검성》의 소장품을 주면 교수님도 기분이 풀리실 것 같은데? 마침 지팡이를 가지고 싶어 했고……, 베스트 타이밍 아니야?"

애초에 마술 연구와 위험은 떼려야 뗄 수 없는 관계다. 루시아가 가지고 온 번개에 특화된 보구 지팡이도 그렇지만, 어느 정도 위험 부담은 다들 알고 있다.

"…………………정말!"

방긋방긋 웃으며 말하는 안나를 보고 루시아가 신기하게도 볼을 부풀렸다. 며칠이나 밤을 새워서 새로운 술법을 만드는가 싶더니, 귀여운 구석도 있다. 안나가 아니라 다른 사람이라 해도 놀리고 싶어질 것이다.

늦게 와서 지팡이를 가까운 곳에서 보지 못한 건지, 다른 연구실에서 온 사람이 루시아에게 말을 걸었다.

"있지, 루시아 양. 오빠는 안 와?"

"……안 와요. 바쁘다고요…………, 레벨 8, 이니까요!"

"어~? 저번에는 따라왔다고———."

"따라오지 않았어요!"

루시아가 불만스러운 목소리로 말하며 마치 얼어붙을 듯한 눈빛을 보였다. 루시아가 제자로 들어올 때 오빠가 따라왔다는 이야기는 연구실 안에서 다들 알고 있는 이야기였다. 그리고 그것에 대해 이제야 신경 쓰고 있다는 사실도.

싸늘한 목소리와 거절하는 분위기 때문에 만질 수 없는 마장에 흥미를 잃은 마도사들의 시선이 루시아에게 쏠렸다.

그때, 갑자기 짤막한 비명이 들렸다. 루시아가 당황하며 소리가 들린 쪽을 보았다.

설치대 위에 떠 있던 칠흑의 지팡이. 지팡이를 구성하고 있던 넝쿨 중 일부가 길게 뻗어서 어떤 사람의 팔에 뒤얽혀 있었다.

"마, 만지지 말라고 했는데———, 무슨 짓을 한 거야?!"

"……아무 짓도, 만지지도 않았———."

목소리는 중간에 끊겼다. 뒤얽힌 넝쿨이 더 길게 뻗어서 팔부터 상반신으로 올라갔다. 얼어붙은 표정에서 핏기가 사라졌다. 지팡이의 크기가 커졌다. 넝쿨의 길이나 두께도 처음 가져왔을 때와는 비교도 되지 않았다.

소란스러워진 와중에 넝쿨 중 일부가 뻗어 나가 얼어붙은 듯이 멍하니 서 있던 다른 마도사를 덮쳤다. 마치 먹잇감을 사로잡는 뱀을 연상케 할 정도로 민첩한 움직임이었다. 제일 먼저 붙잡혔던 마도사가 휘익, 내던져졌다.

가까이 달려가 확인했다. 몸에 눈에 띄는 상처는 없었다. 심장도 뛰고 있긴 하지만, 얼굴이 창백했고 의식을 완전히 잃었다. 마치 폭포처럼 쏟아져 내리는 땀. 이 증상———, 마력 결핍이다.

"설마……, 마력을……, 흡수하는 거야?! 이, 이, 지팡이는 대체 뭔데?!"

지팡이 아래쪽이 두 갈래로 갈라졌고, 마치 다리처럼 바닥을 내디디며 전시 장치에서 느릿느릿 내려왔다. 그 생물과도 같은 모습에 좀 전까지 눈을 빛내며 지팡이를 관찰하던 마도사들이 한 발짝 물러섰다. 지팡이를 구성하고 있는 넝쿨이 더 길게, 더 두껍게 바뀌기 시작했다. 그 모습은 이미 지팡이라기보다 식물 계열의 마물 같았다.

마도사 중 한 명이 비명을 지르며 지팡이에 공격을 가했다. 마치 그것을 신호로 삼은 듯 사방에서 폭염이, 바람 칼날이, 얼음 탄환이 날아들었고———, 지팡이가 크게 떨렸다.

마법으로 인해 생겨난 상처가 순식간에 아물어 지팡이가 더욱 크게 성장했다. 마치———, 마법의 에너지를 흡수한 것처럼. 그 정체를 짐작한 안나는 한 발짝 물러섰다.

"설마……, 대(對)마법……, 생물? 이게 대체 뭐야?!"

"그거 봐요! 제가 말했잖아요! 그거 봐요오! 오빠 바보! 나는 루크 씨 같은 걸 원하지 않는데! 건드리지도 않았는데!"

"그런 소리 하고 있을 때야?!"

모여있던 마도사들이 개미집을 들쑤신 것처럼 흩어졌다. 지팡이는 마력을 모조리 흡수한 마도사를 마치 이제 볼일이 없다는 듯이 아무렇게나 내팽개치고는 안나와 루시아를 번갈아 가면서 보다가 루시아 쪽으로 돌아섰다.

루시아는 입술을 꽉 깨물고는 팔찌 보구를 문지른 뒤 집게손가락을 내밀며 말했다.

"좋아요. 오세요――, 오빠 생각대로 되게 하진 않을 테니까!"

"루시아! 아무리 너라 해도 마법이 통하지 않는 상대는――."

그때, 한동안 루시아를 보고 있던(눈은 없지만) 지팡이가 자세를 바꾸었다. 뒤로 돌아선 다음, 생긴 지 얼마 되지도 않은 양쪽 다리를 재주 좋게 다루며 후다닥 뛰어가기 시작했다. 크게 벌린 두 팔의 넝쿨이 미처 도망치지 못했던 마도사들을 휩쓸었다. 마력을 계속 흡수한 저 알 수 없는 지팡이가 얼마나 성장할지 생각하고 싶지도 않다. 이 학원은 제국 제일의 마술 학원이다. 마도사는 지망생부터 달인까지 수백 명이 넘는다.

지팡이가 자기보다 작아져 버린 출구를 억지로 파괴하며 복도로 뛰쳐나갔다.

"이놈! 어디 가는 거야!"

루시아가 안색이 바뀌어 쫓아갔다. 망설임 없이 괴물을 쫓아가다니, 역시 레벨 6 헌터다.

안나는 완전히 파괴된 창고와 마력 결핍으로 인해 쓰러진 학원 동료들을 보고는 교수가 돌아온 뒤 있을 일에 대해 생각하며 머리를 감싸 쥐었다.

"이거, 어떻게 할 건데……."

스마트 자매의 성격은 정반대다. 리즈는 천진난만하고 감정적이면서 가끔 어른스럽고, 시트리는 이성적이고 착실하지만 가끔 어린애 같다. 그리고 시트리는 받는 것보다 주는 것을 선호한다. 그것은 분명히 그녀가 연금술사로서 대성할 수 있었던 이유 중 하나일 것이다.

팔을 잡아당기며 게으른 나를 억지로 끌고 다녀주는 리즈도 좋지만, 나를 점점 더 글러먹은 사람으로 만들고 있는 시트리는 나를 치유해주는 존재였다(참고로 제일 안심이 되는 사람이 안셈이라는 건 굳이 말할 필요도 없다. 떠들썩한 리즈와 시트리 때문에 오빠가 그런 성격이 된 걸까?).

보구로 장식당해 매우 기분이 좋아진 시트리가 차려준 밥을 먹고, 키르키르 군이 체조를 하는 모습을 바라보며 늘어져 있었다. 시트리는 그동안 계속 방긋방긋 웃고 있었다. 방 밖으로 나갈 생각이 없으니 호위 같은 것도 필요 없을 것 같은데, 왜 그렇게 즐거워 보이는 거지?

크게 하품을 하고 있자니 시트리가 안절부절못하는 모습으로 다가왔다.

"크라이 씨, 저기――, 이거 봐주세요! 어제 이야기를 듣고 연구 자료를 가지고 왔거든요!"

"연구 자료? 무슨 자료인데?"

"재앙 저주 편찬도예요. 지금까지 발견된 위험한 현상이나 저주받은 아이템 등을 특별히 정리한 거라 시장에는 유통되지 않아요. 크라이 씨를 위해서 기관에서 훔――, 가지고 오느라 정말, 정말 고생했어요!!"

무슨 책 이름이 그렇게 살벌해. 신이 난 것 같아 좋아 보이기는 하지만……, 부탁하지도 않았다고!!

그녀가 책상 위에 표지가 무시무시하고 두꺼운 책을 쿵 내려놓은 다음, 내 뒤에서 몸을 기댔다. 이미 책 자체가 저주받아 있는 것 같았다. 등에 부드러운 감촉과 체온과 함께 짤랑거리는 차가운 보구의 감촉이 더해졌다. 시트리가 귓가에 속삭였다.

"……가지고 싶은 걸 고르면 그걸 주실 건가요?"

안 줄 거예요. 보아하니……, 또 이상한 소문이 멋대로 퍼지고 있는 것 같네.

"저주받은 아이템 중 대부분은 숨겨져 있거든요. 그것에 대해 아는 것 자체가 위험하니까요. 이건 정말로 희귀한 서적이에요. 크라이 씨를 위해서, 크라이 씨를 위해서."

시트리가 계속 나를 위한 거라고 강조하는데, 보구 컬렉터인 나도 주물에는 흥미가 없다. 엘리자가 가지고 온 마검은 나도 아무것도 몰랐으니 불가항력이다. 그리고 재앙 저주라니———.

물론 성실한 시트리가 뭘 가지고 싶어 하는지는 신경 쓰이긴 하지만, 제도에 저주받은 아이템이 그렇게 잔뜩 굴러다닐 리가 없잖아. 법률로 금지되지 않았던가? 가지고만 있는 건 세이프야? 부작용이 있는 아이템은 능력만큼은 뛰어나니까.

시트리가 내 목 근처에 자기 몸을 비벼댔다. 나는 턱을 괴고 적당히 뒤쪽 페이지를 펼쳤다. 거기에 나와 있던 것은 줄기부터 가지, 잎까지 완전히 검은색이라 무시무시하게 생긴 나무였다. 적혀 있는 문장을 읽어보았다.

"어디 보자? '검은 세계수'———, 이 세계에 단 한 그루밖에 없는 신비의 나무, 세계수의 대체품으로 만들어진 마법 문명의 유산. 지맥으로부터 힘을 얻어 세계에 순환시키는 진짜와는 달리 생명을 덮쳐서 마력을 빼앗는다. 성장한 검은 세계수는 뿌리를 내리고 사방 천지를 마력이 통하지 않는 마술적 황무지로 만든다고 한다."

"마술을 쓰지 못하게 된다면 문명이 바뀌어버리겠네요."

"그렇구나…………, 뭔가 별거 아니네. 뭐, 나는 필요 없지만."

나는 마술 같은 걸 못 쓰니까. 보구를 충전하지 못하게 되는 건 꽤 곤란하긴 하지만, 주물이라고 하면 사상자가 생기는 이미지인데 꼭 그런 것만도 아닌 모양이다.

세계수라고 하면 전설적인 신수다. 지팡이의 소재로서는 최고 급품이며, 보구조차 능가할 정도로 절대적인 마력 증폭량을 자랑한다고 하나 정말로 그런지는 알 수가 없다. 지금도 정령인이 관리하는 대삼림 지대 가장 안쪽에 한 그루가 있고, 정령인의 신앙의 대상이 되었다는 이야기를 들은 적이 있지만 사실인지는 의심스럽다. 라피스 같은 사람들도 본 적이 없는 모양이고…….

그런데 이 그림, 검은 세계수라니, 정령인이 보면 분노하지 않을까? 일부러 그런 이름을 붙인 건가?

그런데 시트리는 뭐가 신경 쓰인다는 거지?

눈을 반짝이고 있는 난감한 소꿉친구에게 물어보려던 그 순간, 문이 세차게 열렸다.

얼굴이 새파래진 에바가 뛰어 들어왔다. 거의 동시에 책상 위에 올려두었던 프란츠 씨에게 받았던 공음석이 떨리기 시작했다.

"큰일이에요! 크라이 씨! 제블디아 마술 학원이 정체불명의 거대한 마물 때문에 파괴되었어요!"

"뭐어?! 갑자기 무슨━━━."

제블디아 마술 학원이라고 하면 제국 제일의 마술 계열 학교다. 루시아가 제자로 들어간 교수가 소속되어 있는 학원이기도 하며, 부지가 드넓고 건물은 견고하다. 여러 겹의 결계 마법으로 지켜지고 있어서 제도에서도 손꼽히는 안전지대이기에 마물에게 습격당해서 파괴된다는 건 있을 수 없는 일이다. 드래곤에게 습격당하더라도 괜찮을 거라던데, 그곳.

잘못된 정보겠지. 애초에 거대한 마물이 제도에 들어올 수 있을 리가 없다.

시트리와 키르키르 군도 눈을 동그랗게 뜨고 있었다. 에바는 숨을 헐떡이며 가까이 다가와서는 힘차게 책상을 내려치며 뭔가 말하려다가━━━, 마침 펼쳐두었던 도감의 페이지를 보고 이상한 목소리를 냈다.

"이이…………, 이거, 예요!!! 똑같아요!!"

곤란하네, 말이 안 통하잖아. 대체 왜 이렇게 흥분한 거지?

그러는 동안에도 공음석이 계속 떨리고 있어서 정말 시끄러웠다.

프란츠 씨도 참 끈질기네, 무슨 볼일이라도 있는 건가? 지금은 바쁜데.

나는 심호흡을 크게 하고 마음을 가라앉히고는 진지한 표정을 지으며 말했다.

"에바, 이건 마물이 아니라 주물이야."

"그런 건 상관없어요! 보세요, 저기———!"

에바가 뒤쪽으로 가서 창문 밖을 손가락으로 가리켰다. 나도 어쩔 수 없이 일어서서 시트리와 나란히 바깥을 보았다.

건물 건너편, 아득히 먼 곳에 지금까지는 없었던 칠흑의 무언가가 보였다. 건물 너머로도 보인다면 상당히 큰 것이다. 눈을 비비고 있자니 시트리가 내 어깨를 쿡쿡 찔렀다.

"별것 아니네요. 그렇죠? 크라이 씨!"

"…………응, 그래, 그렇지."

별것도 아니고, 나랑은 전혀 상관없다. 어? 뭐라고? 내가 가야만 하는 거야?

…………뭐, 루시아가 있을지도 모르니까. 시트리도 있으니 일단 살펴보러 갈까.

공음석을 들고 시트리와 함께 밖으로 나섰다.

에바는 위험하니까 클랜 하우스에서 기다리게 했다. 따라와서 다치기라도 하면 큰일이다. 가능하다면 나도 같이 기다리고 싶지만, 불평할 수는 없다.

『《천변만화》! 어떻게 된 거냐! 제도 안에서 연달아 대사건이 벌어지다니, 보통 일이 아니다!』

"아니……, 나한테 그런 말을 해봤자."

『얕보지 마라! 이미 다 조사해봤다! 제블마에는 네놈의 여동생이 재적 중이잖나!』

"뭐, 그렇긴 한데……, 겨우 그것만으로 내 탓을 하다니———."

공음석에서 끊임없이 울리는 프란츠 씨의 화난 목소리는 완전히 책임이 내게 있다고 단정짓고 있었다. 내가 운이 나쁜 레벨 8인 건 사실이지만, 이렇게 모든 문제를 떠넘겨도 곤란하기만 하다.

애초에 이 제도에는 나 말고 다른 레벨 8이 두 명이나 있는데, 그쪽은 대체 뭐 하고 있는 거지?

『저건 대체 뭐냐! 짐작 가는 건 있겠지?!』

"어……, 그렇게 내가 뭐든지 알고 있을 거라 생각하지는 마. ……………그래도 저건, 그, 아마 '검은 세계수'일 거야."

『?! 네……, 네, 네노오오오오오오오오오오오오오오오옴!』

아득히 먼 곳. 하늘에는 거대하고 까만 무언가가 꿈틀거리고, 큰길에는 끊임없이 비명이 울려 퍼지고 있었다. 여기에서도 보이는 걸 보니 높이가 수백 미터는 될 것이다. 드래곤보다도 크다. 대체 어떻게 제도로 들어온 거지? 지금 제도는 저주 예언인가 뭔가 때문에 경비 태세가 엄중할 텐데.

아니, 내가 저기 가봤자 뭘 할 수 있다는 거야? 내가 할 수 있는 건 시트리를 데려다주는 것 정도밖에 없지 않나? 내가 꼭 필요해?

"저렇게 클 수가…………! 보아하니 위험도 A급은 확실하겠네요! 크라이 씨!!"

우와, 엄청 기뻐 보이네.

시트리가 입가를 가리고 눈을 반짝이며 내 손을 잡았다. 그래서 도망칠 수가 없다.

뭐, 진정하라고. 진정해, 크라이 안드리히. 저렇게 크잖아, 제도의 강자들이 몰려들어서 마구 두들겨 패줄 거야. 물리 공격으로 어떻게 해볼 수 있는 건지 꽤 의심스럽긴 하지만, 만약 저것이 진짜로 '검은 세계수'라면 나무니까 당연히 불에 약할 것이다. 태워라, 태워.

"내 짐작이 맞다면……, 저건 불에 약할 거야.《마장》의───, 《심연화멸》의 힘이 필요하겠어."

『으…………, 알겠다. 이쪽에서 협력을 요청하지. 네놈은 지금 당장 현지로 가라! 학원은 제국의 기둥 중 하나다. 박살 나면 그냥 넘어갈 수 없을 거다!』

살벌한 말을 남기고 공음석의 접속이 끊어졌다. 애초에 내게 부탁하기 전에 그 할멈에게 연락하라고……, 마술 학원이니까. 저기는 그 할멈이 소속되어 있었던 곳일 텐데?

눈살을 찌푸리며 들고 있던 공음석을 내려다보는 내게 시트리가 눈을 반짝이며 말했다.

"저기~, 크라이 씨. 외람된 말씀이지만───, 재앙 저주 편찬도의 내용이 진실이라면 저 나무는 마력을 흡수할 테니 마법으로 공격하는 건 위험하지 않나요?"

"아……………………, 뭐, 뭐, 그렇게 생각할 수도 없지는 않지 않지 않을까. 그래도 부, 분명 괜찮을 거야."

책을 본 지 얼마 지나지도 않았는데 머릿속에서 완전히 잊혀 있었다. 정말, 이러니까 안 되는 거라고.

하지만 아무리 마력을 흡수한다 하더라도 어차피 나무다. 그 할멈의 화력이라면 어떻게든 되지 않을까?

혹시 어떻게 되지 않더라도…………, 레벨 8이니까 어떻게든 해주세요.

루시아가 휘말렸을 가능성이 크긴 하지만, 그 여동생은 나보다 훨씬 강하고 마술 학원에는 동료들도 잔뜩 있을 거다. 이번에는 느긋하게 가보자고.

사람들이 정신 나간 듯이 도망치고 있었다. 소동은 상상했던 것 이상으로 커진 상태였다. 종말을 연상케 하는 경적 소리가 울려 퍼졌고, 나는 검은 세계수의 크기를 너무 작게 예상하고 있었다는 사실을 알게 되었다.

치안 유지 담당 기사단이 소리를 지르며 피난 유도를 하는 중이었다. 나도 피난 유도를 받고 싶다.

"대단하네, 대단해! 크다아!"

폴짝폴짝 뛰고 있는 시트리는 매우 조심스럽게 평가하더라도 지능지수가 매우 떨어진 것처럼 보였다. 네게는 무서운 게 없니?

키르키르 군이 곁에 있기 때문에 도망치는 사람들도 우리를 피해 가서 텅 빈 공간이 생겨났다. 문득 떠올라 옆에서 걸어가던 시트리에게 말했다.

"……………있지, 방금 생각난 건데, 모두가 도망치는 도로에서 앞으로 나아가는 건 굉장히 하드보일드하지 않아?"

"네! 크라이 씨, 멋져요! 꺄아~!"

……나도 비명을 지르고 싶어. 기쁘거나 쑥스러워하는 거 말고,

다른 쪽 비명을 지르고 싶다고. 오랜만에 토할 것 같다.

그때, 커다란 방패를 든 기사가 키르키르 군의 위용에도 겁먹지 않고 다가와 큰 목소리로 말했다.

"자네들, 이곳은 위험해! 저게 안 보이나! 도망쳐!"

도망치고 싶다.

"문제없습니다. 저희는 저걸 처리하러 온 겁니다. 레벨 8의 《천변만화》를 모르시나요?"

…………도망치고 싶다.

친절한 기사분은 시트리가 한 말을 듣고 정신이 번쩍 든 듯한 표정을 지으며 떠나갔다. 아무래도 평소에 우대를 받는 레벨 8 헌터는 유사시에 기사단보다 더 목숨을 걸 필요가 있는 것 같다.

전에 루시아와 함께 지난 길을 걸어가자 학원 건물이 보였다.

보아하니 제블디아 마술 학원은 지금까지 겪어보지 못했을 정도로 큰 위기에 처한 것 같았다. 위험한 마술 시험 같은 것들도 진행하기에 학원은 드넓은 부지에 지어져 있다. 성 같은 이미지인 거대한 본관과 학원의 각 교수들의 연구실이 있는 여섯 개의 탑. 그 건물들에 지금, 거대한 칠흑의 넝쿨이 휘감겨 있었다.

나무가……, 움직이고 있다. 나무가 원래 저런 거였나? 이걸 만든 문명은 무슨 생각을 한 거지?

빠르게 꿈틀대는 넝쿨에 휘말린 사람들이 마치 쓰레기처럼 하늘을 날아다니고 있었다. 아마 학원의 학생들인 것 같은 수십 명의 마도사들이 주위에 모여 공격 마법을 날려댔지만, 세계수의 움직임이 멈출 것 같은 기색은 전혀 없었다.

걸어가던 동안에 약간 진정이 되었는지 시트리가 세계수를 빤히 관찰하며 말했다.

"【백아의 화원(프리즘 가든)】에 저런 식물 팬텀이 나왔었죠."

"훗…………, 기억이 안 나는데."

안타깝게도 그때 나는 의식이 없었으니까!

그건 그렇고 이러면 이제 답이 없는 거 아닌가? 다행히 주위에 둘러진 결계의 힘 덕분에 아직 바깥까지 피해가 확대되지는 않은 모양이지만, 저렇게 크니 시간문제일 것 같다.

그때, 하늘이 어두워지고 교정 중심에 얼음덩이가 섞인 회오리가 발생했다. 대규모 공격 마법이다.

"루시아의 '헤일 스톰'이네요."

회오리는 점점 거대해지더니 탑에 달라붙어 있는 검은 세계수에 부딪혔다.

강하게 휘몰아치는 바람 소리에 섞이는, 딱딱한 것을 깎아내는 소리. 땅에 달라붙은 마도사들이 그 여파로 인해 날아가 버리지 않게끔 필사적으로 버티고 있었다. 상급 공격 마법을 맞은 세계수는 그 몸이 크게 깎여나갔고————, 거대화했다.

"?! 성장, 했어?!"

크게 헤집어진 상처가 아물고, 부풀어 올랐다. 멀리서 봐도 알 수 있을 정도로 본체가 부풀어 올랐다.

아무래도 저 나무는 처음부터 저런 크기가 아니었던 것 같다. 저게 뭐야……, 음————.

"…………아~, 루시아 녀석. 식물에게 물을 주다니."

불이야, 불. 식물의 약점은 불이라고, 분명히. 뭐, 그래도 루시아는 물 속성 마법을 제일 잘 쓰니까.

넝쿨이 휘감고 있던 곳은 어떤 연구탑이었다. 수없이 공격을 당하면서도 악착같이 그 탑을 공격하고 있었다. 수많은 넝쿨이 조이고 있던 그 탑은 삐걱대는 소리를 내고 있었다. 아무래도 저 세계수는 어떻게 해서든 누군가의 연구실을 꺾어버리고 싶은 모양이다. 저 방에 뭔가 있는 건가?

그때, 먹구름을 가르며 하늘에서 거대한 불덩이가 쏟아져 내렸다.

"정말, 어째서 이런 일이 벌어진 게야!"

그 쉰 목소리를 듣자 등골이 얼어붙었다. 태우는 할멈이다. 태우는 할멈이 구해주러 온 것이다!

폭염을 몸에 두르고, 《심연화멸》이 나타났다. 그 뒤에는 《마장》의 상징을 단 마도사들이 여러 명 따르고 있었다. 잘 살펴보니 왠지 모르겠지만 크류스 같은 사람들도 있었다.

제국에서 손꼽히는 마도사 클랜. 《마장》 멤버들은 망설임 없이 부지 안으로 들어선 다음, 일제히 지팡이를 들어 올려 마법을 발동시켰다. 불꽃이, 빛이, 바람이, 먹구름이 낀 하늘 아래에서 세계수를 향해 날아들었다.

그 선두에 서 있던 사람이 미친 듯이 웃어대는 할멈이라는 사실은 굳이 말할 필요도 없다.

검은 세계수보다 백 배는 무섭네……, 꿈에 나올 것 같아.

"흐하하하하하하하하하하하하하! 타올라라! 타올라라! 재로 돌아가라!"

이런, 재로 돌아가 버릴 것 같다. 나도 모르게 건물 그늘로 숨었다. 마치 운석처럼 쏟아져 내리는 불덩이. 어째서 저 할멈은 저렇게 위험한 마법을 익히려 한 건지 이해하기가 힘들다.

작열하는 마법이 수백 미터 떨어진 이곳까지 닿았다. 하지만 이제 안심이다. 적이 되면 더할 나위 없이 무시무시한 할멈도 아군일 때는 믿음직스럽다. 이제 저 끈질긴 나무도 잿더미가———.

"크라이 씨, 저 나무, 커지지 않았나요?"

"················."

눈을 비볐다. 시트리가 말한 대로 홍련이 거칠게 휘몰아치는 불꽃 속에서 검은 세계수는 재가 되기는커녕, 서서히 넝쿨을 두껍게 만들고 있었다. 이상하다는 것을 눈치챈 《심연화멸》이 사나운 미소를 드리웠다.

"윽···········, 이, 건———."

쏟아져 내리는 불꽃의 기세가 더욱 강해졌지만 효과는 전혀 없는 것 같았다. 정작 나는 숯덩이가 되어버릴 것 같은데도———.

설마 이 세상에 할멈의 마법을 맞고 재가 되지 않는 게 있다니, 믿기지 않는다.

"음······, 저건 혹시······, 광합성인가?"

"그렇군요······, 광합성·················, 그, 그렇군요?"

식물이 잘 크려면 빛과 물, 그리고 따스한 기후가 필요하다. 그렇구나, 역시 세계수야. 만만치 않군. 《심연화멸》의 공격에도 멀쩡하다니, 저 나무는 어떻게 하면 쓰러뜨릴 수 있는 거지?

지금은 뻗은 줄기가 제도의 어떤 건물보다도 더 높은 것 같다. 그러고 보니 진짜 세계수는 하늘에 닿을 정도로 큰 나무라는 이야기를 들은 적이 있다.

"으으으으으으으으으으으! 거짓말쟁이 인간! 또, 칠 드래곤 때 했던 거짓말을 했구나, 입니다! 이거, 아무리 봐도, 약점이 불이 아니잖아, 입니다!!"

크류스가 또 남이 들으면 큰일 날 소리를 떠들고 있다. 광합성이라고……, 광합성을 한 거야. 화력이 부족한 것뿐이라고, 분명히. 열심히 하면 쓰러뜨릴 수 있을 거야!

그늘에서 몰래 응원하고 있자니 《심연화멸》이 포효했다.

"진정하거라! 크류스! 위력이 부족한 건지도 모르니까. 의식 마법, 간다!"

…………저렇게 마음껏 저질러놓고 아직 만족하지 못한 거야? 할멈. 약점이 불이 아닐지도 모르잖아! 크류스를 좀 본받으라고!

《마장》 멤버들이 재빠르게 산개했다. 의식 마법이란 단적으로 말하자면 여러 마도사가 협력해서 발동시키는 강력한 마법이다. 단독으로도 일개 군대에 필적하는 위력을 지닌 마법을 쓸 수 있는 《심연화멸》이 행사하면 얼마나 강한 위력이 나올지 예상도 안 된다. 자칫하다가는……, 학원이 날아가 버리지 않을까?

"저거, 완전히 머리에 피가 쏠렸네요……. 저 사람은 자기가 태우지 못하는 걸 보면 참을 수 없다고 했으니까요."

"그렇구나……, 나를 미워하는 이유를 알겠어."

언젠가 저 할멈이 세이프 링을 돌파할 것 같아서 진짜로 무섭네. 나이가 들어서 너그러워진 건지 아닌 건지 확실하게 하라고!

할멈의 웃음소리가 울려 퍼졌다. 루시아의 마법이 옮겨붙은 불을 껐다. 먹구름에 번개가 번쩍이고 세계수가 쭉쭉 늘어났다. 탑에 큰 금이 갔다. 어째서 건물이 아직 형태를 유지하고 있는 건지 전혀 알 수가 없다.

《마장》의 마도사들이 둘러싸고 있던 지면에 거대한 마법진이 떠올랐다. 위험하다는 것을 느꼈는지 좀 전까지 탑을 조이고 있던 세계수의 넝쿨이 꿈틀대다가 일제히 그쪽을 덮쳤다.

그리고 할멈이 지팡이를 크게 들어 올리려던 순간———, 갑자기 나무의 성장이 딱 멈췄다.

뻗어 나가던 세계수가 꿈틀꿈틀 움직이더니 그 넝쿨 끄트머리에 보라색 꽃이 펑, 피어났다. 마법진을 뭉개버리기 위해 움직이던 넝쿨은 딱 멈춰 더 이상 움직일 낌새를 보이지 않았다.

호오……, 세계수는 꽃이 피는구나. 도감에는 적혀 있지 않는데.

시트리가 흥분한 듯이 폴짝 뛰어 나를 끌어안았다.

"저, 저건가요? 혹시 저한테는 저걸 주실 건가요? 크라이 씨! 잘 모르겠지만, 엄청난 포션을 만들 수 있을 것 같아요!"

"…………사라져 버리거라아아아아아아아! '명옥염살진'!"

"아———."

망설임 없이 휘둘러 내린 지팡이. 마법진에서 날아간 수많은 불꽃의 검이 세계수에 박혀 거세게 타올랐다. 보라색 불꽃은 눈 깜짝할 새에 나무 전체를 휩쌌고, 좀 전까지 아무리 공격해도 통

하지 않았던 세계수를 단숨에 재로 만들었다.

"안 가. 나는 절대로 안 갈 거라고!"

"자자, 그러지 마시고———, 얼른 회수하러 가요!"

무슨 말을 하는 건지 전혀 알 수가 없다. 너, 나하고 마찬가지로 아무런 상관도 없는 입장이잖아?

시트리에게 등을 꾹꾹 밀리며 타다 남은 건물 안, 아직 형태를 유지하고 있던 중앙의 탑으로 향했다.

드넓은 부지에는 검은 세계수의 재가 눈처럼 쌓여 있었고 학원의 마도사들이 주저앉아 있었다.

《심연화멸》이 공격한 영향인지 기온이 꽤 높다. 걸어가기만 해도 땀이 주륵주륵 흘렀다.

……이거, 환경 파괴 아닌가? 뭐, 나도 이제 전부 해결되겠구나, 이겼어! 라고 생각했지만———, 설마 많은 마도사들이 계속 공격을 가했는데도 효과가 전혀 없었던 그 거대한 나무를 일격에 모조리 태워버릴 줄이야, 정말 무시무시한 할멈이다.

시트리가 없었다면 아무것도 모르는 척하면서 클랜 하우스로 돌아갔을 텐데……, 《비탄의 망령》 멤버가 있으면 (결과적으로) 성실하게 되어버리는 이유가 대체 뭘까.

의욕이 전혀 없는 상태로 등을 떠밀리며 걸어가고 있자니 문득 품속에 있던 공음석이 떨리기 시작했다.

정말, 프란츠 씨도 정말 곤란한 사람이네. 하지만 이번 일을 통해 알게 되었겠지. 나 같은 녀석보다 태우는 할멈 쪽이 훨씬 더 강하고 도움이 된다는 사실을. 공음석을 기동시킨 다음, 곧바로 보고했다.

"아, 프란츠 씨. '검은 세계수' 건이라면 무사히 해결되었어."

『읔?! ……후욱, 후욱……, 그, 그런가, 자, 잘했다!』

좋은 보고를 하고 있는데도 불구하고 프란츠 씨의 말투가 거친 느낌이었다.

"잘 모르겠지만, 지금은 타다 남은 탑에 회수를 하러 가고 있어."

『뭐?! 어엉?! 회수?! 뭘 회수할 셈이냐!!』

그건……, 모르겠는데. 그래서 잘 모르겠다고 했잖아!

반쯤 무너진 탑을 별생각 없이 올려다보고, 뒤에서 그제야 환호성이 솟구치자 돌아보았다.

할멈이 부하인 《마장》 멤버들을 지휘하며 재를 모으게 하고 있었다.

"방심하지 마라! 나무는 완전히 태워버렸다만, 흡수된 마력은 사라지지 않았다! 그건 단순한……, 마물이 아니야. 재를 모으거라!"

눈을 빛내며 소리치는 그 모습은 마치 고대의 마녀처럼 무시무시했으며, 그 말에는 사람을 따르게 만드는 신기한 압력이 담겨 있었다. 역시 제도의 레벨 8, 태우기만 하는 게 아니라는 건가?

우선 프란츠 씨에게 바로 새로운 정보를 보고했다.

"……아무래도 그 검은 세계수는 단순한 마물이 아닌 것 같은데."

『그런 건 나도 안다!! 단순한 마물이 갑자기 나타나서 여러 겹의 결계로 지켜지고 있는 마술 학원을 파괴하겠나아아아아아아!!』

프란츠 씨도 참, 용케도 계속 소리를 지르네. 기사단이라고 하면 엘리트 중의 엘리트이고 모든 시민이 동경하는 대상인데, 프란츠 씨를 보고 있으면 아무래도 모두가 동경할 정도로 좋기만한 건 아닌 것 같다.

"기사단은 정말 힘들겠어. 자기들 때문에 그런 것도 아닌데 무슨 일이 생기면 움직여야만 하고, 지켜야만 할 것도 많고."

『?! 네, 노, 옴———, 끄으———, 예, 예지는, 아직, 사라지지, 않았단 말이다!』

프란츠 씨, 몸이 좀 안 좋은 것 같은데. 그리고 예지가 아직 안 사라졌다고?

그냥 약간 늦어지는 거 아닌가? 제도에서 최고봉의 마술 학원이 반쯤 무너지는 것보다 더 큰 피해는 거의 없을 것 같은데———, 그때, 산더미처럼 쌓인 재를 날려버리고 그 안에서 루시아가 천천히 몸을 일으켰다.

언제 휘말린 걸까. 새까매진 루시아는 마치 마법처럼 한 치의 망설임도 없이 내가 있는 쪽을 보고는 발끈한 표정으로 이쪽을 향해 걸어왔다. …………내가 뭘 했다고 그래.

"미안, 루시아가 와서 끊을게."

『?! 이, 이봐!《천변만화》, 이야기는 아직———.』

"크라이 씨, 키르키르 군이 루시아를 방해하는 동안에 가요!"

어째서?!

시트리의 말을 듣고 뒤에서 따라오고 있던 키르키르 군이 재빠르게 루시아 앞을 막아섰다.

루시아는 한순간 깜짝 놀랐지만, 곧바로 좀 전보다 훨씬 매서운 눈초리로 이쪽을 보았다.

"오빠, 시트!"

"크라이 씨, 자, 자, 자!"

아, 나는……, 이야기를 하고 싶은데……!

나를 말리는 목소리. 《심연화멸》의 호령. 키르키르 군의 포효.

꾹꾹, 평소와는 달리 적극적으로 등을 떠미는 시트리 때문에
나는 어떻게 해보지도 못하고 탑 안으로 발을 내디뎠다.

괴물이 마구 날뛰어서 그런지 탑 안에는 남아 있는 사람이 거
의 없었다. 아마 마도사들은 다들 그 나무 괴물을 물리치기 위해
바깥으로 나갔을 것이다.

시트리가 힘을 빼지도 않고 계속 등을 밀면서 신이 난 듯이 가
르쳐 주었다.

"제블디아 마술 학원이라고 하면 보물이 산더미처럼 쌓인 곳이
나 마찬가지죠! 어찌 됐든 이 제국에서 가장 오래전부터 있었던
마술 연구 기관이자 학원이니까요! 소문에 따르면 학원 보물고에
는 헌터도 깜짝 놀랄 만한 보물이 잠들어 있다고 하던데———,
회수할 보람이 있겠네요!"

"헤~, 그렇구나."

……그런데 회수한다니, 무슨 소리야?

낡은, 좋게 말하면 역사가 느껴지는 복도를 걸어 위쪽으로 이
어지는 나선 계단을 올라갔다. 학원의 마도사들은 다들 하늘을
날아다닐 수 있으니 학원 사람들은 아무도 쓰지 않는 것으로 유

명한 계단이다.

여기에 온 것도 꽤 오랜만이다. 하지만 처음 왔을 때━━, 제자로 들어가는 루시아를 따라왔을 때 느꼈던 감동은 아직도 기억에 선하다. 벽에 장식된 저명한 학원 출신 마도사들의 초상화, 이곳저곳에 놓여있는 정교한 용의 석상은 정취가 있어 최고다. 탑안의 공기가 바깥과는 분명히 다른데, 그것은 이 학원의 공기에 소속된 교직원들이나 학생들의 진한 마력이 배어 있기 때문인 모양이다.

루시아는 당시에도 어른스러웠지만 그때는 꽤 긴장한 기색을 보였다. 뭐, 내가 백 배는 더 긴장했지만. 과거의 광경을 떠올리며 걸어가고 있자니 문득 등을 밀던 힘이 사라졌다.

시트리가 작지만 숨길 수 없는 흥분이 담긴 목소리로 말했다.

"어라? 아무도 없나? 혹시 이거……, 하나뿐만이 아니라 보물 창고를 통째로 회수해버릴 수 있는 거야? 설마 그런 작전인가요?!"

"그런 작전 아니야……."

터무니없는 말이다. 보물 창고를 통째로라니, 그건 이미 도둑인데.

혹시 너, 시트리가 아니라 머리를 자른 리즈는 아니겠지? ……아니, 아니, 아무리 나라도 밝은 곳에서 그 두 사람을 착각하진 않는다고. 애초에 리즈는 도적인데도 욕심이 없으니까.

시트리가 엄청나게 아쉬워하는 표정을 짓고 있다. 이대로 가다가는 내가 한눈을 판 틈을 타서 몰래 무언가를 회수할지도 모른다. 더 이상 쓸데없는 생각을 하기 전에 시트리의 손을 잡고 계단을 올라갔다.

"앗———."

"자, 얼른 루시아의 선생님을 만나러 가자."

어라? 그런데 내가 지금 왜 탑을 올라가고 있던 거였지? 딱히 루시아의 선생님에게 볼일 같은 건 없는데.

…………안 되겠네. 시트리의 기세에는 언제나 휩쓸려 버린다. 좀 전부터 마치 당연하다는 듯이 회수라는 단어를 쓰고 있는데———, 으음~, 모르겠다. 이건 내 머리 회전의 문제인가?

사정을 확인하고 싶지만, 어디부터 확인해야 될지조차 모르겠다.

"그렇군요…………, 루시아의 선생님에게서 직접 회수하겠다는 뜻인 거네요!"

"……시트리, 너무 눈치가 빠른 건 어떤 의미로 약점인 것 같아."

시트리는 눈치가 너무 빨라서 무슨 말을 하는 건지 전혀 모르겠다. 어쩌면 내 눈치가 너무 없는 건지도 모르겠지만……, 돌아가고 싶다.

크게 한숨을 쉰 순간, 갑자기 발치에 빛나는 마법진이 전개되었다. 우리를 중심으로 퍼져나간 문자가 빽빽하게 적힌 마법진을 보고 시트리가 당황하며 주위를 보았다.

"이건……?!"

"아……, 그냥 호출이야."

처음에 루시아와 같이 왔을 때도 비슷한 마법진을 보았다. 학원 안에서만 쓸 수 있는 것으로, 전송 마법진이라고 해서 상대방을 강제로 불러들이는 물건인 것 같다. 처음에는 당황했지만 두 번째라서 이제 괜찮다.

초조해하는 시트리에게 설명하려던 순간, 갑자기 몸에서 힘이 빠져나가서 제자리에 무릎을 꿇었다. 손에도 발에도 힘이 들어가지 않는다. 같은 상황인 건지 시트리가 몸을 기대며 내 쪽으로 쓰러졌다.

어라? 이거, 저번에 그 마법진이랑 다른 건가?

목소리를 낼 틈도 없이 내 의식은 급속도로 멀어졌고, 그대로 사라졌다.

그리고 정신을 차려보니 나는 새빨갛고 비싸 보이는 융단 위에 앉아 있었다.

우선 제일 먼저 느낀 것은 볼에 느껴지는 간지러운 감촉이었다.

고개를 기울여서 옆을 보았다. 낯익은 핑크 블론드———, 보아하니 시트리가 기대고 있는 것 같다. 곧바로 팔다리를 움직이려다가 사슬로 묶여 있다는 것을 눈치챘다.

그런데 대체 무슨———, 아니, 시트리가 나보다 오랫동안 의식을 잃다니, 신기한 일도 있네.

너무 갑작스러워서 머리가 돌아가지 않는다. 쓸데없는 생각을 하고 있자니 목소리가 들렸다.

"이제야 깨어났나, 루시아의 오빠여."

왠지 싸늘한 인상이 드는 여자의 목소리. 들어본 적이 있는 그 목소리에 고개를 들었다.

그제야 머리가 돌아가기 시작하며 시야에 들어온 광경을 처리하기 시작했다. 그곳은 본 적이 있는 방이었다.

천장은 높고, 왠지 신비로운 스테인드글라스에 빛이 스며들고 있었다. 원통 모양의 방 벽 쪽에는 바닥에서 천장까지 책장이 쭉 놓여 있었고, 그 사이에 달린 창문 너머로는 하늘 말고 아무것도 보이지 않았다.

우리 주위를 둘러싸듯 바닥에 수많은 말뚝이 박혀 있었다. 무슨 마법 같은 건가? 그 바깥쪽에는 남녀노소 제각각 다른 마도사들 여러 명이 우리를 에워싸고 있었다.

그리고 우리 정면에서 루시아의 선생님이 정체를 알 수 없는 미소를 드리웠다.

제국에서 최고봉인 마술의 성, 제블디아 마술 학원 소속 교수들의 필두라는 루시아의 선생님은 순수한 인간이 아니다.

겉모습은 루시아보다 약간 어린 소녀다. 걸리적거리지 않게끔 뒤로 묶은 은빛 머리카락과 금빛 눈동자. 몸매를 가리려는 듯이 헐렁한 로브를 걸치고 있다. 척 보기에는 인간 같지만, 그녀에 대해 아무것도 모르는 사람도 그 모습을 보면 뭐라 말할 수 없는 위화감 같은 것을 느낄 것이다.

진실인가 거짓인가―――, 그녀는 극히 드물게 '인간'과 '정령인' 양쪽의 피를 이어받은 자였다.

육체는 인간과 정령인 양쪽의 특징을 모두 지녔고, 키는 리즈와 비슷한 정도에 불과하지만 귀 위쪽이 약간 뾰족했다.

제도에 거주하는 정령인 자체가 적은 편이지만, 그런 그녀들도 이 사람에 대해 이야기를 하지 않는다.

제블디아에 피어난 기적의 꽃. 제위를 이어받은 라드릭 아트룸 제블디아가 발탁해 왔다는 제도 최고의 마도사 중 한 명.

인간이자 인간이 아닌 자. 《불멸》, 세이지 클러스터. 압도적인 강자의 시선이기 때문일까? 노려보고 있는 것도 아닌데 느껴지는 압박감 때문에 나는 재빨리 주위를 둘러보고는 급하게 인사했다.

"조…………, 조, 좋은 아침, 이네요?"

대체 뭐가 어떻게 된 거지?

루시아의 선생님은 혼란스러워하는 나를 무시하고 시트리에게 말했다.

"그 옆에 있는 시트리도 자는 척하지 말도록. 아무래도 루시아에게 들었던 이야기가 사실인 모양이군."

"…………쿨~, 쿨~."

시트리가 찰싹 달라붙었다. 나는 모든 것을 이해하고, 납득하고, 탄식했다.

"그렇구나……."

말과 행동이 도적 같긴 했지만, 아무래도 그녀는 리즈가 아닌 모양이었다.

그냥 글러먹은 시트리다. 오늘 시트리는 글러먹은 쪽 시트리였던 모양이네.

그래, 루시아! 탑 입구에서 얌전히 루시아에게 잡혔다면 됐을 텐데! 이제 와서는 소용이 없는 말이다.

어떻게 해볼 방법도 없어서 어설픈 미소만 짓고 있던 내게 세이지 교수가 얼어붙을 것처럼 싸늘한 목소리로 선언했다.

"지금부터 재판을 시작한다. 루시아의 오빠여. 자네에게는 이 영광스러운 학원을 반쯤 무너뜨린 혐의가 있다. 뭔가 변론할 게 있는가?"

수많은 시선이 나와 자는 척하고 있는 시트리에게 쏠리고 있었다.

우선 상황을 파악해야 할 것 같은데, 항상 그랬지만 아무것도 모르겠다. 대체 이 루시아의 선생님———, 세이지 씨는 무슨 근거로 내가 학원을 반쯤 무너뜨렸다고 생각하는 거지? 학원을 부순 건 그 괴물인데. 아무리 내 운이 안 좋다고 해도 그런 괴물을 불러들였다고 생각하면 곤란하다고. 굳이 말하자면 어떤 연구실의 마도사가 이상한 실험이라도 했을 가능성이 크지 않을까?

이야기를 들어보니 마술 학원은 시트리가 소속되어 있던 마도과학원보다는 나은 것 같지만, 아무런 힘도 없는 내가 보기에는 양쪽 다 마찬가지다.

쏠리고 있는 시선은 예전에 루시아와 함께 인사하러 왔을 때보다 훨씬 더 사나웠다. 그때는 루시아도 열다섯 살이 되어서 성인이 된 직후였으니 호기심 쪽이 더 강했는데———, 흐음.

어떻게 하면 될지 몰라서 침묵을 지키고 있던 내게 세이지 교수가 여전히 억양이 희미한 목소리로 말했다.

"우리의 조사에 따르면 레벨 8 헌터, 《천변만화》 크라이 안드리히는 이 제블디아 마술 학원에 지극히 강력한 마나 흡수 능력을 지닌 마도사의 천적━━, 위험 생물의 근원을 반입시켰고 그 결과, 이 학원 부지에 쳐져 있던 유서 깊은 127층의 결계 중 115층을 완전 파괴하기에 이르렀다. 이것은 제국법에 따르면 세 가지 죄와 10대 범죄 중 하나, '도시 기능 파괴급 마법 생물의 반입'에 저촉될 가능성이 있다."

호오, 그렇군……, 혹시 그 크라이 씨는 혹시 《천변만화》가 아니라 《천천만화》 쪽 아닌가요?

전혀 짐작되는 게 없지만, 일단 잠자코 듣기로 했다. 그런데 시트리는 아직도 쿨쿨 소리를 내고 있네. 언제쯤 원래대로 돌아올까? 이 바닥의 마법진 때문인가?

"127층의 결계 중에는 지금까지 한 번도 깨진 적이 없으며 이미 실전된 기술도 존재했다. 그러한 결계를 파괴했다."

"마치 약한 유리처럼."

옆에 있던 마도사가 진지한 표정으로 끼어들었다. 다른 마도사들이 나이든 사람들이라 이렇게 나란히 놓고 보면 세이지 교수의 모습은 손녀로만 보인다. 정령인은 나이를 먹는 속도가 느리다고 하던데 대체 몇 살인 걸까?

세이지 씨가 동료의 말을 듣고 고개를 끄덕였다.

"그렇다, 마치 약한 유리처럼. 시대에 뒤처진 결계이긴 했지만, 그것은 학술적으로도 귀중한 것이었다. 《심연화멸》과 학원 마도사들의 진력으로 인해 마법 생물은 재가 되었으나 교직원들은 물론이고 많은 학생들까지 그 마법 생물의 마수에 걸려 억지로 마력을 흡수당했으며, 아직도 마력 결핍 증세에서 회복되지 않은 자들도 있다. 이것은 학원에 대한 명확한 적대 행위다. 설령 레벨 8 헌터라 하더라도 이러한 소행은 절대 용서받을 수 없다."

그렇구나……, 그런데 만약에 내가 진짜로 그런 범죄 행위를 저질렀다 하더라도 너희들은《심연화멸》을 용서했잖아? 그 할멈은 성을 반쯤 태웠고, 내가 바캉스에 가서 온천 드래곤하고 놀고 있던 동안에 거리에서 '아카샤의 탑'하고 싸움박질을 벌였다면서. 그쪽을 먼저 규탄해야 하지 않아?

애초에 그녀들은 내가 사건에 관여한 거라고 의심하는 모양인데 우선 그것부터 이상하다. 뭘 어떻게 조사한 건지는 모르겠지만 재판이라니, 웃기는 소리.

세이지 교수의 목소리는 싸늘해서 감정이 거의 드러나지 않았다. 만날 때마다 태도가 차가워진다.

"그리고 아니나 다를까 루시아의 오빠, 너는———, 대가를 원하는 모양이더군. 그런 위험하기 짝이 없는 마법 생물을 말이지. 《심연화멸》이 오지 않았다면 나머지 결계도 전부 파괴되어서 얼마나 큰 소동이 벌어졌을지 모른다. 하마터면 학원 밖으로 탈출해서 제도에 파멸을 가져다주었을 가능성도 있다."

주위를 둘러싸고 있던 마도사들 열몇 명을 둘러보았다. 이런 곳에 참석할 수 있으니 이름은 모르겠지만 한 명 한 명이 제도에서도 손꼽히는 마도사들일 것이다.

이곳 제도에서도 이름나게 똑똑한 사람들이 모여 있는데 나를 변호해 주는 사람이 아무도 없다는 게 이상하다.

그리고 대가를 원한 건 제가 아니라 시트리예요.

……뭐, 내게는 프란츠 씨가 있으니까, 프란츠 씨가. 그는 시트리와는 달리 글러먹지도 않았으니 나중에 공음석으로 도움을 요청해야겠다. 그렇게 결심하는 나를 본 루시아의 선생님이 의아해하는 표정을 지었다.

"어째서 아무 말도 하지 않는 거지? 뭔가 반론할 게 있다면……, 일단 들어보긴 하겠다만. 그렇지 않으면 제국법의 정식 절차에 따라 학원의 법으로 처분을 내리게 된다."

이 학원은 치외법권 지대였나……, 그러고 보니 루시아에게 들은 적이 있다. 마도사가 정신이 나가서 심각한 사건을 일으켰을 때를 대비해 자치권을 인정받았다고.

그냥 우연으로 왔을 뿐인데, 지독한 곳에 들어와 버렸다. 반론이고 뭐고……, 무죄라고 호소했을 때 누군가가 내 말을 들어준 적이 없거든? 최대한 원만하게 오해를 풀고 싶은데———.

그때, 우리를 둘러싸고 있던 마도사들 중 한 명이 손을 들고 말했다.

"하지만, 세이지 교수. 그는 그 루시아 로제의 오빠다. 루시아에게 아무런 말도 없이 처분하는 건 문제가 되지 않나?"

심각해 보이는 표정이다. 그 말을 듣고 다른 마도사들도 이야기를 꺼냈다.

"《만상자재》는 《심연화멸》에 필적하는 재능을 지니고 있지. 게다가 마법으로 주위를 불바다로 만들어서 두려움을 사던 로제마리와는 달리 품행이 단정해. 새로운 마법을 많이 개발하기도 했고."

"《천변만화》를 처분했다가 만약에 루시아의 심중에 뭔가 변화가 생긴다면 큰 문제다. 그녀를 따르는 학생들도 무슨 반응을 보일지———."

다른 교수들의 말을 듣고 루시아의 선생님이 미간에 주름을 보였다. 아무래도 우리 여동생은 인기가 정말 많은 모양이다.

루시아……, 잘 자라줘서 오빠는 정말 기뻐. 힘내라! 루시아! 좀 더 힘내!

눈을 감고 쿨쿨 소리를 내며 나를 껴안는 시트리의 무릎을 꼬집으면서 마음속으로 응원을 보냈다. 내 앞에서 토론이 멋대로 뜨겁게 이루어지고 있었다.

"애초에 《천변만화》는 황제 폐하의 호위로까지 발탁되었던 남자다. 아무리 독단으로 처분하는 것을 인정받았다고는 해도 그것은 최종수단일 뿐이지. 이번 같은 경우에는 너무나도 위험해."

"…………이 자의 죄목은 틀림없다. 은혜에는 은혜를, 원수에는 원수를, 그것이 마도사의 관례일 텐데."

"물건을 가지고 온 건 루시아다. 루시아에게 벌을 주지 않고 《천변만화》에게만 벌을 주는 건 이치에 어긋나는 것 아닌가."

"그렇게 따질 거라면 그 지팡이를 경솔하게 다룬 안나에게도 문제가———."

"세이지 교수의 연구실에 빈틈이 있다고 여겨져도 어쩔 수 없겠군요."

"혹시……, 추천했던 상급 복합영장 소지 자격 시험에 불참했다고 화풀이하는 것은 아닌가?"

상급 복합영장 소지 자격……, 무제제랑 스케줄이 겹쳐서 못

보게 됐다던 그건가? 내가 괴물을 끌어들인 건 아니지만, 그때는 폐를 끼쳐서 정말 죄송합니다!

이상한 트집까지 잡히자 세이지 교수가 다른 교수를 노려보았다.

"……그럴 리가 있나! 나는 정당한 권리를 행사한 것에 불과하다. 애초에 마도사들의 본거지에서, 유서 깊은 결계가 깨진 상황이다만?!"

"…………하지만, 유서 깊다고는 해도 그것은 수십 년 전부터 언젠가는 다시 쳐야만 한다는 이야기가 나왔는데도 계속 방치해 두고 있던 결계입니다. 오히려 깨져서 잘된 거라고 해야 하지 않을까요?"

"그건 그저 결과론에 불과하다! 사전에 아무런 이야기도 하지 않았는데 결계를 깨주셔서 감사합니다라는 말을 하는 바보가 어디 있겠나! 너무 난폭한 수법 아닌가!"

루시아의 오빠 보정이 너무 강하다. 적어도 나는 세이지 교수 말이 옳은 것 같다. 유일하게 옳지 않은 점이 있다고 한다면 그것은……, 내게 과실이 전혀 없다는 점이지만.

반론을 한 건 내가 아닌데도 세이지 씨가 이쪽을 노려보았다. 그 옆에 있던, 외모만 보면 세이지 씨보다 나이를 세 배는 더 많이 먹은 것 같은 여마도사가 앙칼진 목소리로 세이지 씨를 설득했다.

"하나, 냉정하게 생각해주셨으면 좋겠군요, 세이지 교수. 그는 그———, 루시아 로제의 오빠란 말입니다!"

훗. 맞아, 제가 바로 루시아 로제의 오빠입니다. 그래서 어쨌다는 거냐는 느낌도 들긴 하지만……, 애초에 피가 이어지지도 않았고…….

보아하니 교수진들은 《천변만화》가 루시아의 오빠니까 용서해주어야 한다는 파와 그런 건 상관이 없으니 죗값을 치르게 해야한다는 파로 갈라진 모양이다. 《천변만화》는 무죄다 파는 언제오는 거지?

언제 이야기에 끼어들어야 할지 몰라서 어쩔 수 없이 방긋방긋웃고 있자니 세이지 씨가 루시아의 싸늘한 눈초리를 응축시켜놓은 것처럼 얼어붙을 것 같은 눈초리로 나를 보았다.

"…………어째서 계속 입을 다물고 있는 거지? 뭐라도 말하지그러나, 《천변만화》, 루시아의 오빠여. 쓸데없는 참견을 받긴 했지만, 루시아가 소속되어 있는 곳은 내 연구실이다. 최종적인 권한은 내가 가지고 있지. 나는 다른 녀석들처럼 영합하지 않고, 아무리 상대가 애제자의 오빠라 해도 용서하지는 않는다. 애초에자네의 방식에 대해서는 루시아에게 이야기를 많이 들었다. 그결계 안에서는 거의 움직일 수도 없고, 특기인 보구나 마술도 쓰지 못하겠지."

움직이려 하지 않아서 눈치채질 못했네.

그때, 나는 어떤 사실을 깨닫고는 눈을 크게 떴다. 세이지 씨가코웃음 쳤다.

"이제 와서 그런 표정을 지어봤자 이미 늦었다. 죄에는 벌을——,제블디아 마술 학원의 결계를 깨다니, 전대미문이다. 자세한 처분내용은 학원의 각 연구 부문의 우두머리들과 함께 이야기를 나눈 뒤에 정하게 되겠다만……, 규모가 규모다. 그에 맞는 각오를 해 두도록."

보구나 마술을 쓸 수 없다…………, 그렇다면 혹시———, 시 트리는 내 보구였나……?

표정에서 뭔가 느낀 게 있었는지 세이지 씨가 볼을 움찔거리면 서 내 눈앞 바닥을 지팡이로 두드리기 시작했다.

"?! 이봐, 이 녀석, 무슨 생각을 하고 있는 거냐! 내 이야기를 제대로 들어라! 애초에 안나는 자네가 학원에서 숨겨두고 있는 물건을 원한다고 하던데, 그건 그저 소문에 불과하다! 마도사가 소장품의 정보를 흘릴 리가 없잖나! 다들 쓸데없는 정보에 휘둘 리기는———, 지금 그 마법 생물로 인한 피해를 조사하고 있다. 정식으로 처분이 결정될 때까지는 거기에 감금될 것이야! 소문이 퍼지면 루시아에게도 폐를 끼치겠지, 반성하도록!"

……루시아의 행동은 혹시 선생님에게 배운 걸까? 아니면 선 생님이 영향을 받은 걸까?

그때 나는 처음으로 목소리를 냈다. 잘 생각해보니 나를 돌려 보내 주지 않으면 큰일이다.

"저기……, 바깥으로 내보내 주지 않으면 곤란한데요……."

방 냉장고에 소비기한이 아슬아슬한 케이크가 있다.

"마음껏 곤란해하도록. 우리가 더 곤란하니 말이다."

싸늘한 말. 곤란하다는 건 알겠는데———, 이럴 줄 알았다면 오지 말 걸 그랬다. 문제를 해결할 수 있는 능력도 없으면서 누군 가가 밀어붙이면 움직여버리는 게 내 안 좋은 버릇이다.

"정말, 그렇지 않아도 점성원에서 들어온 저주에 대한 문의만
으로도 벅찬데……, 이런 타이밍에 일을 저지르다니, 괴롭히는
것도 정도가 있지."

"호오~, 선생님도 그랬구나. 우연이네요."

"…………닥쳐라. 나는 루시아의 스승이다만, 자네 선생님은
아니야! 자네도 알고 있겠지만 정령인은 마력뿐만 아니라 주력도
강하다. 사념 자체가 다르니 말이다. 지금까지 재앙이라 불린 저
주 중 대부분이 정령인에 의한 것들이었다. 하지만 그렇다고 내
게 묘한 문의를 해대니 참 곤란하군."

세이지 씨가 앞머리를 쓸어올리며 약간 거창해 보이는 동작으
로 한숨을 쉬었다. 황제가 직접 스카웃해 온 《불멸》이라는 별명
을 지닌 마도사도 고민이 많은 모양이다. 약간 동질감이 드는데.

세이지 씨가 어깨를 으쓱이고는 문을 향해 걸어가기 시작했다.
나는 그녀를 말리려고 처음으로 일어서려 했지만———, 꿈쩍도
하지 않았다. 움직이지 않는다기보다는 뇌에서 내린 명령이 몸까
지 전달되지 않는 듯한 느낌이다. 입은 움직이고 무릎을 꼬집는
것 정도는 할 수 있는데, 이게 이 최신형 결계라는 것의 힘인가?

큰일이다, 이대로 가다가는———, 저기, 시트리, 언제까지 쿨
쿨거리고 있을 거야?

미덥지 못한 시트리를 반쯤 포기하려던 순간, 문이 세차게 열
렸다.

내 기대와는 달리 들어온 사람은 루시아가 아니었다. 세이지
씨가 눈살을 찌푸리며 말했다.

"뭐냐, 갑자기."

"피해 상황 확인이 끝났습니다. 그래서……, 말씀드려야 할 게 좀."

들어온 마도사는 이쪽을 힐끔 보고는 재빨리 세이지 씨에게 다가가 귓속말을 했다.

세이지 씨는 마치 부모의 원수라도 보는 듯한 눈초리로 나를 노려봤다.

"…………흐음, 그건……, 그렇군————."

"그건————, 아니, 하나, 그건 결계 이야기고————."

아무래도 예상하지 못한 일이 일어난 모양이다. 나를 보는 시선의 느낌이 바뀌었다.

세이지 씨가 눈을 크게 뜨더니 곧바로 표정을 일그러뜨렸다.

"…………원래는《검성》이? 윽…………, 그 애송이, 대체 무슨 생각을 하는 거지————."

"윽…………, 그렇군. 잃는 건 마음에 들지 않는다, 하나————."

"…………아니, 아니, 너무 이상하잖나. 어째서 그렇게 되는 거지?"

"……………………………."

열기가 담긴 목소리. 대체 무슨 일이 일어나고 있는 걸까. 멍하니 이야기가 끝나기를 기다리고 있자니 귓속말을 하던 마도사가 물러났고, 세이지 씨가 무뚝뚝한 표정으로 이쪽을 향해 다가왔다.

세이지 씨는 한동안 바로 앞에서 우리를 내려다봤지만, 잠시 후에 보란 듯이 혀를 크게 차고는 지팡이로 마법진을 찔렀다. 마법진의 빛이 힘을 잃은 듯이 사라졌다.

시트리가 쿨쿨 소리를 내며 달라붙는 와중에 내가 눈을 깜빡이자 세이지 씨가 마음에 안 든다는 듯 말했다.

"젠장. 방면이다. 루시아의 오빠여, 상황이 바뀌었다."

"방면? 대체 무슨 일이 있었는데?"

세이지 씨가 주위에 있던 다른 교수진들을 밉살스럽게 둘러보고는 정말 기분이 나쁜 듯이 말했다.

"나는 결코 납득하지 못했다만··········, 그 괴물의 재가——, 매우, 귀중한 촉매가, 될······, 가능성이 있는 물건이었다. 나는 결코 납득하지 않았다만, 많은 사람들이 납득할 터이고, 학장의 결정이다. 자네를 처벌하면 재의 소유권을 주장하기 힘들어지지. 천칭의 균형이 맞지 않는다. 인간의 규칙으로는."

"저한테도 나눠주실 건가요?"

시트리가 이제야 정상으로 돌아왔다. 세이지 씨가 한순간 제정신인지 의심하는 듯한 눈초리로 시트리를 보았다. 나도 비슷한 기분이다. 예전에는 나보다 겁이 많았는데, 어째서 이렇게 되어 버린 건지······.

세이지 씨는 그 요구를 완전히 무시하고는 싸늘한 목소리로 말했다.

"··········루시아가 아래에서 기다리고 있다. 여동생에게 너무 걱정을 끼치지 말도록."

그것은 그야말로 그 남자에게 있어서 악몽이라고밖에 할 수 없는 사건이었다.

처음에는 큰 지진이 일어난 줄 알았다. 연달아 땅이 거칠게 흔들리고 비명이 들리자 비상사태가 발생했다는 사실을 알았고, 그까만 나무가 자기 연구실을 노리고 있다는 걸 눈치챈 순간 모든 것이 끝난 줄 알았다.

그렇다. 그것은 수많은 마도사의 마력을 빼앗은 뒤에도 틀림없이 집요하게 그 남자의 연구실을 노리고 있었다.

제블디아 마술 학원에 백 군데 가까이 존재하는 연구실. 그중에서도 매우 수수해서 아무도 주의를 기울이지 않았던 그 남자의 연구실을———, 괴물의 목적이 무엇이었는지에 대해서는 새삼 생각해볼 필요도 없다.

그 남자의 연구실에 몰래 보존하고 있던 '마법약'이다.

그것은 지식이 조금이라도 있는 사람이라면 누구나 알고 있는 전설급 물건이었다. 그 너무나도 위험한 힘 때문에 발명자와 함께 말소되었고, 지금까지도 연구, 소지가 금지되어 있을 정도로 위험한 포션이다.

어느 정도 요령은 있지만 재능이 평범한 수준을 벗어나지 못한 마도사인 그 남자가 그런 물건을 손에 넣을 수 있었던 것은 그냥 운이다. 쓰레기를 버리려고 구멍을 파다가 우연히 파냈을 뿐이다.

제일 먼저 효능을 확인하고 그 정체를 확인했을 때 느낀 충격을 그 남자는 아직도 생생하게 기억하고 있다.

이게 존재한다는 사실이 알려지면 제도가 크게 흔들릴 것이다. 나라에 넘기면 그 남자의 이름도 단숨에 유명해질 것이 틀림없다. 유명해질———, 뿐이다. 우연히 발견한 사람으로서.

마가 끼었다고밖에 표현할 길이 없었다. 자신의 부족한 재능에 실망하던 남자에게 있어서 우연히 발견한 그 마법약은 장밋빛 미래 그 자체였다.

마법약을 효과적으로 활용하면 많은 것들을 손에 넣을 수 있을 것이다. 연구를 하면 말소된 지 수백 년이 지난 지금도 재현하지 못한 그 마법약을 양산할 수 있을지도 모른다. 그 가능성을 버리고 체제에 영합하는 것은 지식의 탐구자로서 실격이다.

그리고 모든 것이 바뀌었다. 무슨 일이 생기더라도 그 마법약이 있다고 생각하는 것만으로 날마다 쌓이던 불만이 사그라들었다.

결국 쓰지는 않았지만, 단 한 병밖에 없는 포션을 쓸 기회가 그리 자주 올 리는 없다.

들킬 리가 없었다. 남자는 그 마법약의 존재에 대해 동료나 친구, 가족들에게도 이야기하지 않았다.

하지만 벌을 받게 된 것 같다.

아무래도 그 괴물을 보낸 계기가 된 것은 루시아의 오빠인 것 같다.

천재, 루시아 로제의 오빠. 레벨 8 헌터 《천변만화》의 소문은 많이 들었다. 알 리가 없는 정보를 알고, 미래를 조종하는 듯한 지모를 자랑한다고 한다.

오래전부터 이어져 내려온 결계로 지켜지고 있어 제도에서도 손꼽히는 안전지대인 제블디아 마술 학원에 갑작스럽게 나타난 거대하고 까만 나무 마물. 학원의 마도사들이 일제 공격을 가했는데도 전혀 아랑곳하지 않고, 마법으로 지켜지고 있는 건물을 마치 나무토막처럼 파괴하는 모습은 재해 그 자체였기에 남자가 어떻게 해볼 만한 것이 아니었다.

마법약을 지켜낸 것은 운이었다. 우연히 괴물이 습격했을 때 연구실에 남자 혼자 있었던 것. 집요하게 탑을 공격하던 괴물의 주의가 바깥에서 날아든 공격으로 인해 한순간 다른 쪽으로 쏠린 것. 《심연화멸》이 나타난 것. 위에서 떨어져 내린 잔해가 도망치던 남자를 피하듯이 박힌 것. 괴물이 다시 표적을 정하기 전에 쓰러진 것. 집요하게 연구실을 공격하던 모습에 위화감을 느낀 자들이 오기 전에 도망칠 수 있었던 것.

널찍한 교정. 학원의 마도사들이 쌓인 재에 몰려드는 모습을 바라보며 남자는 한숨을 쉬었다.

하마터면 죽을 뻔했다. 아직 서 있을 수 있는 건 셀 수 없을 정도로 많은 우연이 겹쳐진 결과다.

하지만 주사위는 이미 던져졌다. 그 남자가 무사하다는 사실을 알게 되면 《천변만화》가 다시 강경 수단을 쓰려 할 것이다. 쓰지 않는다 하더라도———, 그 괴물의 행동을 통해 그 남자의 연구실에 무언가가 있었다는 것을 상상할 수 있다. 분명히 엄한 취조를 받게 될 것이다. 그 사실을 알지 못할 정도로 그 남자는 어리석지 않았다.

품속에서 마법약을 넣어둔 물통을 꺼낸 다음, 굳은 표정으로 바라보았다. 심장이 긴장 때문에 마구 뛰고 있었다.

언젠가 이런 날이 올 거라 생각하고 있었다. 자신의 생각을 관철하려면 싸워야만 하는 것이 세상의 이치다. 레벨 8 헌터쯤 되면 상대로서 부족함은 없다.

《천변만화》 일행이 들어갔다는 세이지 교수의 연구동을 보았다.

그리고, 그 남자는 최후의 전투에 임하는 심정으로 걸어가기 시작했다.

탑 정상에 있는 방에서 나와 나선 계단을 내려갔다.

갑작스럽게 납치되고 꾸지람까지 들어 몸에 피로가 쌓였다. 하루의 밀도가 너무 높다. 평온을 달라고.

완전히 원래대로 돌아온 시트리가 옆에서 걸어가며 마치 피해자 같은 표정으로 말했다.

"정말, 험한 꼴을 당했네요, 크라이 씨."

시트리, 너, 쿨쿨 소리만 내고 있었잖아. 최근에 본 것 중에서는 제일 무능하던데. 이제 와서 그 정도로 주가가 떨어지지는 않겠지만 말이지…….

비난하는 눈초리로 바라보았지만, 시트리는 의아하다는 듯한 표정만 지을 뿐이었다. 정신력이 너무 다르다.

그런데 우리가 왜 세이지 씨에게 가려고 했던 거였지? 볼일도 없는데……, 맞다. 시트리가 그러자고 했지. 루시아가 따라오지 못했던 것도 시트리가 키르키르 군에게 막으라고 했기 때문이고, 이번에 험한 꼴을 당한 건 전부 시트리 때문 아닌가?

"결국 아무것도 안 주다니. 세이지 교수는 정말 쪼잔하네요. 오랫동안 살아온 정령인은 욕심도 없을 텐데……, 몰래 가지고 올 걸 그랬어요. 루시아에게 이야기를 듣고 상대방이 알아서 바쳐줄 거라는 선입견에 사로잡혀 있었네요. 크라이 씨도 미리 말씀해주셨으면———."

얘는 농담인지 진담인지 알 수가 없단 말이지.

그런데 결국, 세이지 씨 같은 사람들이 어째서 내가 잘못한 거라 생각한 건지는 알아낼 수가 없었네.

"내 죄를 묻기 전에 먼저 내부자를 조사했어야지."

분명히 어떤 연구실의 마도사가 위험한 실험을 했을 거야.

"그러게 말이에요!"

시트리가 매우 신이 난 듯이 맞장구를 쳤다.

…………뭐, 마무리가 좋으면 다 좋은 거다. 방으로 돌아가서 케이크를 먹어야지.

계단을 내려가며 그런 생각을 한 순간, 갑자기 바로 옆에서 문이 열렸다.

갈색 로브로 온몸을 가린 사람이 눈앞으로 뛰쳐나왔다.

"미안해. 반성했다고. 설마 그런 괴물을 보낼 줄이야———, 이, 이걸 받고 용서해줘!"

곧바로 멈춰 선 내게 금속 물통을 떠넘긴 다음, 그 사람은 나선 계단의 난간 너머로 뛰어내렸다. 몇 초 동안 굳어 있다가 급하게 계단 아래쪽을 보았지만 이미 그 사람은 보이지 않았다. ………… 요괴 같은 건가?

이 학원, 진짜 무섭다. 이제 두 번 다시 오지 않을 거야.

"그거, 뭔가요……?"

"…………글쎄."

리즈였다면 틀림없이 붙잡았을 텐데……, 그게 바람직한 일인 지는 별개지만.

눈을 반짝이는 시트리에게 떠맡게 된 물통을 건넸다. 시트리가 신중한 손놀림으로 뚜껑을 열었다.

잠시 기다려봐도 시트리는 딱히 아무런 말도 하지 않았다. 위험한 물건도 아닌 것 같았기에 안을 들여다보았다.

———물통에 찰랑찰랑 들어있던 것은 투명도가 낮은 딸기 우유 같은 색의 액체였다.

아니, 냄새로 보아하니 딸기 우유가 맞다.

나는 딸기 우유를 좋아한다. 자주 마시기도 하고, 냉장고에도 항상 넣어둔다. 그런데 갑자기 뛰쳐나와서 물통에 든 딸기 우유를 떠넘기고 도망치다니……, 진짜로 요괴였던 걸까?

아무리 나라도 모르는 사람에게 받은 딸기 우유를 마시지 않을 정도의 위기감은 있다고. 어이없어하고 있던 나는 시트리가 물통을 든 채 입을 다물고 있다는 사실을 눈치챘다.

어깨를 쿡쿡 찌르자 그녀가 정신을 차린 듯이 입을 열었다. 볼이 붉어졌고, 목소리에는 열기가 담겨 있었다.

"……이 색, 이 향기———, 혹시 이건 너무나도 강력한 효능과 위험성 때문에 어둠 속으로 사라지게 된 전설의 마법약, '스트로베리 블레이즈' 아닐까요? 설마———, 전부 말소되었을 텐데, 설마 실제로 존재하다니!"

"……호오, ……뭔가 대단한 물건인 모양이네?"

스트로베리라니, 진짜 딸기 우유 아닌가?

좀 의외긴 하지만 실력 좋은 연금술사인 그녀가 포션 쪽으로 농담을 할 것 같진 않다. 시트리가 평소 이상으로 신중한 손놀림으로 뚜껑을 닫았다. 뭐가 뭔지 몰라도 귀중한 물건을 받아서 잘 됐네.

느긋하게 그런 생각을 하던 내게 시트리가 떨리는 목소리로 터무니없는 정보를 가르쳐 주었다.

"네! 한 방울만으로도 어떤 사람이든 몸과 마음을 사로잡을 수 있을 정도로 지극히 강력하고 이질적인 지배약이에요. 세 나라를 멸망시켰고———, 만들어낸 연금술사 일족과 제조 방법까지 완전히 말소되었을 텐데, 설마 실제로 존재할 줄이야……."

"…………대단한 거야?"

"진짜라면……, 제조 방법을 부활시키면 세계를 손에 넣을 수 있을지도 몰라요. 지금까지 너무나도 신기한 효능 때문에 아무도 재현하지 못했지만, 실물만 있다면———."

"응, 그래, 그러게."

흥분해서 그런지 그녀는 평소보다 훨씬 조용하게, 그러면서도 매우 기뻐하며 물통을 끌어안았다. 그걸 빼앗았다.

시트리는 한순간 깜짝 놀란 듯한 눈빛으로 나를 보고는 애교를 부리며 말했다.

"크라이 씨……, 저기이……, 이번에야말로 저한테 주실 거죠?"

"응, 그래, 그렇지. 나중에."

"앗싸!"

시트리가 내 팔을 끌어안고 볼을 비벼댔다. 나는 고개를 끄덕이면서 그녀의 머리를 쓰다듬어주었다. 이거, 시트리에게 주면 안 되는 물건이네. 나중에 몰래 버려야지.

보아하니 루시아는 키르키르 군에게 붙잡혀 있다가 돌아온 세이지 씨에게 저지당해, 아래에서 대기하라는 명령을 받은 모양이었다.

탑 아래. 정좌한 키르키르 군 앞에서 발끈한 표정으로 대기하고 있던 루시아와 합류했다.

바깥에서는 많은 마도사들이 쌓인 재를 모으고 있었다. 어슬렁어슬렁 그쪽으로 가려 하던 시트리의 팔을 곧바로 붙잡고 말렸다. 아무래도 마법진 때문에 글러먹게 된 부분이 아직 남아 있는 것 같았다.

안 돼. 그렇게 올려다봐도 안 되는 건 안 된다고.

걸어가면서 루시아에게 이야기를 들었다. 루시아는 마치 내가 알고 있는 게 당연하다는 듯한 표정으로 새로운 정보를 가르쳐 주었다.

"⋯⋯정말, 설마 이렇게 큰일을 벌이다니――, 제도는 오빠의 장난감 상자가 아니라고요?! 이런저런 말까지 듣게 되고――."

"뭐, 뭐, 전부 잘 끝났으니 괜찮은 거 아닐까⋯⋯."

"정말!"

뒤늦게나마 흐르기 시작한 식은땀이 멈추지 않는다.

아무래도 그 검은 세계수의 토대가 된 것은 《검성》에게 받아온 그 지팡이였던 모양이다. 기동조차 시키지 않았는데도 주위의 마력을 빨아들여서 그 정도 크기까지 성장했다고 한다.

다시 말해 세이지 교수가 한 말은 맞는 말이었던 것이다.

그래도 나는 잘못한 게 없어. 잘못은 《검성》이 했지. 항상 루크가 폐를 끼쳐서 미안하다고 생각하긴 했지만 이런 형태로 복수를 할 줄이야⋯⋯, 역시 만만한 사람이 아니네, 정말.

나와 비슷할 정도로 상황을 파악하지 못하고 있는 줄 알았던 시트리가 손을 탁 치고는 뭔가 안다는 듯한 표정으로 고개를 끄덕였다.

"그렇군요⋯⋯, 그래서 세이지 교수도 물러난 거고요⋯⋯. 아무리 학원이라 해도 《검성》 일파와 충돌하는 건 피하고 싶을 테니⋯⋯."

"그렇군, 독으로 독을 제압한다는 건가."

"⋯⋯⋯⋯정말! 당신들은 왜 그렇게 남 일처럼 구는 건데요!"

현실감이 너무 없다. 아니, 다시 생각해보니 정말 이상한 흐름이 생겨나 있었다.

제도에서 한동안 얌전히 지낼 예정이었는데, 엘리자에게 받은 검을 다른 사람에게 선물로 줬더니 그게 마검이었고? 그걸 선물로 주고 대신 받은 지팡이가 위험한 생물이었고? 게다가 왠지 모르겠지만 이번에는 위험한 마법약을 가지고 있는 상황이다.

"그러고 보니 그 나무가 저 탑을 집요하게 공격하던데, 뭔가 있었나요?"

"⋯⋯아니. 그 나무는 강한 마력에 이끌리고 있었으니까 일단 조사해보긴 했는데, 아무것도 발견하지 못했어요. 뭐, 연구실에는 기밀도 있고, 누군가가 몰래 가지고 나갔을 가능성도 큰 것 같으니―――."

"⋯⋯⋯⋯그렇군요, 정말 신기한 일도 있네요, 크라이 씨."

"응?! ⋯⋯⋯⋯⋯⋯⋯오빠?"

시트리가 활짝 웃으며 말했다. 자네, 뭔가 하고 싶은 말이 있는 모양이군그래. 루시아도 뭔가 말하고 싶은 것 같다.

난 아무 말도 해줄 수가 없어. 루시아의 인기가 많다는 걸 알게 되었다는 게 오늘의 유일한 수확이라고.

그때, 공음석이 다시 떨리기 시작했다. 매번 기분 나쁜 타이밍에 연락이 오네.

프란츠 씨는 이번 소동이 나 때문이라는 걸 알고 있으려나? 아니, 굳이 말하자면 주된 원인은 《검성》이긴 하지만―――.

그래도 전부 무사히 끝났다. 더 이상 저주 소동이 발생할 일은 없다. 아무리 나라도 빤히 보이는 지뢰를 밟지는 않는다고! 뭐야,

지배약이라니!

나는 살짝 한숨을 쉬고는 공음석을 기동시켰다. 프란츠 씨가 입을 열자마자 소리를 질렀다.

『《천변만화》……, 이야기는 다 들었다!!』

"아. 나도 알아. 그 건 말이지? 괜찮아, 저주 운운하던 소동은 여기까지라고."

『?! 아, 이봐———.』

"바쁘니까 끊을게. 나중에 또 보자고."

공음석을 내려다보았다. 한동안 기다렸지만 다시 떨리지는 않았다. 아무래도 포기한 모양이다.

프란츠 씨, 미안해. 내가 지금 좀 피곤해서……, 괜찮아, 더 이상 소동이 일어나지 않게끔 막아낼 테니까.

"시트리, 기분이 꽤 좋은 것 같네……."

"그야 당연하죠. 다음은 제 차례니까요!"

시트리는 척 보기에도 알아볼 수 있을 정도로 기분이 좋았다. 스텝을 밟으며 빙글빙글 돌고 있었다.

미안하지만 네가 나설 차례는 없을 거야. 친한 친구고, 빚도 있고, 슬퍼하게 만들고 싶지는 않지만, 어쩔 수 없어.

"다음에 같이 사과하러 가주셔야 해요!"

"그래, 알았어. 루시아도 신세를 많이 지고 있는 것 같으니 오빠로서 확실하게 해야겠지. 오빠로서!"

"…………그렇다니까요."

어찌 됐든 오빠 보정으로 살아난 거나 마찬가지다.

그래도 지금은 시트리 쪽이 더 문제야. 이번에는 확실하게 대처하지 않으면 엎드려 비는 것으로는 넘어갈 수가 없다고. 뭔가 하려다가 그걸 깜빡 잊는 게 제일 글러먹은 패턴이다.

클랜 마스터실로 들어갔다. 헌터는 출입금지인데도, 루시아도 그렇고 시트리도 아무렇지도 않게 따라왔다.

시트리는 아무 말도 하지 않았지만 온몸으로 얼른 포션을 달라며 호소하고 있었다. 루시아가 탐탁지 않은 표정을 지으면서도 따라온 건 시트리를 보고 뭔가 느낀 게 있기 때문일 것이다.

오늘 시트리는 포션을 받을 때까지 달라붙을 생각이다. 평소였다면 그 끈기에 밀려서 시트리라면 괜찮을 거라고 생각하며 그대로 포션을 건넸을 것이다.

하지만 쿨쿨 소리를 내면서 내게 달라붙었던 걸 아직 잊지 않았다.

"잠깐 여기서 기다려."

잊기 전에 얼른 처분해버려야겠다.

시트리와 루시아를 클랜 마스터실에서 기다리게 하고 장치를 움직여 내 방으로 향했다.

내 방은 틀어박혀서 생활할 수 있게끔 되어있다. 보구 컬렉션이나 침대는 물론 냉장고도 있고, 화장실, 욕조, 세면대처럼 물을 쓰는 기구도 갖추고 있었다.

기지개를 켜면서 내 방으로 들어선 다음 위험한 포션을 테이블 위에 올려놓았다. 그때, 문득 침대 옆에 있던 냉장고가 눈에 들어왔다.

냉장고에서 딸기 우유가 든 병을 꺼냈다. 소비기한이 아슬아슬한 케이크는 선물로 받은 거지만, 딸기 우유는 단 것을 좋아하는 내가 몰래 들여온 물건이다. 컵에 따르고 병을 냉장고에 넣은 다음, 테이블 위에 있던 포션, 그 거창한 이름이 붙은 포션과 비교해 보았다.

역시 색이 똑같네…………, 색도 그렇고 냄새도 똑같다. 이게 진짜로 그렇게 위험한 포션인가? 도저히 믿을 수가 없다. '스트로베리 블레이즈'라고 하던데, 그런 이름이 붙은 건 딸기 향기가 나기 때문인가? 원료로 딸기를 쓰고 있는 걸지도 모른다. 세상에는 정말로 신기한 포션이 있네…….

시험 삼아 물통을 들고 입가에 대보았다. 그러자 손가락에 끼고 있던 반지 중 하나가 열기를 띠었다.

위기 감지의 힘을 지닌 보구 반지———, 『디재스터 슬립(새끼쥐의 지혜)』이다. 딸기 우유에 반응을 보일 리가 없으니 이 액체가 위험한 건 틀림없는 모양이다.

악용할 거라 생각하는 건 아니지만, 그래도 여러 나라를 멸망시켰을 정도로 무시무시한 포션이다. 글러먹은 쪽 시트리에게 건네기에는 너무나도 위험하다.

미안하지만 이 《천변만화》가, 선조들처럼 이 마법약을 어둠 속에 묻어주겠어.

망설임 없이 세면대에 포션을 부었다. 색도 형태도 딸기 우유 같은 액체가 빙글빙글 돌면서 배수구로 흘러 들어갔다.

만에 하나라도 포션이 피부에 묻지 않게끔 조심스럽게 물통을 물로 헹궈서 완전히 씻어냈다.

이제 안심이다. 제블디아는 지켜냈다. 이제 시트리에게 사과하기만 하면 되겠네. 포션을 버린 것뿐이지만, 일을 하나 마친 안도감에 숨을 내쉬었다. 그리고 금속 물통을 빤히 보았다.

"…………."

테이블 위에 놓여 있던 딸기 우유가 든 컵과 물통을 번갈아 확인했다.

별생각 없이 들어 올린 다음, 방금 비우고 씻어낸 금속 물통에 신중히 담아보았다.

다시 확인해 봐도 물통 안에서 흔들리는 액체는 좀 전에 버린 포션과 구분이 되지 않았다. 차이가 있다면 보구 반지가 위험을 경고하지 않는 것 정도다. 진짜 딸기 우유와 비교해봐도 구분이 되지 않는다니, '스트로베리 블레이즈'는 대체………….

뭐라 말하기 힘든 기분을 맛보고 있자니 기다리다 지쳤는지 시트리와 루시아가 내려왔다.

"크라이 씨, 아직 멀었나요? …………?! 뭐, 뭐 하시는 거예요!"

"아~, 이건, 저기——."

시트리는 내가 들고 있던 물통과 컵을 보고는 급하게 달려왔다. 물통의 내용물과 아직 딸기 우유의 흔적이 남아 있는 컵을 보고는 깜짝 놀란 표정으로 이쪽을 올려다보았다.

"조금 줄었어……, 서, 설마…………, 마셔버린 건가요?!"

"아니——."

"큰일이야————, 어서 해독약을 만들어야 해. 희석시키지 않은 원액을 이렇게 많이 마시다니……, 이대로 가다가는 크라이 씨가 그저 명령을 듣기만 하는 고기 인형이————."

"뭐어?! 시트, 방금 뭐라고 했어?!"

시트리는 제정신을 잃은 상태였다. 그렇지 않아도 하얀 피부에서 핏기가 가셨고, 눈에 눈물이 맺혀 있었다. 혼란스러워서 그런 건지 눈에 초점이 맞지 않았다. 항상 냉정하고 침착한 시트리의 안색이 변하다니, 아무래도 이건 내가 생각했던 것보다 위험한 물건이었던 모양이다.

내가 들고 있던 금속 물통을 낚아챈 다음, 시트리가 루시아에게 절박한 목소리로 외쳤다.

"다다, 다녀올게요! 어떻게 해서든 해독제를 만들겠어요! 루시아, 크라이 씨가 안정을 취할 수 있게끔 해요!"

"아, 잠깐————."

말릴 틈도 없이 계단을 단숨에 뛰어 올라가는 시트리. 무슨 말을 할 시간조차 없었다. 시트리가 온 뒤로 내가 할 수 있었던 말은 '아~, 이건, 저기'하고 '아니'뿐이다.

요즘 시트리는 착실하지만, 예전에는 의외로 덜렁대는 구석도 있었다. 지금 보니 잠잠해지기만 했을 뿐이고 완전히 사라진 건 아니었던 모양이다.

루시아는 눈이 휘둥그레진 상태였다. 역시 아무 정보도 없이 지금 같은 상황을 이해하지는 못하겠지.

"…………안 먹었다고 했는데."

"네, 네에…………, 오빠, 몸은 괜찮은 거예요?"

이야기를 듣고 보니 약간 나른한 것 같기도 하고…………, 응, 그래, 그렇지. 항상 그랬잖아.

냉장고에서 시원한 딸기 우유를 꺼내서 컵에 따랐다. 일단 반지가 위험하다고 경고하지 않는 것을 확인한 다음, 입을 댔다.

우유의 목 넘김과 냄새가 뒤섞인 딸기의 단맛과 향기. 그래, 그래, 이거라고. 이게 바로 딸기 우유지.

그건 그렇고 프로인 시트리조차 한눈에 알아채지 못하다니…….

"딸기 우유 해독약을 만들러 가버렸네."

"………………쫓아가는 게 낫지 않을까요?"

루시아는 한동안 말없이 나를 바라보고 있다가 자기 스승 못지 않게 싸늘한 눈초리로 말했다.

제도 변두리. 제블디아에서 가장 범죄 발생 건수가 많은 '퇴폐지구'와 중앙 지구의 경계에 있는 수상쩍은 가게에서 제0기사단 단원인 휴 레그란드는 가게 주인과 말다툼을 벌이고 있었다.

가게 안에는 손때 묻은 무기와 총기, 수상쩍은 약품까지 다양한 물건들이 놓여 있었다.

주변 나라들 중에서도 가장 번영하고 있는 나라 중 한 곳인 제블디아. 그 제도에는 온갖 물건들이 모여든다. 단속이 이루어지고 있긴 하지만, 유입을 완전히 막을 수는 없기에 퇴폐 지구 근처 가게를 수색하면 법에 저촉되는 물건도 한두 개쯤은 찾아낼 수 있을 것이다.

"주물이라니, 그렇게 무시무시한 건 이 가게에서 취급하지 않는다고요! 기사님께서도 아시겠지만, 주물이라는 걸 알면서도 매매하는 건 제국법으로 금지되어 있단 말입니다."

"……아니, 그래도 밀거래 정도는 할 텐데? 지금 당장 내놓으면 용서해주마. 나는 가게 전체를 뒤집어엎을 수도 있다고? 흥……, 털어보면 먼지가 얼마든지 나올 것 같군."

카운터 쪽으로 몸을 내밀며 당당하게 협박하는 그 모습에 수상쩍은 손님들과 수없이 거래를 해온 험상궂은 가게 주인이 새파랗게 질렸다.

제블디아에서는 트레저 헌터나 범죄자, 위험한 보구를 단속하기 위해 기사단에게 강한 권한을 주고 있다. 그중에는 좀처럼 행사되는 경우가 없긴 하지만, 확실한 증거 없이 가게를 취조할 권리 또한 포함되어 있다. 게다가 이번에는 점성원의 예언이라는 '이유'가 있다.

하지만 휴의 협박을 듣고도 가게 주인은 고개를 마구 저었다.

"거, 거짓말 같은 건 안 합니다요, 기사 나으리. 주물 같은 걸 취급하다가는 제가 저주받을지도 모른단 말입니다. 애초에 목숨이 아까운 줄 모르는 사람이나 사가는 물건이고, 팔러 오는 사람도 없다고요. 다른 가게도 마찬가지일 겁니다. 헤헤……, 그야 눈치 채지 못하는 사이에 들여오게 되는 경우도 있기는 합니다만——."

"⋯⋯⋯⋯⋯첫."

아부가 잔뜩 들어간 그 눈매를 보고 진실이라는 낌새를 느낀 휴는 혀를 찼다.

이거다. 이게 문제다.

저주는 보통 무차별적이다. 《천변만화》가 찾아낸 마검은 이름난 《검성》의 제자조차 홀렸다. 《검성》의 제자들은 아무도 죽지 않았지만 그 이유는 그들이 탁월한 검사였기 때문이고, 어지간한 사람은 주물을 사용하면 버텨내지 못한다. 그리고 사용자가 사라진 주물을 아무것도 모르는 사람이 처분하는 것이다.

이미 돌아본 가게는 다섯 군데. 어떤 가게에서도 비슷한 반응을 보였다. 《천변만화》가 어떻게 그 마검을 손에 넣었는지는 모르겠지만, 이 '부탁'은 꽤 골치 아프다.

겉으로 드러나 있는 점포는 이미 다른 기사단에서 조사했을 것이다. 합법과 비합법 사이에 아슬아슬하게 걸쳐있는 가게도 이미 대충 살펴봤다. 그러니 더 이상 조사하려면 퇴폐 지구 안에서도 기피당하는 범죄자들에게 접근해야만 한다.

지금도 퇴폐 지구를 실질적인 치외법권 지대로 만드는 모든 악의 근원. 제3기사단이 몇 번 제압을 시도했다가 실패한 구획에 들어가야 하는 것이다. 내부에는 레벨이 높은 범죄자 헌터 출신이나 범죄조직, 마술 결사 등의 거점이 존재하며, 미로처럼 복잡한 거리는 상세한 지도도 존재하지 않는다. 지상은 물론이고 하수도에 이르기까지 그들의 손에 장악된 상태라고 들었다.

휴는 자신이 무능하다고 생각하진 않지만, 정면으로 쳐들어가서 어떻게 될 거라는 생각도 하지 않았다. 제0기사단의 긍지인 갑옷을 벗고 수사를 하게 되겠지.

《천변만화》에게 협력해 정보를 짜내라고 명령한 프란츠 단장님도 이런 것까지는 상상하지 못했을 것이다. 그래도 아마 이 정도는 해내지 않으면 《천변만화》의 흥미를 끌 수가 없다.

뭐, 어찌 됐든 제자로 받아줄 가능성은 거의 없겠지만, 재미있는 것을 볼 수 있을 것이다.

레벨 8에 도달시킨 그 힘의 진수. 휴가 성공하기 위해 필요한 것을.

휴는 미소를 드리웠다. 온갖 문제가 앞을 가로막고 있다 해도 휴 레그란드는 멈추지 않는다.

연금술사. 그 기술의 진수는 누구나 똑같은 조건에서 기술을 사용하면 똑같은 결과를 기대할 수 있다는 것에 있다.

실력이 좋은 마도사가 되려면 사용자의 자질이 중요하다. 그 몸에 깃든 마력의 양이나 질로 인해 사용할 수 있는 마법의 종류나 위력이 달라지지만, 연금술사는 그렇지 않다. 과학과 마술의 융합이라고도 불리는 그 학문은 다수의 일반인과 소수의 천재들이 수없이 겪은 시행착오를 통해 조금씩, 그러면서도 확실하게 발전해왔다.

위기 상황에서 돌파력이 필요한 헌터로서의 적성은 낮기 때문에 눈에 잘 띄지는 않지만, 그 역사는 오래되었으며 현대 문명의 기초가 되었다고 하더라도 과언이 아닐 것이다.

그리고———, 그만큼 역사가 길기에 '말소된 성과'도 존재한다.

지배약. 스트로베리 블레이즈. 딸기 향기가 나는 것으로 인해 그런 이름이 붙었다는 그 포션도 역사 속에서 사라진 '성과' 중 하나였다.

그 포션은 생물의 뇌에 작용하여 불과 한 방울만으로도 온갖 생물의 의식을 덮어씌운다. 지금까지의 포션에 대한 상식과는 동떨어진 성능을 자랑하며, 여러 나라에서 내란의 발단이 된 그 포션은 너무나도 큰 위험성 때문에 실물부터 레시피, 발명한 연금술사 일족까지 모조리 말소되었다.

남아 있는 것은 그 이름과 특징뿐이다.

최근에도 어떤 연금술사가 재현했다는 소문이 퍼지곤 하지만, 실물이 확인된 적은 없었다.

말소된 이후로 수백 년이 지난 지금도 재현되지 않았다는 사실을 고려하면 발명자가 엄청난 천재였거나 재료로 상당히 희귀한 소재를 썼을 것이다. 제국법으로는 개발을 시도하는 것조차 금지되어 있지만, 그 전설의 포션을 재현하겠다는 생각을 해본 적이 없는 연금술사는 제국의 연금술 총본산인 '프림스 마도과학원'에는 존재하지 않을 것이다. 설령 사용하려는 목적이 아니라 하더라도———, 연금술사에게는 성과보다 과정이, 새로운 지식의 개척과 진리에 도달하는 것이 진정한 목적이기 때문이다.

매우 당황한 예전 제자가 프림스 마도과학원의 학장, 니콜라루프 스모키에게 가져온 그 포션은 만약에 진짜라면 세계를 뒤흔들 만한 물건이었다.

금속제 물통에 들어있는 그 액체는 전승대로 딸기와 비슷한 향기가 나는 불투명한 분홍색 액체였다.

안을 조심조심 들여다본 다음, 침을 꿀꺽 삼켰다.

"이럴 수가⋯⋯⋯⋯, 설마 아직 실물이 존재하고 있었다는 건가⋯⋯⋯⋯, 있을 수 없는 일이야."

"제블디아 마술 학원의 마도사가 숨기고 있었어요."

"⋯⋯⋯⋯설마 마도사라니, 제조라면 모를까 보존 정도는 할 수 있긴, 하겠지⋯⋯."

스트로베리 블레이즈는 그 특성이 너무나도 기존의 포션과는 동떨어졌기에 마술과 연금술을 병용하여 만들어낸 물건이라 추측되고 있었다. 금속제 물통도 잘 살펴보니 특제였고, 내부의 품질을 유지하기 위해 강력한 마법이 걸려있다는 사실을 알 수 있었다. 적어도 장난으로 써먹을 정도로 저렴한 것은 아니다.

그리고 무엇보다───, 매우 당황한 상태로 물건을 가져온 '옛' 제자를 보았다.

시트리 스마트. 예전에 프림스 마도과학원의 문을 두드렸고, 수많은 연구에 관여했던 천재다. 트레저 헌터로서의 일면도 있으며 겨우 몇 년 만에 자신의 연구실까지 만들어버렸다. 전체적으로 실험에 치우치기 쉬운 연금술사 중에서 그러한 능력이 있는 사람은 거의 없다.

어떤 사건을 계기로 《최저최악(딥 블랙)》이라는 불명예스러운 별명을 얻고 마도과학원에서 추방되었지만, 그 이후로도 마도과학원에 자주 드나들었으며 각 연구실과도 교류하곤 했다.

옛 제자는 온 힘을 다해 뛰어온 건지 머리카락과 옷이 흐트러진 상태였다. 얼굴은 창백해서 당장에라도 쓰러져버릴 것 같았다.

윤리적으로 기피할 만한 실험도 눈 하나 깜짝하지 않고 해낸 이 뛰어난 연금술사가 이런 모습을 보인 것은 처음이었다. 하지만 그렇기 때문에 그녀가 가져온 그 포션에도 신빙성이 있었다.

"해독제가 필요해요! 크라이 씨가 실수로 원액을 마셔 버려서──."

그렇군………, 여전히 연애 쪽에 정신이 팔린 모양이야.

니콜라루프는 그 말을 소리 내어 하지 않고 탄식했다. 한때 소속되어 있었던 곳이라고는 해도 이런 전설적인 포션을 독점하지 않고 가지고 왔다는 게 의아했지만, 그런 사정이 있다면 납득이 된다.

그것은 거의 완벽했던 시트리 스마트가 지닌 유일한, 그리고 치명적인 약점이었다. 그 약점만 없었다면 《최우수》 연금술사의 자리는 굳건했겠지만, (빈도로 따지면 그렇게 자주는 아니라 하더라도) 연인이 부른다고 해서 중요한 실험을 다른 사람에게 떠넘기고 나가버리는 일을 연달아 저지르면 훌륭한 연금술사가 될 수 없다.

평소의 시트리였다면 해독제가 아니라 포션을 복제하는 것을 제일 먼저 시도했을 것이다. 아니───, 다른 연금술사라도 그렇게 할 것이다. 수백 년 동안 재현되지 않았던 전설의 포션도 실물을 분석하면 제조 방법의 힌트 정도는 알 수 있을 테니까.

그리고 시트리가 포션을 어쩔 수 없이 가지고 온 이유는 해독제를 만드는 것이 실물을 복제하는 것보다 힘들기 때문일 것이다. 시간도, 설비도, 일손도 필요하다. 그래서 어쩔 수 없이 협력을 요청했다. 포션을 재현해낸다면 전설에 이름을 새기게 될 텐데———, 연금술사로서의 영광을 내팽개치면서까지.

평정심을 유지하려 하면서도 동요한 모습을 감추지 못하는 시트리에게 일갈했다.

"연금술사인 자, 항상 냉정할지어다! 허둥대지 말거라, 시트리!"

"하지만……."

애초에 시트리는 너무 초조한 나머지 중요한 것을 잊고 있다. 항상 냉정하고 침착한 그녀였다면 틀림없이 눈치챌 만한 것을———, 그러니 너무나도 한심한 예전 제자의 꼬락서니를 나무랄 수밖에 없었다.

스트로베리 블레이즈에는 다른 포션에는 없는 특이성이 있다.

전승에 따르면 지배약은 먹인 상대를 완전히 지배할 수 있다고 한다. 하지만 그때 한 가지 문제가 발생하게 된다. 어떻게 먹인 상대를 인식시킬 것인가. 먹인 직후에 눈앞에 있던 상대———가 아니다. 그렇게 불확실한 조건으로는 그렇게 큰 참상이 일어나지 않았을 것이다.

많은 연구자들이 고민에 빠졌다. 포션에 관한 정보는 전부 말소되어버렸지만, 역사서를 파헤치고 참상의 기록을 토대로 토론을 벌였다. 그 결과, 내릴 수밖에 없었던 결론.

―――그 포션에는 연금술이 아닌 기술이 들어가 있다.

사용한 자에게만 정확히 복종시킨다. 그게 가능했기에 그 포션은 그렇게 큰 비극을 일으킬 수 있었던 것이다.

그 특성은 지배약의 핵심이었고, 수백 년 동안 그 포션이 재현되지 않았던 이유이자 수많은 연금술사들이 스트로베리 블레이즈의 생성 방법을 추구하며 이론의 해명을 목표로 삼은 이유이기도 했다.

그 특성을 부가시키는 방법만 알아낸다면 연금술의 역사가 바뀔 것이다. 너무나도 부조리한 그 특성은 이론적인 체계를 갖춘 '마술'보다는 더욱 불합리한 '주술'에 가까웠다.

그 포션의 존재가 밝혀져서 섬멸 대상이 된 계기는 지배자가 사라져서 제정신을 되찾은 자가 도망쳤기 때문인 모양이다.

그리고 이번 일로 인해 지배약이 대상을 정확하게 판정할 수 있다는 것이 확정되었다. 이 포션은 대상을 정확하게 사용자의 지배를 받게 만든다. 그렇기 때문에―――, 스스로 마실 경우에는 효과가 없다.

아마 《천변만화》도 그렇게 생각하고 시도했을 것이다. 너무나도 위험 부담이 크지만―――, 예전부터 생각한 거지만, 정말 연금술사에 적합한 인재다.

니콜라루프는 한동안 입을 다물고 있다가 억누르는 듯한 목소리로 말했다.

"……해독제, 라. 예전 제자에게 부탁을 받았으니 어쩔 수 없군. 곧바로 개발 멤버를 모으마. 극비리로 말이지."

프림스 마도과학원은 한데 똘똘 뭉친 조직이 아니다. 학장이라 해도 적은 차고 넘칠 정도로 많다. 애초에 윤리관이나 목적이 서로 다른 연금술사들을 통솔할 수 있을 리가 없다. 치열한 경쟁은 제블디아 마술 학원 등과는 비교도 되지 않고, 희귀한 소재가 들어와 쟁탈전이 벌어져서 죽는 사람이 생기는 경우도 있다.

더할 나위 없이 좋은 기회였다. 해독제는 만들겠지만, 복제도 시도한다. 만약에 성공하여 원리가 해명된다면 새로운 지식의 문이 열리게 될 것이다. 어쩌면 전쟁의 씨앗이 될지도 모르나 생겨난 기술이 어떤 방향으로 쓰이게 되는지는 니콜라루프가 알 바가 아니었다.

신뢰하는 조수에게 준비를 위한 지시를 내렸다.

조수가 긴장된 표정으로 방에서 나가자 시트리가 숨을 가다듬고 고개를 숙였다.

"잘 부탁드립니다."

우수한 제자다. 우수하면서도 약점도 있다. 스승으로서는 다루기가 쉬워서 정말 편하다.

애초에 레벨 8 헌터쯤 되면 마나 머티리얼의 흡수력도 상당히 높을 것이다. 제도 제블디아는 팬텀이 나타나지 않을 정도로 아슬아슬하게 마나 머티리얼로 가득 찬 곳에 있고, 그는 레벨이 높은 보물전에 수도 없이 도전했을 것이다. 그러한 남자 상대로는 아무리 나라를 멸망시킨 스트로베리 블레이즈라 하더라도 통하지 않을 가능성이 크다. 수백 년 전과 지금은 트레저 헌터가 지닌 힘이 전혀 다르다. 인간이 지닌 마나 머티리얼 흡수력은 세대를 거듭함에 따라 커지기만 하고 있다.

먹은 뒤에도 이야기를 나눌 수 있었던 시점에서 이유는 모르겠지만 통하지 않았다는 건 짐작했어야 했다.

사랑은 맹목적이라는 게 이런 걸까. 니콜라루프에게는 이미 사라진 감정이긴 하지만, 실패는 성공의 어머니다. 이번 일을 계기로 약간이나마 자신을 되돌아보면 된다.

그런 생각을 한 순간———, 갑자기 강한 현기증이 니콜라루프를 덮쳤다.

책상 구석에 놓아둔 큼직한 종이 시끄럽게 울리기 시작했다.

단숨에 상황을 파악했다. 책상을 손으로 짚고 주위를 확인했다. 그리고 천장 근처의 통풍구를 보았다.

종은 가스의 발생을 감지하는 장치다. 연금술사의 연구실에는 필수적인 물건이다.

이것은 공격이다. 수면인지 마비인지 독인지는 알 수가 없지만, 니콜라루프를 제압하기 위한 가스 공격. 직업상 마나 머티리얼로 내성을 강화시킨 니콜라루프에게 현기증을 느끼게 만들다니, 상당히 강한 물건이다.

그리고 마도과학원의 최심부에 있는 이 방을 공격할 수 있는 자는 얼마 없다.

시트리는 헌터라 그런지 이 정도 가스로는 대미지가 없는 것 같았다.

목적은 분명하다. 금속 물통의 뚜껑을 확실하게 덮고, 방 벽 쪽에 늘어서 있던 연구실의 경비용 골렘을 일제히 기동시켰다. 체구가 날씬한 특제 골렘들이 니콜라루프의 명령에 따라 정렬했다.

"젠장, 벌써 냄새를 맡았나———, 나는 학장이란 말이다! 골렘, 포션을 빼앗으려 하는 좀도둑들을 모조리 죽여라! 절대로 넘기지 않을 거다, 절대로 넘기지 않을 거란 말이다! 시트리는 내 제자였다! 이 포션도 내 실험 재료다!"

그 조수가 배신한 걸까, 아니면 다른 연구실 녀석들일까, 매우 당황하며 찾아온 시트리를 보고 뒤를 밟은 걸까. 어찌 됐든, 모조리 죽인다. 이렇게 귀중한 자료를 넘길 수는 없다.

자작한 만능 해독약(미실험)을 자기 몸에 사용해서 현기증을 치료했다.

절박한 표정을 짓고 있던 니콜라루프에게 시트리가 조심조심 말을 걸었다.

"저기…………, 저는 얼른 해독제 연구를 시작하도록———."

"시트리, 너도 움직여라! 녀석들에게 빼앗기면 해독제 같은 건 제조할 수가 없다! 온갖 수단을 동원해서 빼앗으려 할 거다. 이 가스는 치명적인 독이야!"

골렘들이 문을 걷어차서 부순 다음 바깥으로 나갔다. 거의 동시에 거센 폭발음이 건물을 뒤흔들었다.

골렘의 파편이 폭풍에 뒤섞인 채 실내로 휘몰아쳤다.

녀석들은 죽일 셈이다. 니콜라루프를 해치워서라도 이 포션을 빼앗을 셈인 것이다.

소문이 퍼지는 건 막아야만 한다. 모두 해치워야———.

"가자, 시트리. 전쟁이다!"

일어서서 눈을 반짝이는 니콜라루프를 《최저최악》이 멍한 표정으로 바라보고 있었다.

제4장   최강의 저주

오늘도 하품을 하며 일과인 보구 닦는 작업을 시작했다.

제도에서는 날마다 무슨 사건이 일어나는데도 바깥은 어제와 마찬가지로 날씨가 좋았다. 큼직하게 주문 제작한 창문으로 스며드는 햇빛을 쬐며 늘어져 있으면 평화롭다는 걸 실감할 수 있어서 멋지다.

느긋한 기분을 맛보고 있자니 문을 노크하는 소리가 들렸고, 에바가 신문을 들고 들어왔다.

신문을 가져다주면서 이루어지는 아침(이미 낮이긴 하지만) 보고는 날마다 진행되는 일과다.

그렇게 귀찮은 일은 하지 않아도 된다고 한 적도 있긴 하지만, 성실한 에바는 상사에 대한 보고를 빼먹지 않는다. 간단히 제도의 상황을 보고해 주었다.

"아무래도 제국은 점성원의 예언을 매우 심각하게 보고 있는 것 같습니다. 꽤 억지스럽게 조사를 하고 있다더군요."

"흐음~, 살벌하네. 요즘 제도에 너무 많은 사건이 일어나는 것 같은데."

"…………."

에바가 말없이 이쪽을 빤히 바라보고 있었다.

아니, 내 실수도 어느 정도는 있을지 모르겠지만, 《검성》이 이상한 물건을 넘기지 않았다면 제블마 사건도 일어나지 않았을 거다. 애초에 모든 것의 발단이 엘리자라는 건 그냥 넘어가야지. 그걸 지적했다가 보구를 가지고 오지 않게 되면 슬프고, 이렇게 이것저것 가져다주니까 그중에 주물이 하나 정도는 섞여 있다 해도 이상할 건 없잖아.

결국 시트리는 거의 하루가 지났는데도 돌아오지 않았다. 물통의 내용물이 바뀌었다는 사실은 금방 눈치챌 테니 아마 다른 일 때문에 바쁠 것이다. 기본적으로 《비탄의 망령》에서 한가한 사람은 나밖에 없다.

완전히 에너지 절약 모드로 들어간 내게 바쁜 사람들 중 한 명인 에바가 말했다.

"왠지 교회에서도 대대적으로 범인 수색에 나선 것 같습니다만."

"나는 아무 짓도 안 했어!"

"··········정말로요?"

"··········."

에바가 눈을 흘기며 이쪽을 보았다. 아무래도 어제 마술 학원에서 일어난 소동의 원인이 나라는 것도 이미 알고 있는 것 같다.

안 했어. 아무 짓도 안 했지? 애초에 교회와 나는 거의 접점이 없다. 유일한 접점은 안셈이 소속되어 있다는 것 정도려나.

이 세계에는 신이라 불리는 존재가 여럿 있지만, 안셈이 소속된 광령교회가 최고신으로 받드는 '모든 빛의 신'은 전 세계에서 가장 유명한 신 중 하나이며 신성 계열 마법———, 치유술의 근원이다.

일반적으로 치유술사(라이터)라고 하면 그 신을 받들며 그 힘을 빌리는 자를 일컬으며, 헌터 중에서도 신자들이 많다. 모두가 치유의 힘을 지닌 《흑금 십자가》도 마도사인 마리에타를 제외하면 모두가 신자고, '성기사(팔라딘)'라 불리는 직업을 지닌 사람들도 거의 모두가 신도다.

제도는 대도시라 그런지 광령교회의 규모도 꽤 크지만 그와 동시에 광령교회에는 별로 외부인들과 깊은 관계를 맺지 않으려 하는 습성이 있다. 원하면 신자가 될 수 있긴 하나 신자의 획득에도 적극적으로 나서지 않는다. 안셈 왈, 그것은 '모든 빛의 신'의 힘이 무한하지 않기 때문인 모양이었다. 일단 그런 부분은 교회의 최고 기밀인 것 같긴 한데, 정말 세상에는 쉬운 게 없다. 그리고 그렇게 소극적인 조직임에도 불구하고 신도가 전 세계에 있다는 사실이 빛의 신의 힘이 얼마나 유용한지 나타내주고 있다 할 수 있을 것이다.

무슨 착각을 한 건지, 안셈을 만나러 교회에 갔을 때도 보란 듯이 인상을 찌푸렸을 정도다. 나는 안셈의 친한 친구라고, 친한 친구! 그리고…………, 루시아의 오빠이기도 하고.

한동안 생각에 잠겨 있다가 인상을 찌푸렸다.

"………………혹시 내가 무슨 짓을 한 건가?"

"…………저한테 그런 말씀을 하셔도……, 짐작 가는 게 있으신가요?"

"아니. 전혀 없긴 한데, 《검성》 때도 그랬고, '검은 세계수' 때도 짐작 가는 건 없었으니까……."

"…………."

아니……, 다시 생각해봐도 역시 아무 짓도 안 했어. 애초에 안 셈은 리즈나 루크와는 달리 나를 끌고 다니는 타입도 아니고, 요즘은 교회 근처에도 가지 않았으니까.

혼자서 고개를 끄덕이며 나 자신의 게으름에 만족하고 있자니 에바가 살짝 한숨을 쉬었다.

"…………뭐, 저주 관련은 광령교회가 전문이니까요. 제도의 방위에도 관여하고 있는 모양이고요."

"안셈이 바쁜 것도 납득이 되네…………, 슬슬 올 텐데."

시계를 확인했다. 요즘은 날마다 번갈아 가며 호위를 받고 있는데, 오늘은 안셈 차례였다.

뭐, 그는 제도의 교회에서 절대적인 인기를 자랑하고 있는 성기사다. 그 인기는 아마 루시아조차 뛰어넘을 것이다. 상으로 교회에서 보구 갑옷을 받았을 정도니까. 민폐 같은 예언 때문에 큰 소동이 벌어진 지금 상황에서는 빠져나올 수 없을지도 모르겠네……, 요즘은 안셈하고 느긋하게 이야기할 기회도 없었으니 이야기를 나누고 싶은 마음도 들지만, 만약에 오면 오늘은 바깥에 나가지 않을 테니 괜찮다고 해야겠다.

신문에는 마술 학원을 덮친 참사에 대한 내용도 있었으나 원인에 대해서는 거의 언급이 없었다. 아무래도 세이지 교수는 그 건에 대해서 진실을 숨기기로 한 모양이었다. 죽은 사람이 없다는 내용을 발견하고 새삼 안심하고 있던 순간, 책상 위에 던져두었던 공음석이 떨리기 시작했다.

요즘 날마다 떨리는 것 같다. 받고 싶지 않은데 에바가 있어서 어쩔 수 없이 받았다. 책상 위에 둔 채 기동시키자 떨리던 돌이 딱 멈춘 다음, 잠깐의 침묵 후에 억누르는 듯한 목소리를 전달해 주었다.

『……죽인다.』

"…………사람을 착각하셨네요."

『죽인다!! 나는 말이다! 저주 말고 다른 사건을 일으키라고 한 게 아니다!!! 아무 짓도 하지 말라고 한 거다!! 이럴 거라면 차라리 저주가 낫다!』

마치 바로 눈앞에서 내지른 것 같은 화난 목소리 때문에 귀가 띵해졌다. 귀에 가져다 대지 않은 게 다행이다.

화가 꽤 많이 난 것 같은데, 우선 무슨 일이 있었는지 말해줘야지…….

"…………이래 봬도 난 사실……, 루시아의 오빠인데?"

『프림스 마도과학원에서 어떤 포션을 둘러싸고 현재진행형으로 큰 소동이 일어나고 있다는 사실은 알고 있겠지?』

"…………혹시 프란츠 씨가 있는 곳에 제국의 골치 아픈 일이 전부 모여드는 거야?"

그리고 일일이 이쪽에 연락을 하는 걸 보니 혹시 내 팬인가?

질색하던 내게 프란츠 씨가 빠른 말투로 절박하게 말했다.

『죽인다. 좀 전에 그곳 소속 연금술사가 신고했다. 그러지 않았다면 눈치채지 못할 뻔했단 말이다! 네놈 파티의 연금술사가 가지고 간 포션 때문이다! 진압하기 위해 돌입한 제3기사단 서른 명이 전부 당했다. 마비성 가스로 단숨에 말이야! 지금 당장 와라, 이제 네놈의 뒤치다꺼리는 질색이다! 이번에야말로———, 이번 에야말로, 확실하게 이야기해줘야겠다!』

…………그렇구나. 뭐라고 해야 하나…….

나는 심호흡을 크게 하고 나서 마음을 가라앉히고는 조심조심 말했다.

"…………하지만 그 포션은 아마 딸기 우유일 텐데."

『뭐어?!』

우리 파티 연금술사가 가지고 간 포션…….

그, 뭐라고 해야 하나……, 제조사까지 말할 수 있는데. 대체 뭐가 어떻게 되면 딸기 우유 하나로 그런 소동을 일으킬 수 있는 지 이해하기가 힘드네. 프란츠 씨가 한 이야기를 통해 추측하자 면, 아무래도 시트리가 딸기 우유라는 걸 눈치채지 못하고 예전 에 소속되어 있던 기관으로 가져가 버린 모양이다. 얼른 눈치채 라고!

『영문도 모를 말을 지껄이지 마라! 어서 마도과학원 앞으로 와!』

"아니…………, 영문을 모를 게 아니라, 내가 물통에 넣은 걸 가지고 갔다고."

『?! …………윽?!!!』

무언가가 떨어진 것 같은 거센 소리와 함께 공음석이 침묵했다.

고개를 들자 에바가 정색하고 부들부들 떨면서 이쪽을 빤히 보고 있었다.

아니야……, 이건 아니라고. 이번만큼은 나 때문이 아닐 텐데.

오히려 칭찬받아야 하는 거 아닌가? 가짜인데도 이런 소동이 일어났으니 진짜였다면 얼마나 큰 소동이 벌어졌을지…….

"저주가 더 낫다네……, 하하. 그렇다면 다음에는 저주로 해줘야지."

"?! 그러지 마세요!"

대체 나보고 어쩌라는 거야. 나는 포션을 버리고 딸기 우유를 물통에 넣었을 뿐이라고! …………응, 그래, 그렇지. 쓸데없는 일을 해버렸네. 비교하다 보니 나도 모르게……, 그 타이밍에 시트리가 올 줄은 몰랐다고.

그래도 아직 늦지 않았다. 착각이라는 것을 눈치챘다면 그 약간 이상한 연금술사들도 차분해질 테니까. 만약 포션이 진짜로 위험한 물건이라 하더라도 큰 소동이 벌어지는 건 이상한 것 같으니까, 그쪽은 건드리지 말아야겠네. 군자는 위험한 곳에 가지 않는다는 말도 있고…….

나는 의자에 앉은 채 다리를 꼬고는 아직 굳어 있던 에바에게 하드보일드한 미소를 지으며 말했다.

"…………에바, 뒷일은 맡길게."

"?! 뭐, 뭘요?! 맡기지 말아주세요!"

오, 에바가 맡기지 말아주세요라는 말을 한 건 처음일지도 모르겠네. 희귀해!

그때, 큰 발소리가 들리더니 누군가가 문을 똑똑 노크했다.

대답을 하자 안셈이 문을 연 뒤 몸을 움츠리고 슬쩍 들어왔다.

"아~, 안셈. 오랜만이야. 늦었네."

"으음⋯⋯⋯⋯, 미안하군."

약간 울리는 목소리가 쓰고 있던 투구 너머로 들렸다.

오, 안셈이 오랜만에 말을 했네. 이것도 희귀하다. 에바도 눈을 동그랗게 뜨고 있고.

그는 예전부터 말이 없는 남자였다. 그리고 예의 바른 남자이기도 하다.

안셈의 체구는 인간을 뛰어넘은 크기지만, 클랜 마스터실은 건설 당시에 안셈의 육체가 계속 성장할 것을 염두에 두고 설계했다. 뭐, 내 방에는 들어오지 못하지만 그건 어쩔 수 없을 것이다. 갑옷의 힘으로 작아진 뒤에 들어와 주세요⋯⋯.

안셈이 마치 대형 마수처럼 묵직하고 완만한 동작으로 눈앞에 섰다. 너무 거세게 움직이면 물건을 부숴버리기에 최대한 천천히 움직이려 하는 모양이었다. 눈앞에 서니 여전히 압박감이 대단하다. 그 솟구치는 듯한 위용에 오랫동안 함께 지내온 에바도 약간 위축된 것처럼 보였다.

나는 의자에 몸을 기대고는 바쁜데도 불구하고 와준 파티에서 제일 성실한 소꿉친구에게 말했다.

"교회, 주물 때문에 정신이 없다면서? 일부러 와줬는데 미안하지만, 바쁘다면 오늘은 바깥에 나가지 않을 테니 이쪽 호위는 괜찮아."

아니, 안셈이 있든 없든 바깥에 나가진 않을 거라고!

"⋯⋯⋯⋯⋯⋯아니."

안셈이 그렇게 한마디만 말하고는 바닥에 앉았다. 그것만으로도 바닥이 약간 흔들렸다.

오늘은 무기와 방패는 가지고 오지 않은 것 같지만, 어지간한 상대라면 맨손으로도 한방일 것이다. 아마《비탄의 망령》에서 배틀로얄을 벌이면 마지막까지 서 있을 사람은 그겠지.

무제제에 출전했다면 우승했더라도 이상할 게 없다.

"뭐, 편히 있으라고."

"으음."

안셈이 고개를 살짝 끄덕이고는 그대로 정지했다. 움직이는 것을 멈추니 사람이 아니라 그냥 큼직한 장식 같다. 이거……, 편히 있는 건가? 뭐, 본인이 좋다면 상관없긴 하지만.

에바가 희귀한 손님을 보고 어떻게 해야 할지 망설이고 있었다. 좀 전까지 혼란스러워하던 모습이 마치 마법처럼 사라져 버렸다. 이것도 그의 인덕 덕분이겠지.

마음씨가 착하며 힘도 장사. 그가 리즈와 다른 파티원들처럼 툭하면 싸워댔다면 엄청난 일이 벌어졌을 것이다.

세상은 중요한 부분이 잘 이루어져 있다.

나는 일어선 다음에 금속을 닦는 데 쓰는 스프레이와 대걸레를 꺼내 안셈 쪽으로 다가갔다.

마침 보구를 다 닦아서 한가하던 참이다. 닦아줘야지. 마치 벽 같은 등에 스프레이를 뿌리자 안셈이 고개만 기울여서 이쪽을 보고는 울리는 목소리로 말했다.

"……………아니."

"사양하지 마."

"⋯⋯⋯⋯⋯⋯⋯⋯⋯⋯⋯아니."

보구 갑옷은 잘 더러워지지 않고 닦아봐도 별다른 차이는 없지만, 닦지 않는 것보다는 낫다. 대걸레로 힘차게 갑옷 손질을 시작한 나를 본 안셈이 포기한 듯이 다시 움직임을 멈췄다.

갑옷을 구석구석까지 전부 닦고 나니 이미 해가 진 뒤였다. 몸이 욱신욱신 아팠다.

내 컬렉션은 꽤 많지만, 정비하기만 해도 운동이 되는 건 안셈의 갑옷 정도밖에 없다(엄밀하게 말하자면 그의 갑옷은 컬렉션이 아니지만).

"호오~, '마린의 통곡'이라. 교회에서 봉인하고 있던 주물이란 말이지."

"⋯⋯⋯⋯⋯⋯으음."

안셈이 고개를 묵직하게 끄덕였다. 보아하니 에바가 소문으로 들었던 교회의 대규모 수색 이야기는 사실이었던 모양이다.

안셈은 말수가 적긴 하지만 결코 커뮤니케이션을 싫어하는 게 아니다.

갑옷을 닦으면서 나눈 이야기를 통해 대충 사정을 알게 되었다. 보아하니 현재 교회에서는 보유하고 있는 주물의 정화 작전을 진행하고 있고, 거기에 안셈도 동원되었다고 한다.

모든 빛의 신이 내려주는 힘은 치유뿐만이 아니다. 봉인술이나 결계술도 그 안에 포함된다. 원래 제국의 광령교회에는 오랫동안 엄중히 봉인되어 있던 강력한 주물이 여러 개 있었다.

봉인된 이유는 제각각 다르다. 당시 교회에게는 버거워서 어쩔 수 없이 봉인한 것도 있는가 하면, 시간이 지나면서 저주의 힘이 약해지는 것을 기대하며 조치를 취해둔 물건도 있다. 유일한 공통점은 봉인이 영원히 지속되는 것이 아니라는 점일 것이다. 시간 경과에 따라 균열도 생기고, 좀처럼 그런 일은 없지만 갑자기 풀려버리는 경우도 있다. 실제로 그런 이유 때문에 큰 피해가 발생했다는 사례도 있다.

예언의 원인을 혈안이 되어 찾고 있던 제블디아가 거기에 눈독을 들이는 것은 당연했다.

그리고 제국과 교회의 상층부가 이야기를 나눈 결과, 수많은 봉인 중에서도 특히 강력한 주물, '마린의 통곡'의 정화가 결정되었다고 한다. 갑작스럽게 봉인이 풀려서 큰 피해를 입을 바에는 차라리 만반의 준비를 갖추고 정화해버리는 게 낫다는 거다. 역전의 발상이네.

"그거, 괜찮은 거야?"

"……………………으음?"

주물을 정화하는 건 좋지만, 거기에 참가하는 안셈이 우리 파티 멤버라는 건 잊지 말아줬으면 좋겠다. 튼튼하고 온화하긴 해도 아무것도 느끼지 못하는 건 아니까.

나도 모르게 하드보일드한 느낌으로 물어보았다.

"나도 도울까?"

"아니…….."

거절당해 버렸네……, 리즈나 루크였다면 엄청나게 기뻐했을 텐데. 하지만 그래서 좋아!

뭐, 안셈이라면 분명히 괜찮을 거다. 정 뭐하면 아크나 스벤, 아니면 루시아 같은 사람을 데리고 가도 될 것이다. 교회에서 외부인이 참가하는 걸 싫어할지도 모르겠지만 안전제일이다.

"그런데 '마린의 통곡'이라는 건 구체적으로 어떤 주물이야?"

"⋯⋯⋯⋯⋯⋯."

내 컬렉션 중에는 주물의 정화에 도움이 될 만한 보구도 몇 가지 있는데———, 주지 않는 게 좋겠지.

그건 오랫동안 교회에 봉인되어 있었고, 자칫 봉인이 풀리면 제도가 멸망할지도 모르기에 정화 대상으로 선택될 만한 주물이다. 애초에 봉인이라는 수단은 보통 버거운 존재에게 사용하는 법이다. 광령교회는 오래전부터 큰 세력이었을 테니 위험한 냄새가 풀풀 풍긴다. 뭔가 저질러버리면 이번에야말로 돌이킬 수 없는 일이 될지도 모른다.

안셈에게는 항상 폐만 끼치니 가끔은 도움이 되는 모습도 보여주고 싶긴 하지만———.

그때, 안셈이 고개를 크게 끄덕이고는 단숨에 말했다.

"'마린의 통곡'은 오랫동안 교회에 봉인되어 있던 최고 랭크의 주물이다. 비참한 죽음을 맞이한 마린이라는 여자의 원념을 토대로 어둠의 마도사가 만들어낸 무시무시한 주살 병기이고, 광령교회에서는 오랫동안 골칫거리였다. 제블디아에서 예언 이야기가 들어왔을 때 제일 먼저 언급되었을 정도다. 제국의 제안은 듣던 중 반가운 소리였지. 대국이 완벽하게 보조해주는 와중에 정화를 할 수 있으니 더할 나위 없는 기회다. 크라이가 걱정할 필요는 전혀 없어."

그렇구나……, 꽤 위험할 것 같다. 정말, 그렇게 위험한 물건이 내가 살고 있던 도시의 교회에 봉인되어 있었다니, 대도시에 사는 것도 좋은 것만은 아니네.

"…………그 병기는 지금까지 얼마나 큰 피해를 입혔는데?"

"………………으음."

"아니, 점성원이 예언한 건 아무리 봐도 그거 아닌가? 나라가 멸망할 거라고 했으니까……, 그것보다 강한 주물 같은 건 없잖아?"

나라가 멸망할 만한 저주라는 이야기에 제일 먼저 머릿속에 떠오르다니, 얼마나 큰 피해를 입힌 거야? 무섭네.

도망칠 수 있다면 도망치고 싶지만 안셈을 두고 도망칠 수는 없지. 안셈은 한동안 입을 다물고 있다가 잠시 후에 고개를 천천히 젓고는 팔을 들어 올려 손가락을 두 개 폈다.

"…………두 번째라, ……더 위험한 게 있는 건가."

"으음."

성기사가 되지 않아서 정말 다행이다. 뭐, 되지 않았다기보다는 되지 못한 거지만.

"긍정적으로 생각하자. 제일 위험한 게 아니라 다행이야."

"…………으음."

애써 미소를 지으며 어깨를 탁탁 치는 나를 보고 안셈이 한숨을 크게 쉬며 고개를 끄덕였다.

그때, 갑자기 문이 노크도 없이 세차게 열리고는 시트리가 뛰어 들어왔다.

시트리는 척 보기에도 알아볼 수 있을 정도로 만신창이였다. 머리카락과 옷도 흐트러졌고, 무슨 일이 있었는지 오른손으로 왼쪽 팔을 누르고 있었다. 비틀비틀 방으로 들어온 다음, 시트리는 애교 부리는 것 같기도 하고 삐진 것 같기도 한 목소리로 말했다.

"크라이 씨이이이이이이이이이이이! 하고……, 오빠."

"으음."

오빠를 보고 왠지 힘이 없어 보이던 시트리의 표정이 굳었다.

"왜 그래?"

"…………아, 아뇨."

시트리가 원래 모습으로 돌아와 제대로 선 다음 살짝 헛기침을 했다. 누르고 있던 손을 떼어내고 로브를 툭툭 털었다. 약간 창피했는지 귓가가 빨개졌다. 건강한 것 같아 다행이네.

보아하니 다친 곳도 없고, 정신적으로도 문제는 없는 것 같다. 뭐, 건강하지 않더라도 살아만 있다면 안셈이 치료해버리겠지만……, 그런데 꾀병까지 부리면서 어쩌려고 했던 거지?

시트리는 오빠를 힐끔거리면서 내게 다가와서는 죄책감을 자극하는 눈초리로 나를 올려다보며 말했다.

"크라이 씨의 책략 때문에 프림스 마도과학원은 일시적으로 폐쇄되어버렸어요. 상층부 대부분이 체포당해버려서……, 제 신용도 폭락했고요. 이제 크라이 씨의 신부……, 곁에 두실 수밖에 없어요! 한동안은!"

"…………그, 그래."

책략 같은 건 쓰지 않았고, 터무니없는 일이 일어난 것 같긴 해도 제도가 평화로워졌다는 감상 말고는 떠오르는 게 없었다. 마치 지옥 같은 광경이었겠지……, 신용이 떨어진 건 정말 미안하지만, 넌 꽤 여유로워 보이네……. 무슨 일이든 즐길 수 있다고 해도 한도가 있는 거 아니야?

여동생이 궁지에 처했는데도 안셈은 딱히 반응을 보이지 않았다. 리즈도 시트리도 개성이 강하고 지금까지 경험한 게 있으니 꽤 너그러워진 것이다. 여동생에게 약한 것은 그의 장점이자 단점이기도 하다.

연기하는 모습을 보여서 껄끄러운지, 시트리는 마치 꿔다놓은 보릿자루 같은 느낌이었다. 평소였다면 신이 나서 끌어안는 것 정도는 해도 이상할 게 없을 텐데———, 복잡한 듯한 표정으로 오빠를 보고는 눈을 깜빡이며 품속에서 작은 상자를 꺼냈다.

그 안에 들어있던 것은 낡은 십자가 펜던트였다. 금 사슬에 칙칙한 은 십자가. 한가운데에는 큼직한 진홍색 보석이 박혀 있었다. 약간 더러워지긴 했지만 팔려고만 하면 상당히 비싼 가격이 매겨질 것이다.

받아든 펜던트를 빛에 비춰보았다. 보아하니 보구는 아닌 것 같은데———, 진홍색 보석을 신중하게 확인해보니 안에 기묘한 문자가 새겨져 있는 게 보였다. 시트리가 설명해 주었다.

"니콜라루프 씨가 잡혀가기 직전에 몰래 줬거든요. 오래전부터 전해져 내려온 유서 깊은 부적이래요. 항상 가지고 다니면 영령이 지켜줄 거라고……."

"그렇구나⋯⋯⋯, 영령이 지켜준단 말이지. 지금의 안셈에게 안성맞춤이겠네."

시트리의 스승님은 결국 보호를 받지 못하고 잡혀가 버린 모양인데⋯⋯, 이거, 효과가 있긴 한 건가?

뭐, 십자가는 성직자가 흔히 가지고 다니는 '성스러운' 상징이다. 이제 곧 주물의 정화 작전에 도전할 안셈을 위해 존재하는 거나 마찬가지인 아이템이잖아. 없는 것보다는 낫겠지.

혹시 운명은 이걸 위해 소동을 일으킨 건가? ⋯⋯⋯⋯너무 민폐가 심한데.

"⋯⋯⋯⋯⋯⋯⋯⋯⋯⋯으음."

가지고 있던 사슬로 펜던트 길이를 조절한 다음, 안셈의 목에 걸어주었다.

안셈은 낮게 울려 퍼지는 듯한 목소리를 냈다.

제도 제블디아에는 불길한 분위기가 감돌고 있었다. 제도가 거점이 아닌 상인들은 마치 가라앉는 배에서 도망치는 쥐처럼 제도를 탈출했고, 사정이 있어서 제도를 떠나지 못하는 자들도 대비를 진행하고 있었다. 탐색자 협회에는 평소에 비해 몇 배나 되는 호위 의뢰가 들어왔다고 한다.

일반 시민에게는 점성신비술원의 예언을 공개하지 않았다. 그럼에도 불구하고 다들 무언가를 눈치채고 있었다.

전부 연달아 발생한 사건 때문이다.

《검성》의 문하생이 마검으로 인해 일으킨 폭주 사건. 제블디아 마술 학원에서 괴물이 출현한 사건과, 프림스 마도과학원에서 연금술사들이 위법 포션을 둘러싸고 벌인 충돌. 한 가지만 놓고 봐도 큰 사건인데 연달아 발생했으니 매우 둔감한 사람이 아니라면 뭔가 일어나고 있다는 것 정도는 짐작할 것이다.

그중 몇 가지는 프란츠가 함구령을 내렸지만, 사람의 입에는 자물쇠를 채울 수가 없다. 날마다 밤낮을 가리지 않고 친분이 있는 귀족이나 상인들이 문의를 해대자 프란츠는 이제 한계였다.

"젠장, 다음에는 무슨 짓을 할 생각인 거지? 그 남자! 끝이 안 보인단 말이다!"

모처럼 '아홉꼬리 그림자여우'의 대책 본부를 꾸리고 이제부터 활동을 시작하려는 타이밍에 발생한 예언.

연달아 발생한 의미불명의 사건, 그럼에도 불구하고 사라질 기미를 보이지 않는 예언은 프란츠의 처리 능력을 완전히 넘어서고 있었다. 아니———, 프란츠가 아니라 다른 사람이었다 하더라도 이런 상황에 대처할 수는 없었을 것이다.

사건의 추이가 너무 빠른데다 척 보기에는 아무런 관련성도 없다. 다른 기사단과 협력해서 대처하고 있는데도 일손이 너무 부족하다. 저번 사건을 조사하는 동안에 다음 사건이 일어나니 어떻게 해볼 수도 없다.

그리고 프림스 마도과학원에서 일어난 사건은 그중에서도 최악이다.

"딸기 우유라고?! 장난치지 마라!"

그야말로 악몽이다. 제도의 연금술 계열 최고 학부에 소속되어 산전수전 다 겪은 연금술사들이 모조리 속아서 물통에 들어있던 딸기 우유 때문에 우왕좌왕하다니, 역사에 남을 수치일 게 틀림없다.

싸움에 참가한 연금술사들은 모두 체포당했다. 속았다고 진술해봤자 애초에 노리던 포션이 위법한 물건인 이상, 그게 진실이라 하더라도 용납될 리가 없다. 그리고 그 건으로 《천변만화》를 잡아들일 수도 없었다. 사기죄를 추궁할 수 있을지도 모르겠지만, 그렇게 따져봤자 만에 하나라도 '사기가 된다면 진짜를 줄게'라는 말이라도 꺼내면 큰일이 벌어진다.

저주는 그만두라고 했던 건 다른 소동을 일으키라고 한 게 아니다!

프란츠가 한 말의 진짜 의도를 모르는 것도 아닐 텐데, 정말로 악질이다.

자기도 모르게 새어 나온 불평을 듣고 제0기사단의 부하가 말했다.

"그런데 단장님. 이만큼 사건이 발생했고 해결되었는데도 예언이 사라지지 않는 것을 보니 그 예언의 대상은 그보다 더 흉악한 사건이라는 뜻 아닙니까?"

"……나는 굳이 말하자면 《검성》이 그렇게 위험한 물건을 가지고 있었다는 게 뜻밖이었다만."

다양한 보구와 사람들이 모여드는 제도에서는 저절로 위험물도 많아지게 된다. 마도사나 연금술사에게는 비밀이 많고, 다른 귀족들도 뭘 숨기고 있을지 알 수가 없다. 그리고 아마도 황성 보물 창고에도———, 확인해보면 무언가가 발견될 것이다. 《천변만화》가 파헤친 것은 극히 일부에 불과하다.

법으로 금지된 지배약, 스트로베리 블레이즈는 가짜였다. 조사에 따르면 시트리는 그것을 마술 학원에서 손에 넣었다고 하는데, 그 녀석들이라면 진짜를 숨기고 있다 하더라도 이상할 게 없다.

예언이 발생한 직후부터 프란츠는 이곳저곳에 기사단을 파견하여 위험한 물건을 탐색했지만 결과는 신통치 않았다. 《검성》에게도, 제블디아 마술 학원에도, 프림스 마도과학원에도 조사하러 나갔었다. 그리고 그때는 아무것도 나오지 않았다. 기사단에는 권한이 있으나 아무런 근거도 없이 강제 수사를 할 수는 없다. 인원도 부족하고, 제약도 있다. 청취 조사가 한계다.

하지만 《천변만화》는 정규 기사단으로서는 절대로 불가능한 수단으로 그것들을 끄집어냈다.

애초에 저주 중에는 발동 조건이 정해진 것이 많다. 주물을 가지고 있는 사람들 중 대부분은 자각하지 못하는 경우가 많다고 한다. 이번 경우로 따지면 《검성》은 지팡이의 위험성을 알지 못했다. 《천변만화》가 어디서 본인조차 자각하지 못하는 주물의 정보를 손에 넣었는지는 알 수가 없지만, 여전히 엉망진창인 짓을 해대고 있다.

혹시 그 남자는———, 예언의 정체를 확인하기 위해 그 '신산귀모'를 마음껏 발휘해서 그럴싸해 보이는 것들을 모조리 헤집고 있는 건가?

"……………음."

프란츠는 고개를 저으며 한순간 머릿속을 스친 무시무시한 생각을 털어냈다.

예전의 프란츠였다면 틀림없이 《천변만화》의 심문을 명령했을 것이다. 하지만, 지금은 다르다.

최근 몇 달 동안 프란츠는 그 남자와 엮여서 갖가지 험한 꼴을 당해왔다. 이미 그 남자에게는 휴를 파견했다. 더 이상 그 남자에게 할당할 만한 여력은 없다. 어차피 둘러댈 게 뻔하다.

부하에게 낮은 목소리로 지시를 내렸다.

"…………지금은 교회 건에 힘을 쏟는다. 만에 하나라도 그 주물이 폭주한다면 피해자의 숫자는 지금까지와는 비교도…………, 아니, 일반인들 중에서도 피해자가 생길 거다."

'마린의 통곡'은 현재 소재를 알고 있는 것중에서는 최대 최악의 주물이다. 태고의 마도사가 무시무시한 의식을 통해 만들어낸 그 저주는 사방 천지의 생명을 빼앗았고, 나아가서는 만들어낸 마도사조차 죽였다. 점성원이 예언한 대상으로서는 가장 그럴싸할 것이다.

하지만 그 저주가 맹위를 떨친 것은 아득히 먼 옛날이다. 강한 사념을 토대로 발동되는 '저주'는 시간의 경과에 따라 약해지는 경향이 있고, 교회가 지니고 있는 정화나 결계 기술도 예전에 비해 진보했다.

애초에 이야기를 들어보니 마린의 통곡 정화 계획은 지금까지 실행할 때를 대비해서 조금씩 진행해왔던 모양이었다. 이번 작전은 계획이 조금 앞당겨졌을 뿐이다. 제국이 전면적으로 협력한다면 실패할 리가 없다.

"각 조직과 협력 관계를 맺었습니다. 아크 로댕에게도 연락을 취했습니다. 《부동불변》도 있으니 준비는 완벽합니다."

《부동불변》. 제도 교회 최강의 성기사. 귀족 출신이 아니며 기사 학교에 소속된 경력도 없음에도 불구하고 특례로 기사단 입단을 제안받을 정도의 남자. 전투 능력과 치유의 힘을 높은 수준으로 겸비한 그 남자는 아크 로댕에 필적하는 인재라는 평가를 받고 있었다. 그리고 《비탄의 망령》 멤버이기도 했다.

…………그러고 보니 아크 로댕은 《시작의 발자국》 멤버였지.

"………………그 남자의 인간관계는 대체 어떻게 된 거지?"

인복이 있는 건지, 아니면 그 남자와 엮인 녀석들이 시련에 휘말려서 성장한 건지———.

뭐, 어찌 되든 상관없다. 프란츠가 할 일은 변함이 없다.

제국의 번영을 위하여 날아든 불똥을 털어버리는 것뿐이다.

그리고 작전 날이 다가왔다.

주물 정화 작전을 앞두고 교회로 통하는 길은 통행 규제가 걸려 있었다.

작전에 대해서는 시민들에게 공개하지 않은 모양이지만, 한동안 사건이 연달아 일어난 탓인지 돌아다니는 사람들은 다들 불안한 듯한 표정으로 검문을 진행하고 있는 기사들 쪽을 살피고 있었다.

아직 도착하려면 좀 남았지만, 제블디아의 광령교회 건물은 황성 버금가는 크기를 자랑하기에 멀리서도 알아볼 수 있었다. 질실강건을 형태로 나타낸 황성과는 달리 수없이 치솟은 흰색 첨탑과 상징인 태양을 본떠 만든 마크 장식은 매우 세련되어서 보기만 해도 약간 즐겁다.

도로 한가운데를 성큼성큼 걸어가던 안셈에게 말을 걸었다.

"왠지 교회에 가는 것도 오랜만이네."

"…………으음."

안셈은 아마 제블디아 교회 소속 성기사 중에서 제일 유명할 것이다.

그 이유는 헌터로서 인정 레벨이 높다는 것도 있고, 치유 능력이 강하다는 것도 있고, 성격이 좋다는 것도 있고, 물론 몸집이 크다는 것도 들 수 있을 것이다. 그리고 리즈나 시트리와는 달리 그의 평판에는 악평이라는 것이 전혀 없었다. 리즈처럼 마구 날뛰지도 않고, 시트리처럼 가끔 글러먹게 되지도 않는 그는《부동불변》이라는 별명이 부끄럽지 않은 안정감을 자랑하고 있는 것이다.

그 근처에 있으면 내게 시선이 쏠리지 않아서 정말 고맙다. 번개도 떨어지지 않고, 큰 나무 그늘 밑이 편하다는 게 이런 뜻이려나.

아무래도 안셈이 말했던 것처럼 이번 계획에는 상당히 많은 인원을 동원한 모양이었다. 교회로 이어지는 길에는 기사나 신관뿐만이 아니라 헌터까지 있었다. 《검성》 때나 마술 학원 때는 문제가 갑작스럽게 발생했지만, 이렇게까지 완벽하게 태세를 갖추었으니 무슨 일이 생기더라도 대처할 수 있을 것이다.

그리고 무엇보다 이번에는———, 내가 있다.

상상했던 것 이상의 완벽한 태세에 안도의 한숨을 쉰 다음, 신이 나서 기둥처럼 보이는 안셈의 다리를 두드렸다.

"뭐, 이번에는 나도 할 수 있는 일은 할게! 할 수 있는 일 같은 건 없지만!"

"……………………으음~."

원래는 저주를 정화하는 현장 같은 곳에는 절대로 따라가지 않겠지만, 이번에는 예외다.

안셈이 있고, 나도 배운 게 있다. 무뚝뚝한 이 친구를 위해 팔을 걷어붙이고 나서보겠다고.

무슨 일이 생긴다 해도 현장에 있으면 불평을 하지 않을지도 모르고.

교회 안뜰. 돌바닥으로 포장된 널찍한 공간에서 준비가 착착 진행되고 있었다.

안셈과 함께 안으로 들어가자 심플한 법의를 입은 신도들이 웅성대면서 안셈에게 호의적인 시선을 보냈고, 옆에 조용히 서 있는 나를 보고는 다시 진지한 표정을 지었다.

제도의 교회 사람들에게 있어서 안셈은 자랑거리다. 그리고 나는 왠지 모르겠지만 그런 안셈과 함께 다니는 시원찮은 친구. 게다가 언제나 내가 안셈에게 폐를 끼치기만 하니 호의적인 시선으로 봐줄 리가 없다. 뭐, 안셈하고 나 사이니 대놓고 비난하진 않지만……, 완전히 동료의 위광을 등에 업고 우쭐대는 모양새다.

안뜰의 공기는 신기하게도 매우 맑았다. 땅바닥에는 큼직한 마법진이 그려져 있었다.

결계를 칠 준비일 것이다. 이런 의식은 규모가 크면 클수록 꼼꼼하게 준비할 필요가 있다. 내가 헌팅에 따라다니던 무렵, 안셈이 결계술을 사용하던 모습을 자주 봤기에 알고 있다.

이미 안뜰에는 이번 정화에 동원된 강자들이 모여 있었다. 낯익은 얼굴도 여러 명 있었다.

옆에 서 있던 안셈의 무릎을 툭툭 두드리며 말했다.

"내 호위는 이제 괜찮아. 알아서 구경하고 다닐 테니까 볼일이 있다면 다녀와도 돼."

"………………으음."

안셈은 자기주장이 약하지만 소꿉친구니까 무슨 생각을 하는지는 대충 알 수 있다.

아무리 그래도 교회 부지 안에서 위험한 일이 생기지는 않을 테고, 일하는 것을 방해하고 싶지는 않다.

안셈이 성큼성큼 광장 중심을 향해 걸어갔다. 나는 팔을 높게 들어 올리고 심호흡을 했다.

교회는 뭐라고 해야 하나, 그냥 있기만 해도 마음이 씻겨나가는 것 같다. 구경하는 기분으로 준비가 착착 진행되는 모습을 관찰하고 있자니 갑작스럽게 낮은 목소리가 들렸다.

"?! 크, 크라이, 왜 네가 있는 거냐!"

"?!"

몸이 움찔거리며 움직였다. 당황하며 목소리가 들린 쪽을 보았다. 거기 있던 사람은────, 탐색자 협회 제도 지부의 명물 지부장, 거크 벨터와 모두의 아군인 아크 로댕이었다. 이제 루크만 있으면 완벽한데.

거크 씨하고는 무제제 때도 마주쳤지만 아크는 오랜만에 만났다. 근처에는 그가 리더를 맡고 있는 《성령의 자제(아크 브레이브)》 멤버들도 있었다.

아크가 눈을 동그랗게 떴다. 뒤에 있던 동료들은 이쪽을 노려보고 있는데, 그의 싹싹한 성격은 그야말로 용사라는 칭호에 어울린다. 있어줬으면 했을 때 없었던 건에 대해서는 불문에 부치도록 하지.

아크와 만나다니, 오늘은 왠지 좋은 일이 있을 것 같네. 안심감도 대폭 늘었다.

"거크 씨하고 아크, 그리고 다른 여러분, 다들 모이신 모양이네요……."

거크 씨의 눈썹이 움찔거리며 움직였다. 이번에는 아직 아무 짓도 안 했으니 엎드려 빌지는 않을 거야. 평소였다면 이렇게 위험한 곳에 오진 않았겠지만, 이것도 전부 안셈을 신뢰하고 있기 때문이다.

왠지 모르겠지만 거크 씨가 정색하고 있었다. 그때 나는 문득 어떤 생각이 나서 손을 탁 쳤다.

"항상 호출을 받고 나서 오곤 하는데, 오늘은 호출받기 전에 와 줬어!"

"윽?!"

이것도 신산귀모라는 건가?

하드보일드한 미소를 지은 나를 보고 거크 씨는 볼을 움찔거리며 성큼성큼 다가왔다. 나도 모르게 한 발짝 물러선 내게 그가 낮은 목소리로 말했다.

"크라이, 너, 너…………, 이번에는 무슨 짓을 할 셈이냐?!"

"………………어? …………아니, 그냥 안셈이 일하는 걸 견학하러 왔을 뿐인데."

애초에 나는 항상 아무것도 하지 않는다. 아무것도 하지 않는게 잘못이라고 하면 어쩔 수 없지만……, 이번만큼은 잘못한 게 없다고.

등을 쭉 편 내 어깨에 거크 씨가 손을 얹고는 마치 타이르는 듯한 말투로 말했다.

말투는 타이르는 것 같았지만, 눈초리는 살인귀 그 자체다.

"크라이, 쓸데없는 변명은 됐다. 나는 이번에 무슨 짓을 할 셈인지 물어본 거다. 알겠나? 이번 건은———, 아니 매번 그랬지만, 장난이 아니다. 표적은 평소와 격이 다른 '저주'다. 알겠나?

교회에서 탐협에 협력을 요청할 수준이란 말이다. 무리해서 아크도 불러들였다. 표적은 단순한 저주가 아니라 무시무시한 병기다. 당시에 교회의 신관 열세 명의 목숨과 맞바꿔서 봉인한 물건이라고."

"…………무리해서 아크를 불러들이는 그 루트를 알고 싶은데."

가능하다면 직통 공음석이 있었으면 좋겠네요. 뭐, 건넨다 하더라도 이자벨라 같은 파티원들이 말리려나. 그리고 열세 명이 목숨과 맞바꿔서 봉인했다는 이야기는 처음 듣는다.

"………………."

거크 지부장이 조용히 나를 위압하고 있었다. 거친 목소리를 내지 않는 건 이곳이 교회이기 때문인가?

압박감 때문에 포기하고 엎드려서 빌까, 진지하게 고민하던 순간에 아크가 끼어들었다.

"자자, 지부장님, 그에게도 뭔가 이유가 있는 거겠죠. 그리고 고레벨 헌터는 많을수록 좋고요. 저도———, 저주를 상대한 적은 손에 꼽을 정도밖에 없으니……, 그렇지? 크라이."

"! 맞아, 아크."

이거야. 이게 바로 아크지. 어서 와, 아크! 여전히 외면도 그렇고 내면도 훈남이구나.

나도 모르게 아무런 생각도 없이 미소를 지으며 대답해버리자 이자벨라 일행이 한숨을 크게 쉬었다.

"아크 씨, 매번 뒤치다꺼리를 하면서도 이 녀석에게 너무 약해……."

"아니, 아니, 이래 봬도 요즘에는 아크가 없어서 힘들었다고. 아놀드를 상대하고, 황제를 호위하고, 여우를 상대하고, 무제제까지 전부 내가 맡게 되어버렸잖아."

"그, 그런가…………, 그거참 힘들었겠어."

아크가 쓴웃음을 지었다. 생각해 보니 언제나 아크가 없다는 말만 했었네. 하지만 아크가 없었으니 어쩔 수 없다. 없는데 있다고 할 수는 없으니까……

안셈과 아크가 모인 시점에서 이 작전은 성공한 거나 마찬가지겠어. 하지만 전력이 모였기에 방심도 생기는 법이다. 일단은 그렇게 다른 쪽에 베팅을 해둬야지. 아크의 어깨를 친근하게 탁탁 두드리며 말했다.

"이번 주물 정화, 전력이 꽤 모이긴 했지만 내가 보기에는 골치 아픈 상대니까 방심하지 말고 조심해!"

"………………."

내가 격려해주자 항상 밝았던 아크의 표정이 딱딱하게 굳었다. 거크 씨는 눈썹을 움찔거리며 마피아 뺨칠 정도의 표정으로 나를 바라보고 있다. 이자벨라나 유우의 반응도 비슷했다. 가벼운 충고였는데 너무나도 반응이 커서 어떻게 해야 될지 모르겠다.

기분 나쁜 침묵이 감돌고 있었다. 거크 씨가 그런 분위기를 털어내려는 듯이 한마디 한마디 힘주어 말했다.

"이, 이번 작전은, 치밀한 계산 아래, 진행된다. 봉인 이후로 시간 경과에 의해 저주가 약화된 데다, 저주의 심도를, 꽤 높게 예상하고, 작전을 짰지. 신관의 수준도, 예전보다는 높다."

그거……, 완벽하네. 이제 작전이 실패할 이유는 없다. 내가 반대쪽에 베팅하면 더욱 완벽하다.

"그래도 세상 일은 어떻게 될지 모르니까."

"…………."

"아, 아하하……, 노, 농담이야……, 그냥 농담이라고."

쏠리는 시선에 담긴 압력에 곧바로 항복했다. 다른 사람들이 내게 적의를 쏟아내는 건 익숙하지만, 거크 씨는 그렇다 치더라도 아크까지 그런 눈으로 보면 견딜 수가 없다.

내가 하드보일드를 일시 휴업하고 둘러대려던 참에 거크 씨와 아크가 서로 눈짓을 주고받았다.

거크 씨가 입을 열고 이쪽으로 한 발짝 내디디려 한 순간, 이상한 목소리가 들렸다.

"오, 오빠?! 어째서 이런 곳에………………, 서, 설마, 오빠도 참가하는 건가요?"

"아, 안녕."

목소리가 들린 쪽을 보았다. 교회로 들어온 사람은―――, 루시아였다. 빠른 걸음으로 이쪽을 향해 다가와서는 나를 빤히 바라보았다. 그 표정은 거크 씨나 아크 못지않게 심각했다.

아, 나는 몰랐는데 루시아도 참가하는구나……, 여담이지만 루시아가 나를 오빠라고 부를 때는 초조할 때다. 반항기인 그녀는 나를 오빠라고 부르는 게 껄끄러운지 최대한 리더라고 부르게 되었는데, 가끔씩 예전 버릇이 나올 때가 있다. 보아하니 너……, 지금 초조하구나?

루시아 뒤쪽에는 낯익은 사람들이 있었다. 《별의 성뢰(스타 라이트)》를 비롯한 《시작의 발자국》의 마도사들이다. 선두에 선 리더 라피스는 우아한 동작으로 앞으로 나선 다음, 단정한 눈썹을 일그러뜨렸다.

"흥…………, 항상 뒤로 물러나 있는 《천변만화》가 전장에 서다니…………, 아무래도 꽤 골치 아픈 안건인 모양이로군."

"약한 인간!! 이야기는 다 들었다, 입니다! 무제제가 끝난 지도 얼마 안 됐는데 마음껏 설치고 다니는구나, 입니다! 정말……."

크루스가 내 얼굴을 보자마자 다그쳤다. 신기하게도 오늘은 다른 《별의 성뢰》 멤버들도 같이 와서 다들 어이없다는 듯이 크루스를 보고 있었다. 빼어난 외모를 지닌 정령인들이 이렇게 많이 모이다니, 왠지 이득을 본 듯한 기분이다. 나와 나름대로 친분이 있는 건 라피스와 크루스뿐이지만.

"…………신기하네, 라피스네가 이런 일을 하러 나서다니."

정령인은 기본적으로 자유인들뿐이다. 권위 같은 것은 아랑곳하지도 않고, 인간들의 제약에 얽매이지도 않는다.

내 말을 듣고 라피스가 어이없다는 듯이 코웃음 쳤다.

별것 아닌 몸짓 하나하나가 그림이 되는 게 정말 부럽다.

"주술은 우리의 분야다. 인간의 저주 따위는 정령인의 저주에 비하면 어린아이의 장난이나 마찬가지지. 루시아가 의견을 요청하였으니 거절할 수는 없고."

"약한 인간, 너, 혹시 '저주받은 진홍의 정령석' 전설을 모르는 거냐, 입니다!"

"선생님께서 협력을 요청하셔서……, 선생님께서는 검은 세계수 건 뒤처리 때문에 바쁘신 모양이라 제가 나섰어요……. 설마 리더가 있을 줄은 몰랐지만요."

그렇구나, 그렇구나…………, 루시아가 끌고 온 건가.

그건 그렇고 라피스 일행도 꽤 둥글어진 모양이다. 예전부터 악당은 아니었지만, 이번 건으로 교회 사람들에게 실력을 보여주면 좀 더 인간 사회에 녹아들 수 있을 것이다.

"아~, 저주받은 정령석 전설 말이구나. 그거잖아, 그, 그거……."

"……약한 인간, 모르면 쓸데없이 허세 부리지 마라, 입니다!"

세상에는 모르는 게 더 나은 것도 있다고.

나와 크류스의 쓸데없는 이야기를 무시하고 라피스가 우울한 기색이 감도는 표정으로 말했다.

"정령석의 회수는 오랜 세월에 걸친 우리의 비원이다. 우리가 숲에서 나온 이유 중 하나이기도 하지. 이번 저주 소동과 관계가 있을까 싶었다만……, 아무래도 아니었던 모양이로군. 정령석은 인간에게 봉인당할 만한 것이 아니다."

그러고 보니 예전에 엘리자가 방랑하는 이유 중 하나도 무언가를 찾기 위해서라고 했는데, 어쩌면 똑같은 건지도 모르겠다. 겨우 진정되었는지 루시아가 살짝 헛기침을 했다.

"…………어, 어흠. ……아무튼, 리더, 방해는 하지 말아주세요."

그건 굳이 말할 필요도 없지. 아니, 애초에 지금까지 방해하려 한 적이 없는데…….

그런데 이번에는 정말로 멤버가 호화롭네. 절대로 실패하지 않

겠다는 광령교회의 의지가 느껴진다.

그런 생각을 하고 있자니 몇 번째인지 모르겠지만 이상한 목소리가 울려 퍼졌다.

"크, 크라이 안드리히…………?! 어째서 여기 있는 거냐, 부르지도 않았는데!"

많은 기사들을 이끌고 수많은 신도들의 시선을 받으며 요즘에는 왠지 인연이 있는 것 같은 사람이 들어왔다.

마치 유령이라도 본 것 같은 표정이다. 모두 똑같이 잘 닦인 갑옷을 장비한 사람들에게는 교회의 맑은 분위기와는 느낌이 다른 질서가 있었다.

"아…………, 프란츠 씨. 야호~."

아차……, 공음석으로 연락하던 버릇으로 가볍게 말을 걸어버렸다.

프란츠 씨가 성큼성큼 다가와서는 갑자기 내 멱살을 잡고 마구 흔들었다.

"직접 나서다니, 대체 무슨 바람이 분 거지?! 대체 무슨 일이 일어난다는 거냐?! 어엉?! 이번 건이 바로 예언된 저주인 거냐?! 실토해, 실토하란 말이다!"

흔들기 공격은 세이프 링이 통하지 않는 몇 안 되는 공격 중 하나다. 눈이 돌아갈 것 같다.

야호~는 신경 쓰지 않은 모양이지만, 정말 반응이 너무 심하다. 오라고 하나 싶더니 왜 왔냐고 불평을 하고, 다들 대체 나를 뭘로 보는 거지?

이유도 모르고 흔들리고 있는 나를 구해주는 사람은 없었다. 아크는 물론이고 루시아나 크류스처럼 도와줄 법한 사람들까지 어이없어하는 표정이다. 이런……, 속이 안 좋아지기 시작하는데. 의식이 날아가 버릴 것 같다고.

"프란츠 단장님. 슬슬 회의 시간입니다."

"…………쳇. 《천변만화》, 나중에 느긋하게 이야기를 해줘야겠다! 마검이나 마술 학원 사건까지 포함해서 말이야!"

비틀거리며 쓰러질 뻔하다가 루시아가 내민 지팡이를 붙잡고 겨우 자세를 바로잡았다.

구경하러 온 것뿐인데 험한 꼴을 당했네.

"프란츠 씨, 혹시 내게 원한이라도 있나?"

"자업자득이다, 입니다. 저 녀석이 최근에 받은 스트레스 중 대부분은 약한 인간이 관여한 거잖아, 입니다!"

"…………."

강한 정령인이 내 팔을 찔렀고, 루시아가 말없이 시선만으로 나를 나무랐다.

나는 루시아의 오빠인 데다 안셈의 친한 친구거든?! 게다가 리즈나 루크하고도 친한 친구 사이다. 아니, 그렇게 말하니 뭔가 눈총을 받아도 싼 것 같네.

거크 씨가 머리를 벅벅 긁으며 말했다.

"자, 우리도 이야기를 들으러 가자고. 이번 작전은 교회에서 주도할 거다."

"다녀오세요~."

"⋯⋯⋯너도 가야지!"

계속 왜 왔냐고 했으면서⋯⋯, 뭐 어쩔 수 없나.

이야기를 듣지 않으면 무슨 일이 생겼을 때 위험에 처할지도 모르고.

"딱히 상관없긴 한데, 나는 아무런 말도 하지 않을 거거든?"

"됐으니까 와!"

제도의 교회는 안셈의 몸집에 맞게끔 다시 지어져 있다. 회의실로 정해진 강당은 안셈도 여유롭게 들어갈 수 있을 정도로 천장이 높았고, 특등석이 존재했다.

안셈의 실력과 공적이 인정을 받았다는 증거다. 헌터로서 활동한 게 아니기 때문에 나는 그렇게까지 자세히 알지는 못하지만, 교회 최고 간부의 친지가 휘말린 사건 때 눈부신 활약을 보였다고 한다. 그는 자기 이야기를 잘 하지 않기 때문에 이렇게 훌륭하게 출세한 모습을 보고 있자니 자랑스럽기도 하고 안심이 되기도 하고, 나도 노력해야겠다는 기분이 든다. 물론 안 할 거지만.

엄숙하게 작전 회의가 시작되었다. '마린의 통곡' 정화 계획은 수치를 토대로 지극히 이론적으로 짜여진 것 같았다. 주물이라는 것은 강한 사념으로 인해 생겨나는 것이다. 그 위력은 상황이나 사용자의 역량에도 좌우되기 때문에 예상을 뛰어넘는 경우가 많으며 시간 경과에 따라 위력이 감퇴되는 경향이 있다고 알려져 있다.

광령교회의 봉인술도 원래는 주물을 봉인해서 약해졌을 때 정화하는 것이 적절한 사용법인 모양이었다.

교회에서 세운 계획은 과거에 '마린의 통곡'으로 인해 발생한 피해 규모를 통해 주물에 담긴 사념의 크기를 예측하고 지금까지 수없이 많은 주물을 다뤄온 경험을 토대로 현재 주물이 지니고 있는 힘을 유추한 다음, 그것을 뛰어넘는 전력으로 치고 나가겠다는 것이었다. 게다가 전력을 꽤 여유 있게 모은 모양인지 만에 하나 그 힘이 전혀 감퇴되지 않은 경우라 해도 제압할 수 있는 힘을 마련한 것 같았다.

술식에 대한 자세한 이야기 같은 것은 들어봐도 전혀 이해가 되지 않았지만, 불평할 수는 없었다.

제일 처음 저주 예언을 받고 주물의 봉인을 풀어서 정화한다는 이야기를 들었을 때는 과연 어떻게 될지 궁금하기도 했지만, 그렇구나. 나라에서 작전을 용인할 만도 하겠어.

추가로 아크나 루시아, 라피스 일행까지 소집했으니 실패는 상상도 되지 않는다. 아니, 이 이상 전력을 마련할 수도 없을 것이다. 루크를 불러봤자 저주는 베지 못할 테니……

설명이 거의 끝나자 상석에 앉아있던 나이든 신부―――, 안셈이 신세를 지고 있는 이곳 제도 제블디아의 교회를 통괄하는 에드거 씨가 말을 꺼냈다. 마치 잔잔한 수면을 연상케 할 만큼 눈초리가 부드러운 남자다. 벌레도 죽이지 못할 것처럼 생겼지만, 원래는 실력이 좋은 성기사였다고 들었다.

"이번에 교회에서는 일류 술사를 준비했습니다. 기사단과 탐색자 협회, 마술 학원의 마도사 여러분의 조력도 있으니 정화가 실패할 가능성은 낮지 않을까 합니다. 뭔가 신경 쓰이는 게 있으신 분 계십니까?"

그 목소리에는 왠지 성직자 특유의 초연한 느낌이 있었다. 약간 여우신의 무녀인 소라가 생각났지만, 그는 글러먹은 모습을 보이지 않을 것이다. 무녀 호소인인 소라와는 다르다.

아무런 생각도 없이 고개를 끄덕이고 있자니 문득 왼쪽 벽 근처 자리에 앉아있던 프란츠 씨가 일어섰다. 수많은 시선 속에서 잘 들리는 목소리로 말했다.

"흐름은 잘 알겠다. 하지만……, 만에 하나를 대비해 준비를 부탁하고 싶군. 인원을 추가하거나 정화에 실패했을 때 다시 봉인할 수 있는 준비 등을―――."

"…………예상되는 주물의 강도를 훨씬 뛰어넘는 멤버를 준비했습니다. 뭔가 불안 요소가 있습니까?"

에드거 씨가 눈을 가늘게 뜨고 프란츠 씨를 보았다. 다른 신관들도 예상하지 못한 말을 듣고는 웅성거리고 있었다.

역시 프란츠 씨야, 이런 분위기 속에서 이야기를 꺼내다니, 꽤 대단하네. 나는 전혀 모르겠던데, 계획에 뭔가 구멍이라도 있었던 건가?

인상을 찌푸린 에드거 씨가 그렇게 말하자 프란츠 씨는 왠지 모르겠지만 이쪽을 노려보고는 씨익 웃었다.

"아니, 사소한 일이긴 하지만…………, 요즘은 분위기가 뒤숭숭하니 말이지. 이 이상 골치 아픈 일이 생긴다면 제블디아로서는 매우 곤란하니까."

무제제 회장에도 쳐져 있었지만, 결계 마법이라는 것은 발동에 준비가 필요한 만큼 강력하다.

여러 신관이 희귀한 촉매를 잔뜩 사용하고 시간을 들이는 정밀한 작업이며 개인의 탁월한 기량보다는 평균적인 기량을 지닌 여러 사람의 연계가 필요하다. 이런 분야에 있어서 헌터는 신관들에게 뒤처진다.

광령교회의 신관들이 엄숙히 준비를 진행하고 있었다. 이번 작전 때 사용할 '적층 결계 마법진'은 원래 평면으로 그리는 결계 마법진을 입체적으로 구축함으로써 영향력을 향상시키는 최신식 술식인 모양이었다.

그런 만큼 구축하는 데는 일반적인 마법진 이상의 촉매와 시간, 기술이 필요한 것 같지만, 이번에는 신경 쓸 필요 없겠지. 나는 보구에 대해서는 잘 알지만, 주물에 대해서는 그 정도까지 잘 알지 못한다.

교회의 설명은 내게도 매우 흥미로웠다. 예를 들어 강력한 저주는 대상을 미치게 하는 것뿐만이 아니라 실체를 가지게 된다는 것도 이번에 처음 알게 된 사실이다.

이번 작전은 매우 단순하다. 적층 마법진 안에서 '마린의 통곡'을 해방시키고 결계 마법과 외부에서 가한 공격으로 약하게 만든 다음, 안셈 같은 신관 그룹의 성스러운 기술로 대상을 완전히 정화, 소멸시킨다. 주물을 압도할 수 있는 전력을 마련했기에 가능한 작전이다.

의식을 치를 장소를 쓸데없이 뭔가 아는 듯한 표정으로 관찰하고 있자니 거대한 문을 통해 프란츠 씨가 소집한 추가 전력인 기사들이 들어왔다. 그것도 검과 방패로 무장한 일반적인 기사가 아니었다.

예전에【흰 늑대 소굴】에서 울프 나이트가 가지고 있었던 것보다는 작지만, 가늘고 긴 총신에서는 왠지 선진적인 인상이 느껴졌다. 그 숫자는 25명. 이질적인 기사들을 보고 신관들이 웅성거리는 와중에 프란츠 씨가 이쪽을 힐끔 보고는 마치 악역 같은 미소를 지었다.

"크크큭……, 마물을 물리치기 위해 특수 가공한 은 탄환을 1초에 약 50발 발사하기 때문에 막대한 비용이 드는 실험 부대다. 프림스 마도과학원이 개발했을 때는 큰돈으로 바보 같은 짓을 한다는 생각이 들었다만, 설마 도움이 될 줄이야! 이거라면 저주 따위는 버티지도 못할 테지, 《천변만화》!"

"…………약한 인간, 너, 내가 안 보는 사이에 프란츠에게 무슨 짓을 한 건 아니겠지? 입니다."

"인간은 정말로 야만스럽군……, 저렇게 촌스러운 부대를 만들 줄이야."

은 탄환을 마구 날려대는 부대라니, 제국은 대체 뭘까…….

총기 계열은 별로 유행하지 않는 무기다. 이유는 단순히 마물이나 팬텀이 총알을 몇 방 맞더라도 멈추지 않기 때문이다. 그럴 바에는 차라리 마나 머티리얼로 강화된 헌터가 두들겨 패는 게 더 손쉽고 강한 데다 애초에 화약을 써서 날리는 탄환이라는 건 헌터나 강력한 마수에게는 너무 느리다. 탄환이 바닥나게 되는 것까지 감안하면 별로 보급되지 않을 만도 하다.

게다가 은 탄환이라면———, 진짜로 돈이 엄청나게 들 것 같은 무기네.

왠지 자신만만한 프란츠 씨의 지시에 따라 기사들의 배치가 진행되었다. 일사불란한 움직임으로 양쪽으로 나뉘고는 적층 결계 마법진 밖에 대열을 짰다. 십자포화를 가할 셈이다. 무척 살벌하다.

작전 회의에선 의논에 의논을 거듭한 결과 최종적으로 프란츠 씨의 의견을 받아들이게 되었다. 그들이 정규 기사단인 것도 있지만, 거크 씨가 그 의견을 뒷받침한 것도 크게 작용했을 것이다. 이 작전의 핵심은 신관들일 텐데, 어째서 그렇게 의욕을 보이는 건지는 전혀 알 수가 없다.

"…………리더가 쓸데없는 말을 하니까요."

"상대가 상대야, 미리 준비해둬서 나쁠 건 없겠지."

루시아가 한숨을 쉬자 아크가 대답했다. 안심감이 더욱 커진다.

"응, 응, 아크 말이 맞아. 대비해두는 건 낭비가 아닐 테니까."

"…………."

팔짱을 끼고 맞장구를 치자 주위가 조용해졌다.

내가 무슨 말을 할 때마다 분위기를 이상하게 만들지 말아줬으면 좋겠는데…….

그때, 교회 건물에서 에드거 신부가 신관 여러 명과 안셈을 데리고 왔다.

이렇게 보니 안셈은 정말로 눈에 잘 띄네. 걷기만 해도 땅바닥이 울리고 있다.

에드거 씨는 일직선으로 프란츠 씨가 있는 곳까지 다가왔고, 뒤따라온 신관들이 큼직한 상자를 눈앞에 내려놓았다. 주물이 들어있는 건가 싶어서 무심코 한 발짝 물러났지만 그런 건 아닌 모양이었다.

"원래는 사용할 예정이 없었지만———, 교회의 보물 창고에 잠들어 있던 보구입니다. 프란츠 단장님의 불안한 마음을 조금이나마 해소해주겠지요."

신부님이 입술 앞에 집게손가락을 대고 엄숙하게 말한 다음, 상자를 열었다.

그 안에서 나온 물건을 보고 나는 눈을 크게 떴다. 자연스럽게 감탄하며 숨을 내쉬었다.

"이건…………!"

그 안에 들어있던 것은———, 무지개색 광택을 지닌 사슬이었다. 두께는 엄지손가락 정도고 길이는 상자에 가득 찰 정도로 길었다. 사슬형 보구는 가장 종류가 많은 보구 중 하나다. 내 컬렉션에도 몇 개가 있고, 능력도 제각각 다르지만 이런 타이밍에 꺼내온 걸 보니 분명———.

"이름은『실드 브레스(빛의 기둥)』…………, 실체가 없는 상대에게도 통하는 빛을 땋아 만든 사슬. 대상의 움직임을 완전히 봉인하며 광령교회가 가지고 있는 보구 중에서도 특별한 물건입니다."

"호오……, 상대방을 확실하게 붙잡아주는 사슬이라니, 신기하네.”

“?!”

사슬 보구는 이상한 물건이 많으니까……, 괜히 종류만 많아서 유용한 건 좀처럼 보이지 않는다. 내가 가지고 있는『독 체인(개 사슬)』도 상대방을 쫓아가서 꽁꽁 묶어 잡아주긴 하지만, 힘이 좀 있는 상대에게는 풀리거나 부서져버리는 불쌍한 녀석이다. 뭐, 그래도 목표를 쫓아가주지 않는『캣 체인(고양이 사슬)』보다는 좀 낫긴 하지만…….

허락을 받고 사슬을 만졌다. 들어 올려보니 얇은 데도 묵직했다. 분명히 금속인데 감촉은 마치 비단처럼 부드러웠다. 그것만으로도 이 보구가 현대에서는 재현할 수 없는 물건이라는 사실을 알 수 있었다.

“리더, 뭔가 알아냈나요?”

안셈을 통해서 교섭하면 팔아주지 않으려나……, 안 돼?

그런데 정말 긴 사슬이네. 사슬을 들어 올려서 빛에 비추어 보았다. 가까이 들여다보며 사슬을 관찰했다. 하드보일드한 표정을 짓고 있으나, 나는 아무런 생산적인 생각을 하지 않았다.

황홀해질 정도로 아름다운 사슬이다. 능력은 별로 재미있을 것 같지 않지만 나는 딱히 능력으로 보구를 평가하지 않는다. 나는 그저 보구를 좋아할 뿐이다. 이 사슬은 도감에도 나오지 않았는데.

길이는 얼마나 될까? 만약 개인적으로 가지고 있었다면 끄트러미를 잡고 루시아에게 칭칭 감으면서 놀았겠지만, 이런 타이밍에 그런 짓을 하면 안 된다는 것 정도는 나도 알고 있다.

조금 더 관찰하고 싶었으나 아쉬운 마음으로 사슬을 내려놓고는 한숨을 크게 쉬었다.

역시 천하의 광령교회, 다양한 보구를 가지고 있네.

"응, 괜찮은 느낌이야. 강도도 충분? 하지 않을까?"

"……어째서 의문형인 거지?"

여러 신관들과 초일류 헌터. 은 탄환을 퍼부을 수 있는 실험부대와 보구 사슬. 절대적인 포진이다.

"불안한 요소가 너무 없어서 오히려 불안하네."

"……여, 여전히 적당한 말만 하는 녀석이군, 입니다!"

크류스는 평소의 나를 모르니까 그런 말을 하는 거지. 황제를 호위할 때 휘말린 사건 같은 건 크라이 안드리히의 사건부 중에서도 극히 일부에 불과하다고.

에드거 씨는 고개를 몇 번 끄덕이고는 숨을 죽인 채 이쪽을 지켜보던 주위 사람들에게 말했다.

"그러면……,《천변만화》의 보증도 받았으니 의식에 들어갈 준비를 하죠. 안셈."

"……으음."

안셈이 왠지 평소보다 무거운 목소리로 고개를 끄덕였다.

그럼 나는 만에 하나를 대비해 안전한 곳에서 구경하도록 할까.

"흥……, 하찮은 행사였군. 혹시나 싶긴 했다만, 그리 간단히 발견되지는 않는 건가."

착착 진행되어가는 의식을 보고 《별의 성뢰》의 리더, 라피스 플루골이 불만을 토하듯 숨을 내쉬며 말했다. 크류스가 흥미롭다는 듯이 눈을 반짝였다.

"그래도 꽤 흥미로운데, 입니다. 저런 화기로 저주에 대항하다니, 숲에서는 있을 수 없는 일이라고, 입니다."

"너무나도 촌스럽군. 표적은 저주일 텐데? 인간의 저주라면……, 어떻게든 될지도 모르겠다만……."

광령교회의 존재는 정령인들 사이에서도 널리 알려져 있다. 정령인이 다루는 마술과는 분야가 다르지만, 그들이 모시는 광령이 막대한 힘을 지니고 있다는 건 사실이다. 상황에 따라서는 정령인들이 다루는 술식보다 효과적인 경우도 있을 것이다. 지금 준비되어가는 술식도 낯선 것이었으나 효과를 의심할 여지는 없었다.

'마린의 통곡'에 담긴 원념이 얼마나 강할지는 모르겠지만 교회의 계산도 어느 정도는 타당하다. 만약 라피스 일행이 저주에 맞선다면 좀 더 개개인의 힘에 의존해서 대처하겠지. 그러나 그것은 문화의 차이라고 해야 한다. 이 정도라면 참견할 필요도 없다.

하지만 진짜 목적은 빗나갔다. 저주의 예언이라는 이야기를 듣고 기대했음에도———.

"역시 인간들이 사는 곳에는 없는 것 아닌가, 입니다."

함께 온 크류스가 눈을 반짝이고 진행되어가고 있던 의식을 바라보며 진지한 표정으로 말했다.

"그것을 훔쳐 간 것은 틀림없이 인간이다. 그것은 인간의 목숨을 원하고 있다."

"이미 천 년 이상 지난 이야기다, 입니다. 그리고 요즘은 피해가 발생하지 않았고, 입니다."

'저주받은 진홍의 정령석' 전설은 인간 사이에서도 유명한 일화다. 하지만 그것이 전설이 아니라 사실이라는 걸 아는 자는 많지 않다. 정령인은 그 이야기를 잘 하지 않고, 인간의 수명은 너무 짧다.

예전에 정령인과 인간 사이에 우호 관계가 맺어지지 않았을 무렵, 인간과 정령인 사이에서 대규모 전쟁이 벌어졌다. 어떤 정령인의 숲이 불타고, 정령인 여왕이 살해당하고, 여왕의 증거인 진홍의 보옥을 빼앗겼다.

인간에 대한 너무나도 강한 원한이 보옥을 저주받은 물건으로 만들었다. 고귀한 피를 지닌 정령인의 저주가 담긴 그 보옥은 인간들의 손으로 넘어가서 살해당한 정령인들보다 수만 배나 많은 인간들을 죽인 뒤로 지금도 세계 어딘가를 떠돌고 있다.

정령인이라면 정령인을 죽인 보물을 훔치지 않는다. 죽은 자의 사념이 얼마나 강한 힘을 자랑하는지 알고 있기 때문이다. 그것은 그야말로 욕심이 많은 인간이 상대였기에 일어난 비극이다.

시대는 바뀌었고, 정령인과 인간의 싸움은 끝났다. 아직 사이 좋게 지낸다고 할 수는 없지만 인간이 사는 곳으로 내려오는 정령인도 생기고 있다. 하지만 예전에 빼앗긴 보물은 아직 돌아오지 않았다.

보옥을 되찾아서 숲으로 돌려놓는 것은 모든 정령인들의 비원이다. 크류스의 어설픈 생각에 라피스는 코웃음을 쳤다.

"자연스럽게 사라지겠나. 오랫동안 살아온 우리의 원념은 그리 간단히 사라질만한 것이 아니다. 담긴 원념이라는 것은 말하자면 고정화된 갈망이다."

결코 치유되지 않는 목마름. 새겨진 인간에 대한 원한은 아무리 수천, 수만 명의 인간을 집어삼키고 저주해서 죽이더라도 사라지지 않는다. 그 원념을 정화하기 위해서는 파괴, 교섭 또는 외부의 간섭이 반드시 필요하다.

이번에 마린의 통곡에 대해 교회가 하려는 것처럼———.

"흥……, 교회의 손안에 있다면 돌려주었겠지. 녀석들은 위험성을 알고 있다."

최근에 보옥의 피해가 발생하지 않은 이유는 아마 봉인되어 있기 때문일 것이다. 하지만 저주받은 정령석은 그리 간단히 봉인할 수 있는 게 아니다.

"그래도 모든 정령인들이 오랜 세월 동안 찾아다녔는데도 발견되지 않았으니 그리 간단히 발견될 리가———, 아~, 약한 인간! 그런 곳에 올라가서 뭐 하는 거냐, 입니다!"

크류스가 진지하게 이야기하다가 갑자기 이상한 목소리를 냈다. 《천변만화》가 높은 문 위쪽의 장식에 걸터앉아 다리를 흔들고 있었다. 두 팔을 들고 따지는 크류스를 내려다보며 그가 느긋한 표정으로 말했다.

"………높은 곳에서 구경?"

"장난치지 마라, 입니다! 다들 진지하게 하고 있으니까 약한 인간도 가끔은 진지하게 해라, 입니다! 그러니까 프란츠가――."

저 남자는……, 아마 이 건에 대해서는 아무것도 모르는 것 같군.

크류스가 저주받은 정령석에 대해 언급했을 때 보이던 멍한 표정은 진짜다. 보아하니 레벨 8 헌터에게도 잘 알지 못하는 분야가 있는 모양이다.

정말, 그 《방랑》 엘리자는 뭐가 그렇게 좋아서 저 남자와 함께 지내는 거지?

교회 사람들이 여러 명 달라붙어 사슬로 엄중하게 봉인된 상자를 가지고 왔다.

'마린의 통곡'이 들어있는 보물 상자일 것이다. 라피스 일행의 눈앞에서 보물 상자가 마법진 한가운데에 놓였다.

긴장해서 몸이 굳은 인간들을 보고 라피스는 팔짱을 풀었다.

진짜 목적은 달성하지 못했지만――, 인간의 저주라는 것을 보도록 할까.

안뜰에는 팽팽하고 긴장된 분위기가 감돌고 있었다. 설치된 마법진, 그것을 중심으로 둘러싸고 있는 헌터와 기사, 신관들. 예상을 크게 뛰어넘는 전력을 모았는데도 불구하고 표정에는 방심하는 기색이 없었다.

좀 전까지 아래쪽에서 시끄럽게 떠들던 크류스도 이미 라피스 일행과 함께 마법진을 바라보고 있었다.

나는 그런 모습을 문 위의 장식에 걸터앉아 다리를 흔들면서 바라보고 있었다.

하드보일드한 미소를 지었다. 내가 일부러 루시아에게 부탁해서 문 장식 위에 올려달라고 한 이유는 말 그대로 높은 곳에서 구경하기 위해서이기도 하지만, 이곳이 제일 눈에 띄지 않기 때문이다. 아래에 있으면 빗나간 탄환에 맞을지도 모르고, 루시아 같은 사람들 근처에 있다가 정화를 방해하는 것도 좀 그렇다.

적층 결계 마법진은 지면에 그려진 평면 마법진과 그것을 둘러싸고 있는 기둥 열세 개로 이루어져 있었다.

보아하니 기둥에 술식을 새겨넣음으로써 입체 구조를 이루어 낸 모양이었다. 기둥은 팔을 둘러 끌어안아야 할 정도로 두꺼워서 간단히 무너지지는 않을 것이다. 틈새가 안셈이 지나갈 수 있을 정도로 넓긴 하지만, 위쪽에서 내려다보니 그 마법진은 마치 감옥처럼 보였다.

"거창한 의식이네……."

잘됐군, 잘됐어. 그러고 보니 안셈이나 아크가 활약하는 모습은 오랜만에 보는 건지도 모르겠다.

신부님의 지휘 아래 마법진 한가운데에 사슬로 칭칭 감긴 살벌한 상자가 놓였다.

나는 스마트폰을 꺼낸 다음, 그 광경을 한 장 찍어서 여동생 여우에게 보냈다.

주물 나우, 라고…….

"그러면 지금부터 '마린의 통곡' 정화에 들어가겠습니다. 여러분, 미리 정한 대로."

갑자기 마법진 앞에 서 있던 신부님이 이쪽을 보았기에 눈이 마주쳤다. 나는 의미심장하게 아무런 의미도 없는 미소를 지은 뒤, 안셈이 항상 신세를 지고 있네요라는 마음을 담아 고개를 끄덕였다.

신부님이 눈을 동그랗게 떴다. 기둥 주위를 둘러싸고 있던 신관분들이 일제히 팔을 들어 올렸다.

그때———, 나는 분명히 그 마법진을 중심으로 솟구치는 힘의 파동을 느꼈다.

마법진을 구성하는 기둥들이 밧줄 같은 번개로 이어졌고, 기묘한 무늬가 공중에 떠올랐다. 마법진이라는 것은 말하자면 문자를 사용한 마법이다. 그것은 이런 상황만 아니었다면 정신을 놓고 푹 빠져버렸을 정도로 신비로운 광경이었다.

마법진 밖에서는 안셈이 마치 바위처럼 꿈쩍도 하지 않고 대기하고 있었다.

봉인은 아직 풀리지도 않았는데 놓아둔 상자가 덜컹덜컹 떨렸고, 상자에 감겨 있던 사슬이 철컥철컥 소리를 냈다. 마치 고통에———, 몸부림치는 것처럼. 그것은 이질적인 광경이었다.

"전원, 대비!"

프란츠 씨의 호령에 따라 기사들이 화기를 겨누었다. 주위를 둘러싸고 있던 신관들이 마치 합창을 하듯 주문을 외웠고, 헌터들이 언제든 전투에 임할 수 있게끔 태세를 갖췄다.

그리고 미소를 짓고 있던 내 앞에서 신부님이 로드를 들어 올리고 잘 들리는 목소리로 외쳤다.

"'봉인 해방'."

마치 그것을 신호로 삼은 듯이 상자를 봉인하고 있던 사슬이 단숨에 날아가 버렸다.

"————! ————!!"

주위에 감돌던 맑은 분위기가 단숨에 바뀌었다. 심장까지 얼어붙게 만드는 여자의 단말마와도 같은 비명 소리와 함께 상자의 뚜껑이 열렸다.

위에서 내려다보고 있던 내게는 상자에서 피투성이가 된 무언가가 나타난 것이 보일———까 말까 했고, 주위를 둘러싸고 있던 신관들이 일제히 소리 내어 기도하기 시작했다.

상자가 금빛 불꽃으로 감싸여 하늘 높이 타올랐다. 좀 전과는 비교도 되지 않을 정도로 알아들을 수 없는 절규가 주위를 강하게 뒤흔들었다. 그 맑은 불꽃의 빛과 기세로 인해 기사들과 헌터들이 뒤로 물러났다.

계획에 따르면 마법진으로 표적을 얽매고 약하게 만든 다음에 본격적인 정화에 들어간다고 하던데……, 약하게 만든다고?

그 저주는 미리 이야기를 들었던 것처럼 여자와 비슷한 모습이었다. 비슷하다는 표현을 써버린 것은 눈이나 코, 얼굴, 머리카

락, 몸까지 전부 까맣게 무너져내리고 있었기 때문이다. 그야말로 망령의 이미지 그 자체. 나는 그 모습이 원래 그런 건지 저 불꽃에 타서 그런 건지 알 수가 없었다.

타오르면서도 모습을 드러낸 저주가 불꽃 바깥으로 머리를 내밀었다. 그 순간을 기다리고 있었던 것처럼 아크가 검을 겨누었다.

그 순간 세계가 확실하게 멈췄다. 소리가, 진동이, 한순간 분명히 사라졌다.

주문을 영창하는 목소리조차 들리지 않았다. 검 끝에서 날아간 푸르스름한 번개가 '마린의 통곡'을 꿰뚫었다.

소녀의 입이 크게 찢어졌다. 긴 두 팔이 고통으로 몸부림치며 움직였고, 기둥 사이에 이어져 있던 밧줄 같은 번개에 튕겨 나갔다.

정말 압도적이다. 안셈이 나서기도 전에 정화시켜 버릴 것 같은 기세다. 꼼꼼하게 준비해서 쳐둔 결계도 깨질 낌새가 없다. 아무래도 지나치게 강한 전력을 준비했던 모양이다. 크류스는 아예 인상을 찌푸린 채 귀를 막고 있다.

하지만 그때, 프란츠 씨가 번개 못지않게 큰 목소리로 외쳤다.

"방심하지 마라! 발사아아아아아아아아아아아아!"

"너무 살벌한데……."

프란츠 씨의 명령을 받고 기사들이 일제히 사격을 개시했다. 좀 전에 아크가 날린 뇌격과는 다른 폭력적인 굉음이 공기를 뒤흔들었다. 총성 같은 건 헌터 일을 하면서도 들을 일이 별로 없다.

프림스 마도과학원이 만들어냈다는 화기로 날린 은 탄환은 마치 폭풍 같았다. 1초에 50발의 탄환을 날리는 화기는 반동이 꽤 강해 보여 총구도 약간 빗나갔지만, 저렇게 잔뜩 퍼부어대면 정밀성 같은 것은 상관없다. 머즐 플래시와 너무나도 기사답지 않은 전투 모습으로 인해 눈을 가린 내게 왠지 모르겠지만 프란츠 씨가 엄청나게 신이 난 듯이 외쳤다.

"흐하하하하하하하하하하하! 어떠냐, 《천변만화》! 이것이 제블디아 기사의 힘이다!"

아니, 아니, 그건 기사의 힘이라고 할 순 없지…….

일단, 기둥은 피하게끔 쏘고 있는 모양이다. 탄환의 폭풍이 타오르는 상자와 함께 마린의 통곡을 꿰뚫었다. 불꽃에 감싸인 반투명한 몸이 탄환을 맞고 크게 튀어 올랐다. 실체가 없기 때문에 탄환이 완전히 통과하고 있었지만, 미리 들었던 대로 대미지는 있는 것 같았다.

까맣게 변색된 용모가 고통으로 일그러지며 온몸이 드러났다.

그 모습은 내가 상상했던 것과는 달리 인간 여자아이였다. 마린의 통곡의 토대가 된 것이 마린이라는 여자아이라는 이야기를 듣긴 했는데, 저주라는 것은 그 토대의 형태로 나타나는 모양이다.

척 보기에는 가냘픈 것 같지만 수천, 수만 명이나 되는 사람을 좀먹고 도시 여러 군데를 멸망시켰다고 하니 정말 무시무시하다.

아니, 그래도 역시 오버킬 아닌가?

"약자를 괴롭히는 것 같아서 왠지 껄끄럽네. 가엾게도…….."

"…………리더, 저건 저주인데요?!"

아직 나서지 않은 여동생이 내 혼잣말을 알아듣고 이쪽을 노려보았다. 역시 우는 아이도 울음을 그치는 고레벨 헌터다. 근처에 있던 라피스 일행도 마린을 보고 그 단정한 눈썹을 일그러뜨리고 있었다.

"그렇군. 인간이 만들어낸 것치고는 꽤 대단한 강도다. 정말 악독한 짓을 저지른 것 같군."

"······교회가 이렇게까지 대비할 만도 하겠어, 입니다."

라피스는 그렇다 치더라도 맹한 크류스까지 그렇게 판단하다니······, 약자 어쩌고 하던 내가 바보 같잖아. 그러고 보니 팬텀 중에는 약자로 의태해서 허를 찌르는 경우도 있다는 이야기를 들은 적이 있다. 겉으로 드러난 모습에 속으면 헌터 일을 할 수 없는 건지도 모르겠다.

"호오······, 저게 그렇게 대단한 거야?!"

"················그렇게 놀리지 마라. 네놈만큼은 아니다."

라피스가 오싹해질 정도로 싸늘한 눈빛을 보이며 말했다.

··········혹시 방금 칭찬받은 건가?

쓸데없는 이야기를 하는 와중에도 정화 작전은 순조롭게, 너무나도 무참하게 진행되고 있었다.

맹공에 시달리는 마린이 마치 고무공처럼 마법진 내부에서 튕겨 다니다가 결계에 부딪혔다. 시간을 오래 들이고 기둥까지 옮겨서 새긴 만큼 효과가 확실한 모양이었다. 미리 준비한 사슬은 쓰지 않아도 될 것 같네.

"약해졌다! 효과가 있어, 이제 얼마 남지 않았다!"

헌터 부대 근처에 있던 거크 씨가 외쳤다. 기사와 신관의 살기가 너무 강해서 헌터 부대는 아직 아크밖에 나서지 않았다. 왠지 여유로워 보인다.

그렇지, 지금 반대쪽에 베팅해두면 《천변만화》의 신산귀모라는 평가에 먹칠을 할 수 있지 않을까?

오늘 나는————, 머리가 잘 돌아간다.

"훗…………, 과연 그럴까?"

"?! 약한 인간, 너, 진짜 적당히 해라, 입니다!"

"아니, 아니, 의외로 재미있는 걸 볼 수 있을지도 모르잖아……?"

"윽!! 이 글러먹은 인간!"

그러고 보니 파티 리더로서의 역할을 수행하려 하던 시절에는 이런 식으로 자주 폼을 잡곤 했었지. 물론 폼만 잡았을 뿐이고 글러먹었던 건 그 시절에도 마찬가지라는 사실은 굳이 말할 필요도 없지만————.

마린이 머리를 쥐어뜯으며 그 이름과도 같이 통곡하는 소리를 냈다.

"————! ————!"

온갖 어두운 감정의 응축물. 그 외침은 소리도 없었고 의미도 없었다. 하지만 감정은, 살기만큼은 확실하게 느껴졌다. 그 농도는 결계 너머로도 간담이 서늘해질 정도로 높았다. 만약 결계가 없었다면 노려본 것만으로도 심장이 멎었을지도 모르겠다.

그 가냘픈 육체에서 칠흑의 불꽃이 뿜어져 나왔다. 그것이 금빛의 불꽃을 침식하고, 번개를 튕겨내고, 탄환을 모조리 태웠다.

————하지만 수천, 수만 명의 목숨을 집어삼킨 주살 병기도

교회 기술의 결정은 당해내지 못했다.

마린이 불꽃을 두른 채 마치 벽이라도 두드리듯 결계의 경계를 쾅쾅 쳤다.

기둥이 흔들리며 그 아래쪽이 까맣게 변색되기 시작했다. 하지만 검은 불꽃은 적층 결계 마법진 밖으로는 전혀 새어 나오지 않았다. 지금까지의 기록을 통해 주물의 힘을 추측했다고 하던데, 완벽한 계산이다.

검은 불꽃의 기세가 조금씩 약해지기 시작했다. 교회의 계산대로 쇠약해진 모양이었다.

결계일까 번개일까 총알일까. 어떤 게 효과가 있었는지는 모르겠지만 이렇게 잔뜩 당하면 용도 죽는다.

충분히 약해졌다고 판단한 건지, 안셈 옆에서 전황을 관찰하고 있던 에드거 씨가 안셈에게 뭔가 말을 걸었다. 정화할 때가 온 것 같다.

약하게 만드는 것만이라면 모를까, 주물을 완전히 소멸시키는 건 꽤 힘든 일인 것 같다. 특히 마린의 통곡 같은 수준이라면 광령교회가 지닌 기적 중에서도 꽤 상위에 속하는 기술이 필요하다고 한다.

'마린의 통곡'의 정화라는 중요한 역할을 안셈이 맡게 되었다는 사실을 자랑스러워해야 할 것이다.

안셈이 신부님에게 고개를 끄덕인 다음, 공격 중에도 아무도 들어가지 않았던 결계 내부에 처음으로 발을 내디뎠다.

《부동불변》 안셈 스마트는 제도에서 최강이라 불리는 성기사다. 《비탄의 망령》은 모두 나를 제외하고 각자 누구에게도 뒤처지지 않는 능력을 지니고 있는데, 그의 능력은 그 압도적인 내구도라 할 수 있을 것이다.

거대한 몸집에서 나오는 괴력과 방어력. 광령의 힘을 빌려 치유와 수호의 기술을 다루며 마나 머티리얼을 흡수한 그는 온갖 공격을 튕겨내는 《부동불변》이 되었다. 그 내구도는 물리 공격은 물론이고 마법이나 환경의 변화, 독이나 마비 같은 약물이나 병, 저주에 이르기까지 모든 분야에서 발휘된다.

시트리의 독이나 루시아의 마법, 루크의 검, 리즈의 막무가내, 엘리자의 마이 페이스, 내 번개로 단련된 그에게 사각 같은 건 존재하지 않는다. 가장 흉악한 저주 앞에서도 안셈의 발걸음에는 한 치의 망설임도, 공포도 존재하지 않았다. 광란 상태였던 마린이 당당하게 들어선 안셈을 보았다.

그 몸에 타오르는 칠흑의 불꽃이 퍼져나가 안셈을 덮쳤다. 하지만 살기를 형태로 나타낸 듯한 불꽃을 맞고도 안셈은 흔들리지 않았다.

원념을 받아내면서도 한 발짝 앞으로 나아가는 안셈을 보고 마린이 처음으로 물러섰다. 그 몸에 깃든 막대한 힘을 감지한 걸까. 그냥 원한을 흩뿌리기만 하는 주살 병기에게도 의지가 남아 있었나?

하지만 적층 마법진 내부는 도망을 다닐 수 있을 정도로 넓지 않았다. 곧바로 마린의 뒤쪽이 결계의 벽으로 가로막혔다. 후퇴할 길이 가로막히자 한층 더 크게 절규하는 마린에게 안셈이 큼직한 팔을 뻗었다.

이제 인간의 추악한 본성 때문에 생겨난 가엾은 주살 병기를 교회의 기적으로 정화하기만 하면 된다.

———그러기만 하면 될 예정이었다.

안셈의 어깨가 떨리고 뻗던 손이 딱 멈췄다.

주위를 둘러싸고 있던 광령교회의 신관들이 눈을 크게 뜨고 깜짝 놀랐다.

팔짱을 끼고 의기양양하게 지휘를 맡고 있던 프란츠 씨가 상황의 변화를 눈치채고 눈을 한껏 크게 떴다.

"마, 말도 안 돼……, 저건———, 대체. 아니……, 어느새?!"

어느새 안셈과 마린 사이에 기묘한 물체가 웅크리고 있었다.

색은 검은색. 척 보기에는 그냥 덩어리 같던 그것이 천천히 몸을 일으키자 그제야 그것이 인간 형태라는 사실을 알 수 있었다. 그것은———, 기사였다. 손도, 발도, 몸도, 머리도 전부 그림자 같은 검은색으로 이루어진 실루엣의 기사.

빛을 빨아들이는 칠흑은 마치 세계에 뚫린 구멍처럼 이질적이었고, 여전히 빛나고 있던 마법진 내부에서는 정말 눈에 잘 띄었다.

아마 제일 당황한 것은 표적———, 마린이었을 것이다.

그저 실루엣에 불과했던 그것이 순식간에 질감을, 입체감을 얻어나갔다. 눈을 한 번 깜빡이고 나니 그냥 그림자였던 그것은 무시무시한 흑기사로 변해 있었다.

기사가 마치 마린의 통곡을 지키려는 듯이 앞에 서서 허리에 차고 있던 검을 뽑아 들었다.

적층 결계 마법진을 구성하고 있던 기둥이 급속도로 검게 물들었다. 그때, 에드거 씨가 당황하며 외쳤다.

"미지의 힘인가?! 공격!"

"발사아! 죽여라아아아아아아아아아아!"

정화를 위해 멈추고 있었던 공격이 다시 시작되었고, 백은의 탄환이 마법진 내부를 휩쓸었다.

교회는 작전 집행에 앞서 다양한 돌발 상황을 예상하고 있었다. 마린의 통곡이 지닌 주력이 예상을 넘어서는 경우나 안셈에게 문제가 생겨서 움직이지 못하게 되는 경우. 하지만 증원의 출현은 예상하지 못했다.

애초에 오랫동안 봉인되어 있던 주물에게 아군이 있을 리가 없고, 외부의 침입자에 대해서는 프란츠 씨의 요청에 따라 기사단의 멤버가 대처하고 있다.

안셈의 거대한 몸집은 마치 벽 같다. 지상에서는 무슨 일이 일어나고 있는지 알아보기 힘들 것이다.

하지만 우연히도 정문 장식 위에서는 안셈의 모습이 잘 보였다.

신부님은 미지의 힘이라고 했지만, 그렇지 않다. 나는 분명히 보았다. 무심코 눈을 비볐다.

저 기사…………, 시트리가 가져온 펜던트에서 나왔는데? 악몽인가?

기사가 검을 땅바닥에 꽂았다. 꽂은 검의 중심으로부터 피처럼 까만 액체가 세차게 솟구쳐서 커튼을 만들었다. 어떤 원리인지,

좌우에서 날아든 백은의 탄환이 솟구친 액체에 튕겨 나갔다.

프란츠 씨가 얼빠진 표정을 드러냈다.

그때, 안셈이 포효와 함께 뛰어들며 주먹을 크게 들어 올렸다.

그것은 이 세계에서 가장 원시적인 마법이다.

원래 마술이란 마력을 에너지원으로 삼아 특정한 프로세스를 거침으로써 현상을 일으킨다. 그 프로세스는 때로는 소리이고, 문자이고, 몸짓이고, 호흡일 경우도 있다.

하지만 이 세계에는 극히 드물게 그저 '생각하기만 하는 것'으로 현상을 일으킬 수 있는 자가 있었다.

소질을 지닌 자의 사념이 일으키는 원시적인 마법. 체계적이지 않지만 그렇기 때문에 유니크하고, 소질이 필요하지만 그렇기 때문에 강력하고 제어가 불가능하다.

때로는 본인의 의지조차 상관없이 발생하여 큰 피해를 입히는 그것을 사람들은 두려움을 담아 '저주'라고 불렀다. 그리고 의식적으로 그러한 규칙을 다루는 사용자를 '마도사'와 구분하여 '주술사'라고 불렀다.

──그것은 어떤 끔찍한 주술사가 연구 끝에 만들어낸 무시무시한 원념이었다.

공포와 원한, 질투, 분노, 고통, 살의. 저주가 되는 강한 사념은 어두운 감정에서 발생하는 경우가 많다.

주술사는 남녀노소, 소질이 있는 사람들을 모아서 한곳에 가두어두고 사투를 벌일 수밖에 없게끔 만들었다.

어둠 속. 그것 이외의 선택지를 빼앗긴 상태에서 벌어진 생존 경쟁. 피로 피를 씻어내는 와중에 원한은 더욱 강한 원한을 불러왔고, 살의가 형태로 나타났다.

그리고 살아남은 마지막 한 사람———, 마린이 쓰러진 그 순간 전대미문의 주살 병기가 완성되었다.

살의의 대상을 잃고, 의미를 잃고, 그러면서도 그 원념은 희미해지지 않았다.

'그것'은 만물을 저주해서 죽이는 것만을 요구받았고, 그러기 위해서만 만들어진 것이다. '그것'에게 있어서 살의란 호흡과 마찬가지로 당연한 것이었다.

———그것은 지키지 못한 자의 말로였다.

가족으로부터, 친구로부터, 나라로부터 쫓겨난 주인을 따르다 목적을 이루지 못하고 쓰러진 충성스러운 기사가 남긴 펜던트.

거기에 담긴 원념은 주인을 지켜내지 못한 것에 대한 후회와 주인을 악마처럼 규탄하고 처형하고자 했던 자들에 대한 강한 원한. 들러붙은 저주는 약한 자를 지키겠다는 집념만을 도려내어 단 하나의 수호 저주로 변했다.

이미 그것에게 있어서 지킬 자가 선인지 악인지는 고려할 대상이 아니다. 예전에 자신이 지키려 했던 주인에게 걸린 혐의가 누명이 아니라 전부 진실이고, 그 화술과 잔혹성으로 수백 명이나 되는 무고한 백성을 죽였다는 사실도 아무런 상관이 없다. 학대당하는 자를 지킬 수만 있다면 그걸로 충분하다.

저주가 된 사념은 순수하면서도 몇 가지 측면을 가지고 있다.

죽이고 싶은 자는 지켜지지 못한 자이기도 했다. 지키고 싶은 자는 버팀목이 되지 못한 자이기도 했다.

전혀 다른 시대에 태어난 다른 원념이 서로 간섭하며 새로운 형태를 이루었다.

아마 그것은 이 세계에서도 보기 힘든 기적적인 광경이었을 것이다. 봉인을 풀고 저주 해제를 시도한 신관들도, 무장한 채 둘러싸고 있던 기사나 헌터들도 멍하게 그 두 저주를 보고 있었다.

검게 물들어 썩은 팔다리. 너덜너덜한 천 같은 의상을 몸에 두른 채 겨우 인간의 형태를 유지하고 있던 그 몸이 꿈틀거리더니 좀 전까지와는 달리 확고한 인간의 형태를 되찾았다. 너무나도 압도적인 빛의 힘 앞에 위축되어 있던 살기가 날카로워졌다.

지킬 자를 앞에 두고 형태를 되찾은 기사와, 좀 전보다 훨씬 강한 살기를 드러낸 원령은 일제히 날아든 공격을 향해 마음껏 그 힘을 발산시켰다.

갑작스럽게 나타난 수수께끼의 흑기사가 뽑아 든 어둠의 검이 탄환을 잘라냈고, 까만 커튼이 번개를 막아냈다.

재빨리 내려친 안셈의 주먹과 흑기사의 검이 맞부딪히며 공기를 찌릿찌릿 뒤흔들었다.

날카로운 금속음이, 굉음이 울려 퍼졌다. 적층 결계 마법진을 구성하고 있던 기둥은 더욱 변색되어 금이 갔다.

아무리 강력한 최신 마법진이라 하더라도 한계가 없는 것은 아니다. 저주의 강도는 주력이라는 단어로 나타낸다. 결계 마법진은 예상되는 '마린의 통곡'의 주력보다 대폭 여유를 두고 가두어둘 수 있게끔 구축되었지만, 반대로 말하자면 그 이상으로 강한 저주는 가두어둘 수 없다는 뜻이다.

교회에서 미리 이야기해준 내용에 따르면 '마린의 통곡'의 피해 기록을 통해 예상되는 최대 주력의 1.5배에서 1.8배 정도로 여유 있게 잡았다고 하니 그런 결계로도 완전히 구속시킬 수 없다는 건 갑작스럽게 펜던트에서 나타난 흑기사의 역량이 최소한 마린의 통곡과 비슷한 정도라는 뜻일 것이다.

아니, 대체 저건 뭐지? 저것도 저주인가? …………정말, 시트리 이 녀석!

전황이 완전히 바뀌었다. 결계 밖에서 어떤 술식을 사용하던 신관들이 새파랗게 질린 채 지친 모습을 보이고 있었다.

"절대로 놓치지 않게끔 출력을 높이세요! 최소한 어느 한쪽은 없애야만———."

"죽여라! 저게 '예언'의 재앙이다!"

에드거 씨가 외쳤다. 태연한 척하고 있긴 하지만, 표정이 꽤 심각하다. 하지만 그 이상으로 살벌한 명령을 내린 프란츠 씨의 눈에는 핏줄이 드러나 있었다. 방금 한순간 이쪽을 노려보던데……, 대체 왜?

흑기사의 방어는 철벽이었다. 성스러운 빛이나 탄환도 전부 몸으로 받아냈기에 뒤에 숨은 마린에게는 닿지 않았다. 그리고 마린의 모습도 좀 전과는 전혀 달라진 상태였다.

좀 전까지는 인간 같은 비율이 30퍼센트 정도였는데, 지금은 70퍼센트가 넘는 것 같다.

뿜어내고 있던 칠흑의 불꽃은 어느새 어둠처럼 새까만 드레스로 바뀌었고, 붕괴 직전이라 제대로 알아볼 수 없던 얼굴도 지금은 눈과 코, 입, 생김새를 확실히 알아볼 수 있다.

최후의 발버둥 같은 느낌이 아니다. 분명히 강화되었다. 아니, 모든 존재를 죽이는 주물이면서 흑기사를 공격하지 않는 건 이상하지 않나?

그때, 마린의 통곡이 뿜어낸 칠흑의 불꽃이 흑기사에게 달라붙었다.

무시무시했던 모습에 더 큰 변화가 생겼다. 기사의 갑옷이 보라색으로 빛났고, 왼손에는 사방에서 날아드는 공격도 전부 막아낼 수 있을 것 같을 정도로 거대한 칠흑의 방패가 생겨났다. 들고 있던 검도 마치 양분을 흡수한 것처럼 두께나 길이가 한층 더커졌고, 까만 불꽃을 띠기 시작하고 있었다. 상승효과로 파워업했네…….

크류스가 발을 동동 구르며 나를 향해 앙칼진 목소리로 외쳤다.

"약한 인가아아아아아안! 이이, 이런 건 하나도 재미없어, 입니다!"

"지, 진정해! 아……, 그, 그렇지! 재미있는 건 지금부터니까!"

"적당히 좀 하세요! 오빠!"

"적당히 좀 해라! 《천변만화》! 저건 뭐냐!"

루시아도 그렇고, 크류스도 그렇고, 프란츠 씨도 그렇고, 나를 공격하지 말고 정화를 먼저 해야 하지 않나?

정말, 모든 사건을 내 탓으로 돌리니까 곤란하다. 뭐, 이번 일은 내 잘못도 조금 있을지도 모르겠지만……, 젠장, 『퍼펙트 배케이션(쾌적한 휴가)』을 입고 올 걸 그랬나.

일어선 나는 떨어질 것 같아서 위험했기에 비틀거리며 응원을 보냈다.

"힘내라! 안셈, 힘내라!"

"우……, 우오오오오오오오오오오오오오오오오오오오오옷!"

"?!"

마치 천둥소리 같은 포효가 신성한 교회의 의식장에 울려 퍼졌다.

무시무시하면서도 아름다운 검과 방패 앞에서 안셈이 연속으로 공격을 가했다.

좀 전에 가했던 공격은 그냥 떠보기였던 모양이다. 기술이 없었다. 하지만 쿠웅, 쿠웅, 비유가 아니라 지면이 흔들렸다. 연속으로 날아든 안셈의 철권이 대지조차 뒤흔들고 있었다.

안셈은 크다. 내구도는 말할 필요도 없고, 힘도 강하다. 마나 머티리얼은 헌터의 능력을 마음 속에 잠든 소원을 이루어주는 형태로 강화시키기 때문에 리즈처럼 날씬한 몸으로도 괴력을 낼 수 있지만, 선대 무제도 엄청난 거구였던 것처럼 튼튼한 육체와 힘 사이에 전혀 아무런 상관관계가 없는 것은 아니다.

마나 머티리얼은 안셈의 몸을 크게 성장시킴과 동시에 신화에 나오는 영웅이 지닌 듯한 괴력을 선사했다. 툭하면 싸우곤 하는 《비탄의 망령》이 팔씨름만은 하지 않는 것은 순수한 힘대결로는 아무리 발버둥 치더라도 안셈을 당해낼 수 없기 때문이다.

인간을 초월한 거구와 괴력으로 날린 일격은 성스러운 힘 같은 것이 깃들어 있지 않더라도 압도적인 파괴력을 지니고 있었다. 평범한 인간이라면 전신 갑옷을 입고 있다 하더라도 납작해질 것이다.

좀 전에는 공격을 받아냈던 흑기사가 그 주먹을 보고 처음으로 회피 동작을 보였다. 마린의 보조로 만들어진 방패를 내던지고 크게 물러났다. 남겨진 방패는 주먹을 맞고 ㄱ자로 우그러지며 날아가 버렸다.

마린의 통곡이 뿜어낸 불꽃이 안셈을 아래쪽부터 달구었지만, 안셈은 전혀 아랑곳하지 않았다.

널찍했던 결계 마법진의 링은 진짜 실력을 드러낸 안셈 스마트 앞에서는 너무나도 좁았다. 오늘 안셈은 검이나 방패를 들고 있지 않지만, 어지간한 무기는 그의 팔보다 길이가 짧다.

흑기사가 몸을 빼며 검을 휘둘렀다. 비스듬하게 날아든 일격을 향해 안셈이 팔을 크게 휘둘렀다. 거대해진 검도 그의 키에 비하면 그리 대단한 크기가 아니었다. 옆쪽에서 날아든 혼신의 주먹을 맞고 검이 쉽사리 흑기사의 손에서 떨어져 나가 지면에 꽂혔다.

한순간 움직임을 멈춘 흑기사는 멍해진 것 같아 보였다.

안셈의 모습은 성기사라기보다는 몬스터 같았다. 오히려 그가 저주를 받은 것 같다. 안셈에게 심취해 있으며 그에 대해 잘 알고 있던 신관들의 표정이 약간 얼어붙어 있었다.

"힘내라! 안셈, 엄청 힘내라!"

"우오오오오오오오오오오오오오오오오오오오오옷!"

그 격한 움직임에 주위에 있던 헌터나 기사들은 나설 수 없었다. 안셈까지 휩쓸려버리기 때문일 것이다. 하지만 항상 안셈과 함께 활동하는 루시아만은 유일하게 사정없이 마법을 날렸다.

"'헤일 스톰'!"

손바닥에서 생겨난 마법, 얼음 조각이 뒤섞인 그 회오리가 눈 깜짝할 새에 커지며 안셈과 함께 마법진을 집어삼켰다.

루시아의 특기 마법이다. 위력과 범위, 양쪽 모두 강력한 상급 마법———, 게다가 마법의 형태도 멋지기에 루시아가 처음 보여 줬을 때는 너무나도 멋진 모습에 마구 칭찬했던 게 기억난다.

빗자루를 타고 날아다니곤 해서 괴짜 취급을 받곤 하지만, 루시아는 훌륭한 마도사다.

휘몰아치는 바람 소리에 섞인 무언가를 깎아내는 듯한 소리. 광범위 섬멸 마법으로 동료까지 집어삼킨 루시아를 주위 사람들이 깜짝 놀란 듯이 바라보자 그녀는 살짝 헛기침을 하고는 변명처럼 말했다.

"안셈 씨는 이 정도쯤은 문제가 없어요."

"우……, 오오오오오오오오옷!!"

마물을 마구 헤집으며 소용돌이치는 얼음 폭풍 속에서 그 외침과 함께 커다란 그림자가 움직이고 있었다.

이것이———, 적응이다. 안셈도 가끔은 불평을 해도 될 것 같은데.

"…………저 녀석, 진짜로 생물 맞나? 입니다. 루시아의 상급 마법 안에서 움직이고 있는데, 입니다."

크류스가 정색하며 말했다. 말이 너무 심한 것 같긴 하지만, 뭐 나도 가끔은 안셈이 예전에 몸집이 작았다는 게 안 믿기니까…….

"그래도, 이래선 외부에서 손을 쓸 수가 없겠는데……."

"봐라, 약한 인간! 아크도 곤란해하잖아! 입니다!"

라피스가 눈을 가늘게 뜨고 굳은 표정으로 말하자 크류스가 덧붙였다. 아크뿐만이 아니라 프란츠 씨 일행까지 곤란해하고 있구나. 헤일 스톰 때문에 원거리 공격은 닿지 않고, 조준도 하기 힘들다.

뭐, 애초에 안셈이 있는 시점에서 익숙한 사람이 아니면 공격을 할 수가 없겠지만.

헌터 그룹 선두에 있던 거크 씨가 왠지 모르겠지만 내게 소리를 질렀다.

"크라이, 생각 좀 해라!"

"뭐라고 해야 하나……, 우리 루시아 때문에 미안해…………,

그 왜, 항상 이런 느낌으로 싸우니까……."

"……………."

루시아는 아무 말도 없이 그저 얼굴만 붉히며 고개를 숙였다. 마법의 규모나 지속 시간은 기본적으로 사용자의 역량에 따라 다른데, 루시아가 사용한 헤일 스톰의 위력은 전혀 약해질 낌새를 보이지 않았다.

한번 날린 총알을 되돌릴 수는 없듯이, 마법들은 대부분 한번 날리면 없앨 수가 없다.

《비탄의 망령》에서는 먹잇감은 항상 선착순이니까……, 루시아도 냉정한 것처럼 보이지만, 완전히 근육뇌다. 리즈나 루크에 비하면 그나마 나을 뿐이고 일반적인 헌터와 비교하면 살기가 꽤 강한 편이다. 그리고———, 그건 안셈도 마찬가지다. 싸우려는 마음이 강하지 않으면 보통은 고레벨 헌터가 될 수 없다.

"우오오오오오오오오오오오오오오오오오오오오옷!"

흑기사와 마린이 헤일 스톰의 맹렬한 기세에 주눅이 든 와중에도 안셈은 계속 추가 공격을 가했다.

회오리 속에서 검은 그림자와 하얀 그림자가 엇갈리고 있었다. 잘 보이지 않는 상황임에도 안셈이 밀어붙이고 있다는 걸 확실하게 알 수 있었다. 마린도 비명을 지르고 있겠지만, 안셈의 포효에 완전히 묻혀버렸다.

그가 돌격할 때 포효를 지르게 된 것은 《비탄의 망령》으로 활동을 시작한 지 얼마 안 되었을 무렵이었다. 순해 빠진 자신을 향한 질타인 모양인데, 저렇게까지 크게 소리를 지르니 전투광으로

밖에 안 보인다.

드디어 연속 공격을 버텨낼 수 없게 된 건지 흑기사가 헤일 스톰 밖으로 튀어나왔다. 갑옷으로 둘러싸인 상반신이 움푹 패여 있어서 인간이었다면 이미 죽었을 대미지다.

날아간 흑기사가 절반 이상 검게 변색된 기둥을 세차게 들이받았다. 그리고———.

"?!"

"아……, 부러졌네."

루시아가 기운이 빠지는 목소리를 냈다. 아마 다들 똑같은 기분이었을 것이다.

두꺼운 기둥이 쉽사리 부러졌고, 적층 결계 마법진이 사라졌다.

적층 결계 마법진은 저주를 가두어두기 위한 것만이 아니었다. 그 힘을 약하게 만드는 효과도 있었다.

결계 중 일부가 무너지자 공기의 온도가 단숨에 떨어졌다. 오싹, 정체를 알 수 없는 오한이 들었다.

갑자기 세이프 링이 발동되었다. 귀를 찌르는 듯한 통곡이 세계를 뒤흔들었고, 기사들, 헌터들의 얼굴에서 단숨에 핏기가 가셨다. 힘이 빠져나간 건지 무릎을 꿇은 사람도 있었다.

그 저주는 통곡으로 재앙을 내린다고 한다. 그렇기 때문에 그런 이름이 붙었다. 세이프 링이 발동된 것은 그 저주를 막아냈기 때문일 것이다. 온갖 공격을 막아낸다는 세이프 링의 평판은 허세가 아니다.

헤일 스톰의 효과가 사라졌다. 회오리가 없어지고, 마린의 모습이 나타났다.

어두운 눈동자와 마구 헝클어진 머리카락. 형태가 바뀌지는 않았지만, 몸에 두른 오라의 농도가 달랐다.

그 모습은 어설프게 인간의 형태를 띠고 있었기에 이질적인 느낌이 엄청나게 강했다.

"말도 안 돼⋯⋯, 이 정도의 힘을 남겨두고 있었을 줄이야⋯⋯."

에드거 씨가 깜짝 놀랐다. 구속에서 풀려난 마린의 통곡이 몸을 일렁이며 움직이기 시작했다.

안셈이 순식간에 지면을 박차고 달려들어 주먹을 휘둘렀다.

""우오오오오오오오오오오오오오오오오오오오오오오오오옷!!!"

"꺄아아아아아아아아아아아아아아아아아아아아아아악?!"

마린은 비명을 지르며 그 공격을 아슬아슬하게 피하더니 곧바로 우그러진 채 침묵한 흑기사에게 뛰어들어 끌어안았다.

안셈은 힘이 세다. 하지만 거의 단점이 없는 그에게는 유일하게 명중률이 그다지 높지 않다는 약점이 있었다. 공격 횟수가 늘어나면 정확도도 그만큼 떨어진다.

흑기사를 끌어안은 가녀린 소녀(외모만)에게 안셈이 덤벼들었다. 쿠웅, 쿠웅, 소리를 내며 달려드는 성기사를 보고 그제야 결계의 구속에서 풀려난 무시무시한 저주가 비명을 지르며 도망치기 시작했다.

다른 멤버들에게 효과가 없는 걸 보니 진짜로 그냥 비명인 것 같다. 마린은 굳은 표정으로 주위를 둘러싸고 있던 사람들을 재빨리 확인하고는 마지막으로 입구 위쪽에 자리 잡고 있던 나를 보았다.

눈이 마주쳤다. 반사적으로 고개를 저었지만, 마린은 미끄러지듯 이쪽을 향해 다가왔다.

흑기사를 끌어안은 채 부드럽게 공중을 달리는 마린. 문 앞은 텅 비었는데도 왠지 모르겠지만 그 장식 위에 앉아있던 나를 향해 뛰어올랐다. 그 움직임에는 망설임이 없었다. ……왜 이쪽으로 오는데?

언제나 그랬지. 언제나 내 말은 아무도 들어주질 않아.

마린이 필사적인 표정으로 통곡을 날렸다. 소리만으로도 혼이 얼어붙을 것 같은 그 통곡이 그녀를 막으려고 사방에서 달려든 신관들을 기절시켰다. 이제 웃음만 나온다.

이런, 이런, 언제나 생각하는 거지만……, 세이프 링을 장비하지 않으니까 다들 그렇게 되는 거라고!

나는 팔짱을 낀 채, 날아오는 마린의 통곡을 내려다보았다.

시간이 길게 늘어져서 1초가 10초, 20초로 느껴졌다. 나는 도망치지도, 숨지도 않는다.

나는 알고 있다고———, 너희들, 내가 도망치든 숨든 쫓아올 거잖아!

마린의 통곡이 내달렸다. 그 뒤에서 안셈이 짐승처럼 쫓아왔고, 사방에서는 아크, 루시아, 라피스 일행의 공격 마법이 날아들었다. 여기가———, 이 세상의 지옥인가.

하지만 아무것도 할 수가 없어!

마린의 통곡이 마치 구해달라는 듯이 이쪽으로 손을 뻗었다. 손을 뻗길래 나도 모르게 손을 내밀었다. 완전히 안 좋은 버릇이다.

그때였다. 마린의 통곡이 눈을 동그랗게 뜬 채, 한순간 움직임을 멈췄다.

그리고———, 공중에서 정지한 마린의 통곡을 뒤에서 날아온 사슬이 꿰뚫었다.

가슴에서 튀어나온 빛의 사슬을 마린의 통곡이 멍하게 내려다보았다.

곧바로 사방팔방에서 날아온 사슬이 마린의 통곡과 그것이 끌어안고 있던 흑기사를 관통했다.

만에 하나를 대비해 신부님이 보여주었던 사슬형 보구, 『실드 브레스』다.

상자를 들여다보았을 때는 정말 긴 사슬이라고 생각했는데, 여러 개가 하나인 보구였던 모양이다.

눈을 돌려보니 에드거 씨가 마지막 사슬을 던지고 있었다. 빛을 땋아 만든 사슬이 마린의 통곡의 뒤통수를 관통했다. 입을 뻐끔거리고 있었지만, 목소리가 나오지는 않았다.

공기가 원래대로 맑아졌다. 에드거 씨가 숨을 거칠게 몰아쉬며 이마에 난 땀을 닦았다.

"이런, 이런……, 사용해 버렸군. 게다가 어쩔 수 없다고는 해도 공중에 매달아버릴 줄이야……, 이래선 마법진을 설치하는 것도 힘들지. 어떻게 해야 하나……, 한동안 이곳은 봉쇄할 수밖에 없겠군."

"으음……."

마린의 통곡이 멈추자 진정했는지, 안셈이 당황한 듯이 끙끙 댔다.

최첨단 적층 결계 마법진으로도 억누르지 못했던 힘을 완전히 봉인해버리다니 역시 보구다.

"크라이, 어째서 그런 곳에 앉아있나 싶긴 했다만———, 역시 대단하군. 잘 막았다!"

눈이 옹이구멍인 거크 씨가 큰 목소리로 나를 칭찬해 주었다.

마린은 공중에 사슬로 꿰뚫려서 구속된 상태임에도 원망스러운 듯한 눈초리로 나를 보고 있었다.

그런 눈으로 봐도……, 내 잘못은 아니지 않아? 손을 내밀어놓고 오히려 놀라지 말라고!

광장에서는 서둘러 마법진을 만들고 있었다. 안뜰의 문 위 쪽———, 공중에 매달린 마린의 통곡과 흑기사를 감시할 수 있는 방으로 테이블을 옮긴 다음, 회의를 시작했다.

엄중한 경계 태세가 깔린 와중에 신부님이 한숨을 크게 쉬며 사람들을 둘러보았다.

"이런, 이런, 아슬아슬하게 위기를 넘겼군요. 설마 그런 돌발 상황이 발생할 줄은 저도 예상하지 못했습니다. 프란츠 경의 조언에 따라 보구를 준비하지 않았다면 어떻게 되었을지…….."

"그런 걸 예상할 수 있는 자는 없다. 어쩔 수 없는 일이겠지. 안 그런가?《천변만화》!"

"어? 아……, 응, 그래, 그렇지."

멍하니 있자니 갑자기 프란츠 씨가 말을 걸었기에 급하게 긍정했다. 아크와 크류스, 루시아, 거크 씨 같은 사람들이 대놓고 한숨을 쉬었다.

설마 십자가 펜던트에서 기사가 나올 줄이야, 나는 지금까지 다양한 것들을 봐왔다는 자부심이 있지만, 세계는 정말 넓은 것 같다. 뭐, 말은 안 할 거지만……, 아무도 못 본 것 같고.

"그런데…………, 이 나라 사람들은 위험한 걸 너무 많이 숨기고 있는 거 아닌가?"

"…………………………."

프란츠 씨가 말없이 나를 쏴 죽이려는 듯한 눈초리로 바라보았다.

어떡하라고…………, 일단 엎드려 빌어도 될까요?

그때, 우리의 아크가 입을 열었다.

"그건 그렇고 마린의 통곡은———, 틀림없이 제가 싸웠던 저주 중에서도 가장 강한 힘이었습니다. 이번에 맡았던 역할이 약하게 만드는 거였다고는 해도 번개나 루시아의 상급 공격 마법도 발을 묶어두는 것 이상의 효과는 없는 것 같았고……."

"기사 쪽은 그나마 통하는 것 같았지만, 마린의 통곡 쪽은 그냥 통과하더군. 효과가 전혀 없지는 않았던 것 같지만 보아하니 영혼 계열 마물과도 다른 모양이고."

헌터 출신이라 마물이나 팬텀 토벌 쪽도 잘 알고 있는 거크 씨가 인상을 찌푸리며 말했다. 아크의 번개나 루시아의 헤일 스톰을 제대로 맞고도 그렇게 기운이 넘치다니, 좀처럼 상상하기 힘든 일이긴 하다. 아크는 본직이 마도사는 아니지만, 루시아는 용조차 떨어뜨릴 수 있는 수준에 도달했다.

아무 일도 없었다는 듯이 넘어가려 하고 있는데, 결계 기둥을 부러뜨린 책임 중 절반 정도는 루시아 때문이잖아…….

"그렇긴 합니다……, 역시 저희 광령교회의 비술을 결정타로 삼을 수밖에 없겠지요. 하지만 『실드 브레스』로 붙잡아둔 상태로는 외부에서 간섭하는 게 불가능합니다. 다시 정화를 집행하려 해도 방법을……, 생각해야만 하겠지요. 공중에서는 적층 결계 마법진도 통하지 않고, 애초에 그런 수준의 저주가 두 가지나 한 곳에 모인다는 게 전대미문입니다."

"그렇군…………, 점성원이 포착한 예언대로라는 건가."

그런데 아까부터 프란츠 씨가 이쪽을 힐끔거리는 게 신경 쓰여서 견딜 수가 없단 말이지.

이번에는 참견하지 않는 게 나을 것 같다. 멤버들도 호화롭고, 입은 재앙의 근원이니까…….

팔짱을 낀 채 고개를 끄덕이고 있자니 이번에는 별다른 활약을 하지 못한 라피스와 크류스 같은 《별의 성뢰》 그룹이 기다렸다는 듯이 입을 열었다.

"저주에 마술은 거의 통하지 않는다. 저주에는 저주와 비슷한 힘으로 맞서는 것이 제일이지."

"우리 숲에서는 나이가 많고 정신적인 힘을 기른 정령인이 그 역할을 맡고 있다."

"우리와는 다른 능력을 지닌 주술사다, 입니다. 그런 적성을 지닌 핏줄로 태어나거나 나이를 많이 먹은 정령인에게는 힘이 깃든다, 입니다!"

"저런 수준의 주물을 정공법으로 다스리는 것은 힘들다. 원한이 전혀 희미해지지 않았으니까."

제각각 견해를 말하는 정령인들. 대하기 편하다는 소리는 빈말로도 하기 힘들지만, 이럴 때는 믿음직스럽네…………, 그리고 크류스는 역시 놀림당하고 있는 거 아닌가?

존댓말을 쓰라고 해서 저렇게 된 모양인데, 왜 혼자만 이상한 존댓말을 쓰는 거냐고……

신부님은 그 말을 듣고 고개를 크게 끄덕인 다음, 왠지 가엾어하는 느낌이 담긴 눈초리로 마린을 올려다보았다.

"…………원한이 전혀 희미해지지 않았단 말입니까. 어쩔 수 없는 일이겠지요…………, '마린의 통곡'에는 비극적인 사연이 있습니다. 어떤 의미로는 저것도 피해자니까요."

무슨 일이 있었는지는 모르겠지만, 그래도 그렇게 날뛰는 건 좀 아닌 것 같다.

생각하는 척하면서 이야기를 흘려듣고 있자니 라피스가 눈을 가늘게 뜨고 뜻밖의 제안을 했다.

"인간의 손으로 저것을 정화하는 건 너무 무거운 짐이겠지. 우리도 제블디아에는 신세를 지고 있다. 혹시 필요하다면———, 주술은 우리의 분야이니 우리 숲의 주술사를 부르겠다만…………"

"이럴 수가……, 정령인 주술사, 말입니까……"

거크 씨가 의외라는 눈초리로 라피스와 신부님을 보았다. 《별의 성뢰》는 한때나마 제도에서 활동하는 헌터들 중에서도 꽤 문제가 많은 파티였던 모양이니 그 무렵의 영향일까. 그렇게까지 깊게 친해진 건 아니지만, 그녀들도 클랜에 들어와서 약간이나마 둥글어졌다고 생각한다.

그러고 보니 주술사라고 하면 케챠챠카인데. 지금쯤 뭐 하고 있으려나? 아직 【길 잃은 여관】에 있나?

"하나, 숲의 주술사는 인간을 싫어한다. 여기까지 데리고 오려면 제블디아의 협력이 반드시 필요하지. 그리고……, 흥. 교회에도 체면은 있을 텐데."

"……그렇군요. 적층 결계 마법진으로 억누르지 못하는 상대를 어떻게든 해볼 수 있는 술식은 총본산에도 없긴 할 겁니다. 현실적으로 지금 제도 교회에서 저것을 정화할 수 있는 건 안셈 정도밖에 없습니다만…………, 표적을 보아하니 도망칠 것 같군요."

"으음……."

안셈이 곤란한 듯이 끙끙대는 목소리를 냈다. 원한과 살기를 흩뿌리는 저주가 도주를 선택하다니(그것도 결계에서 해방되었는데도), 너무 강하면 다른 문제가 발생하는 모양이다.

"점성원의 예언에 대한 대책은 최우선으로 착수하라는 지시를 받았다. 맞이하는데 필요한 것은 이쪽에서 책임지고 준비하지. 그걸로 점성원의 예언을 저지할 수 있다면 싸게 먹히는 거다."

이렇게까지 멤버층이 두꺼우니 어떤 쪽에든 대처할 수 있겠네. 나는 이 자리에 안 어울리는 것 같다.

프란츠 씨의 말을 듣고 라피스가 거창하게 고개를 끄덕이고는 당당한 목소리로 말했다.

"정령인은 기본적으로 금속을 기피한다. 예외는 금과 은뿐. 맞이할 마차는 전부 풀과 나무 또는 보석으로 만든 것을 준비하라. 말은 유니콘이나 그리폰으로, 많은 사람들이 있는 곳은 꺼리니 맞이할 때는 큰길에 외출 금지령을 내리도록. 다른 나라의 왕족을 대접하듯이 대하라."

다른 나라의 왕족 상대로도 그렇게까지는 하지 않을 텐데……, 악의가 없는 것 같아서 더 악질이다.

아무리 그래도 제도에 외출 금지령을 내리는 건 힘들 것 같다고 생각한 건지 프란츠 씨가 인상을 찌푸렸다.

"……………………뭔가 다른 방법은 없나? 예를 들어———, 그 마술 학원의 세이지 클러스터라면 어떨까? 그녀도 정령인 마도사일 텐데."

"……흥. 하찮은 소릴……, 그 여자는 반푼이다. 그리고 인간은 이해하지 못할지도 모르겠다만, 마도사와 주술사는 방향성이 전혀 다르다."

프란츠 씨도 고생이네……, 하지만 나는 이번에 정말로 아무것도 안 했다.

그래도 루시아와 아크, 안셈, 라피스 일행도 《시작의 발자국》 멤버니까 어떤 의미로는 내 공헌도가 높은 거 아닌가? …………응, 그래, 그렇지. 그래서 레벨만 올라버린 거지!

프란츠 씨와 신부님, 그리고 라피스 일행이 향후의 계획을 정하기 시작했다. 딱히 할 일도 없었기에 멍하니 밖에 있던 마린의 통곡을 바라보고 있자니 문득 거크 씨가 말했다.

"······크라이, 뭔가 신경 쓰이는 거라도 있나?"

"어? 아니············."

아무 말도 안 했는데············, 아니, 아무 말도 안 한 게 잘못 인가?

모두의 시선이 어느새 이쪽으로 쏠려 있었다. 루시아가 눈을 흘기는 게 특히 찔린다.

보아하니 이야기를 제대로 안 듣고 있던 게 들킨 모양이다. 신 경 쓰이는 거, 신경 쓰이는 거 말이지. 딱히 없는데······, 맞다. 이 번 건하고는 전혀 상관이 없지만, 굳이 말하자면———, 리즈가 신경 쓰이는데.

차례를 감안하면 다음에 호위로 올 사람은 리즈일 것이다. 호 위를 받으면서도 결국 험한 꼴을 당했기에 의미가 없는 것 같긴 하지만, 오지 않아도 된다는 말로는 납득하지 않겠지.

그리고 물론 리즈는 루크와 다른 파티원들이 뭔가 받았다는 사 실을 알고 있을 테니, 마찬가지로 뭔가 받을 수 있을 거라 생각하 고 있을 것이다. 사실 이번에 내가 준 물건들은 터무니없는 것들 뿐이지만 그런 건 리즈에게는 아무래도 상관이 없다. 뭔가 주지 않으면 어린애처럼 시끄럽게 굴 거야, 분명히.

자, 어떻게 할까······, 내가 전혀 상관이 없는 생각에 잠기자 거 크 씨가 인상을 쓰며 말했다.

"뭔가 있다면 지금 미리 말해라."

"············아니, 딱히 없는 것 같은데."

"아무리 사소한 거라도 상관없다! 네놈은 매번 나중에 터무니없는 짓을 저지르니까!"

프란츠 씨가 쓸데없는 말을 하기 시작했다. 대체 그의 마음속에서 뭐가 내 평가를 떨어뜨리고 있는 거지?

하지만 무슨 말이라도 하지 않으면 그냥 넘어갈 수 없는 분위기다.

나는 헛기침을 한 번 한 다음, 미안하다는 듯한 표정을 지으며 말했다.

"이번 사건하고는 별로 상관이 없는 이야기인데…………, 저기, 뭐라고 해야 하나, 아………………, 그렇지. 잠겨 있는 보물상자 같은 무언가가 있으면 좋겠다~, 싶은데."

"?! 무슨 소릴 하는 거냐……, 네놈."

"여기서 중요한 건 잠겨 있다는 거야. 낡았고, 목제에, 분위기가 있는 보물 상자."

리즈는 잠겨 있는 보물상자를 정말 좋아하니까. 자물쇠는 복잡하면 복잡할수록 좋고, 일반적인 보물 상자의 이미지에 가까우면 가까울수록 좋다. 정 뭐하면 내용물이 없어도 된다. 그녀가 자물쇠를 땄을 때 마구 칭찬해 주면 매우 만족할 테니까.

아크와 다른 사람들이 눈살을 찌푸리고 있다. 신부님도 당황한 기색이다.

역시 말하지 말 걸 그랬네. 돌아가는 길에 찾아볼까.

회의를 마치고 라피스, 루시아 일행과 함께 교회를 나섰다.

해방된 듯한 느낌이 너무 강한 나머지 크게 기지개를 켜는 나를 보고 루시아가 한숨을 크게 쉬었다. 중간에 분위기 파악도 못하는 말을 했지만, 결국 기탄없는 논쟁을 나눈 결과 정령인 주술사에게 협력을 요청하게 되었다.

그때까지는 저주를 보구로 매달아둔 채 방치하는 모양이다. 쓸데없이 잘 보이는 곳이라 신부님도 곤란한 듯한 표정이었으나 꽤 전위적인 오브제로도 보였다.

요즘은 인간의 도시에 오는 자도 늘어나긴 했지만, 기본적으로 정령인과 인간은 한데 섞일 수 없는 존재다. 게다가 상대가 정령인들 사이에서도 특별한 주술사이니 무슨 일이 생기면 국제 문제로 발전할지도 모른다. 프란츠 씨는 처음부터 끝까지 계속 벌레를 씹은 듯한 표정이었다. 귀족도 정말 힘든 것 같다.

바깥으로 나오자 라피스가 프란츠 씨에게 말했다.

"서두르는 게 좋을 거다. 우리는 곧바로 이야기를 하러 숲으로 가겠다. 프란츠는 맞이할 준비를 하도록."

"…………시간이 좀 걸릴 거다. 준비가 되면 연락하지. 공음석을 준비하마……………,《천변만화》, 네놈에게 맡겼던 공음석을 내놓아라. 이제 필요 없을 테니."

"…………어~, 나한테 준 줄 알았는데……."

"주겠나! 공음석은 제도에서도 희귀한 전략 물자다!"

받았을 때는 어떻게 되나 싶었는데, 금방 프란츠 씨와 연락할 수 있는 게 꽤 편리했단 말이지.

어쩔 수 없이 공음석을 돌려줬다. 프란츠 씨는 거센 콧김을 내

뿜으며 그것을 받아들고는 라피스에게 건넸다.

라피스가 공음석을 품에 넣은 것을 확인한 다음, 프란츠 씨가 나를 째려보았다.

"《천변만화》, 그 밖에 뭔가 우려되는 점은 없겠지?"

"응~? 없는 것 같은데~."

없다고 해야 하나, 잘 모르겠는데~.

자랑할 건 아니지만, 내가 고개를 끄덕였던 건———, 주위 사람들에게 맞췄을 뿐이라고!

"윽…………, 네놈은 항상 그랬지! 아까 그 뜬금없는 발언도 그렇고, 대체 뭐냐? 그렇게 까불대는 태도의 대가로 신통력이라도 얻고 있는 거냐?! 보물 상자라니, 대체 무슨 소리냐고!"

그건……, 상관이 없다고 했잖아. 잊어달라고…….

"이런, 이런, 프란츠 씨. 진정하라고. 그런 베스트 멤버를 모아 놓고 아직 불안한 거야? 아크에다 거크 씨, 루시아, 안셈, 공수 양면으로 빈틈 없는 편성이잖아. 정화 작전도 결국 큰 피해는 발생하지 않았고, 그렇게 대단한 멤버들이 모였으니 어떤 저주가 오더라도 괜찮을 텐데. 나한테 너무 기대지 말라고."

"……………끄으……윽."

나를 거꾸로 매달고 털어봤자 아무것도 안 나와. 일부러 루시 아에게 장식 위에 올려달라고 한 걸 못 봤냐고! 다들 사고만 생기 면 곧바로 나한테 따진다니까…….

나도 한가하진 않단 말이지. 쉬느라 바빠. 보물 상자도 사러 가 야만 하고…….

"이번에 따라온 것도 만에 하나를 대비한 거였고, 결국 아무것도 안 했잖아? 이번 기회에 확실하게 말해두겠지만, 나는 프란츠 씨가 생각하는 것과는 달리 정말 별 볼 일 없다고. 문제만 일으키고."

"자, 자각하고 있었던 거냐……, 네놈! 뵈는 게 없나!"

아차……, 괜한 소리였나!

반사적으로 루시아 뒤에 숨으려 한 순간, 지면이 흔들렸다.

뒤쪽을 보았다. 말을 건 사람은(걸지는 않았지만) 안셈이었다. 신기하게도 투구를 벗은 상태였고, 뒤에는 광령교회의 신관들이 따라와 있었다. 나를 질책하려 하던 프란츠 씨가 그 모습을 보고 입을 다물었다.

문을 아슬아슬하게 통과할 수 있을 정도로 거대한 몸집. 어지간한 사람은 입을 다물어버릴 듯한 존재감이 그곳에 있었다. 무슨 볼일이라도 있나?

말을 꺼내기를 기다리고 있자니 안셈은 살짝 헛기침을 하며 목을 다듬고는 오랜만에 올리지 않는 목소리로 말했다.

"크라이, 좀 전 회의 때 말했던 보물 상자에 대해 교회에서 할 이야기가 있는 모양이다. 잠깐 와다오."

"어서 오세요, 크라이 씨. 교회는 어떠셨나요?"

"그럭저럭이지. 오랜만에 갔는데 안셈도 여전히 잘 적응한 것 같았고⋯⋯."

클랜 마스터실로 가기 위해 계단을 올라가던 도중에 에바를 만났다.

다들 내게 미묘한 트집을 잡지만, 언제든 변함이 없는 에바는 정말로 치유되네.

"그럭저럭⋯⋯, 그럭저럭? ⋯⋯⋯⋯크라이 씨, 설마 제가 아무것도 모른다고 생각하시나요?"

"그럭저럭."

그런데 안셈은 정말 대단하다. 그 크기는 헌터라면 모를까 교회의 일원으로서는 힘들 텐데, 교회 사람들하고도 잘 적응했으니———, 내면은 외모를 능가한다는 건가?

게다가 안셈 왈, 그 흑기사가 펜던트에서 나온 것을 눈치챈 사람은 우리 말고도 몇 명 있었던 모양이다. 다시 말해 목격자 전원이 그를 책망하지 않고 입을 다물었다는 뜻이다.

대체 전생에 얼마나 덕을 쌓으면 그런 대우를 받는 거지? 항상 말도 안 되는 혐의를 뒤집어쓰는 나로서는 정말로 부럽다. 마치 당연하다는 듯이 루시아의 공격에 휘말리는 건 부럽지 않지만.

나도 안셈을 본받아서 정직하게 살아볼까⋯⋯, 아니 정직하게 살고 있다고! 나는 아무것도 몰라!

그때, 에바가 나를 보고 탐탁지 않은 듯한 표정을 지었다.

"크라이 씨⋯⋯, 왠지 묘하게 기분이 좋으신 것 같은데요?"

"아⋯⋯, 눈치채버렸어?"

"⋯⋯⋯⋯광령교회에서 큰 소동이 벌어졌는데 어째서―――."

딱히 사건이 일어나서 기분이 좋은 건 아니고―――, 마지막에
선물을 받았으니까. 역시 실력 좋은 소꿉친구가 제일이네. 받기
만 하니까 나도 언젠가 갚고 싶다.

"교회에서 생긴 일은 《별의 성뢰》가 어떻게든 한대. 요즘 예언
이다 뭐다 해서 시끄러웠는데, 잘 해결되어 가는 것 같아. 사건이
연달아 너무 많이 일어나서 피곤하다고."

"⋯⋯⋯⋯⋯⋯⋯⋯."

나는 아무것도 하지 않았지만, 체력이 없기 때문에 근처에서
구경만 했는데도 피로가 쌓였다.

그때 에바가 내 얼굴을 빤히 바라보고 있다는 걸 눈치챘다. 똑
똑해 보이는 눈동자에 찡그린 눈썹. 마치 내 얼굴에 뭔가 적혀 있
는 것처럼 주목하고 있으니 나도 모르게 한 발짝 물러났다.

"왜, 왜?"

"아뇨⋯⋯⋯⋯⋯⋯, 아무것도 아닙니다. 그저, 크라이 씨의 표
정을 보고 거래를 하고 있어서⋯⋯, 요즘은 연달아 벌어진 저
주 소동 때문에 엉망진창이거든요. 제도에서 꽤 많이들 도망쳤습
니다. 정말로 해결된다면⋯⋯, 기회입니다만⋯⋯⋯⋯."

으음⋯⋯, 너무 깊게 건드리지 않는 게 좋을 것 같네. 클랜 부
마스터라는 직책이 완전히 자리를 잡았기에 잊곤 하지만, 그녀는
원래 대상회의 상인이었다.

제도도 요즘은 소란스럽다. '아카샤의 탑' 소동으로부터 용의
습격을 거쳐 이번 예언, 단기간에 문제가 연달아 발생했으니 누

구나 도망치고 싶어질 것이다.

"에바도 도망쳐도 되는데?"

나도 같이 도망칠 테니까. 반쯤 진심으로 그렇게 말하자 에바
는 눈을 동그랗게 뜨고 오른손 손바닥을 슬쩍 들어 보였다. 약지
에 낯익은 반지를 끼고 있었다.

"도망치지 않을 거예요. 세이프 링까지 받았는데……, 각오는
이미 하고 있습니다."

너무 남자답다. 나는 세이프 링을 열 개 이상 끼고 있는데도 그
런 각오를 못 했는데?

……뭐, 아무리 그래도 이번에는 이제 끝나겠지……, 이제 배가
부르다. 공음석도 돌려줬으니 이번에야말로 느긋하게 쉬어야지.
루시아도 연달아 벌어진 소동 때문에 일정이 바뀌어서 시간이 나
는 것 같으니 아예 모두를 불러서 같이 느긋하게 쉴까. 그런 생각
을 하고 있자니 에바가 내 예상과는 달리 예상했던 말을 했다.

"그러고 보니 리즈 씨가 와 있습니다. 티노 양하고 같이 클랜
마스터실에요."

"!! 전부…………, 내 시뮬레이션대로구나."

"매우 신이 나셨던데…………, 그렇죠. 뭔가 선물을 받을 거라
고……, 괜찮으신가요?"

"크큭…………, 평소와는 달리 한 치의 어긋남도 없이 맞아든
예측———, 나 자신의 재능이 두렵군."

전부 손바닥 위인가? 설마 신산귀모가 개화한 거야?

이거라고, 이거! 지금만큼은 하드보일드한 척이나 까불어대는

것도 용납될 것이다. 내 눈은 옹이구멍이지만, 소꿉친구의 성격은 아주 잘 알고 있다. 괜히 오랫동안 함께 지낸 게 아니다.

기분 나쁜 거라도 보는 듯한 눈빛을 보이던 에바에게 말했다.

"부탁할 게 있는데……, 이제 곧 아래쪽에 교회에서 보낸 베스트 보물 상자가 도착할 거야. 누군가에게 부탁해서……, 그래, 라운지로 옮겨 줄 수 있을까?"

"그건……, 상관없습니다만, 보물 상자?"

에바도 그걸 보면 놀랄 것이다. 그렇게까지 보물 상자 같은 보물 상자는 내 헌터 경력으로도 거의 본 적이 없다. 리즈도 분명히 매우 기뻐할 것이다.

그런데 설마 광령교회의 창고에 보물 상자가 그렇게 잔뜩 있을 줄은 몰랐네. 어떤 걸 말하는 건지 짐작도 안 되니까 고르라고 하던데, 뭔가 영문을 알 수가 없어서 웃어버렸다.

클랜 마스터실에서는 리즈가 티노에게 조르기 기술을 걸고 있었다.

분명 기다리는 동안에 심심했던 거다. 그녀는 나를 보고는 실신하기 직전인 티노를 휙, 내던지고는 달려왔다. 에바 말대로 엄청 신이 났다.

"크라이이이이이이이이이이이이이이이이!"

"착하다, 착해, 착하다, 리즈, 착하다! 착해!"

활짝 웃는 리즈를 한 손으로 대충 달래고는 바닥에 뻗은 티노를 확인했다.

머리카락이 흐트러진 것을 보니 원래는 모의전이라도 하고 있었던 건가? 한가하다고 남의 방에서 모의전을 벌이지 않았으면 좋겠는데. 함부로 화를 내면 티노에게 불똥이 튈 것 같았기에 전혀 미안해하지 않는 리즈를 시선만으로 나무라고 있자니 티노의 손가락 끝이 움찔거리며 움직였고, 쉽사리 의식을 되찾았다.

그녀는 몸을 일으키고는 고개를 마구 젓다가 나를 보고 볼을 붉혔다.

"마스터어……, 오셨군요! 한심한 모습을———."

"아, 아니……, 티노도 착하다, 착해, 착하다."

예전과 비교해서 요즘 후배의 튼튼함이 엄청나다. 정신적으로도 엄청나고, 육체적으로도 엄청나다. 마스터로서는 기뻐해도 되는 건지……, 리즈를 말리지 못하는 걸 부끄러워해야 하는 건가?

티노가 튼튼한 쪽으로 특화되어서 안셈처럼 커져 버리면 어쩌지?

리즈는 방금 깨어난 티노의 팔을 잡고는 내 쪽으로 떠넘겼다.

"슬슬 내가 호위할 차례잖아? 기다릴 수가 없어서 조금 이르긴 하지만 와버렸어! 온 힘을 다해서 열심히 할게. 티도 마구 부려먹어도 되니까! 뭐, 그 라운지 습격 이후로 딱히 이상한 움직임은 없는 것 같지만———."

"…………아, 그런 일도 있었지."

"마스터어, 부, 불과 얼마 전 일인데요?!"

그렇구나……, 날마다 번갈아 가면서 호위를 바꾸는 게 기습 대책이었구나. 아니, 그 이후로 너무 많은 일들이 있었으니까……, 인상이 희미해질 만도 하지! …………뭐, 자잘한 건 그냥 넘어가자. 오랜만에 머리가 진짜로 잘 돌아가고 있으니까.

눈을 반짝이며 주인에게 기다리라는 말을 들은 개처럼 안절부절못하고 있던 리즈에게 엄숙한 분위기로 말했다.

"어흠, 사실 리즈에게……, 주고 싶은 게 있거든."

"!!"

"루크나 다른 사람들에게만 주고 리즈에게 주지 않는 건 불공평할 것 같아서 말이지."

"꺄악~! 크라이, 정말 좋아!"

"어, 언니……, 상스러워요."

리즈가 폴짝폴짝 뛰다가 내 등을 끌어안고 몸을 비벼댔다.

닿기만 해도 땀이 날 것처럼 뜨거운 몸. 이런 반응도 대충 예상하고 있었지만, 이렇게 기뻐하니 나도 기쁘다고 해야 하나, 뭐라고 해야 하나……, 보물 상자에 뭐가 들어있을지 모르니까……, 텅 비어있어도 기뻐할 줄 알았는데, 이렇게 기뻐하니 조금 불안하다. 그리고 티노 몫을 잊고 있었는데, 티노는 딱히 불만이 없는 모양이었다. 그것보다는 계속 내 목덜미에 코를 비벼대는 리즈를 신경 쓰고 있다.

"지금 라운지로 가져다달라고 했으니까――."

"꺄악~, 기대된다아, 얼른 가자! 응? 얼르은!"

리즈가 마법처럼 단숨에 앞으로 돌아와 내 팔을 잡아당겼다. 미소가 눈부셔서 마음이 아프다.

이거……, 안이 텅 비어 있더라도 울진 않겠지?

좀 전에 머리가 잘 돌아간다고 생각했던 때와는 달리 불안함에 짓눌릴 것 같아하는 나를 보고 티노가 조용히 말했다.

"라운지………, 아직 수리가 끝나지 않았던 것 같은데요……."

아, 그랬지……, 반쯤 무너졌다는 걸 깜빡 잊고 있었네.

라운지는 티노가 말한 대로 아직 너덜너덜한 상태였다. 바닥에는 금이 크게 가 있고, 테이블도 치워져 있었다. 지금 같은 상태로는 휴식을 취할 곳으로서의 기능을 발휘할 수 없는지 항상 잔뜩 있던 클랜 멤버들의 모습도 보이지 않았다. 하지만 리즈에게는 그런 게 별로 중요하지 않은 모양이었다.

라운지 한가운데에 당당히 놓인 그것을 본 리즈가 눈을 반짝이며 기뻐서 들뜬 목소리로 말했다.

"꺄악~! 이게 뭐야, 대단하네~! 보물 상자!"

"보물 상자네요, 언니! 게다가 이건………, 보물전에서 가져온 것 아닌가요?"

"그러겠죠. 독특한 임팩트가 있으니까요."

에바가 보증해주자 티노가 약간 부러운 듯이 나를 보았다.

그것은 별로 화려하지 않고 수수하지만, 완전무결한 보물 상자였다. 목제 본체에 낡은 금속 틀. 달려 있는 커다란 자물쇠. 리즈나 티노가 쏙 들어갈 만큼 큰 데다 나 같은 사람은 들어 올릴 수도 없는 무게. 그야말로 내가 상상하던 보물 상자 그 자체였고, 아마 트레저 헌터 중에서 이 보물 상자를 싫어하는 사람은 없을 것이다. 자물쇠 따기를 담당하는 '도적'이라면 더더욱 그렇다.

보물 상자는 보물전에 나타나는 물건 중에서도 발견했을 때 가장 기쁜 것 중 하나다. 보물전에서 극히 드물게 나타나는 보물 상자는 상자 자체가 보구이며, 안에 보구 여러 개가 들어있는 상태로 발견된다. 아마 보물이 들어있는 상자라는 개념이 마나 머티리얼로 재현된 결과 그러한 형태가 되었을 것이다. 보물 상자에서 발견되는 보구는 레벨이 높다는 설도 있고, 실제로 희귀하고 강력한 보구가 여러 개 담긴 커다란 보물 상자를 발견해서 엄청난 부를 얻은 사람도 있다. 보물전에서 보물 상자를 발견하는 것은 모든 트레저 헌터의 꿈이라 할 수도 있다(참고로 가끔 내용물이 들어있지 않을 때도 있다).

　하지만 그와 동시에 보물 상자에는 큰 위험 부담도 존재했다. 보통 보물 상자에는 견고한 자물쇠와 강력한 함정이 설치되어 있기 때문이다. 보구인 보물 상자는 상자 자체가 튼튼하기 때문에 상자를 부수고 내용물만 가로채는 것도 불가능하다. 그것은 헌터 파티에 뛰어난 자물쇠 따기 스킬, 함정 해제 스킬을 지닌 도적이 필요한 이유이기도 하며, 가끔 열리지 않은 상태로 무거운 보물 상자가 시장에 유통되는 이유이기도 했다.

　뭐, 함정 해제를 실패하면 그냥 죽게 되니까……, 우리 파티도 몇 번 죽을 뻔했고.

　안셈에게 안내를 받아서 간 교회의 지하 창고에는 소재나 생김새가 제각각 다른 보물 상자가 잔뜩 보관되어 있었다.

　아무래도 신도인 헌터에게 기부받은 것이라 함부로 다룰 수도 없고, 위험해서 함부로 열 수도 없기에 곤란했던 모양이다. 그중에서 마음에 드는 것을 고르라(사실과는 다르다)고 했기에 내가 선택한 베스트 오브 베스트 보물 상자가 이것이었다.

목제 본체와 철제 틀로 이루어진 보물 상자는 여러 개 있었지만, 가장 분위기가 있고 매우 그럴싸했다. 내용물이 들어있지 않더라도 작은 물건을 보관하는 용도로……, 큰 물건까지 보관하는 용도로? 쓰기에 좋을 것 같다. 엄청나게 무겁지만.

"엄청나게 멋진 보물 상자지? 처음 본 순간에 감이 딱 왔거든. 이 보물 상자라고!"

"앗싸! 보물 상자를 여는 건 오랜만이야! 자, 티도 이쪽으로 와!"

"네?! 저도 그래도 되나요?!"

리즈가 손짓해서 부르자 티노가 급하게 다가갔다. 정말로 괜찮은 건지 망설이는 게 귀엽긴 하지만……, 리즈는 아마 훈련을 시킬 생각일 거다. 보물 상자의 자물쇠를 따는 건 정말로 위험하니까.

에바의 팔을 살짝 건드린 다음, 함께 리즈와 티노에게서 거리를 약간 두었다. 보물 상자에 설치된 함정은 단발식일 경우가 많다. 세이프 링이 있으면 문제가 없긴 하겠지만 만에 하나의 경우를 대비하는 게 낫다.

내 옆에서 에바가 작은 목소리로 물어보았다.

"……크라이 씨, 저 상자 안에 뭐가 들어있나요?"

"………………뭐일 것 같아?"

"…………"

에바가 진지한 표정으로 생각에 잠겼다. 답은……, 나도 몰라!

지금까지는 발견된 보물전의 보물 상자 안에 있는 내용물을 알아낼 수 있는 방법은 단 하나, 외눈 안경 형태의 보구———, 『트레저 트레이서(보현경)』를 사용하는 것뿐이다.

하지만 그렇게 너무나도 부러운 보구를 발견한 헌터는 그 존재를 밝혔기 때문에 암살당해 버렸고, 그 보구도 파괴되어 버렸다. 그 이후로 두 번째 『트레저 트레이서』는 발견되지 않았다.

리즈는 신이 나서 자물쇠를 확인하다가 곧바로 의아하다는 듯이 말했다.

"으응~? 크라이, 이 자물쇠, 꽤 단순한 건데? 함정은…………, 으응……?"

리즈가 보물상자를 똑똑, 노크한 다음 들어 올려서 바닥을 확인했다. 엄청나게 무거워서 나는 들지도 못했는데, 리즈는 대단하네~. 힘이 장사야!

보구인 보물 상자를 열려면 지식뿐만이 아니라 센스와 스킬이 필수라고 한다. 오감과 육감, 모든 것을 동원해서 미지의 장치에 도전하는 그녀들은 가장 트레저 헌터에 어울리는 존재일지도 모르겠다.

모든 방향에서 보물 상자를 관찰한 다음, 리즈는 복잡한 듯한 표정으로 말했다.

"음~, 일단 열어볼까?"

"그러게요……, 폭발 계열 함정 같은 건 없을 것 같은 느낌이니까요."

"…………티, 자물쇠 따는 거 양보해줄게. 보물 상자를 실제로 열 기회 같은 건 좀처럼 없으니까, 연습한 성과를 크라이에게 보여줘."

"네?! 그래도 되나요?!"

티노가 눈을 크게 뜨고는 왠지 기쁜 듯이 말했다. 에바는 뜻밖이라는 듯한 표정이지만, 리즈는 이쪽을 보며 의기양양해했다.

응, 그래, 그렇지! 제대로 스승 노릇을 하고 있네! 아까는 조르기 기술을 걸고 있었지만 말이지!

티노는 보물 상자 앞에 매달려 있던 자물쇠 앞에 몸을 숙이고는 머리카락 안에서 피킹 툴을 꺼내 신중하게 열쇠 구멍에 찔러 넣었다. 리즈가 말한 대로 간단한 타입인 모양이었다. 겨우 몇 초만에 철컥, 소리가 나며 자물쇠가 풀렸다. 리즈를 연상케 하는 솜씨다.

하지만 지금부터야. 자물쇠 따기도 중요하지만, 함정 해제는 더 중요하지. 목숨이 걸려 있으니까.

자물쇠를 제대로 따서 안심했는지, 티노가 미소를 지으며 언니를 돌아본 다음 나를 보았다. 왠지 리즈와 비슷하게 의기양양한 표정을 보이는 티노에게 무심코 손을 흔들었다. 그때였다.

──그것은 너무나도 조용하고, 너무나도 화려하고, 너무나도 농담 같은 솜씨였다.

방금 자물쇠를 딴 보물 상자가 소리도 없이 열린 다음 폴짝 뛰어올라서는 등을 돌리고 있던 티노를 덮쳐 통째로 삼키고 난 뒤에 원래 있던 위치로 돌아갔다. 거기까지 걸린 시간은 1초도 되지 않았다. 리즈는 반응하지 못했다. 에바도 반응하지 못했다. 분명히 티노 본인도 무슨 일이 일어난 건지 몰랐을 게 분명하다.

"아…………."

"어…………?"

리즈가 눈을 깜빡였고, 에바가 멍한 표정으로 얼어붙었다.

"………………."

티노와 비슷할 정도로 화려한 솜씨네…………, 그게 아니지! 에바를 떼어놓은 게 정말 다행이다———, 이것도 아니잖아! 비명조차 들리지 않았는데, 위험한 거 아닌가?

보물 상자 아니었어? 마물……? 아니……, 보구인가? 어? …………그러고 보니 보물 상자를 받았을 때 교회 창고에서 가끔 행방불명되는 사람이 있다고 했었지. 그래서 나를 불렀다고———.

"티노 양이…………, 잡아먹혀 버렸어."

에바가 새파랗게 질린 채 입가에 손을 대고는 아무도 언급하지 않았던 말을 중얼거렸다.

언젠가 잡아먹힐 줄 알았다고……, 이게 아니지!

…………어째서 이 나라 사람들은 다들 위험한 걸 몰래 가지고 있는 건데?

"어? 어어? 티?! 이게 뭐야, 크라이?!"

리즈가 혼란스러운 듯이 외쳤다. 보물 상자가 뒤에서 리즈를 꿀꺽, 집어삼켰다.

"아…………."

완벽한 보물 상자가 뚜껑을 닫고 원래대로 돌아왔다. 에바가 멍하니 나를 보았다. 라운지에 정적이 찾아왔다.

두 명을 먹고 배가 부른 건지, 보물 상자는 다시 움직일 낌새를 보이지 않았다. 혹시 뒤로 돌아서면 움직이는 건가? ……리즈는 틀림없이 내게 판단을 맡겼던 거겠지……, 내가 가지고 온 보물 상자니까.

사고에 익숙한 리즈가 이렇게 쉽사리 잡아먹히다니……, 싸워도 되는데! 평소처럼 마구 날뛰어도 되는데!

"크, 크라이 씨…………, 이게, 대체…………?!"

에바가 신기하게도 동요하는 모습을 감추려 하지도 않고 나를 올려다보았다. 나는 진정하라는 말을 하려다가 스스로도 그러지 못해서 숨이 막혔다.

괜찮아, 괜찮다고. 리즈는 용이 통째로 삼켰는데도 살아남은 적이 있으니까, 저런 보물 상자에게 잡아먹힌 것 정도로는 꿈쩍도 하지 않을 거야. 티노는……, 힘내!

……아니, 이 보물 상자는 대체 뭐지?

뻔뻔하게 평범한 보물 상자인 척하고 있는 식인 보물 상자를 관찰했다. 보물 상자로 의태하는 마물이 존재하긴 하지만, 수많은 수라장을 헤쳐오며 위기 감지 능력을 갈고닦은 리즈가 그렇게 간단히 속을 줄이야———.

진정해, 진정하라고. 어차피 내가 애써 봤자 어떻게 해보는 건 불가능해. 차라리 리즈가 그 안에서 노력해서 탈출할 가능성이 더 크다.

"다, 다른 사람을 불러올게요……, 저걸 부술 수 있을 만한 사람, 아크 씨를!"

"!!"

그거…………, 나이스 아이디어인데.

수라장에 익숙할 만도 한 나보다 에바가 더 냉정하다니, 대체…….

에바가 보물 상자를 보면서 슬금슬금 입구 쪽으로 다가갔다. 그리고 뛰어가기 시작한 순간, 뒤에서 단숨에 거리를 좁힌 보물 상자에게 꿀꺽 잡아먹혀 버렸다. 토할 것 같다.

"………………이런, 꿈에 나올 것 같네. 꽤……, 꽤나 먹성이 좋은 상자잖아. 대체 얼마나 들어가는 거냐고."

다시 의태하기 시작한 보물 상자. 이미 들켰다고……, 완전히 들켰다니까!

만약 아크까지 잡아먹혀 버린다면 답이 없다. 아니, 아무리 봐도 상자의 크기보다 먹은 양이 더 많은데……, 그때, 입구에서 라일네 파티가 들어왔다.

"으엑, 크라이, 있었구나……, 뭐지? 이 보물 상자……, 으앗……!"

내가 무슨 말을 꺼내기도 전에 갑작스럽게 정면으로 달려든 보물 상자가 라일 일행을 통째로 집어삼켰다. 용량이 대단하네~!

…………도망친 것도 아닌데 어째서……, 설마, 목격자를 전부 없앨 셈인가?

전부 내 탓이다. 내가 너무나도 멋진 저 생김새에 푹 빠져버린 탓에————.

"………………어머, 크라이, 혼자서 뭐하고————."

"뭐야? 이 보물 상자━━, 앗."

다가온 마리에타와 스벤이 곧바로 보물 상자 안으로 사라졌다. 이제 뭐가 뭔지 알 수가 없다.

레벨 6 헌터가 어떻게 해볼 틈도 없이 집어삼키다니, 무시무시한 숙련도다. 아니, 아무리 생각해도 다들 내게 정신이 팔린 틈에 먹힌 거지? 평소 보물전을 탐색할 때의 컨디션이었다면 대처할 수 있었을 것이다. 혹시⋯⋯⋯⋯, 내가 제일 먼저 먹혀야 하는 거 아닌가?

하필이면 이럴 때 공음석을 돌려줘 버렸다. 오늘은 방에 틀어박혀 있을 생각이었기에 보구 무장도 부족하다.

주머니를 뒤져보았다. 나온 것은 초콜릿 하나였다. 하지만 이럴 때 초콜릿이 무슨 도움이 될까? 뭐, 마음에 드는 보구를 가지고 와도 된다고 해도 대처할 수가 없지만!

"어차피 먹을 거면 초콜릿을 먹지⋯⋯."

인간은 맛이 없을 텐데.

멍하게 중얼거린 그 순간, 보물 상자가 뛰어올라 눈앞에 착지했다.

무심코 움찔거리며 한 발짝 물러선 내 앞에서 보물 상자는━━, 아무 짓도 하지 않았다.

완전히 백기를 들고 멈춰 섰지만, 한동안 기다려봐도 움직일 낌새가 없었다. 리즈와 다른 사람들은 그렇게 쉽사리 먹어놓고 설마 나는 먹을 수 없다는 거야? 미식가냐고.

하지만 나는 들 수 없을 정도로 무거운데도 그렇게 잽싼 몸놀림, 소리를 전혀 내지 않는 착지, 무시무시한 은밀 성능…………, 아니, 잠깐만?

그때, 나는 눈을 크게 떴다. 심호흡을 크게 하고 각오를 다진 다음, 보물 상자 뚜껑에 손을 살짝 대고 약간 열어서 그 틈새로 초콜릿을 넣고는 닫았다.

그렇게 무거운 보물 상자인데 뚜껑은 놀랄 만큼 가벼웠다. 나도 들어 올릴 수 있는 무게다.

"……………반해버릴 것 같은 보물 상자. 대용량, 저소음, 이동 기능 장착. 보안도 완벽하다고?"

보물 상자는 대답하지 않았다. 대답할 리가 없었다. 왜냐하면 보물 상자는 보물 상자니까……, 융단이 말을 하지 않는 것과 마찬가지다.

보구 중에서 가장 유명한 것으로 생김새보다 더 큰 용량을 자랑하는 『매직 백(시공 가방)』이라는 보구가 있다. 나도 특정한 물건만 들어가는 걸 하나 가지고 있긴 한데, 귀중하고 희귀하고 유용해서 인기가 많은 보구다. 뭐든지 들어가는 거라면 최소한 억대 가격이고, 그 억 단위 가격으로도 좀처럼 시장에 나오지 않는 물건이 『매직 백』이라는 보구였다.

그렇게 생각하니 리즈가 쉽사리 당해버린 것도 이해가 된다. 마물이나 팬텀이 아니었기 때문이다. 마물이나 팬텀이 아니었기에 내게 판단을 맡겼다.

…………생물이 들어가는 '매직 백' 같은 게 존재했나?

다시 보물 상자의 뚜껑을 열었다. 내부는 진한 어둠으로 가득 차 있었다.

안타깝게도 매직 백 안이 어떻게 되어있는지는 연구가 진행되지 않았다. 생물은 안 들어가니까.

나는 어둠 속으로 손을 집어넣고는 좀 전에 넣었던 초콜릿을 꺼냈다.

매직 백 중에는 넣은 것을 꺼낼 수 없는 쓰레기 같은 물건도 존재하지만, 아무래도 이 보물 상자는 그렇지 않은 모양이었다. 여자친구 융단과 밤낮으로 주지육림을 즐기고 있는 우리 융단이 보고 좀 본받았으면 좋겠다.

"넣고 꺼내는 것도 마음대로……, 완벽하네."

꺼낸 초콜릿을 깨물고는 부러뜨렸다. 입안 가득 퍼지는 달콤한 맛.

차를 마시고 싶어졌을 때, 나는 그제야 정신을 차렸다.

도둑이나 부수려 하는 사람을 집어삼키는 기능 같은 건 필요없다고! 급하게 보물 상자 안으로 팔을 집어넣었다.

"에바……, 에바가 필요해, 에바가 필요해……."

손끝에 부드럽고 따뜻한 것이 닿았기에 힘껏 쥐고 있는 힘을 다해 보물 상자에서 꺼냈다. 어둠 속에서 에바가 스르륵, 나타났다. 빠져나온 에바는 혼란스러운 듯 한동안 바닥에 주저앉아 있다가 잠시 후에 상황을 이해한 건지 숨을 크게 내쉬었다. 안경이 어긋난 모습이 매우 희귀했다.

"주……, 죽는 줄, 알았어요……. 안은 깜깜해서……, 방향도, 알 수가 없고…………."

다행이다……, 살아있어. 아무래도 기억 같은 것에도 영향은 없는 것 같다.

나 혼자서 사람 한 명을 끌어낼 수 있었던 것은 보물 상자의 기능 덕분일 것이다. 능력이 너무 뛰어나다.

어지간히 무서웠던 건지 눈가에 눈물이 맺혀 있었다. 나는 곧바로 말을 꺼냈다.

"…………매직 백이니까 죽을 리가 없잖아."

"?! 이, 이거, 매직 백인가요?! 네에?! 미, 미리 좀 말씀해 주세요! 엄청 무서웠다고요!"

다그치는 에바. 아무래도 원래대로 돌아온 모양이다. 나는 사과하면서 마음속으로 가슴을 쓸어내렸다.

나도 엄청 무서웠어. 리즈 같은 사람들은 헌터지만, 에바는 직원이니까. 흡수한 마나 머티리얼의 양도 다르니 너무 겁난다. 모처럼 준 세이프 링도 도움이 안 되었고!

내가 먹히지 않았던 이유는 교회에서 받는 모습을 봐서 소유권을 인정했거나……, 아니면 혹시…………, 칭찬을 해서? …………왠지 좀 경박한 느낌인데, 이 상자.

나는 심호흡을 크게 한 다음 이름을 중얼거리며 팔을 집어넣었다.

"리즈가 필요해. 리즈가 필요해……."

"그렇군…………, 또, 또, 이상한 물건을…….."

상황에 대해 이야기를 들은 스벤이 정색하는 표정으로 끙끙댔다. 라일과 다른 사람들도 비슷한 반응이었다.

아무래도 화가 난 것보다 자신들이 당해버렸다는 충격이 더 큰 모양이었다. 클랜 하우스 안에서 갑자기 당한 거라곤 해도, 헌터가 싸우는 곳은 보물전뿐만이 아니기 때문이다.

집어삼켰던 사람들에게 둘러싸였음에도 보물 상자는 아무렇지도 않아 보였다. 그리고 스벤과 다른 사람들도———, 아무리 혈기왕성하지만 물건에게 복수할 만한 사람은 없었다.

"그런데……, 생물이 들어가는 『매직 백』이라니…………, 팔면 클랜 하우스를 한 채 더 지을 수 있을 것 같네."

"용량도 장난이 아니야. 이렇게 많은 사람들이 들어갔다고."

라일 일행이 기분 나쁘다는 듯이 보물 상자를 보았다. 그러게……, 그런데 인간을 멋대로 삼키는 건 치명적인 결함이라고 생각하는 사람은 나뿐인가? 안에서 나올 수 없다면 더더욱 그렇고.

사람을 태워주지 않는 융단은 아예 논외지만, 이렇게 직무에 너무 충실한 것도 반드시 장점만 있는 건 아닌 모양이다.

자신감을 잃은 듯한 사람들과는 달리 딱히 달라진 게 없는 리즈가 말했다.

"있지, 크라이. 나는 나올 수 있었거든? 그냥, 티가 있길래 잡으려 하다 보니 출구가 닫혀버려서———."

티노를 보자 그녀는 몸을 움찔거리며 눈을 피할 뿐 아무 말도 하지 않았다.

뭐, 티노는 어쩔 수 없지……, 뒤에 있던 보물 상자에게 갑자기 잡아먹혔으니까. 아마 자물쇠를 따서 도둑으로 착각당한 거겠지만.

"그런데 넓은 건 틀림없는 것 같아. 안에 마을이 있었으니까……, 탐색은 하지 못했지만."

"마을? 마을이 있었다고?"

대체 뭘 먹은 거야, 이 상자. 그리고 용량이 얼마나 큰 건데…….

그렇지 않아도 매직 백은 비싸게 거래된다. 이만큼 용량이 크면 대체 가격이 얼마나 될까……, 잘 생각해보니 생물을 집어삼키는 매직 백의 존재가 알려지지 않은 이유는 다들 삼켜졌기 때문 아닌가? 세기의 대발견이긴 한데……, 너무 지독하다.

툭툭, 완벽한 보물 상자를 쓰다듬고 있자니 안경을 제대로 고쳐 쓴 에바가 말했다.

"크라이 씨, 그걸 상회 같은 곳에 파실 생각은 있으신가요?"

"아니…………, 안 팔 건데, 왜?"

"아뇨…………, 균형이 너무 크게 무너져버릴 것 같아서요."

하긴, 일반적인 매직 백도 유통에 꽤 영향을 주는데, 이렇게까지 용량이 큰 게 돌아다니면 여러모로 문제가 될 것 같다. 용도 같은 건 얼마든지 생각이 난다.

예를 들자면, 그…………, 연못의 물을 전부 빼낸다거나…….

터무니없는 물건을 손에 넣어버렸다. 다음에 용단하고 싸움을 붙이면서 놀아야지.

그때, 리즈가 뭔가 눈치챈 듯이 이상한 목소리를 냈다.

"…………어라? 혹시 내 차례는 이걸로 끝이야?! 왜? 저주는? 크라이, 나 혼자만 규모가 작지 않아?!"

"어~."

저주라니, 무슨 소리야……, 왜 그런 걸 원하는 건데. 다들 험한 꼴을 당했으니 자기도 험한 꼴을 당하고 싶다니, 너 혹시 루크야? …………루크였네(정신 수준이).

떠들어대기 시작한 리즈를 보고 스벤 일행이 어이없다는 듯이 일어섰다.

"시끌벅적한 건 너희들끼리만 해. 정말, 민폐잖아…………, 마리에타! 훈련장으로 가자!"

"우리도 다시 단련을 좀 할까~. 설마 클랜 하우스에서 보물 상자에게 잡아먹히다니……, 트라우마가 되면 어떻게 할 거냐고."

욕심이 별로 없는 라일도 한숨을 쉬며 일어섰다. 나도 트라우마가 될 것 같아…….

"저도……, 좀 쉬다 오겠습니다."

에바에게까지 버림받아버렸다. 남은 건 떠들어대고 있는 리즈와 티노, 그리고 원흉인 보물 상자뿐이다.

그래, 푹 쉬어. 나는 이런 게 익숙하니까.

다들 트라우마가 될 것 같다는데도 리즈만은 정말 기운이 넘치네.

리즈가 내 뒤에서 자기 몸을 얹으며 보챘다.

"있지, 크라이! 한 번 더! 한 번만 더 다시 하게 해줘! 이번에는 절대로 실패하지 않을 테니까! 응?"

아니, 딱히 실패해서 끝낸다거나 그런 게 아닌데…………, 애초에 뭐가 실패인데? 그리고 보물 상자는 사건을 만들 생각으로 준 게 아니라고!

어떻게 설득해야 하나……, 마음껏 달라붙고 나면 기분이 풀리려나? 리즈를 그냥 내버려 두고 있자니 뒤에서 나를 끌어안고 있던 그녀가 움직임을 딱 멈추고 티노를 보았다. 그 강한 시선에 티노가 몸을 움찔거리며 떨고는 눈을 피했다. 그러고 보니 상자에서 나온 뒤로 묘하게 얌전하구나, 너.

"티, 너, 뭔가 숨기는 거 아니야?"

"어…………, 저기…………, 무, 무슨 말씀이신지……, 언니."

눈이 완전히 떨리고 있었다. 도적들은 보통 거짓말을 잘하는 법이지만, 완전히 몸에 밴 상하관계 때문인가?

리즈는 내 목덜미에 입술을 한 번 가져다 대고 물러난 다음, 주먹을 쥐면서 생글거리며 티노 근처로 다가갔다. 티노는 절박하게 주위를 둘러보고는 각오를 다진 듯이 이쪽으로 뛰어들었다.

"마스터어어어어어어어어어! 마스터어께, 이걸!"

리즈가 눈을 동그랗게 뜨면서 티노의 발을 걸었다. 티노는 쥐고 있던 주먹을 이쪽으로 쭉 내밀며 아슬아슬한 거리에서 바닥에 철푸덕, 얼굴을 부딪히고 쓰러졌다.

하지만 아파하는 기색도 없이 그녀는 곧바로 고개를 들고는 내 눈앞에서 손을 펼쳤다.

그 안에서 낡은 반지가 굴러 나왔다. 기묘한 무늬가 빽빽하게 들어가 있고 질감이 나무 같은 반지였다. 분위기를 보아 틀림없이 보구다. 티노가 눈을 이리저리 굴리면서 말했다.

"그, 그게 떨어져 있길래, 무심코 그쪽으로 가버려서……, 출구가 닫혀버렸어요."

"……………뭐어어어어? 서, 설마, 티……, 너, 내 역할을 가로챈 거야아?!"

"아, 아니에요, 언니! 저, 저는 몰랐으니까───."

우리 티노가 완전히 리즈처럼 되어버렸다. 아니, 반지하고 출구를 저울에 달아보고 반지 쪽으로 가다니, 대단하네. 완전히 도적이잖아.

리즈가 멍하니 서 있었다. 보아하니 충격이 너무 커서 화를 내는 것조차 잊어버린 모양이었다.

이거……, 도와주지 않으면 티노가 상상도 못 할 정도로 험한 꼴을 당해버릴 것 같은데.

나는 반지를 집어 들고 손가락에 끼운 다음, 리즈가 제정신을 되찾기 전에 말했다.

"저, 전부 예상했던 대로야. 자, 리즈, 진정해, 진정해."

"…………어? 전부, 예상대로? 그럼 티를 죽이지 않아도 되는 거야?"

"응, 그래, 그렇지."

티노가 새파랗게 질렸다. 언니에게 철저하게 교육을 받는데도 반항 정신을 갖춘 게 정말 대단하다. 하지만 지금은 성장을 기뻐하고 있을 때가 아니다. 리즈의 주의를 다른 곳으로 돌려야만 한다.

"자, 진정해, 리즈. 마, 맞다———, 마을을 탐색해보는 건 어떨까? 누가 만들었는지는 모르겠지만, 상자 안에 있는 마을이잖아. 분명히 뭔가 재미있는 게———."

그때, 나는 상자를 보았다. 상자 안의 마을……, 누가 만들었는지 모른다고…………?

눈을 반짝이는 리즈. 그제야 땀을 삘뻘 흘리는 티노 앞에서 나는 말없이 보물 상자 쪽으로 다가가 뚜껑을 연 다음, 팔을 넣었다. 물론 할 말은 이미 정해져 있었다.

"교회에서 행방불명된 사람, 나와라. 교회에서 행방불명된 사람, 나와라……."

보물 상자에서 나온 신관의 숫자는 열 명이 넘었다. 스윽 스윽 끌려 나와서 늘어나는 신관들을 보고 리즈도 눈을 동그랗게 뜨고 있었다.

끌려나온 사람들의 반응은 제각각 달랐다. 꿈이라도 꾸는 것처럼 멍하니 있는 사람도 있었고, 감격한 나머지 울음을 터뜨린 사람도 있었다. 리즈와 다른 클랜 멤버들은 금방 나왔기에 그나마 다행이지만, 몇 년 동안이나 상자 안에 갇혀 있었으니 울고 싶을 만도 할 것이다. 겨우 몇 분 사이에도 에바는 울상이 됐으니까.

"가, 감사합니다! 정말로, 덕분에 살았습니다!"

"응, 그래, 잘됐어, 잘됐어."

마무리가 좋으면 다 좋은 거다.

이야기를 자세히 들어보니 이 사람들은 창고를 정리하다가 실수로 자물쇠를 따서 삼켜진 자들인 모양이었다. 어떻게 실수를 하면 보물 상자의 자물쇠를 따버리게 되는 건지는 모르겠지만, 다시 말해 이 사람들은 별로 성실하지 않은 신관들일 것이다. 행방불명되었는데 큰 소동이 벌어지지도 않은 것 같고……

그래도 잠겨 있던 보물 상자의 자물쇠가 따진 상태라면 누군가가 수상쩍어하지 않으려나……

눈살을 찌푸리며 보물 상자 쪽을 보니 마침 보물 상자가 자물쇠를 주워서 잠그고 있었다. 그렇구나……, 오토락 기능도 있는 건가. 팔이 돋아났는데……, 그 기능이 꼭 필요한가?

"흐응~. 그 마을은 당신들이 만든 거야?"

"아, 아니………… 마을은 원래부터 있었다. 그리고 그 안에서는 배도 고프지 않고 목도 마르지 않아서———."

그거……, 대단하네. 일부 보물전에서는 이 세계와는 다른 종류의 규칙이 적용되는 곳도 존재하는데, 그것과 비슷한 경우일지도 모르겠다.

이건 여러모로 써먹을 수 있을 것 같다. 그래, 예를 들자면……, 바다의 물을 전부 빼낸다거나……

……어라? 혹시 식재료를 신선하게 유지해줄 기능인가?

아무튼, 무시무시한 보구다. 능력에 대해 들키면 나라에 뺏길 것 같다.

깊게 생각하다가는 끝이 없을 듯해서 손뼉을 한 번 친 다음, 오랜만에 밖으로 나온 신관분들에게 말했다.

"……우선, 한동안 신이 장난이라도 쳤다고 생각하고 얼른 가

족들에게 얼굴을 보여주러 가는 게 어떨까? …………이 상자는
우리가 처리할 테니까 비밀로 좀 해주시고."

연달아 고맙다는 인사를 하면서 신관분들이 클랜 하우스에서
나갔다. 그들이 에드거 신부에게 정보를 얼마나 가르쳐줄지는 모
르겠지만……, 뭐, 돌려달라고 하면 얌전히 돌려줘야지.

성능이 너무 좋은 이 상자는 솔직히 내게는 버거운 물건이다.
써먹을 방법도 없고……, 보구 컬렉션을 넣으면 방에 여유 공간
이 생기긴 하겠지만, 안에 들어가면 혼자서 탈출할 수 없다는 게
너무 치명적이다.

그런데 설마 내가 다른 사람을 돕다니……, 정말 기묘한 체험
을 해버렸다. 이번에도 묘한 소동에 잔뜩 휘말렸는데, 구해낸 사
람이 있으니 의미가 있었던 거 아닐까?

마무리하려던 내게 리즈가 어울리지 않게 심각한 표정으로 말
했다.

"크라이, 그 녀석들은 아마도…………, 다들 똑같은 시대 사람
이 아닐걸? 복장도 달랐고."

"…………어?"

"아마 해가 뜨지 않아서 시간 감각이 어긋난 것 같아. 혹시나
싶긴 한데, 이 상자 속에서는———, 나이를 먹지 않는 것 아닐
까…….."

"………….."

오싹, 두려움이 솟구쳤다. 뭔가 눈치챈 듯한 티노가 귀를 두 손
으로 꽉 막고 있다. 나도 그러고 싶은 기분이다.

더 이상 이상한 내용을 추가하지 말아달라고. 진짜 신의 장난 같잖아. …………융단하고 싸움을 붙이면서 노는 건 보류해야겠네. 짐이 너무 무겁다. 나는 심호흡을 크게 한 다음, 전부 잊기로 했다.

이 보물 상자는 약간 위험해 보이지만, 쓰지만 않으면 된다. 다행히 생김새는 멋진 보물 상자니까 인테리어로 내 방을 장식해야지.

손을 펴고 티노에게 좀 전에 받은 보구 반지를 바라보며 말했다.

"아니, 뭐, 아무튼, 리즈하고 티노가 성장한 모습을 볼 수 있어서 다행이네."

"?!"

"뭐~? 어떤 부분이 성장했는데?"

티노가 눈을 크게 떴고, 리즈가 입술을 삐죽댔다. 성장한 모습이라……, 출구보다 티노를 우선시한 점이려나. 반대로 티노는 출구보다 보구를 우선시할 정도로 완전히 헌터가 되어버렸지만.

더 이상 골치 아픈 일에 휘말리는 건 사양이다. 반지도 나중에 마치스 씨에게 감정해달라고 해야지.

콧노래를 흥얼거리며 반지를 뺐다. 빼려다가――――, 나는 눈치챘다.

"마스터어, 저기……, 어떤가요? 그 반지."

"왠지 티에게 좋은 부분만 뺏긴 듯한 느낌이야. 뭐, 크라이가 그렇게 말한다면 상관없지만……."

도움이 된 것이 기쁜 건지 쑥스러운 듯이 미소를 지은 티노와 어느 정도 납득한 듯한 리즈. 나는 살짝 헛기침을 하고는 재빨리 주머니에 손을 넣고 말했다.

"그, 그럭저럭 나쁘지 않네. 바로 마치스 씨에게 감정을 받으러 가자!"

반지…………, 안 빠지는데? 이거, 혹시……, 저주받은 건가? 어, 어쩌지.

저주받은 반지. 빠지지 않는다는 건 꽤 흔한 보구의 부작용이다.

루크가 가지고 있던 마검도 사용 중에는 손에서 떨어지지 않았던 모양이고, 물리적으로 빼낼 수 없는 것, 버려도 멋대로 돌아오는 물건 등, 이러한 부작용을 지닌 보구를 우리 헌터들은 '저주받았다'라고 표현한다.

개중에는 분실 방지를 대비한 결과 그러한 효과가 들어간 물건도 있지만, 대부분의 경우 장비하면 뭔가 부작용이 있어서 골치 아픈 아이템이었다. 물론 보구이기에 충전된 마력이 떨어지면 장비 해제 불가능 효과도 사라지긴 하지만, 그런 보구는 보통 충전된 마력이 좀처럼 떨어지지 않고, 멋대로 장비한 자에게서 마력을 충전하는 기능도 딸려있곤 하다.

아마 그러한 보구는 과거의 주물을 마나 머티리얼이 재현한 것들일 것이다. 그 예측을 뒷받침하듯 이러한 보구를 떼어내는 수법으로서는 저주와 마찬가지로 신관의 정화가 가장 적합하다는 것이 중론이었다.

골치 아픈 일이 일어나기 전에 곧바로 다같이 마치스 씨의 가게로 갔다. 재빠르게 상품들을 확인하고, 티노 효과로 마치스 씨의 비위를 맞춰주면서 빡빡하지도 않은데 뺄 수 없게 되어버린 반지 이야기를 꺼냈다.

마치스 씨는 상황에 대해 듣자마자 볼을 씰룩거리며 떨리는 목소리로 말했다.

"크라이, 이 녀석…… 설마 아무 생각도 없이 그걸 낀 거냐?!"

"아, 아니, 아니, 그렇지는 않은데…….."

"멍청한 녀석! 네놈은 보구를 몇 년을 다뤄놓고도! 초보도 아닐 텐데!"

보구 중 대부분은 미지의 물건이고, 위험한 물건도 잔뜩 존재한다. 보구 감정사가 필요한 것도 그 때문이다.

마치스 씨가 화를 내자 티노가 새파랗게 질렸다. 하지만 리즈는 곧바로 반론했다.

"뭐어? 마치스, 레벨 8을 우습게 보는 거야? 크라이가 아무런 생각도 없이 낄 리가 없잖아아?"

"으음…………."

마치스 씨가 내 얼굴을 빤히 보았다. 리즈가 도와주자 티노도 안도의 한숨을 쉬었다.

네……, 신산귀모라고 해도 됩니다.

팔짱을 끼고 하드보일드한 미소를 지었다. 이럴 때 하드보일드한 건 편리하다.

"답을 맞춰보라는 거냐…………, 기다리고 있어라. 본 적이 있는 것 같으니까."

역시 마치스 씨는 든든하네. 단골이 되길 잘했어.

마치스 씨가 카운터 안쪽에서 두꺼운 수제 보구 도감을 가지고 왔다. 수십 년 동안이나 보구를 감정해온 경험이 담긴 비전의 도감이다. 마치스 씨는 큰 소리를 내며 도감을 내려놓고는 팔랑팔랑 넘기다가 어떤 페이지에서 멈췄다.

"이거다…………, 흥. 목제인 건 정령인이 만들어낸 반지이기 때문이군. 흥, 용케도 이렇게 골치 아픈 물건을 장비했어. 어디서 찾아냈지?"

틀림없다, 이거다. 그곳에는 내가 끼고 있는 물건과 똑같이 생긴 반지의 사진과 이름이 실려 있었다.

"『허밋 링(천명의 주수류)』……? 수행을 위한 반지?"

"정령인이 제공한 정보다. 일부 보구 감정사만 알고 있는 사실이다만———, 그들은……, 정령인에게서 유래된 아이템이 돌아다니는 걸 참을 수가 없는 모양이더군. 우리에게 정보를 제공하며 회수하려 하고 있다."

그렇구나……, 아, 정말. 크류스나 엘리자 때문에 정령인의 이미지를 전혀 상상할 수가 없네.

마치스 씨가 진지한 표정으로 설명해 주었다. 지금까지 위험한 보구를 많이 봐왔지만, 이 정도로 진지한 건 오랜만이다…………, 그 보물 상자를 보여주면 충격 때문에 심장이 멎어버리는 것 아닐까.

"과거에 태고의 정령인들 중에서도 특히 피가 진하고 힘이 강한 자———, 고위 정령인(하이 노블) 무녀가 더욱 높은 차원의 힘을 얻기 위해 만들어낸 모양이군. 정말, 말도 안 되는 문명을 지니고 있던 건 인간뿐만이 아니라는 거지."

어? 설마 나도 높은 차원의 힘을 얻어버리는 건가?

그러면……, 곤란한데. 다음부터는 나도 같이 모험을 떠나게 되어버리는 거야?

약간 안절부절못하면서 마치스 씨에게 물었다.

"그래서, 신경 쓰이는 효과는?"

마치스 씨는 숨을 크게 들이마신 다음, 잠깐 호흡을 멈췄다가 심각한 듯한 목소리로 말했다.

"크라이, 침착하게 들어라. 그 반지는…………, 저주를 끌어당긴다."

저주를…………, 끌어당긴다고?!

"고위 정령인 무녀———, 다시 말해 주술사가 더욱 강력한 원념을 몸에 받아들임으로써 힘을 키우는 반지니까. 비슷한 의식으로 고독이라는 술법이 존재한다만———, 그것의 발전형이다. 그 유인력이 너무나도 강하고 수행에 임한 고위 정령인이 여럿 죽은 것으로 인해 금방 폐지된 모양이다만———, 지금까지 이야기가 전해져 내려오고 있기 때문에 이렇게 보구로 나타나는 경우가 있지. 수명이 길다는 것도 좋은 것만은 아니야. 크라이, 그건 네가 생각하는 것보다도 훨씬 터무니없고 골치 아픈 물건이다. 강력한 정령인 주술사가 아니면 뺄 수도 없고. 아무리 레벨 8이라도 말이다."

마치 머리를 힘껏 두들겨 맞은 듯한 기분이 들었다. 티노가 걱정스러운 듯이 이쪽을 보고 있다.

이 나무 반지가 그렇게 거창한 물건으로 보이지는 않지만——, 그렇구나, 그런 물건도 있구나.

나는 한동안 반지를 빤히 내려다보고 있다가 두 손을 내밀고 마치스 씨에게 물었다.

"…………있지, 마치스 씨. 쓸데없는 걸 물어보는 것 같긴 한데———, 혹시 내가 끼고 있는 보구 중에 저주를 끌어당기는 물건이 또 있어?"

"…………무슨 말을 하는 거냐, 너."

끼기 전부터 이미 저주가 팍팍 다가오고 있었는데? 더 이상 저주를 끌어들이다니, 상상도 안 된다고! 이제 빈 공간이 없으니 끌어당길 수도 없을 것 같다. 저주들이 웨이팅을 하고 있어!

마이너스와 마이너스가 합쳐져서 플러스가 되지 않을까. 별것 아닌 모양이라 다행이네.

"정신을 날카롭게 다듬어라! 마검에게 패배하다니, 문파의 수치다!"

문하생들이 정신을 집중하며 검을 휘둘렀다. 아직 마검의 흉터가 크게 남아있는 《검성》———, 쏜 로우웰의 도장에는 지금까지보다 더 강한 열기가 피어오르고 있었다.

문하생들을 힐끔 본 쏜은 옆에 있던 소동의 근원을 내려다보았다.

　마검은 받침대에 꽂힌 채 햇빛을 받으며 조용히 빛나고 있었다. 나드리가 휘두르는 동안에 이 검은 사람의 마음을 헤집어놓듯 요사스러운 진홍빛으로 반짝이고 있었던 모양이지만, 지금 그 칼날은 모든 것을 빨아들이려는 듯한 칠흑색이었다.

　요사스러운 빛으로 사람을 현혹하고, 손에 든 자의 광기를 불러일으킨다. 그야말로 마성의 검. 문하생 중에서도 실력이 좋은 편인 나드리가 마검에게 홀린 것은 틀림없이 전대미문의 사건이었다. 쏜의 문파는 그 실력을 높게 평가받아 제도에서 특별한 위치에 있다. 제도의 귀족 계급 중에도 문하생이 여러 명 있고, 때로는 기사단과 함께 임무를 수행하는 경우도 있다. 그 신뢰도는 '백검 모임'의 호위를 위해 협력을 요청받을 정도였다. 그런 문파의 검사가 마검에게 홀려서 마구 날뛰었다는 소문이 퍼진다면 문파의 평판이 땅에 떨어질 것이고, 나아가서는 국력의 저하로도 이어질 것이다.

　이 정도로 끝난 것은 프란츠 경이 신속하게 대처한 덕분이다. 실제로 도장이 파괴된 것은 숨길 수 없지만, 아슬아슬하게 함구령이 내려졌다. 신문을 비롯한 대중 매체에서 다루어지지도 않았다. 소문이 나긴 했지만 시민에게 피해가 없고 증거가 없으니 표면적으로 문제시될 일은 없다.

　아무래도 프란츠 경은 그 《천변만화》에게 공음석으로 손을 써달라는 부탁을 받은 모양이었다. 자기가 검을 가져다준 주제에,

정말로 만만치 않은 남자다.

그리고 유일하게 사정에 대해 알고 있는 문하생들 중에서 탈퇴자가 거의 없었던 것은―――, 쏜이 직접 힘을 보여주었기 때문이다. 검사의 힘, 수행의 끝에 도달할 수 있는 인간의 가능성을.

애초에 쏜류 검술은 심기체를 전부 단련하여 힘에 휘둘리지 않고, 절망적인 전황이라 해도 맞서며, 어떠한 상황이라도 잔잔한 마음을 지니는 것을 목표로 삼고 있다. 그런 신조로 따지더라도 나드리는 너무나도 미숙했다. 잘못한 사람이 《천변만화》인지 여부는 어찌 되든 상관이 없다. 이것은 문파의 우두머리로서 부끄러워해야 할 결과다.

마검의 자루 끄트머리에 손을 가져다 댔다.

검의 극치에 도달하기 위해 전 세계를 여행했다. 수많은 강적들과 시합을 벌이고, 수많은 친구들을 얻었고, 언젠가부터 《검성》이라 불리게 되었다.

저주받은 마검이라 해도 날카로운 검처럼 단련된 정신을 침범할 수는 없다.

쏜도 아직 정진하는 과정에 있었지만, 그럼에도 불구하고 마검정도라면 이렇게 쳐낼 수 있다.

마검 소동으로 인해 이곳저곳이 찢겨나간 도장도 《천변만화》가 파견한 언더맨들의 힘을 통해 매우 빠른 속도로 수선이 진행되고 있었다. 디자인이 약간 바뀌긴 했지만, 이대로 가면 건물은 금방 원래대로 돌아올 것이다.

마검을 쥐고도 아무렇지 않은 쏜. 자신을 보는 제자들을 향해 그가 소리쳤다.

"이 검에는……, 무시무시한 힘이 깃들어 있긴 하군. 사용자를 현혹하고 살육을 벌이게 유도하는 마성의 검이다. 하나, 이 검이 파고드는 것은 자신 안에 숨어있는 약한 마음이다. 명경지수의 영역에 도달하면 검에게 홀릴 일은 없다."

그렇기 때문에———, 한없이 올곧고, 광기에 휩싸인 것처럼 보일 정도로 순수하게 검술 실력만을 추구하던 루크 사이콜은 검을 들고도 홀리지 않았다. 애초에 명검이란 정도의 차이가 있을 뿐, 전부 사람의 마음을 홀리는 물건이다. 이 검을 들고도 제정신을 잃지 않게 되었을 때야말로 갈고닦은 기술이나 그때까지 쌓은 공적 같은 것과는 상관없이 진정한 검사라 하기에 어울리는 존재가 되었다고 할 수 있을 것이다.

성검은 주인을 선택하지만, 마검 또한 주인을 선택한다.

그리고 마검은 올바른 마음을 지니고 다루면 든든한 무기가 되기도 한다.

"자신이 있는 자는 언제든 마검에 도전하도록 하거라. 내가 지켜보마. 이 검의 유혹을 이겨냈을 때, 너희는 한 계단 위의 영역에 도달할 것이야."

명확한 목표가 새로 생기자 문하생 검사들도 마음을 다잡았다.

보아하니 마검을 이겨낸 검사가 나타나는 것도 그리 멀지 않을 것이다. 전화위복인가.

기백이 담긴 목소리가 솟구쳤다. 부상당한 나드리도 치료를 마치고 그들과 함께 정신을 집중하며 검을 휘두르고 있었다. 그때,

혼자서 목검을 휘두르고 있던 루크가 말했다.

"스승님……………, 내 시련은?"

"루크, 너는…………, 베지 않는 것을 배워라."

"그건 크라이가 말해서 이미 배웠는데…………, 아무튼, 스승님. 나는 강한 녀석을 베고 싶다고!"

나도 지금까지 몇 번이나 타일렀다만…….

아니, 루크……, 설마 검에 홀리지 않은 게 이미 홀렸기 때문인 건 아니겠지…….

기분 나쁜 예감이 들자 쏜은 한숨을 크게 내쉬었다.

제자를 올바른 길로 이끄는 것은 《검성》의 힘으로도 정말 어려운 일이다.

"음……, 이런 게 전화위복인가…….."

"강력한 보구 지팡이에 필적할 정도로……, 무시무시한 증폭치입니다…………."

조수인 안나의 목소리에는 두려움과 흥분이 뒤섞여 있었다. 세이지 클러스터는 루시아에게 가끔 들었던 오빠 이야기가 농담이 아니었다는 사실을 깨닫고는 집게손가락으로 이마를 두드렸다.

강당에는 제블디아 마술 학원의 주요 교수진들이 모여 있었다. 아직 건물이나 결계의 수복이 끝나지 않았지만, 새로운 발견이

이루어졌다는 소식을 듣고 모여든 것이다.

강당 한가운데에는 검은색으로만 이루어진 기묘한 지팡이가 배치되어 있었다. 하지만 단순한 지팡이는 아니었다.

어느 정도 마술에 소양이 있는 자라면 틀림없이 볼 수 있을 것이다. 그 지팡이가 공기에서 끌어모으는 마력의 소용돌이————, 마도사가 다루는 지팡이 중에서도 뛰어난 것들만이 일으키는 희귀한 현상을. 뛰어난 지팡이는 사용자의 마력은 물론이고 공기에 떠다니는 마력을 한데 모아 힘으로 바꾸고, 지극히 효율적으로 마술을 발현시킨다.

그 지팡이는 학원을 마구잡이로 파괴한 검은 세계수의 재를 통해 만들어낸 것이었다.

지극히 뛰어난 촉매가 될 거라는 이야기를 들었을 때는 놀라긴 했지만, 설마 지팡이로 쓰더라도 이렇게 엄청난 수치를 나타내다니……, 이미 모여든 교수들의 표정에서 학교 건물이 파괴된 것에 대한 분노는 찾아볼 수 없었다.

"검은 세계수…………, 세계수를 모방해서 만들었다는 정보가 사실이었던 건가?"

"마력의 흡수는 부차적인 효과 아닐까? 상황을 보아하니 흡수는 성장하기 위한 것이라고 생각하는 게 더 그럴싸하겠군. 세계수는 대지에 뿌리를 내리고 오랜 세월에 걸쳐 막대한 마력을 모은다고 한다. 그 대신 생긴 효과겠지."

마도사들에게 있어서 마술의 힘을 비약적으로 키워주는 뛰어난 지팡이는 엄청나게 욕심 나는 물건이다.

현대에는 질이 좋은 지팡이가 극히 드물다. 지팡이의 성능은 소재나 제작자의 기술, 그리고 만들어낸 타이밍에 따라 크게 달라지며, 똑같은 물건은 두 개 이상 존재하지 않는다. 일류라 불리는 제작자가 만든 지팡이라 하더라도 실제로 사용할 수 있는 것은 열 개 중 하나라고 한다. 그리고 무엇보다, 현대 기술로 만들어낼 수 있는 지팡이는 보구 지팡이에 비해 압도적으로 뒤처진다. 이름난 마도사가 지니고 있는 지팡이도 대부분 단 하나밖에 없는 것에 가까운 보구이며, 극히 적은 양만 생산되는 보구에 필적하는 지팡이는 무시무시한 가격으로 거래된다.

그래도 제블디아 마술 학원의 교수진쯤 되면 이름난 지팡이를 가지고 있는 사람들도 많지만, 강력한 지팡이를 만들 수 있게 될 가능성이라고 하면 건물 결계의 재구축을 내팽개치고 모여드는 것도 어쩔 수 없을 것이다.

외모보다 훨씬 오랫동안 마도사로서 살아온 세이지도 획기적이라고 느낄 정도다.

"확인해보니 그 지팡이는 한때, 《검성》의 동료 마도사가 만졌을 때는 폭주하지 않았던 모양이다. 오랜 세월 동안 창고에 처박힌 채 사용되지 않아서 마력이 결핍된 것으로 인해 폭주했을 가능성도 있지 않나?"

"로제마리와 학원의 마술사들의 공격으로 만족했다는 뜻인가……, 일단 앞뒤가 맞는 이야기이긴 하다만———."

"다시 말해, 《천변만화》는 이걸 예견해서 지팡이를 보냈다는 건가?"

말도 안 되는 소리…………, 세기의 대발견을 눈앞에 두고 완전히 눈이 흐려진 상태다.

　입을 다물고 있던 동안에 이야기가 멋대로 이상한 방향으로 흘러가려 하자 급하게 끼어들었다.

　"잠깐, 아무리 이유가 있다 하더라도 학원을 파괴하고 제도를 위험에 처하게 한 것은 용납해서는 안 되는 행동이다."

　"하나……, 세이지 교수. 제국 쪽에서도 침묵하고 있다. 애초에 《천변만화》는 불과 얼마 전에 황제 폐하의 목숨을 구해냈고, 무제제 때는 '아홉꼬리 그림자여우'의 음모를 저지했지. 지금 규탄하기는 시기가 안 좋다."

　그렇긴 하지…………, 세이지도 개인적으로 조사해 보았지만, 《천변만화》의 활약은 그 청년을 별로 마음에 들어하지 않는 세이지로서도 눈부시다고 할 수밖에 없었다.

　그때, 교수 중 한 명이 세이지 옆에서 멍한 표정으로 서 있던 루시아를 보고 인상을 찌푸리며 말했다.

　"그리고, 그는 루시아의 오빠다."

　"의붓오빠, 입니다, 교수님. 그리고 저도———, 오빠가 너무 지나쳤다고 생각합니다만."

　어째서 모든 교수진이 《천변만화》 편을 드는데 여동생은 세이지 편을 드는 걸까?

　평소 이야기로는 루시아도 여러모로 고생하고 있는 모양이었다. 계속 듣고 있자니 염장질을 하는 것 같은 게 신기하지만.

　"의붓오빠든 뭐든, 아무래도 상관없다! 문제는 그와 다투는 것이 백해무익하다는 점이지. 그런 일에 시간을 쓸 바에는 차라리 이 세계수의 대용품이라는 물건의 새로운 가능성을 모색하는 게 낫다. 마력을 빨아들여서 거대화한다면 조건에 따라서는 무한히 재생할 가능성조차 있는 거 아닌가?"

"세계수에 필적할 만한 소재를 무한히 사용할 수 있다면 역사적인 대발견이군."

겨우 한 번의 폭주로 학원이 반쯤 무너졌다는 사실을 완전히 잊고 있다. 물론 지금은 세이지나 다른 교수진들도 있기에 똑같은 상황이 되더라도 어떻게든 대처할 수 있겠지만, 낙관적으로 볼 만한 일은 아니다.

그래도 지금 같은 상황에서 그렇게 말해봤자 듣는 사람은 없겠지.

반쯤 포기하고 상황을 지켜보던 세이지에게 교수 중 한 명이 말했다.

"그럼 이 지팡이의 연구를 어느 연구실에서 담당할 것인지———."

분위기가 팽팽해졌다. 성질만 보더라도 매우 흥미로운 실험 소재다. 마술을 연구하는 사람이라면 누구나 욕심을 낼 것이다. 원래는 지팡이를 조달해온 자가 담당해야겠지만, 이번에는 상황이 상황이다. 지팡이의 폭주를 막기 위해 학원 전체의 마도사들이 동원되었다.

또 기나긴 논쟁이 시작되는 것인가. 한숨을 크게 내쉬고 있자니 그 교수가 뜻밖의 제안을 했다.

"다들 여러모로 명분이 있겠지만, 세이지 교수의 연구실 소속인 루시아 로제는 《천변만화》의 여동생이다. 그가 루시아를 위해 마도서를 만들었다는 사실은 다들 알고 있겠지. 이 지팡이도 루시아를 배려해서 넘긴 물건일 가능성이 크다. 세이지 교수의 연구실에 맡기는 게 도리라고 생각한다만———, 어떤가?"

그 말을 듣고 교수진들이 일제히 세이지를 보았다. 마술의 대가가 이러한 재료를 다른 사람에게 넘기다니, 대체 무슨 생각이지? 주위를 보았지만, 아무도 이의를 제기할 낌새를 보이지 않았다. 아니, 이건———.

물리적인 무게조차 느껴질 것 같은 그 시선을 받고 세이지는 인상을 찌푸리며 말했다.

"…………알겠다. 하지만 이 지팡이를 만들 수 있었던 것은 틀림없이 학원 전체의 마도사들이 협력해준 덕분이니, 새로운 발견을 하게 되면 신속하게 연계하도록 하지."

"이것은 역사에 남을 만한 대발견이다. 부디 잘 부탁하겠네, 세이지 교수."

이것은———, 목줄이다. 학원의 교수들 중 유일하게 이 상황을 완전히 납득하지 않은 세이지가 쓸데없는 짓을 하지 못하게끔 내준 미끼. 물론 《천변만화》에 대한 배려도 겸하고 있을 것이다. 어찌 됐든 그 청년이 루시아를 소중히 여기고 있다는 건 틀림없는 사실이니까.

이미 학원에 감도는 분위기는 《천변만화》를 용서하는 방향으로 넘어가 있었다. 피해자가 모두 그쪽으로 돌아섰으니 세이지가 할 수 있는 말은 아무것도 없었다.

아무래도 이번에는 여기까지인 것 같군. 하지만, 용서하지는 않겠다.

루시아에게 그런 이상한 마도서를 주고 재능의 방향성을 일그러뜨린 것을———.

교수 중 한 명이 처음부터 계속 토라져 있던 루시아에게 말을 걸었다.

"부디 잘 좀 말해주게, 《천변만화》의 여동생이여."

"의붓, 여동생이라구요!"

루시아는 주먹을 쥐고는 훨씬 연상인 교수에게 외쳤다.

"……《천변만화》 녀석. 설마 연금술사의 본성을 이용할 줄이야, 비겁한 놈!"

취조에서 해방되어 신병을 인수하러 온 시트리와 함께 구치소를 나섰다. 구치소에 억류되어 심문을 받은 기간은 불과 며칠밖에 되지 않지만, 니콜라루프 스모키에게는 마치 몇 달처럼 느껴졌다.

니콜라루프는 프림스 마도과학원의 학장인 것과 동시에 귀족이기도 하다. 그에 맞는 권력도 있지만, 이번에는 사건의 규모가 규모인 만큼 그냥 넘어갈 수가 없었다. 다른 연구자들이 프림스 마도과학원으로 돌아오려면 시간이 좀 더 걸릴 것이다. 하지만 만약 니콜라루프 일행이 쟁탈전을 벌였던 스트로베리 블레이즈가 딸기 우유가 아니라 진짜였다면, 이 정도로는 끝나지 않았을 것이다.

최소한 학원장 지위를 박탈당하고 학원에서 추방되었을 것이다. 쟁탈전에는 거의 모두가 참가했기에 그렇게 되었다면 프림스 마도과학원 자체가 붕괴했겠지만.

불쾌한 기분을 숨기지 않고 드러낸 니콜라루프에게 시트리가 약간 미안하다는 듯이 말했다.

"죄송합니다. 저도 깜빡 속아버려서———, 크라이 씨는 장난기가 좀…………."

"흥. 설마 파티 멤버까지 속일 줄은……, 소문대로 인정사정없는 남자로군."

회담에 호위로 참가했을 때는 황제 폐하까지 우롱했다는 이야기를 들었다. 아마 수많은 보물전을 탐색하며 위기감이 마비되었을 것이다. 신체적인 위험뿐만 아니라 권력에 대한 위기감까지 사라지는 건 드물긴 하지만 전혀 없는 경우는 아니다. 제블디아의 영웅 중에서 가장 유명한 솔리스 로댕도 그런 인물이었다고 들었다.

니콜라루프가 노려보자 시트리가 두 손으로 얼굴을 눌러 가리며 말했다.

"정말…………, 악마예요."

척 보기에도 우는 시늉이었다. 산전수전 다 겪은 연금술사들 사이에서 두각을 드러낸 제자가 겨우 이 정도 일로 눈물을 흘릴

리가 없다. 《최우수》란 권모술수까지 포함하여 연금술사에게 필요한 온갖 능력을 높은 수준까지 갈고닦은 자라는 증거다. 겉치레 같은 장식이 아니다.

"이제 됐다. 속은 우리가 어리석었지. 내 목숨을 노리는 자가 얼마나 많은지도 잘 알았다. 시트리, 내가 자리를 비운 동안 별일 없었나?"

"네. 애초에 소속된 학자들 중 대부분이 체포되었으니까요……."

"마도과학원 발족 이후로 가장 큰 수치다. 아앗!"

하지만 예전 제자였던 시트리가 기사단의 손에서 벗어날 수 있었던 것은 니콜라루프에게 있어서 행운이었다. 현재 매우 위험한 위치에 있는 니콜라루프에게 다가오는 사람은 별로 없다.

시트리가 체포당하지 않았던 이유는 그녀가 쟁탈전에 참가하지 않았다는 사실이 명확했기 때문이다. 그리고 그것은 당연히———,《천변만화》가 예상한 대로였을 것이다. 이 옛 제자가 크라이 안드리히를 사모하고 있다는 건 분명하나, 크라이 쪽도 소꿉친구라는 시트리를 매우 신경 쓰고 있는 것처럼 보였다.

미래 예지에 가까운 신산귀모로 두려움을 사고 있는 남자와 연금술사로서 수련을 쌓은 《최우수》의 콤비를 제치는 건 쉬운 일이 아니다. 지금은 시트리가 별로 권력에 흥미가 없는 것 같지만———.

예전 제자는 이러한 상황인데도 왠지 기분이 좋아 보였다. 그 태도를 보고 감이 왔기에 지적했다.

"시트리, 네놈……, 아무도 없는 틈을 타 다른 부서의 연구 자료를 가로챘구나?"

"……………말도 안 되죠. 제가 그렇게 지독한 짓을 할 거라 생각하시나요? 무슨 증거로 그런 말씀을."

지식과 재능만으로는 《최우수》가 될 수 없다. 《최우수》가 되려면 행동이 반드시 필요하다. 위험 부담을 떠안을 배짱도.

시트리가 상처 입은 듯한 표정을 지었지만, 이 예전 제자는 정말로 상처를 입었을 때 오히려 웃는 여자다. 일류 연금술사는 감정을 그리 간단히 드러내지 않는다.

힘을 꽉 주어 눈을 마주쳤다. 시트리는 한동안 이마에 주름을 드러내며 맞서다가 잠시 후에 눈을 슬쩍 피했다.

"가로채지는 않았지만……, 뭐, 기사단이 전부 가져가게 둘 수는 없으니까요. 아무도 없어서 정말 위험했다고요!"

"불난 집에 도둑질이나 하러 돌아다니다니."

완전히 당했다. 연구 자료는 회수할 수 있겠지만, 이미 그 내용은 한 글자, 한 문장까지 전부 그녀의 머릿속에 들어있을 것이다. 기억을 지울 수도 없다.

그중에는 니콜라루프도 모를 정도로 각 부분에서 극비리에 연구하던 자료도 있을 것이다. 지식이 바로 프림스 마도과학원의 근간이다. 프림스 마도과학원의 모든 것을 도둑맞은 것이나 마찬가지다.

물론 그 밖에 어수선한 틈을 타서 뭔가 훔쳐냈다 하더라도 이상할 게 없지만———.

어찌 됐든 소동이 너무 커졌다. 학자들 중에는 시트리와 마찬가지로 다른 연구실의 성과나 실험 소재 같은 것들을 훔쳐내려 한 자도 있을 것이다. 그자들을 지금부터 적발해내는 건 꽤 힘든 일이다.

이대로 잠자코 내버려 두면 학장으로서의 체면에 문제가 생기는데. 어떻게 대처할까────, 그런 생각을 하고 있자니 시트리가 표정을 전혀 바꾸지 않고 지극히 당연하다는 듯이 터무니없는 말을 했다.

"니콜라루프 씨. 사실……, 스트로베리 블레이즈는 진짜가 따로 있습니다. 크라이 씨는…………, 원래 그 물통에 들어있던 그것을────, 배수구에 부어버렸다고 하네요."

"…………무슨, 말도 안 되는 소리를────."

전설급 마법약을, 소지하기만 해도 극형에 처해질 만한 그것을, 배수구에 부었다고……?

더 안전한 마법약도 그렇게 처리하지는 않는다. 있을 수 없는 일이다.

"니콜라루프 씨께서 그렇게 생각하실 만도 하죠. 하지만────, 그런 믿기지 않는 수를 쓰는 사람이 《천변만화》랍니다?"

"어째서 의문형인 게야…………, 그럼, 시트리, 네놈은 그 의미 불명의 행동에도 이유가 있다는 게냐?"

캐물으면서도 목소리에 열기가 담기는 걸 막을 수가 없었다. 아무리 희석시킨다 하더라도 지배약이 녹아들었다는 것은 큰 힌트다. 제도의 하수도는 드넓지만, 자세히 조사하면 어떤 정보든 발견될 것이다. 존재하지 않는 것이 존재한다는 거짓말에 속는 것보다는 훨씬 낫다.

"이미 알고 계시겠지만, 제도의 하수도는 그물망 형식이고 꽤 넓습니다. 그리고 하수도라면 일단 제도 시민의 입에 지배약이 들어갈 걱정은 없죠. 아무리 지배약이라 해도 하수에 희석되면 금방 효과가 나타나지 않을 수준으로 떨어질 테니까요. 물론, 재현하기 위한 힌트 정도는 찾아낼 수 있겠지만요."

"하지만, 희석되기 전에 입에 들어가면……, 제도의 지하 하수도에는 정착해서 살고 있는 자들도…………?! 설마———, 지하 하수도의 괴물인가?!"

수백 년의 세월에 거쳐 넓고 크게 발전한 제도 제블디아.

제도가 지금 있는 곳으로 천도한 직후에 만들어졌다는 지하 하수도는 제도 시민의 생활을 지탱하는 존재이며, 제도의 발전과 함께 복잡하고 괴이하게 확대되어왔다. 언젠가부터 너무 복잡해진 지하 하수도는 반쯤 인간의 관리에서 벗어나 지하의 규칙에 지배당하게 되었다.

오수가 흐르는 제도의 지하에는 다양한 존재가 숨어있다. 쥐와 바퀴벌레, 박쥐 같은 작은 동물. 바깥세상에서 쫓겨난 인간, 그리고———, 마물. 지하 하수도의 괴물은 제도에 퍼진 일종의 도시 전설이다.

오수 안에 몸을 숨기고, 드넓은 지하 하수도를 헤엄치며 새로운 먹잇감을 찾는 지하의 지배자. 물속에 사는 마물이 지하에서 오랜 세월에 걸쳐 힘을 기른 게 아닌가 하는 추측이 있지만 진위는 불명이다. 지금까지 수많은 기사와 헌터가 조사하러 갔다가 많은 사상자를 낸 결과, 지금은 정비를 하러 지하 하수도에 들어갈 때는 많은 인원으로 함께 가는 것이 기본이다. 지배자는 대규모로 뭉쳐서 돌아다니는 자들을 습격하지 않는다.

"《천변만화》가 도시전설에 흥미를 보일 줄은 몰랐군."

"헌터들은 호기심이 강한 법이죠. 스트로베리 블레이즈를 마셨다면 한동안 움직이지 못할 테니———, 지금이라면 소수로도 하수도를 조사할 수 있을 것 같지 않나요?"

"⋯⋯⋯⋯⋯⋯흥미로운 제안이군. 괴물에 흥미를 보이는 자들은 귀족들 중에도 있으니 말이야."

아무리 도시전설이 될 만한 괴물이라 해도 어차피 생물이다. 희석되기 전의 스트로베리 블레이즈를 마셨다면 버틸 수가 없을 것이다. 괴물을 포획할 수 있다면 연금술 연구에도 활용할 수 있을 테고, 지배약을 마신 대상의 반응을 통해 성분을 분석할 수 있을 가능성도 있다.

어차피 《천변만화》에게 처분당할 거라면 가로채더라도 문제는 없겠지. 시트리를 데리고 간다면 《천변만화》도 그렇게까지 대담한 수는 쓰지 못할 테고.

"준비해라, 시트리. 지하로 내려간다. 굳이 말할 필요도 없겠지만, 방호복도 잊지 마라. 모든 것은———, 프림스 마도과학원의 발전을 위하여!"

진짜 지배약의 성분을 조금이라도 분석할 수 있다면 체포당하더라도 거스름돈이 남는다.

니콜라루프는 좀 전까지 느끼고 있던 분노를 전부 잊은 채, 돌아서서 옛 제자에게 지시를 내렸다.

제도 광령교회의 예배당 앞. 공중에 매달린 '마린의 통곡'을 바라보면서 제도 교회의 책임자, 에드거 윈우드는 한숨을 크게 쉬었다.

그렇지 않아도 마린의 통곡에 대한 대처 때문에 어수선했던 제도 교회는 갑작스럽게 귀환한 행방불명되었던 신관들 때문에 혼돈의 소용돌이에 휩싸인 상태였다. 상황을 이해하고 있는 사람은 아무도 없었다. 귀환한 사람들 중에는 몇 년, 몇십 년 전에 행방불명된 사람도 포함되어 있었기에 아직 신원 확인조차 이루어지지 않았다.

유일하게 알고 있는 것은———, 행방불명자를 해방시킨 사람이 그 상자를 가지고 간 《천변만화》였고, 그 청년이 '신의 장난'이라는 말을 했다는 것뿐이었다.

"…………겨우 한나절 만에 행방불명자를 찾아내다니……, 뭐가 어떻게 된 건지 전혀 모르겠군. 이제는 실력이 좋다는 말로는 표현할 수도 없겠어. 아무래도 자네의 친구는……, 어지간히 세계에게 사랑받고 있는 모양이야."

"…………으음."

《천변만화》의 소꿉친구이자 지금은 제도 교회의 상징이라 할 수 있는 안셈이 고개를 끄덕였다.

이 세계에는 가끔 일반인은 상상도 할 수 없는 위업을 이루어 내는 존재가 있다. 처음에 안셈에게 소개를 받았을 때는 매우 뜻밖이라고 생각했다. 지금도 미덥지 못한 인상은 전혀 바뀌지 않았다.

하지만 마린의 통곡 정화 작전 때 프란츠 단장과 거크 지부장은 물론 아크 로댕 같은 이름난 헌터도 주목하던 그 청년은 분명 영웅이 될 별 아래에서 태어났을 것이다.

"그런데……, 신의 장난이라. 어떤 신인지는 모르겠지만, 이 세계에는 골치 아픈 신이 너무 많아."

"……으음."

예전에 제도 부근에 존재했던 레벨 10 보물전―――,【별의 신전】에 나타난 '다른 별의 신'. 10년 정도 전에 현재 최강 헌터 중 한 명인 엑시드 지퀸스가 레벨을 올리는 계기가 된 보물전―――,【성왕전】에 잠들어 있던 '대행자'. 마나 머티리얼이 극도로 뭉친 결과 나타난 존재, 인지를 초월한 팬텀 신들은 인간에게 있어서 무시무시한 위협이다.

과거의 문명 중 일부는 그러한 초상적인 존재 때문에 멸망했다는 연구도 있다.

그때, 안셈에게 들었던 이야기가 생각났기에 턱에 손을 댔다.

"그러고 보니 자네들이 마주쳤다는【길 잃은 여관】의 '하늘의 여우'도 마찬가지였지……, 정말 신에게 사랑받고 있군. 어떠한 징조가 아니라면 좋겠다만―――."

"으음, 으음……."

안셈은 정말로 이해하고 있는 걸까? 말수가 적은 게 이 청년의 몇 안 되는 단점이다.

행방불명되었던 신관들의 귀환으로 인해 교회의 전력도 늘어날 것이다. 보아하니 실력이 좋은 자도 있는 것 같다.

　초췌해진 신관들도 라피스 일행이 주술사를 데리고 돌아올 때까지는 회복될 것이다. 에드거는 마음을 다잡은 뒤, 안셈 옆에 무릎을 꿇고 하늘을 우러러보며 위대한 빛의 신에게 기도를 드리기로 했다.

Epilogue 비탄의 망령은 은퇴하고 싶다 ⑧

"그건 그렇고 이상한 사건이 연달아 일어났네요……."

"응……, 그러게?"

클랜 마스터실. 에바의 말을 듣고 나는 절실한 감정을 담아 고개를 끄덕이며 팔짱을 꼈다.

최근에 제도에서 일어난 사건들은 평소에 휘말리는 사건과 비교하면 꽤 이상하긴 했다.

클랜 하우스의 습격부터 시작해서 마검 소동과 검은 세계수. 딸기 우유 때문에 큰 소동이 벌어지나 싶더니 광령교회에서는 내가 받은 펜던트에서 기사가 나왔고, 마지막에는 안에 마을이 있는 매직 백까지———.

"마무리가 좋으면 다 좋은 거지. 아직 현상금을 노린 습격만은 조심해야겠지만———."

"아, 그거라면……, 일단은 취소된 것 같아요. 조금 걱정되길래 연줄을 통해 체크하고 있었습니다만……."

예상하지 못한 소식이었기에 나도 모르게 눈을 동그랗게 떴다.

어떤 연줄을 통해서 알아본 건지는 모르겠지만, 에바가 그렇게 말했으니 사실일 것이다. 언젠가는 취소될 줄 알았지만 설마 이렇게 금방 취소될 줄이야, 정말 운이 좋은데.

역시 다시 생각해보면 나는 이번에 운이 정말 좋았던 것 같다.

나도 모르게 입에서 농담이 나왔다.

"…………왠지 이번에는 이것저것 체험할 수 있어서 이득을 본 것 같은 기분이네."

"?! 바, 방금, 뭐라고 하셨죠?!"

아, 아니……, 그냥 농담이야. 뭐라고 해야 하나, 평소와 비교하면 사건의 규모가 작긴 하지만 종류가 다양했다 싶어서……, 마치 초콜릿 선물 세트 같다. 물론 내가 질색했다는 건 굳이 말할 필요도 없지만———. 이제 이 '허밋 링'만 빼면 완벽할 것 같네.

"그런데 제도 사람들은 정말 다들 위험한 아이템을 가지고 있단 말이지."

"…………크라이 씨는 좀 더 긴장감을 가지시는 게 좋을 것 같네요."

감상을 말하며 마무리하려던 내게 에바가 눈을 흘기며 지적했다.

그때, 나는 손을 탁 쳤다. 아, 그렇구나. 평소와는 뭔가 다르다 싶었는데———, 이번 저주 관련 소동에는 내가 전혀 휘말리지 않았어!

마검 소동도, 검은 세계수도, 스트로베리 블레이즈도 나는 나중에 이야기를 들었을 뿐이고, 현장에 있었던 마린의 통곡 정화 작전 때도 나는 그냥 방관자였다. 마지막으로 미믹 군(매직 백의 이름. 내가 지어줬다)에게도 나는 잡아먹히지 않았다. 소동의 방아쇠를 당긴 건 나이긴 하지만———.

이건 어떤 의미로 쾌거인데. 나도 이제야 성장했다는 건가?

"그런데 엘리자, 이 녀석……, 어디 간 건지는 모르겠지만, 다음에 만나면 잔소리를 좀 해줘야겠어."

책망할 생각은 없지만 이번 소동의 발단이 된 건 틀림없이 엘리자다. 그녀가 마검을 가지고 오지 않았다면 깔끔하게 아무 일도 없었을 것이다.

엘리자가 남기고 간 편지를 책상 위에 놓고 한숨을 크게 쉬었다.

그때, 편지의 내용이 눈에 들어왔는지 에바가 눈썹을 움찔거리며 조용히 말했다.

"…………'크, 안 보여'…………. 그리고 보니 거크 씨에게 들었습니다만, 여우에 관련된 정보 중에 새로 알아낸 것이 있는데———, 무제제 때 나타난 여우 가면은 공미(크우비)라 불리는 모양이네요."

"……어? 흐응~, 그렇구나……."

"………………."

에바가 눈을 흘기며 나를 보았다.

…………아니, 아니, ……이 크는 공미의 크가 아니라 크라이의 크라고요. 그냥 우연일 뿐인데. 내가 엘리자에게 여우를 찾으라고 했다고? 하하, 망상이 심하네.

항상 생각하는 건데, 에바는 망상력이 꽤 강하단 말이지.

방긋방긋 웃고 있자니 에바가 포기한 듯이 한숨을 쉬며 말했다.

"맞다, 크라이 씨. 이거, 감사합니다. 괜찮았던 것 같네요."

그녀가 책상 위에 내려놓은 것은 얼마 전에 건넸던 세이프 링이었다. 그때, 눈치챘다.

이번에는 세이프 링을 거의 안 썼네? 폭발에 휘말렸을 때하고 교회에서 한 번 발동되긴 했지만, 그때 말고는 거의 발동되지 않았다. 평소에는 문제에 휘말리면 눈 깜짝할 새에 전부 써버리곤 했는데, 이거야말로 진정한 쾌거라 할 수 있지 않을까?

무심코 웃음을 억누르지 못한 나를 보고 에바가 껄끄러운 듯이 말했다.

"왜, 왜 그러시죠? 크라이 씨."

"아니, 아무것도 아니야. 그건 가지고 있어도 돼. 나보다는 에바에게 더 필요할 거야."

"?! …………그게 무슨 뜻인데요?"

다시 말해……, 저는 하나를 주더라도 아직 열여섯 개나 가지고 있다는 뜻이죠. 몇 개는 충전할 필요가 있긴 하지만. 혹시 에바에게 나눠줘서 내 덕이 상승했기 때문에 이번에 세이프 링을 거의 안 쓰게 되었을 가능성도 있지 않을까? 다른 사람에게도 나누어줄까……, 티노라든지.

아무튼 예언 소동은 해결되었다. 계속 휘둘리긴 했지만, 마린의 통곡 정화도 프란츠 씨가 책임지고 맡았고 저주받은 반지도 프란츠 씨가 데리고 올 정령인 주술사에게 빼달라고 하면 된다. 이번에는 정말 완벽하네. 역시 평소에 착하게 살아서 그런가?

나는 에바에게 준 세이프 링을 끼던 손가락에 자리 잡은 '허밋 링'을 손가락으로 가리키며 하드보일드하게 말했다.

"내게는 이게 있으니까……, 그리고 아직 크도 찾아내지 못했고."

"네?!"

"맞다……, 할 일이 있었어."

"할 일?! 할 일이라는 게 뭔가요?! 설마 아직 뭔가 남아있는 건 가요?!"

후배로 들어온 미믹 군의 실력은 이상할 정도로 뛰어났다. 컬렉션으로 들어온 뒤에도 나를 한 번도 태워주지 않고 날마다 융단 하렘에 빠져 있는 카 군(하늘을 나는 융단의 이름. 내가 지어 줬다)에게 잔소리를 해야지.

까다로운 정령인 주술사를 맞이하기 위한 준비는 서둘러 진행됐다.

주어진 조건은 마차의 준비와 다른 사람들을 물리는 것.

대도시인 제도에 통행 금지령을 내리는 건 쉬운 일이 아니다. 프란츠의 손 근처에 있던 점성원 직통 공음석이 떨린 건 기사단이 한데 뭉쳐 필사적으로 작전을 진행하고 있던 때였다.

들어온 보고를 듣고 눈살을 찌푸렸다. 한동안 잠을 자지 않았는데, 단숨에 졸음이 가셨다.

"…………이상하군, ……예언이 사라지지 않아."

"아마 이번 작전이 잘 풀리면 사라질 겁니다."

프란츠와 마찬가지로 거의 눈을 붙이지 않고 바쁘게 움직이던 부하가 다크서클이 생긴 눈으로 말했다.

그럴 가능성도 있긴 하다. 애초에 점성술이라는 것은 불확실하다. 예언을 받는 타이밍도 마음대로 정할 수 없고, 시간차도 존재한다.

하지만 가슴이 답답해졌다. 이번에는 지금까지의 사례에 비해 너무나도 잘 풀리고 있다.

원래는 환영해야만 할 일이겠지만, 이번 건에는 《천변만화》도 관여하고 있다.

그렇다……, 지금 생각해보니 그 남자는 이번에 꽤 얌전했다. 아니, 너무 얌전했다!

지금까지 그 남자는 끼어들 때마다 툭하면 도발을 하곤 했지만, 이번에는 그러지 않았다.

프란츠는 고개를 저으며 몸을 떨었다.

"아니…………, 새로운 형태가 보였다고 한다. 여우 형태를 띠고 있다고."

"여우……?! 설마, 그렇다면 이번 건도?!"

"흥. 관여했을 가능성이 충분히 있지. 《천변만화》도 얼마 전에 습격을 받았다. 하지만…….."

'아홉꼬리 그림자여우'는 맞서는 자를 용서하지 않는다. 지금까지 쌓인 악연을 고려하면 보복은 충분히 있을 수 있다.

하지만 마린의 통곡이나 다른 주물에 대해서도 어디에서 가지고 온 건지는 어느 정도 조사가 진행되었다. 전부 아득히 먼 옛날부터 제도에 존재하고 있던 것이며, 여우가 끼어들었을 여지는 없다. 유일하게 어디에서 난 건지 알 수가 없는 것은 제일 처음에

《천변만화》가 《검성》에게 떠넘겼던 마검뿐이지만⋯⋯⋯⋯, 아니───.

"흥⋯⋯, 만약에 그렇다면 제일 처음에 여우의 모습이 보였겠지. 그렇다면───, 지금부터인가."

틀림없다. 여우의 목적은 라피스 일행이 데리러 간 주술사의 신병이다.

정령인 주술사의 협력을 받지 못하고 마린의 통곡 정화에 실패하면 언젠가 그 무시무시한 저주가 제도에 쏟아져 내릴 것이다. 아니───, 언젠가라고 느긋하게 말할 필요도 없다. 저주를 봉인하고 있는 사슬을 해제하면 당장에라도 저주가 제도 전토에 쏟아져 내릴 것이다. 힘을 억누를 결계 마법진도 이제는 없다.

"각 기사단에 협력을 요청해라. 전군을 동원해 여우의 습격에 대비한다! 절대로 방해하게 두지 마라!"

"프란츠 단장님, 동원할 수 있는 기사단에도 한도가 있습니다. 교회의 경비 쪽은 어떻게 할까요?"

"헌터를 동원한다. 교회 부근에서는 기사단을 대규모로 전개할 수가 없지. 거크 지부장에게 연락해!"

방심하지는 않는다. 최근에는 쓴맛을 너무 많이 보았다.

더 이상, 그 조직에게 당하기만 해서는 황제 폐하와 뮤리나 황녀 전하를 뵐 면목이 없다.

반드시 저지해야만 한다. 이제부터가 진짜다.

"…………뭘 찾고 있는 거지?"

[길 잃은 여관]의 최심부. 인간들에게서 빼앗은 물건을 모아둔 보물 창고. 침입자는 물론 팬텀도 거의 드나들지 않는 그 방에서 물건들을 뒤적거리고 있던 여동생 여우의 신기한 모습에 오빠 여우가 눈을 동그랗게 뜨고 말을 걸었다.

성장에는 바깥 세계의 자극이 반드시 필요하다. [길 잃은 여관]에 발생하는 요괴 여우는 뛰어난 지성을 지니고 있지만, 찾아오는 자가 없기에 외적 자극이 없는 환경으로 인해 대부분 개성이 없는 상태로 정체되어 있었다.

한편, 이 여동생 여우는 다르다. 인간에게 속았으며 유부의 맛을 알게 되었다. 바깥 세계로 나감으로써 더욱 큰 자극을 받았고, 팬텀으로서도 한층 더 크게 성장한 것처럼 보였다.

막대한 마나 머티리얼로 이루어진 무적의 요괴 여우에게 있어서 패배는 좀처럼 얻기 힘든 경험이다. 특히 아무런 감정도 없이 지성을 놀리고만 있던 시절의 모습을 알고 있는 오빠 여우가 보기에 여동생의 성장은 감격스러웠다.

꼬리를 흔들며 고리짝에 머리를 집어넣고 있던 여동생 여우는 돌아보지도 않고 담담하게 대답했다.

"주물."

"……어디에 쓰려고?"

"주물 나우할 거야. 위기감 씨는 주물을 무서워해."

오빠 여우는 무심코 눈을 크게 떴다.

……아직 연락을 주고받고 있었나. 인간과 스마트폰으로 연락을 주고받는 팬텀이라니 전대미문이다. 몇 번 정도라면 모를까, 이렇게 계속 이어지는 것을 보니 아무리 처음 본 생물이라 해도 너무 푹 빠진 것 같기도 했다.

애초에 지혜 대결에서 한 번 진 시점에서 다시 도전하는 건 바람직하지 못하다. 보통 여우들은 그렇게 패배하기 마련이다.

하지만 지혜 대결을 할 상대가 있다는 건 좋은 일이기도 하다. 요괴 여우의 수명은 매우 길기 때문이다.

"그렇군……, 나우하려는 건가. 주물도 종류가 다양하다만——, 위험한 것도 있으니 조심하도록."

일반적인 보물전과는 달리 【길 잃은 여관】의 보물 창고에 존재하는 것 중 대부분은 인간에게서 빼앗은 물건이다.

소중한 것을 빼앗을 때도 있었고, 가지고 있던 것을 전부 빼앗을 때도 있었다. 뭐가 있는지는 오빠 여우도 전부 파악하지 못했지만 그중에는 요괴 여우조차 좀먹을 정도로 무시무시한 아이템도 존재한다는 사실은 알고 있었다.

인간의 사념은 무시무시하고, 아름다우며, 어리석고, 사랑스럽다.

그때 여동생 여우가 무언가를 집어 들었다. 손바닥 크기의 아름다운 나무 상자를 보고 오빠 여우는 충고했다.

"아, 그 상자는 열지 마라. 내가 알고 있는 것들 중에서는 가장 슬프고, 아름다운 저주다. 팬텀은 대상이 아니지만———, 뺏지 말걸 그랬다고 어머니께서 말씀하셨다. 그것은 바깥 세계에 있어 야만 한다. 재앙을 부르니까."

"…………졌다고 말하게 할 거야."

여동생 여우가 스마트폰으로 찰칵, 사진을 찍고는 나무 상자를 품속에 넣었다.

아무래도 그 청년의 반응 때문에 어지간히 화가 난 모양이었 다. 뭐, 필사적으로 속이려 하는데도 그렇게 아무렇지도 않아 하 니 짜증이 날 만도 할 것이다.

"그래도 슬슬 마지막으로 해두는 게 좋을 거다. 이러다간 끝이 없을 테니까. 게다가 인간과 자주 엮이는 건 신의 권속으로서 그 리 바람직하지 못해."

연장자의 충고를 들은 여동생 여우는 고개를 끄덕이고는【길 잃은 여관】에서 사라졌다.

Interlude　정령인

　정령인. 그것은 매우 단정한 외모와 강인하면서도 유연한 육체를 지닌 종족. 수명이 길고, 뛰어난 마술적 자질을 지녔으며 동식물, 때로는 마물과도 대화를 나누며 숲의 수호자를 자칭하는 고위 종족.

　오랜 세월 동안 정령인과 인간은 서로 으르렁거리며 지내왔다. 자연과 함께 살아가는 정령인이 보기에는 자연을 개척하고 기술을 발전시켜 주제에 어울리지 않게 풍요로운 삶을 추구하는 인간은 야만스러운 종족이고, 인간이 보기에 정령인은 선천적인 자질에 안주한 채 거만하고 말도 안 되는 요구만 하며 제멋대로 구는 종족이다.

　쓸데없이 신체적인 특징이 비슷하기 때문에 서로 관심을 끊을 수는 없었고, 충돌도 끊이지 않았다.

　───그것은 과거에 정령인과 인간 사이에서 발생한 가장 큰 비극이었다.

　천 년 이상 지난 일이다. 정령인 여왕이 다스리던 땅에 숲의 자원을 원한 인간이 발을 내디뎠다. 처음에는 교섭부터 시작되었지만, 애초에 결과는 뻔했다. 고고한 정령인은 천박한 인간에게 양보하는 것을 용납하지 못한다.

그리고 두 종족의 존속을 걸고 진흙탕 같은 전쟁이 시작되었다.

"기술 발전으로 인해 파워 밸런스가 무너진 결과, 인간은 우리의 힘을 만만히 보게 됐다, 입니다! 인간은 약하지만 수명이 짧은 만큼 숫자도 너무 빨리 늘어나니까, 그렇게 많이 늘어나면 천재도 1, 200명은 태어났겠지, 입니다!"

"흥…………, 인간보다는 곤충이라고 부르는 게 아이도 많이 낳으니 비슷하겠군. 인간이 우리를 확실하게 뛰어넘는 것은 생식 능력뿐이다."

"헤에~, 그거 큰일이네."

"헤에~로 넘어갈 일이 아니라고, 입니다!"

마구 화를 내는 크뤼스와 여전히 싸늘한 라피스. 곤충이라니 심한 소리긴 하지만, 나는 완전히 남 일 같은 기분으로 차를 마셨다.

주술사를 부르러 제도를 떠나기 직전. 나는 인사 겸 찾아와 라피스 일행에게 최강의 주물에 대한 이야기를 듣고 있었다.

하지만 별로 실감이 들지 않았다. 애초에 정령인과 인간이 전쟁을 벌였던 건 꽤 오래전 이야기다. 할아버지의 할아버지의 할아버지 시대라거나 그런 수준이 아니다. 이미 인간에게는 역사에나 나오는 사건이었고, 인간보다 수명이 긴 크뤼스 같은 정령인이라 해도 분명 태어나기 전일 것이다.

"지금은 사이가 좋은데 말이지?"

"윽?! 뭐어어?! 딱히 약한 인간하고 사이가 좋지는 않잖아, 입니다! 이상한 소리를 하지 말라고, 입니다!"

⋯⋯⋯⋯일반론으로 말한 건데, 강한 정령인은 여전히 재미있네.

라피스가 하찮다는 듯이 코웃음을 치며 이야기를 계속했다.

"전쟁은 양쪽 다 피해를 입고 무승부로 끝났다. 전쟁 자체는 숫자가 많은 인간이 압도적으로 우세했다만———, 여왕이 죽을 때 남긴 저주가 모든 것을 바꾸었다. 저주의 정령석이다. 정령인이 남긴 원념은 인간이 남길 수 있는 것과는 비교도 되지 않는다. 그 '마린의 통곡'과 비교해도 말이다."

"수십만, 수백만이 죽은 모양이다, 입니다. 지금보다 훨씬 욕망에 충실하고 야만스러웠던 인간들이 정색했을 수준이라고, 입니다."

과거에 존재했던 가장 규모가 큰 숲의 정령인 여왕.

인간이 정령인으로부터 약탈하고 저주받은 정령인 여왕의 증거———, 셰로의 정령석.

그것은 주물 계열에서는 매우 유명한 존재인 모양이었다.

안셈이 마린의 통곡은 두 번째라고 했는데, 아마 첫 번째가 그것인 모양이다. 정말 무시무시하다. 내가 보기에는 마린의 통곡도 상당히 위험한 것 같았는데, 설마 그것보다 더 강한 저주가 있었을 줄이야.

하지만, 내가 아는 한 최근에 그렇게까지 많은 사상자가 발생했다는 이야기는 들어본 적이 없다.

내 표정에서 의문을 느낀 건지 라피스가 말했다.

"중간까지는 큰 피해가 발생했다만, 어떤 시기를 경계로 딱 멈

쳤다. 봉인되었든가, 인간이 없는 곳에 버려졌든가겠지……. 그
이후로 천 년 이상, 피해는 전혀 없다."

"신기한 이야기야, 입니다. 고위 정령인의 저주가 그렇게 빠르
게 사라질 리가 없는데……."

그럼 그냥 내버려 둬도 괜찮지 않나? 굳이 잠자는 사자의 코털
을 건드릴 필요는 없잖아.

이번에 라피스 일행은 예언의 대상이 그것이라 생각했던 모양
이지만, 전쟁은 이미 끝났고 일부러 찾을 필요는 없을 것 같다.
잠잠해졌으니까.

해야 할 이야기를 다 했다고 생각한 건지 라피스가 일어섰다.
크류스도 발끈한 채로 뒤를 따랐다. 보아하니 이제부터 프란츠
씨에게 협력하기 위해 고향 숲으로 돌아가려는 것 같았다.

라피스는 평소처럼 거만하게 이쪽을 내려다보고는 싸늘한 눈
초리로 말했다.

"아무래도 이번에는 예상이 빗나간 것 같다만. 무슨 일이 생기
면 말하거라. 네 신산귀모에는 기대하고 있다."

"기대해도 소용없을 텐데…………."

"흥…………, 그것도 그런가. 정령석의 행방을 알 수 없게 된
것은 꽤 오래전이니 말이다……. 주물을 찾고 있다는 이야기를
들었을 때는 혹시나 싶었다만……."

……애초에 주물 같은 건 찾지도 않았는데, 대체 뭘 어떻게 하
면 그렇게 되는 걸까.

무심코 눈을 깜빡이던 나를 보고는 라피스가 우울하게 한숨을

쉬었다.

몸이 납처럼 무거웠다. 한 발짝 내디딜 때마다 자신이 지쳤다
는 사실을 실감할 수밖에 없었다.

백성들의 규범이 될지어다. 부모님에게는 그렇게 배웠다. 기사
학교에서는 외모에 신경을 쓰는 것의 중요성을 알게 되었다. 분
명히 예전의 휴가 지금 자신을 보면 깜짝 놀랄 것이다.

그《천변만화》에게 주물 입수를 의뢰받은 뒤로 시간이 얼마나
지났을까. 아마 길어봤자 열흘은 지나지 않았을 것이다. 하지만
온갖 수단을 동원하며 온 힘을 다한 휴에게 있어서 그 시간은 너
무나도 길었다.

탐문 수사를 하고, 위법 점포를 뒤지고, 나아가서는 제도의 금
기인 '퇴폐 지구'까지 손을 뻗었다. 때로는 폭력을 휘두르고, 때
로는 말로 구워삶으며 정보를 끌어내려 했다.

처음에는 휴와 함께 다니며 조사에 협력해주던 동료들도 못 해
먹겠다며 떠나가 버렸다. 극비 임무라고 생각하며 기운을 내고는
있지만, 슬슬 한계가 가까운 것이 느껴졌다. 한동안《천변만화》
의 의뢰를 수행하는데 너무 몰입해서 잠도 제대로 자지 않았다.

아직 성과는 전혀 내지 못했다. 갑옷을 벗고 용병인 척하면서
까지 조사에 나섰지만,《천변만화》가 만족할 만한 주물은 물론이

고 일반적인 주물조차———, 심지어 매우 지칠 정도로 돌아다녔는데도 그럴싸한 정보조차 찾아내지 못했다.

겉으로 드러난 세계에 주물이 굴러다니고 있을 가능성은 거의 없을 것이다. 제도의 표면 쪽은 이미 제3기사단이 위신을 걸고 조사하고 있다. 예언 관련이기에 동원한 인원도 꽤 많다. 그들과 경쟁해서 이길 수 있다고 생각할 정도로 휴는 자만하지 않았다.

그렇기 때문에 제3기사단이 오지 않을 퇴폐 지구에 왔는데———, 너무 성급한 생각이었을지도 모르겠다.

애초에 제3기사단도 퇴폐 지구에 주물이 존재할 가능성은 생각했을 것이다. 아마 이 지구에 익숙한 자를 고용해서 파견하는 것 정도는 했겠지. 실제로 휴는 돌아다니면서 탐문 수사를 했는데, 그 밖에도 주물을 찾는 사람이 몇 명 정도 보였다.

이미 여유는 없었다. 자신감도 처음보다는 많이 떨어졌다. 애초에 진짜로 있는지 없는지조차 모르는 것을 계속 찾아다니는 것만큼 정신이 깎여나가는 작업은 없다.

육체도, 정신도 한계다. 어디선가 시선이 느껴졌다. 아마 '퇴폐 지구'에 사는 하이에나들의 시선일 것이다. 이곳은 제국의 표면과는 다른 규칙이 지배하는 세계. 힘이 모든 것을 지배하고, 약자는 그저 시체만 뒤질 뿐이다. 얼마 전까지는 여기서 쓰러진 자가 뼈 한 조각도 남기지 못한다는 소문도 있었다.

이곳에 올 때 휴도 최대한 눈에 띄는 차림새는 피했지만, 그래도 이 지구에 사는 자들에게는 눈길을 끄는 차림새였던 모양이다. 그리고 휴가 이제 곧 쓰러질 거라 생각하고 있다.

머리를 흔들어 뿌연 시야를 떨쳐내고 미소를 지었다. 이것이 소문으로만 듣던 천 개의 시련이라는 건가. 그런 쓸데없는 생각조차 들었다.

말도 안 된다. 이런 곳에서 쓰러질까 보냐.

이것은 일생일대의 기회다. 이 위기를 뛰어넘은 곳에 진정한 영광이 보일 것이다.

정신을 곤두세우고 두 다리로 힘차게 서서 주위를 노려보았다. 이곳저곳에 숨은 하이에나들이 깜짝 놀라는 기척이 느껴졌다. 그때———, 휴의 눈앞에 아이가 나타났다.

소녀다. 하얀 전통복에 여우 가면. 그 모습을 보고 처음으로 피로가 아닌 공포 때문에 식은땀이 흘렀다. 외모는 열 살 정도일까. 키가 작고 몸매도 가녀리지만, 그 몸에서 느껴지는 기척은 평범하지 않았다.

적의는 느껴지지 않는다. 그러나 너무나도———, 묵직하다.

이 신체적 특징, 혹시 프란츠 단장님이 【길 잃은 여관】에서 만났다는———.

뱀이 노려보고 있는 개구리처럼 몸이 긴장 때문에 굳어서 움직일 수가 없는 휴에게 여우 가면을 쓴 소녀가 말했다.

"그 남자가 찾고 있는 물건을 줄게."

"?! 뭐, 라고…………?"

어느새 나타난 건지, 소녀가 휴를 향해 상자를 내밀었다.

작고 아름다운 목제 상자였다. 딱히 독기 같은 건 느껴지지 않지만, 기분 나쁜 예감이 들었다.

휴의 예감은 잘 맞는다. 특히 기분 나쁜 예감은.

하지만 손이 마치 자신의 것이 아닌 것처럼 멋대로 움직여서 상자를 받아들고 있었다.

가볍다. 가벼운데도 손이 떨린다.

머릿속에서 초조한 감정이 솟구쳤다. 독기의 유무 따위는 상관이 없다. 이건———, 위험한 물건이다.

생각을 제대로 정리하지 못하는 휴에게 소녀가 입가에만 살짝 미소를 드리우며 말했다.

"이게, 마지막 싸움. 지금은 잠들어 있지만, 금방 깨어날 거야. 위기감 씨———, 그 위기감이 없는 남자에게 건네도록 해. 그리고, 전해줬으면 하는 말이 있어."

비탄의 망령은  은퇴하고 싶다

외전　　《천변만화》의 스승 순례

　트레저 헌터는 기본적으로 독학만으로는 해나갈 수 없다.

　보물전. 때로는 세계의 규칙조차 적용되지 않는 그 마경을 탐색하기 위해서는 선배들이 축적한 지식이 반드시 필요하고, 단순히 전투 스킬을 갈고닦는 것만 놓고 보더라도 스승의 유무에 따라 습득 속도에 큰 차이가 발생한다.

　기본적으로 스킬은 서적으로도 배울 수 있긴 하지만, 그런 분야에 관련된 학교에 가는 것이 제일 손쉬운 방법이다.

　그리고 더욱 나아가서 실전적인 내용을 배우려면 그쪽 분야에서 활약한 자에게 배우는 것이 제일 좋다.

　《비탄의 망령》같은 경우에는 기본적인 스킬이나 전투 기술에 대해서는 탐색자 협회에 등록하기 전에 고향에서 수련을 쌓았지만, 더욱 실전적이고 수준이 높은 내용에 대해서는 배우지 않았다. 애초에 더욱 높은 곳을 목표로 삼기 위해서는 그에 어울리는 스승을 찾아낼 필요가 있다. 그리고 실력이 좋은 스승은 당연히 인기도 많기 때문에 어지간한 재능으로는 돌봐주지 않는다. 운도 중요하다. 그것은 운명의 만남이라 해도 과언이 아니었다.

　트레저 헌터가 된 나는 혼자만 재능이 없다는 사실을 깨닫고 절망했다.

　하지만 그것과는 상관없이 친한 친구들이 제각각 제도에서 찾

418　비탄의 망령은 은퇴하고 싶다 8

아낸 스승이 신경 쓰이기는 했다.

　"이번에 《검성》에게 배우게 되었거든. 다시 말해서, 나는 언젠가 《검성》을 베고 《검성》이 될 거야."

　"!! 대단하네……, 그럼 폐가 안 된다면 나도 구경하러 가볼까."

　"그래, 와! 와!"

　나는 《비탄의 망령》에서 유일하게 누구에게도 배우지 않았던 남자다. 배우지 않았다기보다는 재능이 없다며 쫓겨난 거지만, 혹시 일류 스승이라면 어떻게든 해줄지도 모른다.

　잘만 하면 재능을 발견하고 헌터로서 새롭게 출발할 수 있지 않을까 하는 생각을 하며 최근에 트레저 헌터 중에서도 위험한 검사로서 이름을 알리고 있는 루크와 함께 도장으로 향했다.

　《검성》, 쏜 로우웰은 고향에서도 이름을 들어본 적이 있을 정도로 유명한 사람이다. 그 도장도 루크가 예전에 배웠던 스승의 도장과는 비교도 되지 않을 정도로 큰 규모를 자랑하고 있었다. 수련에 힘쓰는 문하생들 한 명 한 명의 기백도 대단했고, 루크는 눈을 반짝이고 있었지만 나는 보기만 해도 이미 충분했다.

　《검성》은 나이 든 남자였다. 주름이 새겨진 얼굴에 드리운 뭔가 달관한 듯한 표정. 기사 같은 사람들과는 다르게 옷을 가볍게 차려입어서 정말 멋지다. 쏜 씨는 의기양양하게 도장으로 들어온 루크와 나를 봤다.

　"이제야 왔구나, 루크. 그 사람은 누구지?"

　"그래. 저번에 말했던 내 친구, 크라이야. 같이 훈련을 받고 싶대.

괜찮지?"

괜찮지 않을 것 같은데요.《검성》이 제정신인지 의심하는 듯한 눈초리로 루크를 보고 있다. 제도 제일의 검사가 문을 두드린 검사를 훈련시켜 줄까 생각하고 있던 와중에 친구가 따라왔으니 그런 표정을 지을 만도 하겠지.

"아니, 훈련을 받고 싶은 게 아니라, 저기……, 구경하고 싶은 것뿐인데……."

"뭐야, 견학하고 싶은 거였어? 어쩔 수 없지……, 스승님, 한 방 부탁해!"

"…………흥. 뭐, 견학만이라면 상관없겠지."

뭐가 한 방인 건지는 모르겠지만, 루크를 훈련시켜 주려는 생각을 할 정도로 쏜 씨는 매우 관대한 모양이었다. 이 정도면 약간 터무니없는 구석이 있는 루크도 잘 해나갈 수 있을지도 모르겠다.

고개를 끄덕이는 나를 보고 쏜 씨가 눈살을 찌푸렸다.

"그래……, 네가 그, 루크가 이런저런 이야기를 했던……."

무슨 이야기를 했는지 신경이 쓰이긴 하지만……, 친한 친구의 첫 훈련을 견학해야겠다.

"힘내라! 힘내라~!"

"우……오오오오오오오오오오오오오오옷!! 강해애애애애애애애애애애애애!"

《검성》 밑에서 처음으로 훈련하는 동안, 루크는 계속 매우 흥분한 상태였다.

나는 방긋방긋 웃으며 그를 응원하다가 이렇게 생각했다.

이건⋯⋯⋯⋯, 나하고는 안 맞겠네. 안 맞는다고 해야 하나, 수행의 밀도가 너무 높아서 절대로 못 해. 기초 훈련 시점에서 인간이 해낼 수 있는 게 아닌 것 같잖아. 도장을 천 바퀴 돌라니, 숫자가 이상하지 않아? 그 밖에도 벽을 타게 하거나 지붕을 뛰게 하거나, 대체 여기는 뭐 하는 도장이야?

문하생들의 실력도 지금의 루크와 동등하거나 그 이상인 모양이다. 요즘 루크는 도적이나 헌터들하고 싸워도 진 적이 없어서 약간 불만인 것 같았으니 마침 잘된 건지도 모르겠다. 목검이 튕겨 나가자 수도를 날리려던 루크를 보고 새로운 제자를 신경 쓰던 문하생들이 깜짝 놀랐다.

"?! 이봐, 루크, 그건 검술이 아니야!"

"우오오오오오오오오오오오옷! 좋아, 한 판 더!"

루크가 선배의 목소리를 완전히 무시하고 돌격했다. 응원도 효과가 있는 것 같다.

"나하고는 잘 안 맞는 것 같지만, 썩 괜찮아 보이네. 루크를 잘 부탁드립니다."

"⋯⋯⋯⋯어째서 그렇게 태도가 거만하지? 부탁하지 않아도 확실하게 단련시킬 거다!"

고개를 숙이며 내가 그렇게 말하자 쏜 씨는 눈썹을 움찔거리며 대답했다.

이미 헌터를 은퇴하고 싶은 나도 헌터에 대해 동경하는 마음이 사라진 건 아니다. 일류 헌터(헌터는 아니지만)를 보는 건 그것만으로도 가슴이 두근거린다.

소꿉친구들은 재능이 없는 내게도 자상하게 대해주니까, 같이 가고 싶다고 하면 보통은 데리고 가준다.

"크라이 씨는 대단해요! 폭발물 합성의 천재라고요!!"

"그, 그런가……."

눈을 빛내며 나를 칭찬하는 시트리를 보고, 시트리가 배울 곳으로 선택한 프립스 마도과학원의 면접관이 정색하고 있었다. 제도에서도 유명한 학원에 특별히 소속되는 것을 허락받은 시점에서 꽤 대단한 건데, 연금술사도 아닌 나를 추천하는 건 잘못된 거 아닐까.

내게 연금술의 재능은 없다. 시트리에게 배워서 이것저것 해본 적이 있긴 하지만, 연금술은 다른 걸 하면서 대충 같이 하기에는 너무나도 위험했다. 폭발물 합성의 천재라고 하는데, 애초에 폭발물을 만들려 한 적이 없다고……, 근처에 있던 소재를 대충 써서 만들었는데도 폭발했으니, 학원에 있는 비싼 촉매를 쓰면 엄청난 일이 벌어질 것이다.

"크라이 씨도 들어오면 같이 실험해요!"

아니, 못 들어가지 않을까. 시트리는 방긋방긋 웃고 있지만, 애초에 고향 마을의 도서관에서 공부하던 시트리조차 따라잡지 못했고 나는 그녀가 생각하는 것만큼 성실하지 않다.

기구를 사용해서 실험을 하는 것 자체는 즐겁지만 이론 수업이나 계산을 하다 보면 졸리기만 한다. 애초에 실험을 할 때도 손재주나 센스가 필요하니 도저히 해나갈 수 있을 것 같지는 않았다.

검사나 마술사 정도는 아닌 모양이지만, 연금술사도 재능의 세계인 것이다.

"아니~, 연금술은 시트리도 있고, 내게는 따로 할 일도 있으니까……."

내가 완곡하게 거절하려 하자 면접관이 눈썹을 움찔거리며 나를 보았다.

"…………우선 시트리가 그렇게 말하니 일단 시험을 준비하지. 실전 형식으로, 학원에서 준비한 소재를 토대로 지정된 포션을 합성하면 된다. 합격하면 특별히 출입을 허가하지."

그렇구나……, 아무래도 프림스 마도과학원은 시트리를 어떻게 해서든 끌어들이고 싶은 모양이다. 역시 시트리야. 요즘 젊은 헌터들 중에서는 드물게 실력 좋은 연금술사로서 화제가 될 만도 하네.

그 제안은 나쁘지 않았다. 실패하더라도 벌칙은 없으니 도전 정도는 해야겠지.

하드보일드한 미소를 지으며 고개를 끄덕이는 나를 보고 나에 대한 평가가 묘하게 높은 시트리가 교성을 질렀다.

루시아와 함께 루시아를 가르쳐줄 사람이 있는 곳으로 향했다.

제블디아 마술 학원, 약칭 제블마는 제블디아 제국에서 마술을 배우려면 이보다 나은 곳이 없다고 하는 학술기관이다. 항상 문호를 개방해 실력이 좋은 마도사를 모집하고 있으며, 일반적인 입학부터 특별 편입까지 다양한 시스템을 갖추고 있다. 루시아가 입학할 수 있었던 것도 마도사로서의 장래성을 인정받았기 때문이고, 그것은 유명한 헌터 마도사들 중 대부분이 나아갔던 길이기도 했다.

이제부터 루시아는 학업과 본업을 병행하기 때문에 매우 바빠질 것이다. 하지만 루시아는 이제 어린애가 아니다. 그녀가 그렇게 결심한 이상, 내가 할 수 있는 일은 별로 없다.

"그, 그렇군요…………, 그 폭발은 오빠, 였나요?"

"…………조합은 갑자기 멈출 수가 없거든."

면접관도 시트리도 새파랗게 질렸었다. 실험을 진행한 방이 특수한 방이 아니었다면 지금쯤 우리는 산산조각 났을 것이다. 하지만 그 실험실은 그럴 때를 위해서 만든 거였을 테고, 이미 지나간 일이다.

요즘은 어른스러워지기 시작한 루시아가 어깨를 으쓱였다.

"여기에서는 이상한 짓 하지 마세요, 오빠."

"인사만 할 거야. 여동생이 신세를 지게 될 테니까……, 선물도 가지고 왔고."

한심한 오빠이긴 하지만, 여기에 부모님이 안 계신 이상 루시아의 보호자는 나다. 마음을 단단히 먹어야지. 그리고……, 딱히 시트리가 있던 곳에서도 이상한 짓을 한 건 아닌데 말이야.

유명한 제블디아 마술 학원은 프립스 마도과학원과 비슷할 정도로 멋진 곳이었다. 이렇게 큰 학원에 편입할 수 있다니, 역시 고향의 스승님에게 천재라는 평가를 받을 만도 하다. 돌아다니는 학생들도 대부분은 루시아보다 연상인 것 같아서 약간 불안하다.

그때, 걸어가던 학생들 중에서 루시아보다 어린 여자애를 발견했다. 10대 초반 같은 느낌에 긴 은발, 왠지 투박한 마도사 로브. 별로 사교적일 것 같지는 않지만 루시아의 친구가 되어줄지도 모르겠다.

길을 묻는 김에 말을 걸어봐야지. 심호흡을 크게 한 다음, 하드보일드하게 말을 걸었다.

"저기, 거기 학생."

"……………음? 나 말인가?"

빠른 걸음으로 다가가자 학생이 이쪽을 돌아보았다. 금빛 눈동자에 오싹할 정도로 단정한 이목구비. 지금도 무시무시할 정도로 예쁜데, 성장해서 키가 크면 분명히 대단한 미인이 될 것이다. 뭐, 내 여동생보다는 못하지만(여동생 바보).

"미안해. 오늘부터 이 학원에 특별 편입하게 되어서 연구동으로 가야만 하는데, 어디쯤인지 가르쳐줄 수 있을까?"

"…………아니, 나는———."

"그러지 말고, 자, 초코바 줄 테니까."

초코바를 싫어하는 사람은 없다. 파우치에서 요즘 항상 가지고 다니는 초코바를 꺼내 그녀에게 떠넘겼다. 수상한 사람을 보는 듯한 눈초리로 나를 바라보고 있던 소녀에게 계속 말했다.

"세이지 교수라는 사람의 연구동인 것 같은데, 알아? 조금 괴짜이긴 하지만, 정령인의 피를 절반 이어받아서 엄청난 미모를 자랑한다는 소문이 있는데————."

"?! 코, 콜록…………, 무……, 물론, 알고 있고말고. 하나, 특별 편입생은 여자라고————."

"편입할 사람은 여동생이고, 나는 보호자야. …………루시아, 왜 그래?"

루시아는 새파랗게 질린 표정으로 학생을 보고 있었다. 요즘은 낯을 가리지도 않게 되었는데 왜 그러지? 같은 학원에서 배우게 될 테니 인사 정도는 해야 하잖아.

"미안해, 우리 여동생이 낯을 좀 가리거든. 정말 착한 아이인데……, 친구가 되어주면 기쁠 것 같아."

"………………친구————, 조, 좋다. 나도 그 연구동으로 가던 참이다. 안내하지."

"?! 그거……………, 신기한 우연이네. 고마워! 혹시 너도 세이지 교수에게 배우고 있어? 선물로 내가 만든 마도서를 가지고 왔는데, 이런 거 줘도 괜찮은가?"

"?! 오빠?!"

"마……, 마도서를, 만들었다고?!"

세이지 교수……, 어떤 사람일까? 기대되네.

그 학생은 손을 쥐었다 폈다 하며 긴장을 푸는 나를 정색하며 바라보더니 손가락을 튕겼다.

땅바닥에 기하학적인 마법진이 떠올랐다. 그리고 우리는 세이지 교수의 연구동으로 이동했다.

광령교회. 그곳은 치유의 힘의 총본산. 일반적으로 치유의 힘이라고 하면 광령교회에서 모시는 광령의 힘을 빌려 행사하는 술법을 가리키며, 어느 정도 규모가 있는 도시라면 광령교회 건물이 반드시 한 군데는 존재한다.

위험한 팬텀이나 마물과 싸우는 헌터 파티에는 치유 마법을 사용할 수 있는 사람이 최소한 한 명은 필요하다고 한다. 《비탄의 망령》에서는 안셈 스마트가 그 역할을 맡았고, 고향에서는 광령교회의 힘을 행사하는 기사———, 성기사로서 수련을 쌓았다.

성기사는 헌터 파티의 꽃 같은 직업이다. 중장비를 걸치고 치유의 힘을 구사하며 파티를 지키는 그들은 보통 신뢰할 수 있는 사람의 역할이고, 리더를 맡는 경우도 많다. 그런 의미로 말수가 적긴 하지만 착실한 안셈에게 잘 어울린다. 여동생에게는 정말 약하지만.

애초에 안셈은 고향의 교회에서 제도 교회로 보내는 추천장을 받은 모양이었다. 간단한 인사도 마쳤고, 헌팅이 어느 정도 안정된 뒤에 수행을 다시 시작할 생각이라고 한다.

제도는 이 주변에서 가장 큰 도시이기에 교회의 규모도 톱클래스라고 들었다. 평소에 안셈이 고생하는 모습을 보면 성기사가 될 생각은 들지 않지만(참고로 나는 고향에서 차분하지 못하고 게을러서 안 된다는 보장?을 받았다), 견학도 할 겸 인사 정도는 괜찮을 것이다.

"그래서 말이지, 놀랍게도 그 학생이……, 세이지 교수였다니까! 정말 깜짝 놀랐어."

"…………으음."

얼마 전, 루크와 시트리, 루시아를 따라갔을 때 있었던 일에 대해 이야기하며 걸어갔다.

그렇게 어린 학생이 세이지 교수라는 사실을 알았을 때는 깜짝 놀랐다. 아무래도 루시아는 얼굴을 알고 있었던 모양이지만, 아무튼 무사히 루시아를 맡길 수 있게 되어서 정말 다행이다.

선물도 확실하게 건넸고 겉으로 보기에는 나이도 비슷할 것 같으니 루시아도 마음이 편할 것이다. 유일하게 반성할 점이 있다면 루시아가 이상한 짓 하지 말라고 하지 않았냐며 마구 화를 내게 만든 것 정도다.

아무튼, 천재라 불리던 루시아가 반정령인 밑에서 얼마나 성장할지 정말 기대된다.

"…………그럼 이제 리즈만 남았나."

"아니, 리즈는 같이 가지 않아도 될 것 같아서———, 노, 농담이야. 그런 표정 짓지 마!"

안셈의 눈이 허무하게 변하길래 금방 항복했다. 평소에는 온화해서 그런지 박력이 엄청나다. 그리고 역시 안셈은……, 여동생에게 너무 약하다. 내가 리즈를 무시할 리가 없잖아, 오히려 제일 걱정된다고!

루시아뿐만이 아니다. 나는 루크도, 시트리도, 안셈도, 그리고 물론 리즈의 성장도 소꿉친구로서 정말로 기대하고 있다. 지금도 나처럼 발목만 잡는 녀석을 데리고 파죽지세로 헌터로서의 성공 가도를 달려나가고 있는데, 그 재능을 더욱 갈고닦으면 어떻게 되어버리는 걸까?

"그런데 안셈의 스승님은 어떤 사람이야?"

"으음………………, 한때 성기사로서 활약하던 인물이다. 치유의 힘과 수호의 힘, 양쪽 모두 뛰어나지."

간단한 대답이긴 했지만, 안셈의 표정에서 그 사람에 대한 강한 신뢰감이 느껴졌다.

원래는 몸집이 작았던 안셈도 요즘은 키가 단숨에 커져서 성기사에 어울리는 체구를 손에 넣어가고 있었다. 안셈은 성실하니 뛰어난 스승을 만나면 분명히 최고의 성기사가 될 것이다.

아니, 진지하게 그렇게 되어야만 한다. 《비탄의 망령》의 헌팅은 왠지 모르겠지만 다른 파티보다 가혹한 모양이었다. 안셈의 힘은 파티의 생명줄이다.

"나, 이제 리더는 싫은데. 안셈에게 양보할까."

"?! 아니………."

"나도 싫어."

"…………스승님이 평소에 어떤 모험을 하는지, 어떤 방향으로 단련하고 싶은지 물어보았다. 다른 사람이 보는 느낌을 말해줬으면 좋겠군."

안셈이 갑자기 말을 많이 했다. 나는 무심코 눈을 크게 뜨고는 안셈을 보았다.

이거…………, 책임이 중대한데. 오랜만에 위험하지 않은 리더 업무다. 확실하게 해내야지.

"어떤 방향이냐니, 그야 전부 다지. 최강의 성기사를 목표로 삼자!"

"………………으음."

간단한 일은 아니지만, 안셈이라면 분명히 할 수 있을 것이다. 괜히 오랫동안 함께 지낸 게 아니다.

나는 마음을 굳게 먹은 다음, 곤란한 표정을 짓는 안셈의 등을 꾹꾹 밀었다.

"크라이는 여전하네. 교회 같은 곳에 가봤자 재미도 없는데."

"아니, 예쁘던데? 내가 생각한 이상적인 안셈의 모습 이야기를 들은 신부님의 표정이 엄청나긴 했지만."

평소 우리의 모험 내용을 들었을 때도 표정이 엄청났으니, 안셈 본인이 없었다면 정화당했을지도 모르겠다. 그건 그렇고 교회 사람들이 좋은 사람들 같아서 정말 다행이다. 안셈은 자기희생 정신이 조금 강하니까 자상한 사람이 주위에 있다면 안심할 수 있다.

오늘도 기운이 넘치는 리즈와 함께 그녀가 배우게 된 스승님에게 향했다. 그렇게 기대되던 스승 방문도 이게 마지막이라고 생각하니 조금 쓸쓸하다. 이게 아이를 떠나보내는 부모의 심정인가?(아니다)

"그래서, 이번에 찾아낸 스승은……, 저기…………, 괜찮은 거지?"

"괜찮다니까! 애초에 그 녀석의 수행도 지금 생각해보면 별것 아니고———, 그래도 고마워!"

내가 걱정스러운 듯이 묻자 리즈가 쿡쿡대며 웃었다.

내가 리즈를 걱정하는 건 고향에서 그녀가 처음 얻은 스승에게 문제가 있어서 몸이 망가질 뻔했기 때문이다. 시간이 꽤 지나긴 했지만, 날마다 의미도 없이 가혹한 수행만 하면서 반쯤 죽은 듯 하던 리즈의 모습은 지금 생각해봐도 마음이 아프다. 노력가라서 쓸데없는 불평을 하지 않기 때문에 눈치채는 게 늦었다(참고로 당시의 스승은 이미 리즈가 모의전으로 반쯤 죽여놔서 싸울 수가 없는 몸이 되었다).

하지만 이제 슬슬 걱정할 필요는 없을지도 모르겠다. 날마다 성장을 거듭하고 다양한 보물전에서 척후로서의 힘을 갈고닦은 그녀는 도적으로서 숙달되어가고 있다. 비슷한 나이인 헌터들도 리즈라는 이름만 들으면 벌벌 떤다. 지금 그녀를 걱정하는 건 모욕이라고 받아들이더라도 이상할 게 없다.

"우리 스승님은 말이지……, '절영'이라는 일자상전의 기술을 가지고 있어! 가르쳐준대!"

"잘됐네……, 일자상전이라니, 멋진데."

기분이 좋은 듯한 리즈를 보고 있자니 나까지 기뻐졌다. 방긋방긋 웃으며 이야기를 듣고 있던 내게 리즈는 마치 사랑에 빠진 소녀처럼 뜨거운 눈빛으로 말했다.

"엄청나게 강해질 수 있거든? 습득에 실패하면 심장이 파열되어서 죽어버리는 모양이지만."

아니, 아니, 잠깐만 기다려봐. 그거, 위험하지 않아? 뭐라고? 습득에 실패하면 심장이 파열되는 기술?

일자상전이라는 것도, 한 명 말고 모두 심장이 파열돼서 죽은 거 아니야? 그거.

"괜찮아, 몸을 확실하게 단련하면 버틸 수 있을 테니까! 시간이 오래 걸릴지도 모르겠지만 반드시 습득할 테니까, 지켜봐 줘."

활짝 웃으며 그렇게 말하는 리즈. 이건……, 말려봤자 소용이 없는 표정이다.

한참을 망설이다가 결국 쥐어 짜내는 듯한 목소리로 대답했다.

"으, 응…………, 적당히 해."

나는 마음속으로 스승님을 만나면 리즈를 엄청나게 단련시켜 달라고 부탁하자는 결심을 했다.

반쯤 죽더라도 심장이 파열되는 것보다는 훨씬 낫다. 지금의 리즈라면 아무리 가혹한 훈련도 해낼 수 있을 것이다. 그리고……, 그래. 보물전 공략 속도를 높이자. 마나 머티리얼로 심장을 단련시키는 거다. 위험한 곳에 가고 싶진 않지만, 리즈의 심장이 파열되어서 죽는 것보다는 훨씬 낫다.

그때, 리즈가 내 뒤에서 팔을 두르고 몸을 기대며 말했다.

"맞다! 크라이도 같이 훈련할래?"

?! ……안 해. 리즈는 오의를 습득할 수 있을지도 모르겠지만, 나는 틀림없이 심장이 파열될 거야. 그리고……, 그 왜, 일자상전이잖아? 리즈가 살아남으면 내가 죽는 거 아니야?

"농담! 그냥 농담이야! 그런데 크라이는 스승을 찾았어?"

"…………."

솔직히, 중간부터 완전히 잊고 있었다.

루크 쪽은 훈련이 힘들 것 같고, 시트리 쪽은 폭발해버린다. 루시아 쪽은 루시아에게 혼나버릴 테고, 안셈 쪽은 정화당해 버릴지도 모른다. 그리고 리즈 쪽은 심장이 폭발한다. 사면초가라는 게 이런 거지.

남은 길은 한 가지밖에 없다. 나는 한숨을 크게 쉬고는 어설픈 미소를 드리우며 말했다.

"어쩔 수 없지. 마치스 씨려나."

"까불지 마라! 네놈 같은 보구 매니아 꼬맹이에게 가르쳐줄 건 없어! 나가!"

"그러지 말고……, 맞다, 엎드려 빌게! 엎드려 빌 테니까! 자, 보라고!"

"?! 가게 앞에서 엎드려 빌지 마! 영업방해라고! 애초에 네놈은 보구 감정사가 아니라 헌터잖아!"

정론이 섞인 매도를 뒤집어쓰며 엎드려 빌기 작전을 감행했다.

나도 엎드려 빌고 싶어서 그러는 게 아니다. 스승이 없으니 어쩔 수 없이 하는 것이다.

보구 감정이라면 몸을 단련할 필요도 없고, 물건을 팔 생각이 없으면 교섭 능력도 필요없다. 보구는 정말 좋아하니까 이것만큼 안성맞춤인 건 없을 것이다. 유일한 문제는 보구 감정사인 헌터가 없다는 건가? 하지만 그렇다면 헌터를 그만두고 보구 감정사가 되어도 상관없어!

내가 열의를 담아 엎드려서 빌자 보구 감정사인 마치스 씨는 비명 같은 소리를 지르며 말했다.

"알았다! 시간이 있을 때 물어보면 가르쳐줄 테니까 이제 좀 그만해! 망할 꼬맹이!"

비탄의 망령은   은퇴하고 싶다

작가 후기

오랜만에 뵙습니다. 작가인 츠키카게입니다. 이제 두 자릿수도 시야에 들어온 『비탄의 망령은 은퇴하고 싶다』 8권, 드디어 간행하게 되었습니다! 즐겨주셨다면 정말 기쁠 겁니다!

이번 권의 테마는———, 주물. 저주받은 아이템을 테마로 제도를 휘두르는 크라이와 이번 권에 처음 등장한 《비탄의 망령》의 스승들의 이야기가 볼만한 점입니다. 스승들의 이야기는 예전부터 쓰고 싶다는 생각이 있었습니다만, 이야기의 구성 문제로 8권에야 나오게 되었습니다(그리고 그렇게까지 제대로 쓰지도 못했고요). 그 밖에도 제도에서 크라이가 생활하는 모습이나 다른 헌터들에 대해서도 쓰고 싶은 것들이 잔뜩 있지만, 분량 문제가 있기 때문에 꽤 까다로운 상황이기도 합니다.

그리고 다 읽으신 분들께서는 눈치채셨겠지만, 이번 권 마지막은 지금까지와는 달리 약간 불길한 내용이었습니다. 분권입니다. 다시 한번 말씀드리지만, 이번 권은 분권입니다. ~~역자로 채워 넣으려다가 혼났습니다.~~ 다음 권에서도 이어서 주물 이야기를 해나갈 겁니다. 다음 권은 최대한 빨리 낼 수 있게끔 온 힘을 다할 테니 잠시만 기다려 주세요! (일러스트를 잔뜩 볼 수 있으니 좋죠!)

테마가 테마인 만큼, 이번 권에는 무시무시한 일러스트가 많습니다. 개인적으로는 미믹 군에게 꽂혔습니다! 일러스트로 웃겨주시는 치코 선생님, 대단해요!

그리고 이번 권도 특장판이나 굿즈 같은 것들을 잔뜩 만들어주셨습니다! 띠지에도 있지만, 시리즈 누계가 65만부를 넘은 모양입니다. 많은 분들께서 즐겨주셔서 작가로서 더 이상 행복할 수는 없을 것 같습니다. 앞으로도 웃으며 읽으실 수 있는 작품을 목표로 삼을 테니 응원 부탁드립니다!

자, 마지막은 항상 그랬듯이 감사의 말씀으로 마무리하겠습니다. (참고로 이번에는 후기 페이지가 남아서 SS를 넣었습니다! 앗싸~!)

이번에도 일러스트를 담당해주신 치코 님. 이번 권도 정말 신세를 많이 졌습니다! 언제나 일러스트를 기대하며 집필하고 있습니다! 앞으로도 부디 잘 부탁드립니다!

담당 편집자이신 카와구치 님. 그리고 GC 노벨즈 편집부 여러분과 관계자 여러분. 항상 정말 감사드립니다! 마감이나 여유분 같은 게 아슬아슬해서 폐를 끼쳐드려 죄송합니다! 다음에는 일찌감치 드릴 수 있게끔 노력하겠습니다! 다음 굿즈는 신규 일러스트로 부탁드립니다!

그리고 무엇보다, 8권까지 함께 해주신 독자 여러분께 깊은 감사의 말씀을 드립니다. 감사합니다!

2022년 1월 츠키카게

후기 특별 단편 : 《방랑》보다도 방랑

엘리자 벡은 신출귀몰하다.

《비탄의 망령》에서 유일하게 소꿉친구가 아닌 사막 정령인 도적. 무슨 일이 일어나도 동요하지 않는 마이 페이스들만 모인 파티 멤버들 중에서도 가장 자유로운 사람. 어떤 보물전에서 만났고, 파티에 가입한 뒤에도 최대한 편의를 봐준다는 조건으로 스카웃한 이후로 엘리자는 계속 《비탄의 망령》의 일원으로서 활약해 왔다.

그녀가 가입했을 때는 이미 내가 모험에 거의 따라가지 않게 되었기에 그녀가 활약하는 모습을 본 적은 거의 없었지만, 이야기는 루크와 다른 파티원들에게 들었다. 보아하니 의외로 잘 해나가고 있는 모양이다.

사실 건너서 전해 듣기보다는 직접 이야기를 듣고 싶다. 내게는 엘리자를 스카웃한 장본인으로서의 책임이 있다. 처음에는 이야기를 잘 들어줄 생각이었지만, 전혀 그러지 못했다.

딱히 게으름을 피운 건 아니다.

"나는 왠지 엘리자를 전혀 만나지 못한단 말이지……."

나는 엘리자와 사이가 꽤 좋다. 탐색 때 발견한 보구를 받기로 약속하기도 했다.

그럼에도 불구하고 나는 놀라울 정도로 엘리자와 마주칠 기회가 없었다. 모아온 보구는 편지와 함께 정기적으로 방에 두고 가기에 내 방에 오기는 하는 것 같은데……, 타이밍이 조금 안 좋은 모양이다.

반쯤 잡담 같은 느낌으로 꺼낸 말을 듣고 소파에서 뒹굴거리고 있던 리즈가 눈을 동그랗게 떴다.

"엘리자는 언제 와도 크라이가 없다고 하던데에?"

"……어? 진짜로?"

"응. 그러고 보니 나도 엘리자하고 같이 여기에 왔을 때는 크라이가 항상 없었던 것 같기도 해."

말도 안 돼……, 나는 거의 항상 클랜 마스터실에 있는데?

아무래도 타이밍이 '조금'이 아니라 '꽤 많이' 안 좋았던 것 같다.

"엘리자도 만나고 싶어 하는 것 같았는데 말이지. 그 왜, 엘리자는 평소에도 꽤 변덕스럽게 이곳저곳 다니니까."

리즈가 어이없다는 듯이 말했다. 나는 무심코 눈을 크게 떴다.

어? 만나고 싶어 한다고? 나를? 언제나 멍하니 있어서 아무런 생각도 없는 것 같은 엘리자가? 왠지 조금 기쁜 것 같기도 하네…………, 좋았어, 이러고 있을 때가 아니지.

나는 오랜만에 마음을 굳게 먹고는 클랜 마스터실 의자에서 일어섰다.

"그럼 오늘은 내가 엘리자를 만나러 가볼까……, 안내해줄래?"

어차피 한가했다. 리즈도 있으니 가끔은 제도를 산책하는 것도 나쁘지 않을 것이다.

뜻밖이었는지 내 말에 리즈가 당황스럽다는 듯 눈을 깜빡였다.

"그야……, 우연히도 오늘은 어디쯤에 있는지 알고 있긴 한데———, 진심이야? 크라이는 우리도 좀처럼 만나러 와주지 않으면서어…………."

그야 진심이지. 항상 느긋한 엘리자가 놀라는 표정도 꽤 궁금하니까. 그리고 리즈와 다른 파티원들을 좀처럼 만나러 가지 않는 건, 만나러 가기 전에 와주기 때문이야. 넌 제도에 있을 때 사흘에 한 번 정도는 놀러 오잖아. 그러니 일부러 만나러 갈 리가 없지.

입술을 삐죽대는 리즈를 달래서 일으켜 세운 다음, 나는 엘리자를 찾으러 가기로 했다.

"…………크, 또, 없어."

오랜만에 찾아온 클랜 마스터실에서 엘리자는 조용히 중얼거렸다.

크라이 안드리히는 신출귀몰하다.

평소에는 거의 모습을 보이지 않아서 그동안 무엇을 하는 건지 아는 사람은 없다. 그런가 싶더니 중대한 사건이 일어났을 때는 대부분 관여하고, 있을 리가 없는 곳에 훌쩍 나타나기도 한다.

그리고, 왠지 모르겠지만 엘리자와 마주치는 경우가 극히 드물다. 조금 전까지는 클랜 마스터실에서 기척이 느껴졌었는데 지금은 자취를 감춰버렸다. 엘리자는 정령인이고 인간과는 시간 감각 같은 것들이 다르긴 하지만, 명색이 기척 감지와 추적 능력이 뛰어난 도적인 엘리자를 이렇게까지 따돌린다는 건 정말 대단한 일이었다. 게다가 본인에게 따돌린다는 자각이 없는 걸 보면 대체 누가 《방랑》인 건지 분간하기도 힘들다. 그때, 엘리자는 바닥을 손바닥으로 쓰다듬으며 앞을 보았다.

평소의 엘리자였다면 다음에 만날 수 있을 거라 생각하며 떠났을 것이다. 딱히 급한 볼일이 있는 것도 아니다.

하지만 오늘은 불과 몇십 분 전까지 방에 있던 기척이 남아 있다. 지금이라면 따라잡을 수 있을지도 모른다.

엘리자는 오랜만에 의욕을 보이며 일어서서 추적을 개시했다.

희미한 흔적을 따라 넓은 제도를 걸어갔다.

크는 혼자 있으면 수수하지만, 오늘은 리즈와 함께 있는 것 같아서 쫓아가는 건 그리 어렵지 않았다.

마차가 자주 오가는 큰길을 건넌 다음, 뭔가 문제라도 생긴 건지 기사단이 모여 있던 곳 근처를 지나 엘리자가 어제 머물렀던 여관 앞을 통과한 뒤에 길가에 있던 멋진 여성복 가게로 들어갔다. 대도시 가게 특유의 미로 같은 실내를 돌아다니다가 점원에게 물어보았다.

"아, 그분이라면 좀 전에 예쁜 핑크 블론드 여성분과 나가셨어요. 뭔가 문제가 생긴 모양이라……, 저쪽 출구입니다."

"…………그래."

아무래도 출구가 여러 개였던 모양이다. 이래서 도시는 곤란하다.

실망하면서도 다시 걷기 시작했다. 혼잡한 인파를 피하고, 정령인에 대한 호기심 어린 시선을 뚫고 나아가며 사고라도 일어난 건지 모여있던 기사들을 곁눈질하며 지나가고, 마차가 다니지 못하는 좁은 길로 들어섰다. 대체 어디로 가려는 건지는 모르겠지만 아무래도 오늘 크는 움직이는 날인 모양이다. 평소에는 가만히 있는 걸 생각하면 운이 안 좋긴 하지만, 어떤 의미로는 도적으로서 능력을 발휘할 기회다.

좁은 길을 망설임 없이 성큼성큼 나아갔다. 처음에는 정비되어 있던 길이 금방 금이 간 길로 바뀌었고, 주위의 광경도 어두워졌다. 주위를 돌아다니던 사람들도 시민에서 불량스러워 보이는 자들로 바뀌었다. 쏠리는 시선도 그저 호기심 어린 시선에서 욕망을 품은 시선으로 바뀌었고, 무슨 일이 생긴 건지 덩치가 큰 남자들 여러 명이 쓰러져 있던 곳 근처에서 엘리자는 눈을 크게 떴다.

"크…………, 지붕 위로 올라갔어?"

틀림없다. 기척이 남아있다. 크는 여기부터 도로를 걸어가지 않았다.

폴짝 뛰어올라 당장에라도 무너질 것처럼 낡은 지붕 위에 착지했다. 마경을 여행하는 헌터에게 있어서 몇 미터 높이의 지붕 위로 올라가는 건 식은 죽 먹기, 아니, 필수 능력이다.

지붕에 발이 빠지지 않게끔 몇 분 정도 조심히 뛰어가던 엘리자는 드디어 따라잡았다.

"어라아? 엘리자, 야호~. 왜 이런 곳에 있는 거야?"

그곳에 있던 것은———, 불량배의 멱살을 잡고 들어 올리고 있던 리즈였다.

주위를 두리번거리며 둘러보았다. 어떤 상황인 건지는 모르겠지만 목적이었던 크가 보이지 않았다.

"············크는?"

"아. 우연히 시트가 가게에 있었는데———, 크라이를 안내해주는 김에 데이트를 하려던 걸 들켜서 뺏겨버렸어. 아니, 크라이가 옥상 위를 뛰어갈 리가 없잖아?"

설마 중간에 일행이 바뀐 건가? 리즈의 기척은 크보다 꽤 강해서 눈치채지 못했다.

이렇게 된 이상 옷가게로 돌아가서 기척을 다시 확인해야만 한다.

"크라이를 찾는 거라면 시끌벅적한 곳에 가면 될걸? 오늘도 잔뜩 시비가 걸렸으니까."

"············."

엘리자는 한숨을 크게 쉬고는 다시 추적하기 위해 느긋하게 방금 왔던 길로 돌아갔다.

크라이 안드리히는 신출귀몰하다. 엘리자가 그를 만나게 될 날은 아직 멀었다.

비탄의 망령은 은퇴하고 싶다
8권 발매!!!!!
축하드립니다!!
　　ㅡ 헤비노 라이

嘆きの亡霊は引退したい
8巻 発売!!!!!
おめでとうございます!!
　　蛇野らい

역자 후기

안녕하세요. 천선필입니다.

이번 『비탄의 망령은 은퇴하고 싶다』 8권, 재미있게 읽으셨는지 모르겠습니다.

이번 8권은 오랜만에 제도를 무대로 펼쳐진 이야기였습니다. 3권 이후로 바캉스를 떠났던 4, 5권, 호위 의뢰를 맡아서 다른 나라에까지 갔던 6권, 무제제에 참가하기 위해 다른 도시로 떠났던 7권에 이어서 제도 이야기가 나온 거니까 이번 8권의 이야기가 시작되는 시점에서 주인공인 크라이가 겨우 돌아왔다며 소리를 지르는 게 이해가 되기도 하네요. 왠지 초반부에는 항상 그런 말을 하는 것 같기도 합니다만(⋯⋯).

작가분의 후기에서 언급되기도 했고, 본편 마무리 부분이 스승님들의 근황을 번갈아가며 보여주는 식으로 진행된 것으로 보아 아무래도 이번 8권은《비탄의 망령》+ 스승님들의 이야기였던 것 같습니다. 물론 8부의 부제는 스승과 제자가 아닌 '저주'이니 저주와 주물이 전체적인 줄거리를 관통하는 주제이긴 하겠지만, 거기에 곁들어진 느낌으로 등장한 스승님들의 비중이 더 크게 느껴지네요. 아쉽게도 리즈는 보물 상자인 미믹 군 담당(⋯⋯)이 되었기에 스승님과 함께 등장하지 못했지만 나머지 스승님들은 일러스트와 함께 등장해서 처음 나온 캐릭터들인데도 불구하고 강한 인상을 심어주었기 때문이 아닐까 싶습니다.

그렇게 메인 스토리와 함께 스승과 제자의 이야기가 함께 진행되어서 그런지 딱히 늘어지지 않고 밀도가 높은 전개였던 것 같은데도 이야기가 완전히 마무리되지는 않고 다음 권으로 넘어가게 되었습니다. 6권부터 등장해서 이야기의 전개에 꽤 많은 영향을 끼쳤던 여동생 여우 팬텀, 아직 완전히 마무리된 게 아닌 것 같은 스승님들의 이야기, 그리고 막간 부분의 부제로 들어가기도 하면서 다음 권 내용을 예고하는 정령인, 그동안 꾸준히 언급만 되어오다 이번 8권에서 처음으로 모습을 드러낸(?)《비탄의 망령》여섯 번째 멤버인 엘리자, 다음 권 내용은 이러한 요소들로 채워지지 않을까 생각이 듭니다. 개인적으로는 곁다리가 충실한 작품을 좋아하기 때문에 스승님들의 이야기가 조금 더 나와도 괜찮지 않을까 싶긴 하네요. 독자 여러분들께서는 어떤 이야기를 원하시는지 궁금하기도 합니다.

이런 생각을 하면서 이번『비탄의 망령은 은퇴하고 싶다』8권을 번역하였습니다. 매번 그랬듯이 감사의 말씀 드리고 후기를 마치려 합니다.

항상 신경을 많이 써주시는 담당 편집자분, 그리고 책을 내는 데 도움을 많이 주신 소미미디어 관계자 여러분, 그리고 가족 여러분. 감사합니다.

그 누구보다 감사드리고 싶은 분은 독자 여러분입니다. 제가 이렇게 무사히 번역을 마치고 후기를 쓸 수 있는 것도 독자 여러분 덕분이라 생각합니다. 진심으로 감사드립니다.

다시 찾아뵙게 될 때까지 행복한 하루 보내시길 바랍니다. 감사합니다.

비탄의 망령은 은퇴하고 싶다 8

2023년 5월 15일 1판 2쇄 발행

저　　　자 츠키카게
일 러 스 트 치코
옮 긴 이 천선필
발 행 인 유재옥
본 부 장 조병권
담 당 편 집 박치우
편 집 1 팀 김준균 김혜연
편 집 2 팀 박치우 정영길 정지원 조찬희
편 집 3 팀 오준영 이해빈
편 집 4 팀 전태영 박소연
라이츠담당 김정미 맹미영 이윤서
디 지 털 박상섭 김지연
미　　　술 김보라 박민솔
발 행 처 ㈜소미미디어
인쇄제작처 ㈜코리아피앤피
등　　　록 제2015-000008호
주　　　소 서울시 마포구 토정로222, 403호 (신수동, 한국출판콘텐츠센터)
판　　　매 ㈜소미미디어
영　　　업 박종욱
마 케 팅 한민지 최원석 최정연
물　　　류 허석용
전　　　화 (02)567-3388, Fax (02)322-7665

ISBN 979-11-384-3435-5
ISBN 979-11-6507-865-2 (세트)